LES MYSTÈRES D'OSIRIS

***

LE CHEMIN DE FEU

DU MÊME AUTEUR
CHEZ POCKET

L'AFFAIRE TOUTANKHAMON
CHAMPOLLION L'ÉGYPTIEN
MAÎTRE HIRAM ET LE ROI SALOMON
POUR L'AMOUR DE PHILAE
LA REINE SOLEIL
BARRAGE SUR LE NIL
LE VOYAGE INITIATIQUE
LA SAGESSE ÉGYPTIENNE
LE MOINE ET LE VÉNÉRABLE
LES ÉGYPTIENNES
LE PHARAON NOIR
LA TRADITION PRIMORDIALE DE L'ÉGYPTE ANCIENNE
LE PETIT CHAMPOLLION ILLUSTRÉ
LA SAGESSE VIVANTE DE L'ÉGYPTE ANCIENNE

Le juge d'Égypte

1 – LA PYRAMIDE ASSASSINÉE
2 – LA LOI DU DÉSERT
3 – LA JUSTICE DU VIZIR

Ramsès

1 – LE FILS DE LA LUMIÈRE
2 – LE TEMPLE DES MILLIONS D'ANNÉES
3 – LA BATAILLE DE KADESH
4 – LA DAME D'ABOU SIMBEL
5 – SOUS L'ACACIA D'OCCIDENT

La pierre de lumière

1 – NÉFER LE SILENCIEUX
2 – LA FEMME SAGE
3 – PANEB L'ARDENT
4 – LA PLACE DE VÉRITÉ

La reine liberté

1 – L'EMPIRE DES TÉNÈBRES
2 – LA GUERRE DES COURONNES
3 – L'ÉPÉE FLAMBOYANTE

Les mystères d'Osiris

1 – L'ARBRE DE VIE
2 – LA CONSPIRATION DU MAL
3 – LE CHEMIN DE FEU
4 – LE GRAND SECRET

CHRISTIAN JACQ

LES MYSTÈRES D'OSIRIS

***

LE CHEMIN DE FEU

XO ÉDITIONS

ISBN 2-266-14595-9

Le roi est une flamme sur le vent,
jusqu'à l'extrémité du ciel,
jusqu'à l'extrémité de la terre...
Le roi monte dans un souffle de feu.

Textes des Pyramides, 324c et 541b.

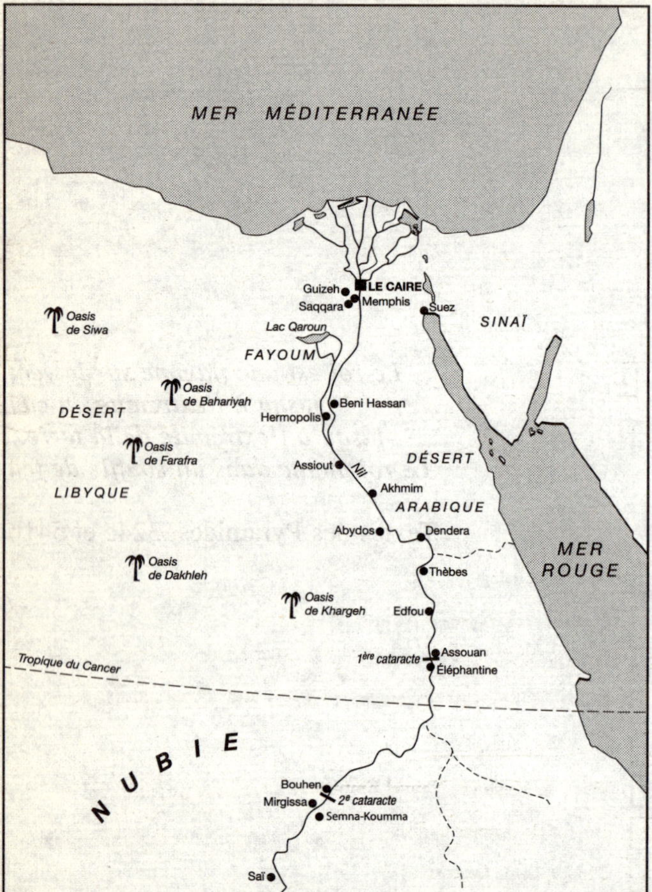
MER MÉDITERRANÉE
LE CAIRE
Guizeh
Memphis
Saqqara
Suez
SINAÏ
Oasis de Siwa
Lac Qaroun
FAYOUM
Oasis de Bahariyah
DÉSERT
Beni Hassan
Hermopolis
Oasis de Farafra
Assiout
Nil
DÉSERT
LIBYQUE
Akhmim
ARABIQUE
Abydos
Dendera
MER ROUGE
Thèbes
Oasis de Dakhleh
Oasis de Khargeh
Edfou
1ère cataracte
Assouan
Éléphantine
Tropique du Cancer
NUBIE
Bouhen
Mirgissa
2e cataracte
Semna-Koumma
Saï
3e cataracte
Kerma
Nil
Napata
4e cataracte
5e cataracte
0
200 km
Cartographie : Noël Meunier

ABYDOS

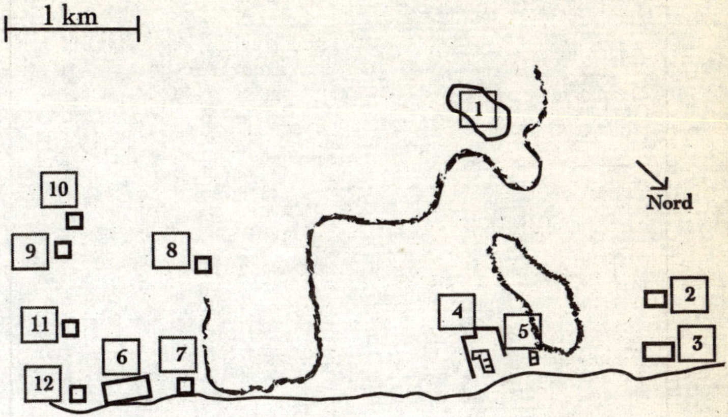

1	Tombes royales de la première dynastie
2	Tombes archaïques
3	Temple d'Osiris
4	Temple de Séthi Ier et Osireion
5	Temple de Ramsès II
6	Villes du Moyen et Nouvel Empire
7	Temple de Sésostris III
8	Cénotaphe de Sésostris III
9	Cénotaphe d'Ahmosé
10	Temple d'Ahmosé
11	Pyramide d'Ahmosé
12	Chapelle de Téti-shéri

1.

Le propriétaire de la petite caravane se félicitait d'avoir choisi la solution la plus dangereuse en sortant de la piste que contrôlait la police du désert. Certes, il redoutait les coureurs des sables, ces pillards rôdant dans toute la Syro-Palestine à l'affût d'une proie, mais sa connaissance du terrain lui permettait de leur échapper. La protection des forces de l'ordre n'étant pas gratuite, il aurait dû leur concéder une partie de sa cargaison, examinée avec minutie pour vérifier qu'il ne transportait pas d'armes. Bref, beaucoup de désagréments et une baisse substantielle de son bénéfice !

La caravane se dirigeait vers la principale ville de la contrée, Sichem[1], résidence du rugueux Nesmontou, général en chef de l'armée égyptienne, bien décidé à lutter contre d'insaisissables groupuscules terroristes qui semaient la terreur. Véritable péril ou bien invention de Nesmontou, destinée à justifier l'occupation militaire ? Sichem avait bien tenté de se révolter, mais cet accès de fièvre s'était terminé par une répression brutale et l'exécution des meneurs.

Dans moins de trois heures, les ânes atteindraient la

1. L'actuelle Naplouse.

place du marché et les tractations débuteraient. Le moment préféré du vendeur : fixer un prix invraisemblable, voir le visage de l'acheteur se teinter d'indignation, écouter ses protestations outragées, entamer une longue discussion et aboutir à un moyen terme où chacun trouvait son compte.

À une trentaine de pas devant lui, un homme et un enfant.

Sans recevoir d'ordres, les ânes s'immobilisèrent. Poussant des braillements, l'un d'eux jeta la perturbation parmi ses congénères.

— Du calme, mes beaux, du calme !

La tête couverte d'un turban, l'homme était grand, barbu et vêtu d'une tunique de laine tombant jusqu'aux chevilles.

En s'approchant, le propriétaire de la caravane découvrit son visage émacié qu'animaient des yeux rouges profondément enfoncés dans leurs orbites.

— Qui es-tu ?

— L'Annonciateur.

— Ah... Tu existes vraiment ?

L'interpellé se contenta de sourire.

— Ce gamin est ton fils ?

— Mon disciple. Treize-ans a compris que Dieu me parle. Chacun, désormais, devra m'obéir.

— Pas de problème ! Moi, les dieux, je les respecte tous.

— Il ne s'agit pas de respect, mais d'obéissance absolue.

— J'aurais bien aimé palabrer, seulement je suis pressé d'atteindre Sichem. Le jour du marché, c'est sacré.

— Ton chargement m'intéresse.

— Tu ne me parais pas très fortuné !

— Mes fidèles ont besoin de se nourrir. Aussi vas-tu faire don à notre cause de la totalité de tes marchandises.

— Je déteste ce genre de plaisanterie ! Toi et le gamin, écartez-vous.

— Tu dois m'obéir, l'aurais-tu déjà oublié ?

Le commerçant se mit en colère.

— Je n'ai plus de temps à perdre, mon gaillard ! Nous sommes dix, vous un et demi. Si tu désires quelques coups de gourdin pour retrouver la raison, on n'en sera pas avares.

— Dernier avertissement : ou bien tu t'inclines, ou bien vous serez exécutés.

Le chef de la caravane se retourna vers ses employés.

— Allez, les gars, donnons-lui une bonne leçon !

L'Annonciateur se transforma en rapace. Son nez devint un bec qui s'enfonça dans l'œil gauche de sa victime, ses mains des serres qui lui labourèrent le cœur.

Armé d'un poignard à double lame, Treize-ans attaqua avec la vivacité et la précision d'une vipère à cornes. Profitant de l'effroi des âniers, figés sur place, il trancha les tendons, planta son arme dans les reins et dans les dos.

Bientôt, ce ne furent que plaintes et gémissements de mourants et de blessés graves.

Fier de lui, Treize-ans se présenta devant son maître.

— Bel exploit, mon garçon. Tu viens de prouver ta valeur.

Emprisonné à la suite de l'agression d'un soldat égyptien, interrogé puis relâché, le jeune Cananéen rêvait de révolte et de tuerie. Persuadé que l'Annonciateur serait son meilleur guide, il ne cessait de vanter ses mérites. Repéré par l'un de ses recruteurs, il avait été conduit à l'une de ses bases secrètes. Là, deux découvertes fabuleuses attendaient Treize-ans : d'une part, l'enseignement de l'Annonciateur, prêchant la destruction de l'Égypte et répétant continuellement les mêmes formules, haineuses, jusqu'à l'ivresse ; d'autre part, un entraînement militaire poussé dont l'adolescent tirait aujourd'hui les premiers avantages.

— Maître, je sollicite une récompense.

— Parle, Treize-ans.

— Ces caravaniers sont des cloportes, incapables de reconnaître votre grandeur. Autorisez-moi à les achever.

L'Annonciateur n'émit aucune objection.

Indifférent aux suppliques, le gamin s'acquitta férocement de sa besogne.

Ainsi devenait-il un authentique guerrier au service de la cause. Et ce fut le front haut qu'il prit la tête du cortège d'ânes en direction du campement des fidèles de l'Annonciateur.

Rouquin, excellent manieur d'un couteau en silex avec lequel il tuait ses victimes par-derrière, Shab le Tordu était l'un des adeptes de la première heure. Rencontrer l'Annonciateur avait bouleversé son existence de médiocre brigand. Capable de maîtriser les démons du désert et de se transformer en faucon, doté de pouvoirs surnaturels, son seigneur dispensait un enseignement qui transformerait le monde.

Assassin endurci, convaincu de la nécessité de la violence pour imposer la doctrine nouvelle, Shab le Tordu cédait de plus en plus souvent à des élans mystiques où il trouvait la justification de ses actes. Écouter les sermons de l'Annonciateur le plongeait dans une sorte d'extase.

— Caravane en vue, l'avertit un guetteur.

— Combien d'hommes ?

— Juste deux : Treize-ans et le grand chef.

Shab saisit le guetteur à la gorge.

— Apprends à être respectueux, vermisseau ! Tu dois appeler l'Annonciateur « seigneur » ou « maître », et pas autrement. Compris ? Sinon, tu goûteras de mon couteau.

Le Cananéen n'aurait pas besoin d'une seconde leçon.

Shab se précipita au-devant de la caravane.

— Notre nouveau disciple a été admirable, reconnut l'Annonciateur.

— Je les ai tous tués ! s'exclama le gamin, rouge de plaisir.

— Félicitations, Treize-ans. Si notre seigneur y consent, à toi d'inventorier le butin et de procéder à la distribution.

L'adolescent ne se fit pas prier. Plus un seul combattant de la vraie foi n'oserait se moquer de sa jeunesse et de sa petite taille. Grâce à sa mémoire, il retenait mieux que quiconque les paroles du maître. Et il venait de supprimer une belle quantité d'ennemis en passant à l'action sans trembler ! Certes, ce n'étaient pas encore des soldats égyptiens, mais Treize-ans avait acquis une expérience qui lui permettrait de progresser.

— Il nous en faudrait beaucoup comme celui-là, observa le Tordu.

— Ne te soucie pas, recommanda l'Annonciateur. Des foules entières nous rejoindront.

Les deux hommes se retirèrent sous une tente.

— Tous les membres de notre réseau de Memphis sont arrivés sains et saufs en Canaan, indiqua Shab, à l'exception de ceux restés en place sous le contrôle du Libanais.

— Pas de message de sa part ?

— Le dernier en date était rassurant. Aucun de ses agents n'a été arrêté ni même inquiété. Le palais royal tremble. Malgré les mesures de sécurité adoptées par le chef de la police, Sobek le Protecteur, le pharaon Sésostris sait qu'il peut, à tout moment, être victime d'un attentat.

L'Annonciateur leva les yeux, comme s'il cherchait à discerner un signe dans le lointain.

— Ce roi ignore la crainte. Ses pouvoirs sont immenses, il demeure notre principal adversaire. Chacune de ses initiatives sera dangereuse. Il faudra détruire une à une ses protections visibles et invisibles, et nous ne chanterons victoire que le jour où lui-même et l'institution pharaonique, dont il est le représentant terrestre, auront été anéantis. Notre tâche s'annonce rude, nous perdrons des batailles, de nombreux croyants mourront.

— N'iront-ils pas au paradis, seigneur ?

— Certes, mon brave ami ! Mais nous devons sans cesse entretenir leur désir de vaincre, quels que soient les obstacles et les désillusions. Quant aux traîtres, aux lâches et aux indécis, qu'ils soient châtiés.

— Comptez sur moi.

— Aucune nouvelle de Gueule-de-travers ?

À la tête du commando chargé d'assassiner Sésostris pendant son sommeil, le mercenaire avait bien failli réussir. Constatant l'échec et l'élimination de ses hommes, il s'était enfui.

— Aucune, seigneur.

— Gueule-de-travers connaissait ce lieu de rassemblement. S'il a été arrêté et s'il a parlé, nous sommes en péril.

— Puisque nous n'attendons plus personne à part lui, gagnons notre deuxième point de ralliement. Plusieurs tribus cananéennes nous y rejoindront.

— Occupe-toi immédiatement des préparatifs de départ.

L'Annonciateur jugeait les Cananéens vantards et peureux, néanmoins indispensables à la réalisation d'une partie de son plan qui conduirait peut-être le pharaon à commettre des erreurs fatales. Entre les villes et les villages, à l'intérieur des villes comme des villages, entre les factions et les chefs de clan, régnaient tumulte, coups bas, délation et complots. L'Annonciateur comptait mettre un peu d'ordre dans ce chaos et former un semblant d'armée que Sésostris considérerait comme une menace. Aussi fallait-il fédérer plusieurs tribus au nom de la résistance contre l'occupant et de la libération de Canaan, pourtant incapable de subsister sans une assistance permanente de l'Égypte.

Une jeune Asiatique pénétra dans la tente. Qui se serait méfié de cette brune irrésistible, aux yeux remplis de promesses amoureuses ?

Cependant, en mélangeant son sang au sien et en abusant d'elle, l'Annonciateur l'avait transformée en reine de la nuit, arme redoutable qu'il utiliserait le moment venu.

— Voyons ça.

Docile, la jolie Bina remit à son maître un texte codé qu'il déchiffra avec intérêt.

— D'importantes nouvelles ?

— Apprends à ne pas me poser de questions et contente-toi de m'obéir aveuglément.

La jeune femme s'inclina.

— Fais venir Treize-ans.

En relatant lui-même ses exploits, l'adolescent s'offrait un franc succès. À son seul détracteur, un paysan hirsute et sceptique, il répondit d'une manière convaincante en lui plantant son couteau dans le pied droit. Se désintéressant du sort du bouffon dont les hurlements de douleur déclenchaient les rires de l'assemblée,

Treize-ans s'occupait de la répartition des denrées alimentaires que transportait la caravane.

S'entretenir seul à seul avec l'Annonciateur rehaussait encore son prestige.

— Pas d'incident, Treize-ans ?

— Pas le moindre, seigneur ! Maintenant, on me respecte.

— Prions ensemble. Récite les formules de malédiction visant le pharaon.

Rêvant de devenir le bras armé qui frapperait le tyran, le garçon s'exécuta, enthousiaste.

La litanie achevée, les yeux rouges de l'Annonciateur flamboyèrent. Subjugué, Treize-ans but ses paroles.

— Atteindre le but fixé par Dieu exige de donner la mort aux incroyants. Hélas ! beaucoup ne le comprennent pas. Toi, tu sauras te montrer digne des plus hautes missions. Celle que je vais te confier te semblera insolite, mais remplis-la sans t'interroger. Ainsi, tu réussiras.

— Pourrai-je utiliser mon poignard, seigneur ?

— Ce sera indispensable, mon enfant.

2.

Le Fils royal Iker se promenait, seul, dans le luxuriant jardin du palais de Memphis. N'importe quel observateur aurait pensé que ce jeune homme élégant et racé prenait du bon temps avant de se rendre à une réception où chacun le féliciterait de sa récente promotion en tentant de s'attirer ses bonnes grâces. Lui, le petit scribe venu de province, ne connaissait-il pas une carrière fulgurante et facile ?

Illusion bien éloignée de la réalité !

Iker s'assit sous le grenadier, témoin de sa déclaration d'amour à Isis, une prêtresse d'Abydos dont il était éperdument épris depuis leur première rencontre. Elle ne lui avait accordé qu'un faible espoir en lui confiant : « Quelques-unes de mes pensées demeureront auprès de vous », simple expression d'amitié, voire de bienveillance. Mais le regard de la sublime jeune femme ne quittait plus Iker, déjà sauvé de nombreux périls par son invisible présence. Comment vivre loin d'elle ?

Pourtant, il ne la reverrait probablement plus.

Bientôt, une mission précise le conduirait en Syro-Palestine : s'infiltrer parmi les terroristes cananéens en se faisant passer pour l'un de leurs partisans, découvrir le repaire de leur chef, Amou, surnommé l'Annonciateur, et transmettre ces informations essentielles à l'armée et à la police égyptiennes afin qu'elles interviennent de manière radicale.

Cet Annonciateur ne ressemblait pas à un séditieux ordinaire. Il dirigeait une véritable conjuration des forces du Mal, responsable de l'envoûtement de l'arbre de vie, l'acacia d'Osiris à Abydos. Sans les interventions du pharaon et le travail quotidien des prêtres permanents, il se serait complètement desséché. Combien de temps encore les protections rituelles ralentiraient-elles le processus de dégradation ? Seule la guérison prouverait la victoire de la lumière. L'heure n'incitait pas à l'optimisme, car les recherches de l'or salvateur restaient stériles.

Une tâche urgente s'imposait : arrêter l'Annonciateur, le faire parler et savoir enfin de quelle manière il entretenait le maléfice.

Grâce à cette mission, Iker expiait sa faute : pantin manipulé par des Asiatiques au service de l'Annonciateur, n'avait-il pas projeté d'assassiner le pharaon qu'il considérait, à tort, comme un tyran ? Mais ses yeux s'étaient ouverts. Au lieu de le condamner, Sésostris, à la surprise générale, l'avait nommé « pupille unique » et « Fils royal », au grand dam de nombreux courtisans qui guignaient ces titres très enviés.

Pour Iker, solitaire, méditatif et peu enclin aux mondanités, cette distinction comptait moins que l'enseignement du roi à propos de Dieu, des divinités et de Maât. En prononçant de manière particulière deux mots banals, « mon fils », le pharaon avait mis fin à l'errance d'Iker.

Ne plus quitter le chemin de Maât : tel se révélait l'impératif premier, si difficile à observer. D'un véritable Fils royal, seulement âgé de dix-sept ans, le souverain exigeait une volonté droite et entière, des capacités de perception et d'entendement, un esprit empli de pensées justes, le courage d'affronter la peur et le danger, et le désir permanent de rechercher la vérité, fût-ce au péril de son existence. Seules ces qualités menaient au *hotep*, plénitude de l'être et paix de l'âme. Iker s'en sentait encore tellement éloigné qu'il songeait plutôt aux paroles de son premier maître, un vieux scribe de Médamoud, reprises de façon surprenante par Sésostris : « Quelles que soient les épreuves, je serai toujours à tes côtés pour t'aider à accomplir un destin que tu ignores encore. »

Iker sortit du jardin et arpenta les rues de la capitale. Malgré les drames récents et l'attentat manqué contre le pharaon, Memphis demeurait joyeuse et bigarrée. Centre économique du pays depuis la première dynastie, elle occupait le point d'équilibre entre la vallée du Nil, la Haute-Égypte, et les vastes étendues aquatiques et verdoyantes du Delta, la Basse-Égypte.

Les prêtres remplissaient leurs devoirs rituels en animant les nombreux temples de la cité, les scribes vaquaient à leurs occupations administratives, les artisans façonnaient les objets indispensables au sacré comme au profane, les commerçants animaient les marchés, les dockers déchargeaient des marchandises... Cette société colorée et chaleureuse ignorait que l'arbre de vie menaçait de s'éteindre et, avec lui, la civilisation égyptienne.

Iker eut une vision : si l'Annonciateur l'emportait, si l'acacia mourait, Memphis serait réduite à l'état de ruines. Et le même malheur frapperait l'ensemble du territoire.

En se portant volontaire pour le débusquer, le jeune homme voulait effacer ses fautes et laver son cœur, conscient qu'il s'agissait d'une sorte de suicide. Malgré la formation militaire reçue dans la province de l'Oryx, aucune chance de succès. Néanmoins, le roi ne le décourageait pas, lui affirmant la nécessité de se procurer des armes issues de l'invisible.

Si la femme qu'il aimait avait partagé sa passion, peut-être aurait-il renoncé. Non, c'était indigne d'attribuer à Isis une quelconque responsabilité ! Iker devait partir, même si la peur le tenaillait, lui qui songeait à devenir d'abord un bon scribe, puis un écrivain. Il se plaisait à recopier les textes de Sagesse, telles les *Maximes* de Ptah-Hotep, et à découvrir les trésors des Anciens. Jamais ils ne parlaient d'eux-mêmes, toujours ils s'attachaient à transmettre Maât sans omettre de préciser les médiocrités et les bassesses de l'espèce humaine. Et que dire de l'ampleur, de la beauté et de la profondeur des textes rituels auxquels sa fonction de prêtre temporaire d'Anubis lui avait donné accès ? Autorisée à fréquenter les bibliothèques des Maisons de Vie, Isis connaissait assurément bien d'autres merveilles.

C'était de cet avenir-là qu'avait rêvé Iker, et non de celui d'un envoyé spécial de Pharaon, condamné à explorer un chaudron rempli de maléfices où il serait vite calciné.

Perdu dans ses pensées, le Fils royal s'aperçut soudain qu'il s'égarait. Une ruelle étrangement silencieuse, pas d'enfants qui jouaient, pas de ménagères papotant sur le seuil de leur maison, pas de porteur d'eau proposant ses services.

Voulant rebrousser chemin, il se heurta à une brute râblée et hargneuse. Armé d'une grosse pierre, l'homme apostropha le promeneur.

— Tu possèdes un beau pagne et de belles sandales, dis donc... Plutôt rare, dans le coin ! Alors, donne-les-moi gentiment.

Iker se retourna.

À l'autre extrémité de la ruelle, deux comparses, tout aussi menaçants.

— Aucune issue, mon garçon. Montre-toi coopératif, et on ne te fera aucun mal. Le pagne et les sandales, vite !

Iker devait choisir au plus vite son angle d'attaque avant que l'étau se resserre et que les trois voleurs le rouent de coups, mettant un terme prématuré à sa mission.

Le scribe royal se rua sur le râblé, qui, tout à coup, poussa une sorte de couinement stupide, lâcha sa pierre et s'écroula, face contre terre.

Ses acolytes accoururent. Le plus rapide s'immobilisa brusquement, comme frappé par la foudre, et tomba en arrière. Affolé, son compagnon s'enfuit.

Apparut un solide gaillard au visage carré, aux sourcils épais et au ventre rond, maniant une fronde avec désinvolture.

— Sékari ! Tu... tu m'as suivi depuis le palais ?

— Si je ne m'occupais pas de ta sécurité, tu vois ce qui arriverait ? D'accord, tu en aurais peut-être amoché un ou deux, mais ces types-là sont des vicieux, spécialistes des coups bas. Quelle idée de te promener ainsi vêtu dans un pareil quartier ?

— Je réfléchissais et je...

— Viens boire une bière, ça te remettra les idées d'aplomb. Je connais une taverne plutôt chic où l'on ne te remarquera pas trop.

Agent spécial de Sésostris, Sékari avait reçu l'ordre de protéger Iker en toutes circonstances. Forgée au fil des épreuves, une amitié indéfectible liait les deux compagnons. Issu d'un milieu modeste, Sékari pratiquait cent métiers, domestique, mineur, oiseleur ou jardinier. Apte à se déplacer sans bruit, il savait se rendre invisible. En dépit de son apparence fruste et de son comportement de brave gaillard s'immergeant avec aisance dans n'importe quelle couche de la population, Iker le soupçonnait d'en savoir beaucoup à propos du Cercle d'or d'Abydos, la confrérie la plus secrète d'Égypte. Mais son ami éludait les questions, comme s'il était soumis au silence absolu.

Plutôt forte, la bière requinquait.

— Ton moral ne me semble pas fameux, observa Sékari.

— Crois-tu vraiment que j'aie une seule chance de réussir ?

— Crois-tu vraiment que le roi t'enverrait à une mort certaine ?

La question troubla Iker.

— Seul en Syro-Palestine, un monde inconnu, face à des adversaires insaisissables... Ne serai-je pas une proie facile ?

— Erreur, mon ami, erreur totale ! C'est justement ta faiblesse qui te sauvera. Les terroristes reconnaissent aisément un ennemi, quelle que soit son habileté à se dissimuler. Toi, tu n'apparaîtras pas dangereux. Si tu parviens à te montrer convaincant, ta mission sera un exceptionnel succès. Et puis songe à tes exploits précédents ! Quel insensé aurait parié un morceau de chiffon sur ta survie lorsque tu étais attaché au mât du *Rapide*, victime promise au dieu de la mer, puis naufragé ! Or, te voici bien vivant, et Fils royal ! Il n'y a vraiment pas de quoi désespérer, malgré l'aspect périlleux de ton voyage. Tu sais, j'ai subi presque pire et je m'en suis sorti.

Iker se rappela la question du serpent géant, apparu sur l'île du *ka* : « Je n'ai pu empêcher la fin de ce monde. Et toi, sauveras-tu le tien ? »

— Te souviens-tu de la reine des turquoises que nous avons découverte ensemble ? questionna Sékari. Si l'Annonciateur la détient, à quoi lui servira-t-elle ? Une pierre pareille possède forcément de formidables pouvoirs. À supposer qu'elle soit guérisseuse, elle nous serait fort utile !

— Peut-être est-elle conservée dans le coffre en acacia fabriqué à l'intention de l'Annonciateur ?

— Il détient d'autres secrets ! Ceux-là, Iker, tu les perceras. Et tu sauras s'il a tué mon maître, le général Sépi. La justice royale passera tôt ou tard, et j'aimerais bien être son bras armé. Autant de perspectives réjouissantes !

Sékari accomplissait des efforts désespérés pour se montrer rassurant, mais ni lui ni son ami n'étaient dupes.

— Retournons au palais, décida Iker. Je désire te remettre mon bien le plus précieux.

Privé de son âne et confident, Vent du Nord, confié à Isis, le scribe se sentait bien seul. La transmission de pensées leur permettait de combattre l'adversité en s'entraidant. Au terme d'adieux déchirants, la jeune prêtresse s'était comportée avec tant de douceur que l'animal avait eu immédiatement confiance en elle.

Les deux hommes évitèrent l'entrée officielle. Sékari, dont la plupart des dignitaires ignoraient le véritable rôle, restait aussi discret qu'une ombre. Après avoir emprunté des chemins détournés, il rejoignit Iker dans ses appartements, situés près de ceux du roi.

— Sobek le Protecteur est un bon professionnel, reconnut-il, et la sécurité du pharaon me paraît correctement assurée. Même moi, j'ai du mal à passer inaperçu. Une énigme continue à me troubler : qui a mandaté un faux policier pour te supprimer ? Si c'est l'Annonciateur, pas de problème ; sinon, il y a de quoi s'inquiéter ! De mon point de vue, cela impliquerait l'existence d'une autre âme damnée, peut-être à l'intérieur même de ce palais.

— Envisagerais-tu la culpabilité de Sobek ?

— Ce serait effroyable, mais je mènerai mon enquête sans exclure aucune hypothèse.

— N'oublie pas que Sobek aura la primeur de mes informations !

— Je l'empêcherai de te nuire.

Iker remit entre les mains de son ami un matériel de scribe d'une remarquable qualité.

— Un cadeau du général Sépi, rappela-t-il. En Canaan, je n'en aurai pas besoin.

— Je préserverai ce trésor et tu le retrouveras intact à ton retour. Quelles armes emportes-tu avec toi ?

— Une amulette en forme de sceptre « puissance » et le couteau de génie gardien que m'a donné le roi.

— Sois en permanence sur tes gardes, ne fais confiance à personne et prévois toujours le pire. Ainsi, tu ne seras pas pris au dépourvu.

Iker s'immobilisa face à la fenêtre de sa chambre et contempla le ciel d'un bleu éclatant.

— Comment te remercier de ton aide, Sékari ? Sans toi, je serais mort depuis longtemps. À présent, séparons-nous.

Sékari se détourna afin de masquer son émotion.

— Ta fidélité au roi demeure inébranlable, n'est-ce pas ?

— N'en doute pas, Iker !

— Pas un instant, je suppose, tu n'as songé à lui désobéir.

— Pas un instant !

— Donc, tu resteras à Memphis et tu ne me suivras pas en Canaan.

— Ça, c'est autre chose...

— Non, Sékari. Je dois agir seul, réussir seul ou échouer seul. Cette fois, tu ne pourras pas me protéger.

3.

Pour Isis, s'éloigner d'Abydos était une souffrance. Quels que fussent les charmes de Memphis ou de tout autre lieu vers lequel l'appelaient ses devoirs de prêtresse, elle ne songeait qu'à retourner au plus vite au centre spirituel du pays, la grande terre d'Osiris, l'île des justes.

Dès qu'elle aperçut la falaise, les habitations le long du canal et le désert peuplé de monuments, son cœur se dilata. En ce lieu sacré se trouvaient la demeure d'éternité et le sanctuaire d'Osiris, auquel menait une voie processionnelle bordée de chapelles et de stèles. Là se dressait l'arbre de vie, l'axe du monde.

Abydos venait de s'enrichir de deux chefs-d'œuvre, le temple et le vaste tombeau de Sésostris où Isis avait vécu une étape majeure de son initiation aux grands mystères. Une petite ville, l'Endurante-de-places, complétait cet ensemble architectural. Y résidaient des artisans, des administrateurs, des prêtres et prêtresses permanents, et des temporaires venant accomplir des vacations dont la durée variait de quelques jours à plusieurs mois.

En raison des agressions subies par l'acacia d'Osiris, un cordon de sécurité protégeait Abydos. Les attaques lancées contre la cité de Kahoun et Dachour, site de la pyramide royale, prouvaient la détermination des ennemis de l'Égypte.

Tout au long de son voyage, Isis n'avait pas eu l'esprit tranquille. Certes, le nombre et la difficulté des charges qu'imposait le pharaon auraient découragé la plus résistante ; mais la jeune femme tenait bon. Exaltantes, ses tâches lui procuraient des forces insoupçonnées. Pourtant, le peu de résultats obtenus contre les puissances des ténèbres incitaient au pessimisme ; mais l'acacia restait vivant ! Deux rameaux avaient même reverdi, et chaque reconquête, même modeste, persuadait Isis de la victoire finale.

Son trouble résultait de la déclaration du Fils royal Iker. Il l'aimait, d'un amour si intense qu'il l'effrayait, au point de l'empêcher de répondre à une question essentielle : elle, Isis, aimait-elle Iker ?

Jusqu'alors, son existence de prêtresse, les efforts déployés pour approfondir la connaissance des mystères et des rites lui faisaient oublier les méandres des sentiments et des passions.

Depuis la rencontre d'Iker, Isis se sentait différente. Elle éprouvait d'étranges sensations, bien distinctes de celles ressenties au cours de son expérience spirituelle. Rien de contradictoire en apparence, mais des perspectives inconnues. Fallait-il les explorer ?

Selon son propre aveu, une partie de ses pensées demeurait auprès d'Iker. Qu'il fût Fils royal, scribe de province ou domestique ne comptait pas. Seules importaient son authenticité et sa sincérité.

Iker, un être d'exception.

En le quittant, Isis avait eu peur. Peur de ne jamais le revoir, lui qui s'engageait dans une aventure dont il ne reviendrait probablement pas. Et cette crainte se transformait en tristesse. N'aurait-elle pas dû lui parler autrement, évoquer les difficultés de l'existence d'une ritualiste, se montrer plus amicale ?

Amitié, respect mutuel, confiance... Étaient-ce les bons mots, ne servaient-ils pas de masques à un sentiment que la jeune femme refusait de nommer, parce qu'il la détournerait de son destin ?

Un museau insistant lui rappela qu'il fallait descendre la passerelle. Isis sourit, Vent du Nord la contempla de ses grands yeux marron. Depuis le premier instant, ils se comprenaient. Très affecté par le départ d'Iker, le puissant grison trouvait le réconfort nécessaire auprès de cette jeune femme, douce et rayonnante. Leurs transmissions de pensées s'effectuaient sans peine, et ni l'un ni l'autre ne fardaient la réalité : les chances de survie du Fils royal semblaient infimes.

Le premier contrôle ne posa aucun problème. Les militaires connaissaient Isis, la revoir les enchantait. En son absence, Abydos ne paraissait-il pas un peu terne ?

En revanche, le second déclencha une réaction qui ne surprit pas la prêtresse. Les policiers hésitaient à l'interpeller, un temporaire ne put réprimer son indignation.

— Un âne à Abydos... Un âne, l'animal de Seth ! Regardez son cou : une touffe de poils roux ! Cette bête incarne l'esprit du mal ! Je préviens immédiatement le Chauve.

Isis attendit patiemment l'arrivée de son supérieur.

Nommé à la tête des permanents d'Abydos, représentant officiel du pharaon, le Chauve ne prenait aucune décision sans l'accord explicite du monarque. Chargé de veiller sur les archives sacrées de la Maison de Vie dont lui seul autorisait l'accès, ce sexagénaire bourru, intransigeant et dépourvu du sens des nuances, ne quittait jamais le domaine d'Osiris. Il se moquait des honneurs et ne tolérait aucune erreur dans l'accomplissement des tâches rituelles. Pour lui, un maître mot : rigueur. Il sanctionnait chaque manquement à la Règle, jugeant mauvaises les bonnes excuses.

— Un âne avec une touffe de poils roux, constata-t-il, étonné. Tu me surprendras toujours, Isis !

— Vent du Nord m'a été confié par le Fils royal Iker. Il résidera près de mon logement de fonction et ne perturbera pas l'aire sacrée. L'un de nos devoirs ne consiste-t-il pas à maîtriser la force de Seth ? Que l'âne soit l'une de ses expressions, je n'en disconviens pas. Mais les prêtresses d'Hathor ne sont-elles pas conviées à pacifier son feu ?

— Seth a été condamné à porter Osiris sur son dos, reconnut le Chauve. Cet animal saura-t-il rester silencieux ?

— J'en suis persuadée.

— À la première manifestation d'insoumission, au premier braiment, il sera expulsé.

— As-tu bien compris ? demanda Isis au quadrupède.

En signe d'acquiescement, Vent du Nord leva l'oreille droite.

Le Chauve grommela un commentaire incompréhensible et caressa la tête de l'âne.

— Installe-le et rejoins-moi au temple de Sésostris.

Destiné à produire du *ka* qui renforçait les défenses magiques de l'arbre de vie, le temple des millions d'années du roi se présentait comme un édifice puissant, entouré d'un mur d'enceinte et précédé d'un pylône. Équipé d'un système complexe de canalisations servant à l'évacuation de l'eau des purifications, ce vaste quadrilatère, auquel menait une chaussée pavée, semblait garder le désert.

Isis pénétra dans la cour bordée d'un portique au toit supporté par quatorze colonnes, puis dans la salle couverte où régnait un profond silence qu'habitait la parole des divinités auxquelles le roi faisait offrande. Au plafond, le ciel étoilé.

Le Chauve méditait devant un bas-relief représentant Osiris.

— Quels sont les résultats de tes recherches à la grande bibliothèque de Memphis ? demanda-t-il à la jeune femme.

— Ils confirment nos suppositions : seul l'or le plus pur, né du ventre de la montagne divine, guérira l'acacia.

— Il est également nécessaire à la célébration des grands mystères. Sans lui, le rituel sera lettre morte et Osiris ne ressuscitera pas.

— Voici le but véritable de nos ennemis, estima Isis. Malgré la mort du général Sépi, Sa Majesté intensifie l'exploration, mais nul ne connaît l'emplacement de la cité de l'or et du pays de Pount.

— De simples appellations poétiques !

— Je continuerai mes investigations avec l'espoir de découvrir un ou plusieurs détails significatifs.

— Qu'a décidé le pharaon ?

— Le responsable de nos malheurs est probablement un révolté qui se fait appeler l'Annonciateur et sévit en Canaan. Sésostris y envoie le Fils royal Iker pour tenter de le repérer. Seul le cercle restreint d'amis fidèles de Sa Majesté, ainsi que vous et moi, est au courant.

Isis devait remplir une mission particulièrement délicate : exercer une vigilance constante et s'assurer qu'aucun des permanents ni des temporaires d'Abydos n'était complice de l'ennemi. Ayant toute confiance en son supérieur, le roi l'avait autorisée à le mettre dans la confidence.

— Pendant ton absence, je n'ai rien remarqué d'anormal, précisa le Chauve. Chacun accomplit au mieux sa fonction. Comment un démon aurait-il réussi à s'introduire parmi nous ?

— L'atelier du temple d'Hathor de Memphis m'a donné un précieux objet. J'aimerais vérifier son efficacité.

Le Chauve et la prêtresse sortirent du sanctuaire de Sésostris et se rendirent auprès de l'arbre de vie, au sein du bois sacré de Péker. Comme chaque jour, le petit nombre de permanents s'acquittait scrupuleusement de ses devoirs. Afin d'entretenir l'énergie spirituelle imprégnant les lieux et de maintenir le lien vital avec les êtres de lumière, le Serviteur du *ka* célébrait le culte des ancêtres. Le prêtre chargé de verser la libation d'eau fraîche n'omettait aucune table d'offrandes. Celui qui voyait les secrets se préoccupait du bon déroulement des rituels et celui qui veillait sur l'intégrité du grand corps d'Osiris vérifiait les sceaux apposés sur la porte de son tombeau. Quant aux sept musiciennes chargées d'enchanter l'âme divine, elles jouaient leur partition en résonance avec l'harmonie céleste.

Détenteur de la palette en or, porteuse des formules de connaissance révélées en Abydos, le pharaon, où qu'il se trouvât, les prononçait quotidiennement dans le secret d'un naos, évitant ainsi la rupture de la chaîne des révélations.

Le Chauve et la prêtresse versèrent de l'eau et du lait au pied de l'acacia. En lui ne subsistaient plus que quelques traces de vie. Plantés aux points cardinaux, quatre jeunes acacias entretenaient un champ de forces protectrices.

— Puisses-tu continuer à résider en cet arbre, Osiris, implora le Chauve. Qu'il maintienne le lien entre le ciel, la terre et les profondeurs, qu'il accorde la lumière aux initiés et la prospérité à ce pays aimé des dieux.

Isis présenta à l'acacia un magnifique miroir formé d'un épais disque d'argent et d'un manche en jaspe orné d'un visage de la déesse Hathor. De fines cloisons d'or cernaient des incrustations de lapis-lazuli et de cornaline.

La prêtresse orienta le disque vers le soleil, de manière qu'il reflète un rayon caressant le tronc de l'arbre et lui insuffle un peu de chaleur sans le brûler. Très délicate, l'opération devait être menée avec prudence et ne pas durer trop longtemps.

Grâce à la célébration du rituel des boules d'argile, assimilées à l'œil du soleil, le pharaon avait renforcé la barrière magique autour de l'acacia. Désormais, nulle onde maléfique ne parviendrait à la franchir. Ces précautions ne se révéleraient-elles pas tardives ?

Isis déposa le miroir dans l'une des chapelles du temple d'Osiris, réservée à la barque utilisée lors du rituel des grands mystères. Selon les constatations du Chauve, son modèle céleste ne circulait plus normalement. Aussi, afin d'éviter la dislocation, Isis était-elle chargée par le monarque de nommer chacune de ses parties et de préserver ainsi sa cohérence. Ce pis-aller maintenait en vie l'un des symboles fondamentaux d'Abydos, garant de l'énergie indispensable au processus de résurrection.

L'Endurante-de-places avait été construite de façon rigoureuse, selon le plan de Sésostris. Chaque rue était large de cinq coudées, les pâtés de maisons délimités, et chaque demeure, bâtie en briques, comprenait une cour, une salle de réception et des appartements privés.

Les belles villas regardaient le désert. À l'angle sud-ouest de la cité, la vaste résidence du maire [1].

Isis habitait une maison de quatre pièces dont les portes en bois s'ornaient d'un encadrement de calcaire. Entre la blancheur des murs extérieurs et les couleurs vives de l'intérieur, un contraste saisissant. Un mobilier simple et robuste, une vaisselle de pierre et de céramique, du linge de lin : les biens matériels de la prêtresse lui suffisaient amplement. En raison de son rang, une femme de ménage, aux dons culinaires appréciables, la soulageait des soucis domestiques.

Accroupi devant le seuil, Vent du Nord veillait sur la résidence de sa maîtresse. Tout Abydos savait déjà qu'un animal séthien venait d'acquérir le statut de résident provisoire, sous condition d'observer un silence religieux.

— Tu meurs de faim, n'est-ce pas ?

L'âne leva l'oreille droite.

— Ce soir, régime. Dès demain, je te ferai préparer des repas consistants.

Ensemble, ils se promenèrent à la lisière du désert en admirant le coucher du soleil. Ses rayons teintaient de rose un vieux tamaris. Son nom, *iser*, évoquait *Ousir*, celui d'Osiris. Parfois, on déposait à l'intérieur du sarcophage des branches de cet arbre qui facilitait la transformation de la momie en corps osirien. Vigoureux, le tamaris triomphait de la sécheresse du désert, car ses racines puisaient l'eau dans les profondeurs.

Isis forma des vœux pour qu'Osiris protège Iker et lui permette de tracer un juste chemin à travers la contrée périlleuse où il risquerait sa vie afin de sauver Abydos et l'Égypte entière.

1. 53 × 82 mètres.

4.

La quarantaine hyperactive, des cheveux très noirs plaqués sur son crâne rond, le visage lunaire, le torse large, les jambes courtes et les pieds potelés, Médès, Secrétaire de la Maison du Roi, mettait en forme les décisions prises par le pharaon et son conseil, puis les diffusait dans le pays entier. À son personnel, il ne pardonnait aucune faute.

Fier de cette nomination qui faisait de lui l'un des plus hauts personnages de l'État, Médès nourrissait pourtant d'autres ambitions, notamment celle d'entrer dans cette institution, centre vital du pouvoir, non pour mieux la servir mais afin de la détruire. Se débarrasser de Sésostris ne s'annonçait pas facile, et l'échec du dernier attentat contre le monarque démontrait l'étendue de sa protection magique. Or le dignitaire n'était pas homme à renoncer, surtout depuis l'alliance conclue avec l'Annonciateur, un être étrange et dangereux, déterminé à briser le trône de Pharaon.

Premier arrivé dans les locaux de son administration, dernier à en partir, Médès se comportait comme un fonctionnaire responsable et rigoureux auquel nul reproche ne pouvait être adressé. En rétablissant le poste de vizir, attribué à Khnoum-Hotep, le roi limitait l'influence du Secrétaire de la Maison du Roi. De plus, le vieil homme remplissait sa fonction à la perfection, manifestant une fidélité absolue à un souverain naguère combattu. Prudent, Médès prenait soin de ne pas empiéter sur le domaine du vizir, de lui obéir sans discuter et de ne lui fournir aucun sujet de mécontentement, car Khnoum-Hotep avait l'oreille du monarque.

Songeant à son rendez-vous nocturne, aussi important que risqué, Médès bouillonnait. L'approche de cette entrevue le rendait encore plus irritable qu'à l'ordinaire. Aussi bousculait-il plusieurs scribes, trop indolents à son gré.

Il terminait l'examen d'un dossier lorsque le Grand Trésorier Senânkh, directeur de la Double Maison blanche et ministre de l'Économie, lui rendit une visite impromptue.

Médès détestait ce bon vivant aux joues rebondies et au ventre épanoui, à l'apparence trompeuse. Spécialiste des finances publiques, meneur d'hommes redouté, insensible à la flatterie, il n'hésitait pas à rudoyer les courtisans, les paresseux et les incapables. Médès avait tenté en vain de le compromettre et de le contraindre à démissionner. Fin renard, Senânkh flairait les attaques vicieuses et répliquait vigoureusement.

— Aucun problème grave à l'horizon ?

— Aucun, Grand Trésorier.

— Les finances de ton département me semblent particulièrement saines.

— Je traque le moindre gaspillage. Labeur interminable, hélas ! Dès que l'on manque un peu d'attention, le laxisme gagne.

— Grâce à ton excellente gestion, le Secrétariat de la Maison du Roi n'a jamais aussi bien fonctionné. J'ai une bonne nouvelle à t'annoncer : ta requête est acceptée. Tu disposeras de cinq bateaux rapides supplémentaires. Engage le nombre de scribes que tu juges nécessaire et assure une meilleure circulation de l'information.

— Rien ne pouvait me réjouir davantage, Grand Trésorier ! Avec ces moyens-là, je me fais fort de diffuser beaucoup plus rapidement les décrets royaux.

— Ainsi, la cohésion des Deux Terres se renforcera encore, estima Senânkh. Surtout, ne te relâche pas.

— Soyez sans crainte.

En rentrant chez lui, Médès se demanda si le Grand Trésorier ne se méfiait pas de lui. Ni ses propos ni son comportement ne le laissaient supposer. Mais le ministre de l'Économie était assez habile pour ne rien laisser paraître de ses véritables intentions, et jamais son interlocuteur ne devait baisser la garde. Quoi qu'il en fût, Médès avait obtenu ce qu'il désirait. Ses nouveaux employés, facteurs et marins, appartenaient à son réseau d'informateurs. Quand il faudrait informer les terroristes, la démarche serait désormais aisée.

Médès habitait une superbe demeure au centre de Memphis. Côté rue, une entrée de service et une porte principale à deux battants, surveillée en permanence par un gardien. À chacun des deux étages, des portes-fenêtres aux claires-voies en bois. Une loggia, aux colonnettes peintes en vert, s'ouvrait sur un jardin.

À peine Médès entrait-il dans la salle de réception que son épouse lui sauta au cou.

— Je suis malade, mon chéri, si malade ! Tu me délaisses trop.

— De quoi souffres-tu ?

— J'ai des nausées, mes cheveux tombent et je manque d'appétit... Que le docteur Goua vienne tout de suite !

— Je m'en occuperai demain.

— C'est urgent, très urgent !

Médès l'écarta.

— J'ai une autre urgence.

— Tu veux ma mort !

— Tu survivras jusqu'à demain. Fais-moi servir à dîner et remets-t'en aux mains de ta femme de chambre. Un massage te détendra.

L'estomac rempli, Médès attendit le milieu de la nuit pour sortir de chez lui, la tête couverte d'un capuchon. Il s'immobilisa et se retourna à plusieurs reprises, s'assurant qu'on ne le suivait pas. Pourtant, il revint en arrière et décrivit un large cercle autour de sa véritable destination.

Rassuré, il frappa à la porte d'une maison cossue, cachée dans un quartier modeste. À un gardien rébarbatif, il présenta un petit morceau de cèdre sur lequel était gravé le hiéroglyphe de l'arbre.

Le porche s'ouvrit, Médès monta au premier étage où l'accueillit un personnage volubile ressemblant à une lourde amphore, parfumé à l'excès et vêtu d'une longue robe chamarrée.

— Très cher ami, quel plaisir de vous revoir ! Vous dégusterez bien quelques douceurs ?

Quoique le Libanais luttât contre son excès de poids, son vaste salon restait peuplé de tables basses surchargées de gâteaux plus tentants les uns que les autres.

Médès ôta son capuchon et s'assit.

— Donne-moi de l'alcool de dattes.

— À l'instant !

Le gobelet en argent était une petite merveille.

— Un cadeau de l'un de mes armateurs qui a tenté de m'escroquer, précisa le Libanais. Avant de mourir dans de pénibles souffrances, il m'a légué tous ses biens. Même de mauvais garçons reviennent parfois à de bons sentiments.

— Tes règlements de compte ne m'intéressent pas.

Iker a quitté le palais. Je suis persuadé qu'il n'a pas regagné sa province natale et qu'il se rend en Canaan.

— Mon réseau est déjà alerté, mais quelle serait la mission de ce jeune homme ?

— Découvrir le repaire de l'Annonciateur et prévenir l'armée égyptienne.

Le Libanais sourit.

— Ce Fils royal ne vous semble-t-il pas aussi tendre que présomptueux ?

— Ne le traite pas comme quantité négligeable ! Iker a plusieurs fois échappé à la mort, et sa capacité de nuisance est avérée. Puisqu'il commet l'erreur de s'aventurer en territoire ennemi avec la certitude de passer inaperçu, profitons-en !

— Pourquoi vous inquiéter autant ?

— Parce que Iker a forcément été mandaté par le pharaon en personne, donc doté de pouvoirs efficaces ! Sésostris n'agit pas à la légère. Si le Fils royal a reçu l'ordre de s'infiltrer chez les rebelles cananéens, il possède une chance de réussir.

Les arguments portèrent.

— Vous désirez donc organiser un guet-apens ?

— Si je ne me suis pas trompé, Iker ira à Sichem. Que tes espions t'avertissent dès son arrivée. Laissons-le pénétrer dans un clan qui le supprimera en toute tranquillité, après l'avoir interrogé. Peut-être nous fournira-t-il des informations intéressantes sur la stratégie adverse.

Le Libanais se gratta le menton.

— Ce pourrait être une façon de procéder.

— Arrange-toi comme tu veux, mais élimine cet Iker ! Sa disparition affaiblira Sésostris.

— Je m'occupe de votre protégé, promit le négociant. Si nous parlions de nos affaires ? Je vous rappelle qu'une nouvelle cargaison de bois précieux vient de partir du Liban. Les douaniers doivent rester aveugles.

— Les dispositions seront prises.

— Il faut également changer d'entrepôt.

— Je ne l'ai pas oublié. Et... les huiles ?

— Le moment venu, je vous préviendrai.

En cas de succès, les projets monstrueux du Libanais coûteraient la vie à des centaines, voire à des milliers d'Égyptiens.

Le Mal allait frapper. Un instant ébranlé, le Secrétaire de la Maison du Roi cédait à la fascination. Défendre Maât à la manière de Sésostris, c'était vénérer un passé révolu.

Certes, violence et souffrance se répandraient, mais la conquête du pouvoir ne les justifiait-elle pas ? Depuis longtemps, Médès avait choisi son camp. À présent, tout atermoiement serait nuisible. La rencontre de l'Annonciateur lui offrait l'occasion inespérée de renverser des obstacles qu'il croyait insurmontables. Vendre son âme à un démon surgi des ténèbres lui rapporterait gloire et fortune.

— Pas d'alerte sérieuse ?

— La police n'a repéré aucun des membres de mon réseau. Pourtant, les limiers de Sobek le Protecteur ne demeurent pas inactifs ! Je me félicite de n'avoir gardé à Memphis que mes meilleurs éléments, parfaitement intégrés à la société égyptienne.

Sur l'ordre de l'Annonciateur, dont le gros des troupes s'était retiré en Syro-Palestine, le Libanais dirigeait le réseau memphite composé de commerçants, de marchands ambulants et de coiffeurs, passés maîtres dans l'art de repérer les curieux et, si nécessaire, de les éliminer. Le cloisonnement restait de rigueur, et même une défection ne mettrait pas l'ensemble en péril.

Jamais le Libanais ne trahirait l'Annonciateur. Une

fois, une seule fois, il lui avait menti. Le prédicateur aux yeux de braise lui avait presque arraché le cœur, laissant dans sa chair une cicatrice qui servait de mise en garde permanente. À la première défaillance, le négociant savait qu'il n'échapperait pas aux serres du faucon-homme.

— Et vous, Médès, ne seriez-vous pas soupçonné ?

Le haut dignitaire prit un temps de réflexion.

— Je ne suis pas naïf et je me pose sans cesse cette question. Aucun signe troublant, mais je me méfie. Quand le Grand Trésorier Senânkh accepte mes propositions, je me demande s'il se préoccupe des intérêts de l'État ou s'il me met à l'épreuve. Les deux, probablement.

— Nous ne pouvons pas nous autoriser la moindre imprudence, rappela le Libanais, sous peine de devoir annuler nos projets. Si l'un des fidèles de Sésostris s'approchait un peu trop de vous, n'omettez pas de m'alerter. Nous trancherions alors dans le vif. Souvenez-vous, Médès : l'Annonciateur ne nous pardonnera pas un échec.

5.

De nombreux ouvriers travaillaient à l'extension des Murs du Roi, ligne de fortins destinés à renforcer la frontière nord-est de l'Égypte et à décourager toute tentative d'invasion des tribus rebelles qui sillonnaient une partie de la Syro-Palestine. On consolidait les anciennes bâtisses, on en construisait de nouvelles. Entre eux, les fortins communiquaient par signaux optiques et pigeons voyageurs. Formées de soldats et de douaniers, les garnisons contrôlaient de manière tatillonne les marchandises et l'identité des voyageurs. Après l'attentat contre le pharaon Sésostris, la vigilance s'était accrue. Quelques terroristes cananéens avaient été abattus, mais d'autres essaieraient certainement de s'introduire dans le Delta et de venger leurs camarades. Aussi l'armée refoulait-elle suspects et indésirables, et ne délivrait-elle de laissez-passer qu'après un interrogatoire approfondi. « Quiconque franchit cette frontière, proclamait le décret du pharaon, devient l'un de mes fils. »

Sortir d'Égypte pour se rendre en Canaan répondait à des règles strictes : donner son nom, les raisons de son voyage, et préciser la date de son retour. Des scribes accumulaient des dossiers, constamment remis à jour.

La tâche d'Iker s'annonçait délicate, car il ne devait

laisser aucune trace de son passage. Non seulement cette première épreuve serait un test décisif, mais encore lui permettrait-elle d'affirmer aux Cananéens insoumis qu'il fuyait son pays où la police le recherchait. À supposer qu'ils disposent d'informateurs parmi le personnel des Murs du Roi, ils vérifieraient qu'aucune autorisation officielle ne lui avait été accordée et qu'il se comportait bien comme un clandestin.

Iker constata l'ampleur des mesures de sécurité : de nombreux archers aux créneaux des donjons et des troupes au sol prêtes à intervenir en permanence. Aucun raid ne pouvait réussir. Un fortin pris d'assaut aurait le temps de prévenir les plus proches. La nouvelle de l'attaque se répandrait vite, les renforts interviendraient aussitôt.

Sans informations précises, Iker ne serait pas parvenu à franchir les Murs du Roi. Séhotep, le Porteur du sceau royal, lui avait confié une carte détaillée mentionnant le dernier point faible du dispositif. Aussi le jeune homme s'engagea-t-il, à la nuit tombante, dans une zone de broussailles.

Face à lui, un vieux fortin isolé, en restauration. L'allumage des torches marquerait l'heure de la relève. Iker disposerait de quelques minutes de flottement pour courir à toutes jambes et passer en Canaan.

Le commandant n'appréciait guère sa nouvelle affectation et regrettait la caserne de Memphis, proche de la capitale et de ses innombrables distractions. Ici, le temps semblait bien long.

Dès le lendemain, il ferait brûler les broussailles. Quiconque s'aventurerait sur le terrain bien dégagé serait immédiatement repéré. En cas de fuite, les archers avaient ordre de tirer ; aussi l'exercice était-il quotidien et trompait-il l'ennui. Par bonheur, le général Nesmontou, en officier d'expérience, autorisait de nombreuses permissions et changeait fréquemment une partie de la garnison afin d'éviter lassitude et manque de vigilance. Avec un chef de cette trempe-là, les soldats appréciaient leur métier.

L'heure de la relève.

À la tête d'une dizaine d'archers, le commandant se dirigea vers la tour de guet où le préposé allumait des torches. D'ordinaire, la manœuvre se déroulait vite, les hommes de garde cédant volontiers la place à leurs remplaçants et gagnant au plus vite le réfectoire.

Ce soir-là, une agitation inhabituelle ! Les archers encore en poste parlaient fort, au bord de la dispute, et ne descendaient pas.

— Qu'est-ce qui se passe, là-haut ?

— Venez, mon commandant, on ne s'en sort pas !

L'officier grimpa quatre à quatre.

Allongé sur le dos, un soldat avait le nez en sang. Deux de ses camarades maîtrisaient à grand-peine l'agresseur, écumant comme un taureau furieux.

— Ma parole, vous vous êtes battus !

— C'est lui, murmura le blessé, c'est ce malade... Il m'a frappé sans raison !

— Pas sans raison ! éructa l'autre. Tu m'as volé, ordure !

— Je ne veux plus rien entendre, décida le commandant. Vous comparaîtrez l'un et l'autre devant le tribunal militaire, et nous éclaircirons les faits.

Un archer qui, en temps normal, aurait dû se trouver attablé, observait d'un œil distrait la plaine cananéenne.

Dans la lumière de la lune, ce qu'il vit le stupéfia.

— Commandant, là-bas, un homme détale !

— Tirez, ordonna l'officier, tirez tous et ne le ratez pas !

Iker était encore proche du fortin lorsque la première flèche siffla à son oreille gauche. Une deuxième lui érafla l'épaule. Éduqué à la rude école de la province de l'Oryx, il se félicita d'être devenu un excellent coureur de fond, au souffle inépuisable. Se déplaçant en zigzag, il força l'allure en se concentrant sur le lointain.

Les sinistres sifflements s'espacèrent, leur intensité s'atténua, puis il n'y eut plus que le bruit régulier de ses pieds frappant le sol.

Iker avait franchi la frontière sain et sauf !

Pourtant, il continua sur le même rythme, de crainte qu'une patrouille ne fût envoyée à sa poursuite. Mais il faisait nuit, et le commandant ne dégarnirait pas son effectif, car il redoutait d'autres tentatives de passage en force.

Il ne restait au Fils royal qu'à prendre la direction de Sichem.

À l'assaut de son visage, la fourmi géante lui sauva la vie en le réveillant.

Deux mal rasés s'approchaient du buisson à l'abri duquel Iker avait dormi quelques heures. Incapables de se taire, ils se croyaient discrets.

— Y a quelque chose là-dedans, j'te dis.

— Un tas de chiffons, probable.

— Et si c'était un type dans les chiffons ? Regarde mieux !

— On dirait un bonhomme avec son matériel de voyage.

— Tu vois d'ici la bonne affaire !

— Il voudra peut-être pas nous le donner.

— Tu le donnerais, toi, ton matériel ?

— T'as plus ta tête !

— Vaut mieux rien lui demander, l'assommer et le voler. Si on tape assez fort, il se souviendra de rien.

Au moment où les mal rasés s'apprêtaient à bondir, Iker se redressa, brandissant le couteau du génie gardien.

— Ne bougez plus, ordonna-t-il. Sinon, je vous tranche les jarrets.

Le moins courageux tomba à genoux, l'autre recula d'un pas.

— T'as pas l'air de plaisanter, toi ! Tu serais pas policier ou soldat ?

— Ni l'un ni l'autre, mais je sais manier les armes. Vous comptiez bien me détrousser ?

— Oh non ! s'exclama l'agenouillé. On voulait juste te porter secours.

— Ignorez-vous que les voleurs sont condamnés aux travaux forcés et les assassins à la peine de mort ?

— Nous, on est juste de pauvres paysans qui cherchent à manger ! Dans le coin, on s'amuse pas tous les jours.

— Le général Nesmontou n'a-t-il pas ramené la prospérité ?

Les deux fripouilles se regardèrent, inquiètes.

— Tu serais pas... égyptien ?

— Exact.

— Et tu... tu travailles pour le général ?

— Inexact.

— Alors, que fais-tu par ici ?

— Je tente de lui échapper.

— Déserteur ?

— Quelque chose comme ça.

— Tu désires aller où ?

— Rejoindre ceux qui luttent contre le général et pour la libération de Canaan.

— Drôlement dangereux, ça !

— Ne seriez-vous pas des partisans de l'Annonciateur ?

L'agenouillé se releva et se colla à son compère.

— Nous, on se mêle pas trop de ces histoires-là.

— Un peu quand même, non ?

— Très peu. Très, très peu. Même moins que ça.

— Ce moins que ça pourrait vous valoir une jolie prime.

— Si tu précisais, l'ami ?

— Un lingot de cuivre.

Les mal rasés salivèrent. Une véritable fortune ! Ils pourraient boire tout leur soûl et s'offrir les filles des maisons de bière.

— C'est ton jour de chance, l'ami.

— Conduisez-moi au camp de l'Annonciateur, exigea Iker sans trop y croire.

— Tu rêves ou quoi ? Personne ne sait où il se cache !

— Vous connaissez forcément quelques-uns de ses partisans.

— Possible... Mais comment être sûr que t'es un gars honnête ?

— À cause du lingot de cuivre.

— On peut pas dire, t'as des arguments de poids !

— Alors, je vous suis.

— Le lingot d'abord.

— Ne me prenez pas pour un imbécile. Vous me guidez jusqu'aux partisans de l'Annonciateur, et je vous paie. Sinon, adieu. Je m'arrangerai tout seul.

— Faut qu'on se consulte.

— D'accord, mais rapidement.

Les deux comparses entamèrent une discussion plutôt vive. L'un prônait la prudence, l'autre le gain. Finalement, ils choisirent un compromis.

— Le mieux, déclara le plus réservé, c'est Sichem. Dans la campagne, on risque de mauvaises surprises. À la ville, on a nos repères.

— La police et l'armée ne quadrillent-elles pas la cité ?

— Bien sûr que si, mais elles ne surveillent pas chaque maison. Là-bas, on a des relations qui te mèneront sûrement à l'Annonciateur.

— Allons-y, marchez devant.

— Tiens-toi à bonne distance, l'ami ! Nous, on sait se débrouiller avec les Égyptiens. S'ils t'arrêtent, on ne te connaît pas.

— Vu votre salaire, évitons les barrages.

— Qu'est-ce que tu crois ? Si on te pince, on aura travaillé gratis !

Ce cri du cœur rassura Iker.

Ils empruntèrent des chemins détournés, firent de nombreuses haltes et, en vue de la ville, s'en écartèrent avant de l'aborder par un quartier populaire où les masures rivalisaient d'indigence.

Ils saluèrent des vieillards assis sur le seuil de leur pauvre demeure, les anciens leur rendirent la politesse. À l'évidence, les deux maraudeurs n'étaient pas des inconnus.

Soudain, plusieurs gamins entourèrent Iker.

— T'es pas d'ici, toi !

— Écartez-vous.

— Réponds, ou on te lapide !

Iker ne souhaitait pas se battre contre des enfants, mais ceux-là ne semblaient pas plaisanter.

À coups de pied, un mal rasé dispersa la meute.

— Montez le guet plus loin, leur ordonna-t-il. Celui-là nous accompagne.

Les gamins obéirent en piaillant.

Iker suivit ses guides jusqu'à une maison aux murs

sales. À l'extérieur, du fumier sur lequel était accroupie une vieille femme couverte de haillons, le regard vide. En plein soleil, un âne attaché à un piquet, avec une corde si courte qu'il pouvait à peine bouger.

— On devrait au moins lui donner à boire, estima Iker.

— Ce n'est qu'une bête. Entre.

— Qui habite ici ?

— Les gens que tu cherches.

— J'aimerais en être certain.

— On est du genre honnête. Maintenant, tu dois payer.

La situation se tendait.

Iker sortit de son sac un lingot de cuivre. Une main avide s'en empara aussitôt.

— Allez, entre.

La pièce au sol de terre battue sentait si mauvais qu'il hésita.

À l'instant où le Fils royal franchissait le seuil en se bouchant les narines, on le poussa violemment. Derrière lui, la porte claqua.

Dans la pénombre, une dizaine de Cananéens armés de fourches et de pioches. Un barbu à la tignasse pouilleuse interpella l'arrivant.

— Comment t'appelles-tu ?

— Iker.

— D'où viens-tu ?

— De Memphis.

— Égyptien ?

— Oui, mais opposant à la dictature de Sésostris ! Après avoir aidé mes amis asiatiques, à Kahoun, j'ai tenté de supprimer le tyran. Depuis mon échec, je me suis caché, avec l'espoir de les retrouver. Pour échapper à la police, il ne me restait plus qu'une solution : franchir les Murs du Roi et me réfugier en Canaan. Je veux reprendre le combat contre l'oppresseur. Si l'Annonciateur m'accepte parmi ses fidèles, je ne le décevrai pas.

— Qui t'a parlé de lui ?

— Mes alliés asiatiques. Partout, sa réputation ne cesse de croître. Le pharaon et ses proches commencent à trembler. D'autres Égyptiens se rallieront bientôt à la cause de l'Annonciateur.

— Comment as-tu franchi les Murs du Roi ?

— J'ai choisi un fortin isolé et je suis passé pendant la nuit. Les archers ont tiré, j'ai été touché à l'épaule gauche.

Iker montra sa blessure.

— Il a dû se l'infliger lui-même ! accusa un Cananéen. La tête de cet Égyptien ne me revient pas. C'est sûrement un espion !

— En ce cas, objecta Iker, aurais-je été assez stupide pour me jeter ainsi dans la gueule du chacal ? Voilà plusieurs fois que je risque ma vie en défendant votre pays, et je ne renoncerai pas tant qu'il sera opprimé.

L'un des gamins agressifs réapparut et murmura quelques mots à l'oreille du chef. Puis il repartit en courant.

— Tu es bien venu seul, personne ne t'a suivi, constata le barbu.

— Ça ne prouve rien ! éructa l'un de ses compagnons. Soyons prudents et supprimons-le.

L'atmosphère devint plus pesante encore.

— Ne commettez pas l'irréparable, prévint Iker. En tant que scribe bien informé de ce qui se passe à Memphis et des coutumes du palais, je peux vous apporter une aide précieuse.

L'argument sema le trouble chez les Cananéens. Plusieurs le jugèrent sérieux et se déclarèrent prêts à accueillir le jeune homme, mais deux excités continuèrent à réclamer son exécution.

— Nous avons besoin de réfléchir, décida le barbu. En attendant notre décision, tu es notre prisonnier. Si tu tentes de t'enfuir, tu seras abattu.

6.

Isis pénétra dans la chapelle du temple de Sésostris où était déposée la barque en or d'Osiris. Surveillé en permanence, l'édifice offrait un abri sûr. Seuls le couple royal, les prêtres permanents et la jeune prêtresse accédaient au sanctuaire pour y accomplir les rites. En l'absence de Pharaon et de la Grande Épouse royale, Isis ranimait cette barque qui, à cause de la maladie de l'acacia, manquait de l'énergie indispensable à la célébration des mystères. Seul l'appel à la voix de ses différents éléments la maintenait en vie.

Recueillie, la jeune femme ôta le voile recouvrant l'inestimable relique.

— Ta proue est le buste du maître de l'Occident, Osiris ressuscité, ta poupe celui du dieu Min, le feu régénérateur. Tes yeux sont ceux de l'esprit capable de voir le Grand. Ton gouvernail se compose du couple divin de la cité de Dieu. Ton double mât est l'étoile unique qui fend les nuages, ton cordage avant la grande clarté, ton cordage arrière la tresse de la panthère Mafdet, gardienne de la Maison de Vie, ton cordage tribord le bras droit du Créateur, Atoum, ton cordage bâbord son bras gauche, ta cabine la déesse Ciel équipée de ses puissances, tes rames les bras d'Horus lorsqu'il voyage [1].

Pendant quelques instants, l'or parut animé d'une lumière intense. La chapelle entière fut illuminée, le plafond se transforma en ciel étoilé, et la barque vogua de nouveau à travers le cosmos.

Puis l'obscurité se reforma, l'or se ternit et le mouvement s'interrompit.

Tant que l'acacia n'aurait pas reverdi et qu'Abydos serait privé de l'or des dieux, Isis ne pourrait obtenir davantage. Les formules de connaissance préservaient au moins la cohérence de la barque et l'empêchaient de se disloquer.

Cette tâche achevée, la jeune femme s'assura que Vent du Nord était convenablement nourri. Chaque jour, elle se promenait longuement avec lui à la lisière des cultures. Toujours prêt à transporter une charge, l'âne finissait par séduire les plus réticents. Lui, l'animal de Seth, s'affirmait à présent comme un bon génie, protecteur du site. Et chacun reconnaissait qu'Isis avait eu raison de tenter l'expérience.

— Iker a sans doute franchi les Murs du Roi, avança-t-elle.

Vent du Nord leva l'oreille droite.

— Donc, il se trouve en Canaan.

Le quadrupède confirma.

— Il vit, n'est-ce pas ?

L'oreille droite se releva avec vigueur.

— Toi, tu ne mentiras jamais ! Vivant, mais en danger.

La réponse demeura positive.

— Je ne devrais pas penser à lui, murmura-t-elle. En

1. Indications données par le chapitre 398 des *Textes des Sarcophages* (d'après la traduction de Paul Barguet).

tout cas, pas autant... Et il m'a demandé une réponse. Aimer une prêtresse d'Abydos, est-ce raisonnable ? Moi-même, ai-je le droit d'aimer un Fils royal ? Mon existence se déroule ici, nulle part ailleurs, et je dois remplir mes fonctions sans défaillance. Me comprends-tu, Vent du Nord ?

Dans les grands yeux marron, une immense tendresse.

Béga contempla la paume de sa main droite, au creux de laquelle était gravée à jamais une minuscule tête de Seth, aux grandes oreilles et au museau caractéristique. Cet emblème unissait les confédérés du dieu de la destruction et de la violence, Médès, Secrétaire de la Maison du Roi, son âme damnée Gergou, et lui-même, Béga, prêtre permanent d'Abydos.

Lui, engagé à servir Osiris sa vie durant, le trahissait.

Le pharaon en personne ne l'avait-il pas humilié en refusant de le nommer supérieur d'Abydos et de lui confier la clé des grands mystères ? Pourtant, il la méritait bien : une existence exemplaire, des compétences appréciées de tous, une austérité et une rigueur dignes d'éloge... Personne, pas même le Chauve, ne l'égalait.

Ne pas reconnaître de telles qualités était une injure insupportable que Sésostris paierait cher. Piétinant son serment, détestant ce qu'il vénérait, Béga souhaitait à présent la mort du tyran et celle de l'Égypte, liées à l'anéantissement d'Abydos, centre vital du pays.

Glacial comme un vent d'hiver, grand, le visage ingrat dévoré par un nez proéminent, Béga savourerait sa vengeance en détruisant la spiritualité osirienne, socle sur lequel Pharaon bâtissait son peuple et son pays.

Au comble de l'amertume, Béga avait rencontré l'Annonciateur.

Avec la force brutale d'un orage, le Mal s'était alors emparé de sa conscience. Au plus profond de son aigreur, il n'imaginait pas l'ampleur de la puissance de Seth.

Béga méprisait ses nouveaux alliés, Gergou et Médès, quoique ce dernier ne manquât ni de dynamisme ni de volonté, fût-elle perverse. Pourtant, face à l'Annonciateur, il se comportait tel un garçonnet affolé, subjugué et contraint d'obéir. Lui-même, Béga, malgré son âge et son expérience, n'opposait aucune résistance.

Depuis son acte d'allégeance aux ténèbres, le prêtre permanent se sentait rassuré. En jetant un maléfice sur l'acacia d'Osiris, l'Annonciateur avait prouvé ses capacités. Lui seul terrasserait le pharaon et viderait Abydos de sa substance. En tant qu'interlocuteur privilégié, puisque détenteur d'une partie des secrets d'Osiris, Béga jouait un rôle décisif dans la conspiration du Mal.

Il achevait son service rituel lorsqu'il vit Isis se diriger vers la bibliothèque de la Maison de Vie.

— Vos recherches progressent-elles ?

— Trop lentement à mon gré, mais je ne désespère pas. Les textes anciens m'ont déjà fourni de précieuses indications dont le pharaon fera son miel.

— Par bonheur, l'acacia ne dépérit plus. Nous louons votre efficacité.

— Elle est bien médiocre, Béga, et seul le miroir de la déesse Hathor mérite notre admiration. Son rayonnement assure la circulation de la sève.

— Votre réputation ne cesse de grandir, et je m'en félicite.

— Seule la survie d'Abydos me préoccupe.

— Au cours de cette guerre impitoyable qui nous

oppose aux forces des ténèbres, vous devenez une pièce essentielle.

— Je ne suis que l'exécutante des volontés du pharaon et de notre supérieur. Si je faillis, une autre prêtresse d'Hathor me remplacera.

— L'état de la barque d'Osiris nous préoccupe tous. Si elle demeure immobile, comment l'énergie de la résurrection se diffusera-t-elle ?

— Parer au plus pressé en évitant sa dislocation.

— Maigre résultat, avouons-le !

— Au moins l'âme de la barque reste présente parmi nous. Qu'espérer de mieux à l'heure actuelle ?

— Difficile de ne pas céder au pessimisme ! Grâce à vous, Isis, les permanents veulent encore croire que tout n'est pas perdu.

— Nous bénéficions de la détermination inébranlable d'un monarque exceptionnel. Aussi longtemps qu'il régnera, la victoire sera à notre portée.

— Qu'Osiris nous protège !

Béga regarda Isis pénétrer dans la bibliothèque. Elle y travaillerait le reste de la journée et une partie de la nuit, lui laissant le champ libre pour préparer sa future transaction.

Car, aujourd'hui, arrivait Gergou, l'âme damnée de Médès.

Afin d'estomper l'ennui du voyage, Gergou s'était soûlé à la bière forte. Avant le départ, une prostituée syrienne lui avait ôté un peu de sa nervosité, malgré ses protestations contre les quelques gifles qu'il lui administrait. Battre les femmes lui procurait beaucoup de plaisir. Sans l'intervention de Médès, les plaintes des trois épouses successives de Gergou l'auraient envoyé en prison. Comme son patron lui interdisait formellement de se remarier, il se rabattait sur des professionnelles de bas étage et peu regardantes.

D'abord collecteur d'impôts et de taxes, Gergou avait été nommé inspecteur principal des greniers, toujours grâce à Médès dont il était le fidèle et dévoué serviteur. Ce poste lui permettait de rançonner d'honnêtes gestionnaires en les menaçant de sanctions et de monter un réseau de crapules, destiné à lui rapporter une petite fortune en détournant des stocks de grains. Gros mangeur et gros buveur, Gergou se serait bien contenté de cette existence facile, si son patron ne manifestait pas d'autres ambitions.

Depuis la rencontre de l'Annonciateur, Médès voulait non seulement renverser Sésostris, mais aussi s'emparer des richesses du pays et promouvoir la toute-puissance d'un nouveau dieu présentant l'avantage de réduire les femmes à leur véritable rang, celui de créatures inférieures.

Ce programme très risqué affolait Gergou. Pourtant, hors de question de désobéir à Médès et encore moins à l'Annonciateur, lequel exécutait sauvagement les renégats. Il devait donc suivre le mouvement en prenant un maximum de précautions pour ne pas trop s'exposer.

Gergou se rendait régulièrement à Abydos où il avait obtenu le statut de temporaire, ce qui facilitait l'extraordinaire trafic mis au point avec son complice, le prêtre permanent Béga. Jamais l'inspecteur principal des greniers n'aurait supposé qu'un initié aux mystères d'Osiris cédât ainsi à la vénalité. Puisqu'il s'agissait de l'affaire la plus juteuse de sa carrière, il n'allait pas faire la fine bouche !

Au débarcadère, Gergou salua les policiers. Ils échangèrent des propos amicaux, se félicitant de la tranquillité des lieux. Vu l'ampleur du système de sécurité imposé par le roi, Abydos ne craignait vraiment rien !

Comme d'habitude, Gergou livrait les nourritures de premier choix, les pièces de tissu, les onguents, les sandales et autres produits que Béga lui commandait de manière officielle afin d'assurer le bien-être des résidents. Les deux hommes se voyaient longuement, vérifiaient la liste des marchandises et préparaient le prochain chargement.

En réalité, ils s'occupaient d'un négoce secret et beaucoup plus lucratif.

Les problèmes administratifs réglés dans un délai raisonnable, Béga emmena Gergou jusqu'à la terrasse du Grand Dieu. Ils empruntèrent la voie processionnelle, déserte en dehors des périodes de fêtes qui ne seraient plus organisées avant longtemps, à supposer qu'elles fussent de nouveau célébrées.

De part et d'autre de l'allée conduisant à l'escalier d'Osiris, de nombreuses chapelles. Elles contenaient des statues et des stèles, chargées d'associer l'âme de leurs propriétaires à l'éternité du Ressuscité. Seuls quelques élus, après avoir été initiés, étaient autorisés à survivre ainsi, en formant la cour d'Osiris, ici-bas et dans l'au-delà.

Un silence paisible environnait ces monuments ancrés dans l'invisible. Aucun profane, aucun membre des forces de l'ordre ne troublait la quiétude de l'endroit. Aussi une idée diabolique était-elle venue à l'esprit de Béga : faire sortir d'Abydos de petites stèles consacrées, donc d'une valeur inestimable, et les vendre à prix d'or aux meilleurs acheteurs, trop heureux d'acquérir leur part d'immortalité. Et le prêtre permanent ne s'arrêtait pas là : en donnant un sceau à ses complices et en leur révélant la formule à graver sur les stèles, il leur permettait de fabriquer des faux qu'ils écoulaient sans difficulté.

Béga n'avait plus d'états d'âme. D'une part, il s'enrichissait enfin, après tant d'années de dépouillement au service d'Osiris ; d'autre part, il affaiblissait la magie d'Abydos en lui ôtant quelques pierres sacrées, si modestes soient-elles.

— Ce cimetière me met mal à l'aise, avoua Gergou. J'ai l'impression que les morts me regardent.

— Même si c'est le cas, ils ne peuvent rien contre toi ! À force d'avoir peur d'eux, on n'entreprend rien. Moi, j'ai brisé ce tabou. Crois-moi, Gergou, ces êtres inertes, réduits à l'état de minéral, ne disposent d'aucune influence. Nous, nous sommes bien vivants.

Malgré ces encouragements, l'inspecteur principal des greniers avait hâte de s'éloigner de la terrasse du Grand Dieu. Osiris ne veillait-il pas sur ses protégés et ne s'irriterait-il pas contre les voleurs ?

— Comment procédons-nous ?

— Comme d'habitude, répondit Béga. J'ai choisi une superbe petite stèle enfouie dans un lot de vingt, oubliées au fond d'une chapelle. Viens avec moi, et sortons-la.

Bien que les monuments précédés de jardinets ne continssent aucune momie, Gergou eut le sentiment de violer une sépulture. Il enveloppa d'un tissu blanc la pierre couverte de hiéroglyphes et la porta jusqu'au désert. Des gouttes de sueur perlèrent à son front, non à cause de l'effort, mais parce qu'il redoutait l'éventuelle agression de cette œuvre remplie de magie. Avec précipitation, il l'enfouit dans le sable.

— Pas de problème pour la suite ?

— Non, non, promit Gergou. J'ai acheté le policier en faction cette nuit. Il déterrera la stèle et la remettra au capitaine d'un bateau à destination de Memphis.

— Je compte sur toi, Gergou. Ne commets surtout pas la moindre erreur.

— Moi aussi, je suis en première ligne !

— Ne te laisse pas aveugler par les seuls profits. Le but fixé par l'Annonciateur est beaucoup plus élevé, souviens-t'en.

— Si nous visons trop haut, ne risquons-nous pas de rater la cible ?

Soudain, la paume de la main droite de Gergou devint douloureuse. En la regardant, il s'aperçut que la minuscule tête de Seth rougeoyait.

— Ne songe pas à trahir, recommanda Béga. Sinon, l'Annonciateur te tuera.

7.

Le troisième interrogatoire débutait, mené par le Cananéen le plus hostile à Iker. Les deux premiers n'avaient pas permis aux geôliers de prendre une décision finale.

Le scribe ne s'habituait pas à la puanteur et à la saleté des lieux. Son aventure commençait mal et risquait de se terminer prématurément.

— Avoue que tu es un espion à la solde du pharaon, exigea le Cananéen.

— Puisque ton opinion ne variera pas, pourquoi protesterais-je ?

— Ta mission réelle ?

— Seul l'Annonciateur me la confiera.

— Sais-tu où il se trouve et de combien d'hommes il dispose ?

— Si je le savais, je serais auprès de lui.

— Quels sont les plans de bataille du général Nesmontou ?

— J'aimerais les connaître afin de les déjouer.

— Parle-nous du palais de Memphis.

— Je destine ces informations à l'Annonciateur, et à personne d'autre. Lorsqu'il apprendra comment tu m'as traité, tu passeras un sale quart d'heure. En m'immobilisant ici, tu fais perdre du temps à notre cause.

Le Cananéen cracha sur l'Égyptien, puis lui arracha l'amulette qu'il portait au cou et la piétina avec rage.

— Tu n'as plus aucune protection, sale traître ! Maintenant, torturons-le. Qu'on m'apporte le couteau qu'il dissimulait. Vous verrez, il parlera.

Iker tressaillit. Mourir était déjà effrayant, mais souffrir ainsi ! Pourtant, il se tairait. Quoi qu'il dise, son bourreau s'acharnerait. Autant lui laisser croire qu'il se trompait et attirer, peut-être, la sympathie de ses comparses.

Le Cananéen brandit l'arme blanche et passa la lame sous le nez du jeune homme.

— Tu as peur, hein ?

— Bien sûr que j'ai peur ! Et je ne comprends pas pourquoi on m'inflige une pareille épreuve.

— D'abord, je te lacère la poitrine. Ensuite, je te coupe le nez. Enfin, les testicules. Quand j'en aurai terminé, tu ne seras plus un homme. Alors, tu avoues ?

— Je demande à être conduit auprès de l'Annonciateur.

— Tu vas tout me dire, chien d'espion !

La première strie sanglante arracha un cri de douleur au Fils royal.

Pieds et poings liés, il ne pouvait pas se défendre.

La lame attaquait de nouveau sa chair lorsque la porte du réduit s'ouvrit à la volée.

— Les soldats ! Fuyons, vite !

Frappé par une flèche qui se ficha entre ses omoplates, le guetteur s'écroula. Une vingtaine de fantassins s'engouffrèrent dans le local puant et massacrèrent les Cananéens.

— Qu'est-ce qu'on fait de celui-là, chef ? demanda un soldat en désignant Iker.

— Détache-le. Le général Nesmontou sera heureux d'interroger un terroriste.

Officiellement, Iker était détenu à la caserne principale où Nesmontou, ravi d'avoir enfin arrêté un partisan de l'Annonciateur, lui faisait subir un interrogatoire si violent que personne n'y assistait.

Militaire de carrière, bourru, carré, indifférent aux honneurs, le général aimait vivre parmi ses hommes et ne rechignait jamais à l'effort. Malgré son âge, il épuisait les jeunes.

— Blessure superficielle, observa-t-il en appliquant un onguent sur les chairs meurtries. Avec ce produit-là, tu seras vite guéri.

— Si vous n'étiez pas intervenu...

— Je connais les pratiques de ces barbares et je commençais à trouver le temps long. À l'évidence, tu ne parvenais pas à les convaincre. Tu as eu de la chance, mes soldats auraient pu arriver trop tard.

Les nerfs du jeune homme lâchèrent.

— Pleure un bon coup, ça te soulagera. Même les héros paniquent devant la torture. Bois ce vin vieux issu de ma vigne du Delta. Nulle maladie ne lui résiste. Deux coupes minimum par jour, et l'on ignore la fatigue.

De fait, le grand cru revigora le scribe. Peu à peu, ses tremblements cessèrent.

— Tu ne manques pas de culot, Fils royal, mais tu te heurtes à de redoutables adversaires, pires que des bêtes fauves, et tu ne me parais pas taillé pour ce genre de mission. Tous les volontaires qui ont tenté de s'infiltrer parmi les terroristes sont morts de manière abominable, et tu as failli subir un sort identique. Un conseil : regagne Memphis.

— Je n'ai obtenu aucun résultat !

— Tu as survécu, ce n'est pas si mal.

— Je peux tirer profit de cet incident, général.

Nesmontou fut intrigué.

— De quelle façon ?

— Je suis un terroriste, vous m'avez arrêté, interrogé et condamné. Faites-le savoir, que nul ne mette en doute mon engagement en faveur de la cause cananéenne. Mes alliés ne me sortiront-ils pas de cellule avant mon exécution ?

— Tu m'en demandes trop ! Ma prison est sûre, sa réputation ne doit pas être altérée. Il existe une solution plus simple : la cage.

— De quoi s'agit-il ?

— Envoyé aux travaux forcés, tu seras transporté en dehors de Sichem jusqu'à l'endroit où tu purgeras ta peine. Auparavant, on t'aura enfermé dans une cage qui traversera la ville afin que chacun prenne conscience de ce qui l'attend s'il s'attaque aux autorités égyptiennes. Le convoi la laissera sans surveillance lors d'une halte. Si les terroristes désirent te libérer, ce sera l'occasion idéale.

— Parfait, général.

— Écoute, mon garçon, je pourrais être ton grand-père. Tout Fils royal que tu sois, je ne me répandrai pas en courbettes et en politesses inutiles. D'abord, ce plan semble voué au désastre ; ensuite, s'il fonctionne, tu plongeras au fond d'une véritable fournaise ! Ta récente expérience ne te suffit-elle pas ? Abandonne, et regagne l'Égypte.

— Impossible, général.

— Pourquoi, Iker ?

— Parce que je dois effacer mes erreurs passées, obéir au pharaon et sauver l'arbre de vie. À l'heure actuelle, notre seule stratégie consiste à tenter de repérer l'Annonciateur.

— Mes meilleurs limiers ont échoué !

— Aussi convient-il de changer de méthode, et c'est la raison de ma présence ici. Mes débuts furent difficiles, je l'admets, mais pouvait-il en être autrement ? À la réflexion, les résultats ne sont pas si mauvais ! En me filant et en assurant ma protection, n'avez-vous pas éliminé l'une des cellules terroristes de Sichem ? L'idée de la cage me paraît excellente. Chacun saura que je suis un martyr de la cause cananéenne, et l'on me délivrera.

— Te conduira-t-on pour autant jusqu'à l'Annonciateur ?

— Chaque chose en son temps, général ! Franchissons déjà cette étape-là.

— Complètement insensé, Iker !

— Mon père m'a confié une mission. Je l'accomplirai.

La gravité du ton impressionna le vieux militaire.

— Je ne devrais pas te l'avouer, mon garçon : à ta place, je n'agirais pas autrement.

— Avez-vous retrouvé le couteau avec lequel le Cananéen me torturait ?

— On jurerait l'arme d'un génie gardien ! Elle a brûlé la main du soldat qui l'a récupérée.

— Vous, vous la maniez sans dommage ?

— En effet.

— N'est-ce pas le privilège des membres du Cercle d'or d'Abydos ?

— Où vas-tu chercher des idées pareilles, Iker ? Mes soldats redoutent la sorcellerie, pas moi. Ainsi, tu t'intéresses à Abydos...

— Le centre spirituel de l'Égypte !

— On le dit.

— J'aimerais tant le connaître !

— Tu ne prends pas la bonne direction !

— Qui sait ? Aujourd'hui, mon chemin passe par Canaan.

Nesmontou présenta le couteau au Fils royal.

— Et toi, il ne te brûle pas la main ?

— Non, il me donnerait plutôt de l'énergie.

— Malheureusement, impossible de l'emporter. À la suite de son interrogatoire, un terroriste en cage est nu et plutôt amoché. Toujours décidé ?

— Plus que jamais.

— Si tu reviens vivant, je te remettrai cette arme.

— Quand j'aurai découvert le repaire de l'Annonciateur, comment communiquerons-nous ?

— Par tous les moyens imaginables, dont aucun dépourvu de risque. À supposer que tu sois admis dans un clan cananéen, il sera forcément nomade. À chaque campement, laisse un message en écriture codée. Moi seul pourrai le lire, et je le transmettrai à Sobek le Protecteur qui le remettra à Sa Majesté. Écris sur n'importe quel support : tronc d'arbre, pierre, morceau de tissu... en espérant qu'on ne te repérera pas et que la police du désert dénichera ton texte. Tâche d'acheter un nomade et promets-lui une forte prime. Il se rendra peut-être à Sichem pour m'informer. Si tu tombes sur un fidèle de l'Annonciateur, tu seras un homme mort.

Iker se sentit démoralisé.

— Bref, rien de sûr.

— Rien, mon garçon.

— Je peux donc réussir et échouer en même temps, trouver l'Annonciateur et ne pas parvenir à vous renseigner !

— Affirmatif. Toujours déterminé à tenter l'impossible ?

— Toujours.

— Nous allons déjeuner ici, sous prétexte de poursuivre l'interrogatoire. Ensuite, tu n'iras pas en prison mais directement dans la cage. À partir de cet instant, tout retour en arrière sera impossible.

— Général, avez-vous confiance en Sobek le Protecteur ?

Nesmontou eut un haut-le-cœur.

— Comme en moi-même ! Pourquoi cette question ?

— Il ne m'aime pas beaucoup et...

— Je ne veux pas en entendre davantage ! Sobek est l'intégrité personnifiée et se ferait tuer pour sauver le roi. Qu'il se méfie de toi, quoi de plus normal ? Par tes actes, tu le convaincras de t'accorder son estime. Quant aux informations que toi et moi lui transmettrons, elles ne seront divulguées à personne d'autre qu'au pharaon. Sobek déteste les magouilleurs et les flatteurs de la cour, et il a mille fois raison.

En mangeant une succulente côte de bœuf et en buvant un vin rouge exceptionnel, Iker prit conscience de sa folie. Les aléas et les impondérables étaient si nombreux qu'il n'avait vraiment aucune chance de réussir.

8.

Placée sur un traîneau en bois que tiraient deux bœufs, la cage fut exhibée à travers Sichem. Contraint de se tenir debout, Iker s'agrippait aux barreaux et regardait les Cananéens, spectateurs de cette triste exposition.

Des bleus, habilement peints, maculaient le corps du jeune homme et prouvaient l'intensité de la séance de torture. Puisque aucune descente de police ne s'était produite dans les quartiers sensibles, le malheureux n'avait pas parlé.

Les militaires préposés à cette démonstration ne se pressaient pas. Il fallait que chaque habitant prît conscience du sort réservé aux terroristes.

— Ce pauvre garçon n'a pas encore connu le pire, murmura un vieillard. Maintenant, ils vont l'envoyer aux travaux forcés. Il n'y résistera pas longtemps.

Un lourd silence accompagnait le passage de la cage. D'aucuns auraient aimé attaquer le convoi et libérer le prisonnier, mais personne ne s'y risqua, de peur d'une terrible répression.

Iker espérait un signe prometteur d'une éventuelle action, simple geste ou regard significatif.

Rien.

Accablés d'impuissance, les spectateurs demeuraient inertes.

Au terme du périple, le condamné eut droit à un peu d'eau et à une galette rassie.

Puis les soldats sortirent de Sichem et prirent la direction du nord.

Les deux partisans de l'Annonciateur se divisaient sur la conduite à suivre.

— Les ordres sont les ordres, rappela le nerveux. Nous devons tuer cet espion.

— Pourquoi courir autant de risques ? s'insurgea le blondinet. Les Égyptiens s'en chargeront à notre place !

— Tu ne sais pas tout.

— Parle !

— L'Annonciateur m'a révélé que cet Iker est de mèche avec les Égyptiens.

— Invraisemblable !

— D'après les informations en provenance de Memphis, aucun doute. Iker serait même un Fils royal envoyé par Sésostris pour s'infiltrer parmi nous.

— Il a été torturé et mis en cage !

— Du trompe-l'œil, œuvre de Nesmontou. Ainsi la population croit-elle qu'Iker est un martyr au service de notre cause.

Atterré, le blondinet ne montra rien de ses états d'âme. Seul agent de Nesmontou implanté dans un clan cananéen, il n'avait jamais rencontré l'Annonciateur et se demandait s'il ne s'agissait pas d'un mirage. Le terrorisme, lui, n'était pas une illusion ! Le blondinet transmettrait bientôt au général des informations qui éviteraient des attentats et permettraient de nombreuses arrestations.

Dans l'immédiat, il devait remplir une mission à

laquelle il ne s'attendait pas. Et ce qu'il venait d'apprendre compliquait singulièrement sa tâche.

— Tu ne songes pas à attaquer ce convoi, dit-il au nerveux. Nous ne sommes que deux !

— Ils ne surveilleront pas la cage en permanence, puisque ce faux prisonnier espère notre intervention. Lorsqu'ils bivouaqueront, à la nuit tombée, nous le délivrerons.

Sous peine de devenir suspect, le blondinet ne pouvait s'opposer à un ordre de l'Annonciateur. De quelle manière résoudre ce problème insoluble ? Ou bien il participait à l'assassinat d'un compatriote et d'un allié, Fils royal de surcroît, ou bien il le sauvait et réduisait à néant des mois d'effort. Car il lui serait impossible de regagner le clan qu'il avait trahi.

Au crépuscule, le convoi s'immobilisa près d'un petit bois. Les soldats déposèrent la cage au pied d'un tamaris et dînèrent en échangeant force plaisanteries. Puis ils s'endormirent, sous la protection d'une sentinelle, vite assoupie.

— Tu vois, observa le nerveux, ils nous laissent agir.

— Ne nous tendent-ils pas un piège ? s'inquiéta le blondinet.

— Sûrement pas, tout se déroule selon les prévisions de l'Annonciateur ! Lui, il ne se trompe jamais.

— Si l'on éliminait d'abord les soldats ? proposa le blondinet, espérant que cette tentative d'assaut se terminerait par leur fuite précipitée.

Resterait, ensuite, à trouver un moyen pour prévenir Iker qu'il avait été dénoncé et devait renoncer à son plan.

— Surtout pas, trancha le nerveux, ils font semblant de ne rien voir. Délivrons l'Égyptien.

Le blondinet prit sa décision.

Après la libération du Fils royal, il supprimerait le

nerveux et révélerait sa véritable identité. Sa mission, comme celle d'Iker, avorterait. Au moins, ils survivraient.

Cette réclusion était éreintante, mais le scribe tenait bon, se remémorant les paroles des sages et songeant à Isis. Parfois, il éprouvait même l'envie de rire : si elle l'avait vu dans cet état, qu'aurait-elle pensé de sa déclaration d'amour ?

Et puis la peur revenait, insidieuse, obsédante.

Les terroristes interviendraient-ils, et de quelle manière ? Commettraient-ils un massacre ?

Croupir dans cette cage lui mettait les nerfs à fleur de peau. Ne parvenant pas à dormir profondément, Iker devenait sensible au moindre bruit.

Deux hommes rampaient vers lui.

La sentinelle ronflait.

Les terroristes se relevèrent. L'index sur la bouche, ils intimèrent à Iker l'ordre de se taire. Puis ils tranchèrent les cordes épaisses qui maintenaient les rondins de bois.

Enfin, le Fils royal pouvait s'extirper de sa prison !

Le nerveux ne se méfiait pas de son compagnon.

Au moment où le prisonnier, tremblant, s'apprêtait à sortir de la cage, le blondinet recula et se plaça derrière le nerveux.

Alors qu'il brandissait son couteau pour le planter dans le dos du terroriste, un feu atroce lui dévora la nuque.

La douleur fut si violente qu'il ouvrit la bouche sans pouvoir crier, lâcha son arme et tomba à genoux. Presque aussitôt, la même lame lui trancha la gorge.

Treize-ans tuait vite et bien.

— Cette pourriture était un traître à la solde de Nesmontou, précisa-t-il au nerveux, tétanisé. Moi, je suis un disciple de l'Annonciateur.

— C'est toi, le gamin qui s'est emparé tout seul d'une caravane ?

— C'est bien moi, mais je ne suis pas un gamin. Emporte le cadavre de ce traître, et partons d'ici.

— Pourquoi se charger de cette charogne ?

— Je t'expliquerai.

Les trois hommes s'éloignèrent rapidement.

Quand ils s'estimèrent en sécurité, ils reprirent leur souffle.

Épuisé, Iker s'allongea sur le sol et ferma les yeux, incapable de résister au sommeil. Il fallait qu'il dorme, ne serait-ce qu'une heure. Privé d'énergie, il n'avait pas la force de lutter.

— Ce sera facile, déclara le nerveux en se débarrassant de son fardeau.

— De quoi parles-tu ? demanda Treize-ans.

Le nerveux entraîna le gamin à l'écart.

— J'ai des ordres.

— Lesquels ?

— Laisse-moi faire et n'interviens pas.

— J'aimerais comprendre !

— Écoute, petit, tu te hausses du col, mais l'Annonciateur est notre chef suprême.

— Sur ce point, nous sommes d'accord.

— Tu as supprimé un traître, je vais en supprimer un autre.

— Tu veux dire...

— Cet Égyptien n'est pas un vrai prisonnier, mais un fidèle du pharaon. Il joue la comédie afin de nous inspirer confiance. Heureusement, nous sommes bien informés. Il n'a été libéré de sa cage que pour mourir. Puisqu'il dort, il n'offrira aucune résistance.

Le nerveux s'approcha d'Iker et s'agenouilla.

À l'instant où il s'apprêtait à lui perforer le cœur, la pointe d'un couteau s'enfonça violemment dans ses reins. Sa langue sortit de sa bouche comme un serpent dressé, ses membres se raidirent, et il s'écroula à côté de l'Égyptien.

— L'Annonciateur est notre chef suprême, confirma Treize-ans, et il m'a ordonné de sauver Iker.

Les premiers rayons du soleil levant réveillèrent le Fils royal.

Courbatu, il se releva avec peine. D'abord, il vit un gamin qui mastiquait du lard ; puis deux cadavres, dont l'un atrocement défiguré. À la place de son visage, une bouillie sanglante.

Bien qu'il n'eût presque rien à vomir, l'estomac d'Iker se révulsa.

— Que s'est-il passé ?

— Le blondinet était un espion du général Nesmontou. Voilà plus d'un an qu'il appartenait à un clan cananéen, mais nous l'avons démasqué. C'est pourquoi je l'ai éliminé.

Iker frémit.

— Et l'autre ?

— Bon exécutant, mais borné. Lui avait l'intention de te supprimer.

— Et toi... Toi, tu m'as sauvé ?

— Ordre supérieur. Je m'appelle Treize-ans, car j'aurai toujours l'âge de mon premier exploit. Fidèle disciple de l'Annonciateur, j'ai l'honneur de remplir des missions délicates et confidentielles.

— Tu... tu sais qui je suis ?

— Tu t'appelles Iker, Fils royal de Sésostris que tu rêvais d'assassiner. Comme tu craignais d'être arrêté, tu voulais rejoindre les rangs des Cananéens révoltés.

— Es-tu prêt à m'aider ?

— Je t'emmène dans mon clan. Tu lutteras avec nous contre l'oppresseur.

Iker n'en croyait pas ses oreilles. Un premier pas, mais tellement encourageant !

— Pourquoi as-tu défiguré ce malheureux ?

— Nous avions besoin de son cadavre. Regarde-le bien : même taille que toi, même musculature, même type de cheveux. Seule différence, le visage. Donc, à détruire. Et je n'ai pas oublié tes deux cicatrices : l'une à l'épaule, l'autre à la poitrine. Quand les soldats égyptiens trouveront cette dépouille et celle du blondinet, ils sauront que leurs deux agents ont été éliminés.

Iker tressaillit.

— Me prendrais-tu pour un espion ?

— Mon clan te transformera en résistant cananéen. Le Fils royal Iker est anéanti, ta nouvelle existence débute. Elle sera entièrement au service de la cause.

Iker se sentait capable de se débarrasser de ce gamin et de regagner Sichem. Le sourire sadique de Treize-ans le figea sur place.

Sortis de nulle part, une vingtaine de Cananéens armés de poignards et de lances entourèrent leur proie.

Pétrifiés, les soldats de la caserne principale de Sichem contemplaient les deux cadavres gisant sur le sol de la cour.

Pourtant habitué aux pires spectacles, le général Nesmontou était bouleversé. Il aimait beaucoup le blondinet, volontaire courageux, sur le point de cueillir les fruits d'un travail de longue haleine. Sans doute avait-il commis une imprudence fatale. S'infiltrer parmi les terroristes cananéens paraissait décidément impossible, et la présence du second cadavre renforçait ce constat d'échec.

Comment pouvait-on être assez cruel pour mutiler ainsi un être humain, même s'il s'agissait d'un ennemi ? Le supplicié n'avait plus de visage, mais son identité était facile à établir.

Le cœur au bord des lèvres, un officier recouvrit la dépouille d'un drap blanc.

— Vos ordres, général ?

— Ratissage de tous les suspects à Sichem, multiplication des patrouilles dans la campagne. Quant à ces deux braves, qu'ils soient momifiés sommairement, puis rapatriés à Memphis.

— Je connaissais bien le blondinet, dit l'officier, effondré. L'autre, qui est-ce ?

— Un garçon exceptionnel, lui aussi.

Nesmontou regagna lentement son bureau afin d'y rédiger le message annonçant au pharaon Sésostris la mort tragique du Fils royal Iker.

9.

— Non, vous n'êtes pas malade.

— Mais enfin, docteur, protesta l'épouse de Médès, je souffre !

Petit, maigre, équipé d'une lourde sacoche de cuir, Goua avait quitté sa province à contrecœur. Devenu l'un des médecins les plus réputés de Memphis, sévère avec ses malades auxquels il reprochait leur mode de vie et leur alimentation, il consentait néanmoins à les soigner et obtenait de bons résultats qui confortaient sa réputation.

— Vous souffrez d'un abus de corps gras. Si vous ne cessez pas d'en absorber matin, midi et soir, votre foie sera engorgé. Comme Maât y réside, vous deviendrez la proie de vertiges et de malaises.

— Donnez-moi des médicaments, docteur, des pilules et des baumes !

— Sans un régime strict, inutile. De la discipline, et nous aviserons.

Malgré les récriminations de sa patiente, le docteur Goua demeura inflexible. Il fallut l'intervention énergique de Médès pour qu'elle se calmât. Après l'avoir enfermée dans sa chambre, le Secrétaire de la Maison du Roi reçut son fidèle Gergou, revenu d'Abydos.

— Notre brave Béga se montre-t-il toujours aussi coopératif ?

— Il a envie de s'enrichir, mais ça ne lui suffit pas. Il éprouve tellement de haine envers le pharaon qu'elle renforce sa détermination.

— Ce vieux prêtre me paraît solide, objecta Médès. En fait, sa véritable nature se dévoile. Rongé d'avidité, il s'est abusé lui-même en croyant servir Osiris et se contenter de peu ! Et son seul maître, aujourd'hui, est l'Annonciateur. Le Mal me fascine, Gergou, car il peut tout et à tout moment. En un instant, il détruit ce que Maât met des années à construire. Lorsque ce pays, ses temples et sa société ne seront plus qu'un champ de ruines, nous agirons à notre guise.

Du vin blanc frais calma la soif de Gergou. Quand son patron lui ouvrait ainsi son cœur, il préférait ne pas entendre. S'il existait un tribunal de l'autre monde, il affirmerait aux juges qu'il n'était au courant de rien et obtiendrait ainsi leur indulgence.

— Qu'as-tu recueilli, cette fois-ci ?

— Une stèle magnifique, avec la représentation d'Osiris et la formule sacrée d'Abydos qui associe le défunt au culte des ancêtres. On en tirera une fortune !

— Ta filière est-elle tout à fait sûre ?

— J'ai acheté très cher un policier d'Abydos, et l'un de vos facteurs, fort bien payé lui aussi, transporte le butin sur l'un de vos bateaux postaux. Béga estime que la prudence s'impose, et l'on ne sort jamais plus d'une stèle à la fois.

— Dès la fin de cette transaction, n'oublie pas de graisser la patte de nos amis douaniers et de choisir un nouvel entrepôt pour le bois précieux en provenance du Liban.

Gergou appréciait le trafic clandestin. Cette corruption-là n'impliquait ni dieux ni démons, seulement une parfaite connaissance de l'administration portuaire et des fonctionnaires indélicats.

L'atmosphère lugubre du palais surprit Médès. Certes, le pharaon exigeait une parfaite tenue de la part des scribes et des domestiques, mais, d'ordinaire, ils avaient le sourire et se montraient aimables. Aujourd'hui, les visages étaient fermés et le silence pesant.

Comme d'habitude, Médès se rendit chez le Porteur du sceau royal afin de recueillir ses instructions. Séhotep absent, il voulut s'adresser à Senânkh. Le Grand Trésorier ne se trouvait pas dans son bureau. Intrigué, Médès demanda audience au vizir, qui le reçut presque aussitôt.

Âgé, corpulent et tranchant, ancien chef de la province de l'Oryx et adversaire déclaré de Sésostris, Khnoum-Hotep avait fini par comprendre la nécessité de l'union de la Haute et de la Basse-Égypte sous l'autorité de Pharaon. Excellent administrateur et travailleur acharné, le vizir reculait les affres de la vieillesse en servant son pays avec un dévouement et une compétence admirés de tous. Quiconque s'aventurait à solliciter une faveur indue essuyait une terrible colère.

Dans sa coupe favorite, décorée à la feuille d'or et ornée de pétales de lotus, Khnoum-Hotep mélangeait trois vins vieux. Grâce à cet élixir de jouvence et à de solides repas, il disposait d'une énergie supérieure à celle de ses subordonnés, souvent incapables de suivre son rythme.

Ses trois chiens, un mâle très vif et deux femelles rondouillardes, demeuraient en permanence auprès de lui. Deux fois par jour, ils avaient droit à une longue promenade et suivaient leur maître qui, confortablement installé dans une chaise à porteurs au dossier inclinable, continuait à compulser des dossiers.

— Pourquoi cette visite, Médès ?

— Séhotep et Senânkh absents, j'aimerais savoir si j'ai des tâches urgentes à accomplir.

— Contente-toi d'expédier les affaires courantes. Il n'y aura pas de réunion de la Maison du Roi aujourd'hui.

— Un événement grave ne viendrait-il pas de se produire ? Le palais semble accablé de tristesse.

— À cause de très mauvaises nouvelles en provenance de Canaan, Sa Majesté subit une terrible épreuve. C'est pourquoi personne n'a le cœur à sourire.

— Un nouveau soulèvement de rebelles ?

— Le Fils royal Iker a été assassiné, révéla le vizir.

Médès adopta une tête de circonstance.

— Je n'émets qu'un vœu : que les coupables soient châtiés.

— Le général Nesmontou ne restera pas inactif, et le roi brisera les reins des insurgés.

— Dois-je m'occuper du rapatriement du corps ?

— Séhotep s'en charge, Senânkh fait préparer un tombeau. Iker reposera à Memphis, les funérailles seront discrètes. L'ennemi ne doit pas savoir qu'il a durement touché Sa Majesté. Toi et moi veillerons à ce qu'aucun trouble n'entrave le bon fonctionnement de l'État.

En sortant du bureau de Khnoum-Hotep, Médès eut envie de chanter et de danser. Débarrassé d'Iker qu'il considérait comme un réel danger, il envisageait l'avenir avec optimisme. Quant à l'Annonciateur, délivré de la menace d'un espion, il ne risquait plus d'être repéré.

Mains liées derrière le dos, Iker n'avait fait que changer de prison, sans aucune chance de s'échapper.

Puisque Treize-ans savait tout, son sort était scellé : interrogatoire, torture, exécution. Pourtant, le gamin ne se montrait pas agressif, et il offrait lui-même nourriture et boisson à sa future victime.

— Ne t'inquiète pas, Iker, on te rééduquera. Jusqu'à présent, tu as cru en de fausses valeurs. Je ne t'ai pas sauvé pour rien.

— Avant de mourir, pourrai-je au moins rencontrer l'Annonciateur ?

— Tu ne vas pas mourir ! Enfin, pas aujourd'hui. D'abord, tu dois apprendre à obéir. Ensuite, tu combattras vraiment contre le tyran. Quand tu seras tué, tu iras au paradis.

Le Fils royal feignit d'être brisé. En paraissant docile, peut-être distinguerait-il une issue.

— Le pharaon traite l'Annonciateur de criminel, révéla-t-il d'une voix éteinte. Il affirme que seule l'Égypte assurera la prospérité de Canaan.

— Il ment ! s'emporta Treize-ans. Le criminel, c'est lui ! Toi, tu as été abusé. Grâce à ma tribu, tu deviendras un homme nouveau. Au début, selon Bina, tu as été un bon élément, puis tu t'es égaré. Ou bien tu te convertis, ou bien tu serviras de nourriture aux porcs.

Naturellement cruel, ce gamin ne connaissait ni remords ni regrets. Il tuait à la manière d'un animal sauvage et ne supportait pas la moindre contradiction. S'attirer son amitié semblait illusoire, mais le scribe tenterait de l'abuser en approuvant ses discours de fanatique.

Astucieuse, la petite troupe évita tout contact avec les patrouilles égyptiennes. Elle progressa vite en direction du nord, s'éloignant ainsi de la zone plus ou moins contrôlée par Nesmontou.

Mort, oublié, Iker s'enfonçait dans le néant.

Le paysage ne ressemblait ni à celui de la vallée du Nil ni à celui du Delta. Dissimulés au sein d'une forêt d'épineux où les points d'eau ne manquaient pas, les membres du clan de Treize-ans se nourrissaient de gibier et de baies. Les femmes sortaient rarement de leurs huttes.

Après ses récents exploits, le gamin prenait la stature d'un héros. Même le chef, un barbu au nez écrasé, le saluait.

— Voici un Égyptien que je viens de capturer sur l'ordre de l'Annonciateur, déclara Treize-ans avec fierté.

— Pourquoi l'as-tu épargné ?

— Parce qu'il est condamné à nous aider.

— Un Égyptien, aider des Cananéens ?

— L'Annonciateur a décidé de le remodeler et de le transformer en arme contre ses compatriotes. Tu t'occuperas de son éducation.

Un énorme molosse se porta à la hauteur de son maître. En fixant l'étranger, il émit un grognement si menaçant qu'il inquiéta même Treize-ans.

— Du calme, Sanguin !

Sans cesser d'observer le prisonnier, le monstre grogna un peu moins fort.

— Toutes ces histoires ne m'intéressent pas, trancha le chef. Moi, j'ai besoin d'un esclave qui sache faire du pain avec les céréales qu'on vole aux Égyptiens. Ou bien il en est capable, ou bien je l'offre à mon chien.

Élevé à la campagne, Iker s'était frotté aux exigences du quotidien. Il aidait souvent le boulanger de Médamoud à préparer des galettes.

— Procurez-moi le nécessaire.

— Tâche de ne pas me décevoir, mon garçon.

— Je retourne auprès de l'Annonciateur, annonça Treize-ans.

Il disparut sans accorder le moindre regard à Iker.

— Au travail, l'esclave ! assena le chef, ravi de cette aide inespérée.

Exténuantes, les heures succédaient aux heures. À l'aide d'un boisseau, Iker mesurait la quantité de grains qu'il secouait dans un crible, au-dessus d'un mortier de terre cuite. Puis, avec un pilon grossier, il écrasait les grains pour les séparer de leur enveloppe et produire une farine dont la qualité, en dépit de plusieurs tamisages, laissait à désirer. Ensuite, il l'humectait et pétrissait longuement jusqu'à l'obtention d'une pâte peu satisfaisante. Le scribe ne disposait ni des bons outils ni du tour de main d'un authentique boulanger, mais s'acharnait à progresser.

Phases délicates, l'ajout de la bonne dose de sel et la cuisson sur des braises soigneusement entretenues. Quant à la forme des pains, elle dépendait de moules ébréchés, dérobés à des caravaniers.

Il y avait aussi la corvée d'eau quotidienne et le nettoyage du camp. Chaque soir, Iker s'écroulait de fatigue et dormait d'un sommeil pesant d'où on l'extirpait dès l'aube.

À plusieurs reprises, le jeune homme perdit espoir, persuadé qu'il ne réussirait pas à accomplir un effort supplémentaire. Mais il lui restait encore un pouce de volonté et, sous l'œil goguenard des Cananéens, il reprenait son impitoyable labeur.

Pourtant, à l'issue d'une journée étouffante, il était tellement épuisé qu'il s'effondra devant le four à pain, attendant avec une sorte de sérénité le coup fatal qui le délivrerait de cette existence abominable.

Une langue très douce lui lécha les joues. À sa manière, Sanguin le réconfortait. Inattendue, cette manifestation d'amitié sauva le Fils royal.

Il se releva et, à partir de cet instant, son corps supporta mieux l'épreuve. Au lieu de l'anéantir, les corvées l'endurcirent.

Quand le chef vit son chien accompagner le prisonnier et le défendre contre un de ses sbires, désireux de le bastonner, il fut stupéfait. Tueur-né, Sanguin aurait dû déchiqueter l'esclave ! Pour le séduire ainsi, Iker détenait forcément des pouvoirs magiques. D'ailleurs, n'aurait-il pas dû succomber depuis longtemps ?

Nul, pas même un chef de clan cananéen, ne se moquait d'un magicien. En disparaissant, ne jetterait-il pas un sort à ses tortionnaires ? Il convenait de ménager un peu Iker sans perdre la face. Puisqu'il fallait changer de refuge, les circonstances s'y prêtaient. Voilà trop longtemps que la tribu séjournait ici.

Le Fils royal fut chargé de préparer les provisions de route. Docile, Iker obéit. S'il songeait à s'échapper, il se trompait lourdement. Sanguin dévorait les fuyards.

10.

Grâce au réseau aussi sûr qu'efficace mis en place par Gergou, une nouvelle stèle était sortie d'Abydos en toute impunité. Connaissant chacune des chapelles et leur contenu, Béga disposait de nombreux trésors à vendre, sans compter les futures révélations sur les mystères d'Osiris. De telles divulgations le contraindraient à violer définitivement son serment, mais cette démarche ne le troublait plus. Confédéré de Seth, disciple de l'Annonciateur, il serait le premier, lors de l'élimination de la hiérarchie, à percer les ultimes secrets auxquels il n'avait pas encore accès.

Au sein de la cité sacrée, personne ne se méfiait de lui. Le Chauve appréciait sa rigueur et ne soupçonnait pas qu'un prêtre permanent, à la réputation immaculée, eût comme désir majeur l'anéantissement d'Abydos.

Béga, lui, se méfiait d'Isis dont l'ascension était loin d'être terminée. La jeune femme semblait pourtant indifférente au pouvoir et aux honneurs, mais son attitude ne se modifierait-elle pas ?

Afin d'éviter toute mauvaise surprise, Béga surveillait Isis. Rien d'insolite : elle accomplissait ses tâches rituelles, passait de longues heures dans la bibliothèque de la Maison de Vie, méditait au temple, s'entretenait avec ses collègues et s'occupait de son âne qui n'avait encore commis aucun écart de conduite.

Même si la prêtresse se rendait souvent à Memphis, elle ne quittait pas le domaine de la spiritualité, bientôt réduit à néant. Le pharaon ne devait-il pas aux mystères d'Osiris l'essentiel de son pouvoir ? L'arbre de vie desséché, la barque divine disloquée, Sésostris ne serait plus qu'un despote vacillant et fragile auquel l'Annonciateur porterait un coup fatal.

Pourquoi Béga haïssait-il ce qu'il avait vénéré ? Parce que l'autorité suprême du pays ne reconnaissait pas sa valeur. Cette faute-là était impardonnable.

Au cas où le roi serait revenu sur son erreur, peut-être Béga aurait-il renoncé à se venger. Depuis la rencontre avec l'Annonciateur, trop tard pour reculer.

— Tu es de service au temple de Sésostris, lui annonça le Chauve.

— Les autres permanents aussi ?

— Chacun œuvrera à la place que je lui ai assignée. Demain matin, nous reprendrons le cours normal des rites.

Béga comprit : le Cercle d'or allait se réunir. Pourquoi la confrérie ne le cooptait-elle pas ? Cette humiliation supplémentaire renforçait sa détermination à prouver sa véritable importance, même si le chemin emprunté s'éloignait définitivement de Maât.

Dès l'apparition de Sésostris, chacun savait qu'il était le pharaon. Géant au visage sévère, aux oreilles immenses, aux paupières lourdes et aux pommettes saillantes, il avait un regard si perçant que nul ne pouvait le soutenir.

L'athlétique chef de toutes les polices du royaume, Sobek le Protecteur, déconseillait vainement au monarque de voyager. Assurer sa sécurité à Memphis présentait déjà bien des difficultés, et les déplacements posaient des problèmes insolubles. Formés par Sobek en personne et soumis à un entraînement rigoureux, six policiers d'élite veillaient en permanence sur le pharaon. Ils intercepteraient quiconque menacerait le roi.

Autre inquiétude, quand Sésostris célébrait les rites, seul dans le naos d'un temple, ou donnait des audiences privées. D'après Sobek, tout un chacun était suspect. Et les deux tentatives d'attentat contre la personne royale renforçaient ce point de vue. Perpétuellement anxieux, le sommeil léger, le Protecteur ne voulait rien laisser au hasard.

Sobek connaissait le rêve de ses adversaires : le salir et le déconsidérer aux yeux de Sésostris. Leur dernière manœuvre, probablement due à une coterie de courtisans qu'il détestait autant qu'ils le haïssaient, avait échoué. Maintenu et même conforté à son poste, Sobek enrageait de ne pouvoir démanteler le réseau de terroristes cananéens qui, il en était sûr, continuait à s'implanter à Memphis et peut-être ailleurs. Un bon nombre de ces criminels avait, certes, regagné son pays d'origine, mais d'autres restaient immergés au sein de la population sans commettre la moindre imprudence. Pendant combien de temps se contenteraient-ils de demeurer tapis dans leurs terriers ? Quels forfaits préparaient-ils ?

Un dignitaire irritait beaucoup le Protecteur : le Fils royal Iker, coupable d'avoir tenté de supprimer Sésostris, et dont le repentir lui paraissait douteux. Malgré l'attribution de ce titre prestigieux, Sobek se méfiait de ce scribe qu'il croyait toujours complice des Cananéens.

Aujourd'hui, cette menace-là disparaissait, puisque

le cadavre mutilé d'Iker venait d'être inhumé dans la nécropole memphite.

Sobek le Protecteur vérifia le bouclage du site. Aucun temporaire n'y pénétrerait pendant que les permanents officiaient au temple des millions d'années de Sésostris. De plus, la police arpentait les rues de l'Endurante-de-places.

Ainsi le roi pouvait-il réunir en toute tranquillité le Cercle d'or dans l'une des salles du temple d'Osiris.

Quatre tables d'offrandes étaient disposées aux points cardinaux. À l'orient siégeaient le pharaon et la reine ; à l'occident, le Chauve, Djéhouty, le maire de Dachour où s'élevait la pyramide royale, et le siège vide du général Sépi ; au midi, le vizir Khnoum-Hotep, le Grand Trésorier Senânkh et Sékari ; au septentrion, le Porteur du sceau royal Séhotep et le général Nesmontou.

Le monarque donna la parole au Chauve.

— Aucun nouveau maléfice n'a atteint l'arbre de vie, indiqua-t-il. Pourtant, il ne guérit pas. L'ensemble des protections magiques se révèle efficace, mais l'ennemi ne finira-t-il pas par les déjouer ?

— L'intervention d'Isis a-t-elle été utile ? demanda la reine.

— Oui, Majesté. En maniant le miroir d'Hathor, elle parvient à redonner un peu de vigueur à l'acacia. L'ensemble de nos soins n'aboutit qu'à de médiocres résultats, et je redoute une dégradation subite.

Pessimiste de nature, le Chauve n'avait pas l'habitude de déguiser la vérité. Néanmoins, ses déclarations n'atténuèrent pas l'optimisme foncier de l'élégant et racé Séhotep dont le fin visage et les yeux pétillants séduisaient les plus jolies femmes du pays. Rapide, nerveux, il préservait les secrets des temples et la prospérité du bétail, heureux d'associer les préoccupations spirituelles aux matérielles, comme dans son autre fonction de supérieur de tous les travaux de Pharaon. Et c'était précisément à ce titre-là qu'il tenait à réconforter l'assemblée.

— Grâce au travail acharné de Djéhouty, précisa-t-il, l'ensemble de Dachour sera bientôt achevé. De la pyramide provient du *ka* qui assure la stabilité du règne et nourrit l'arbre de vie. Après avoir encaissé des coups très rudes, dont certains auraient pu être mortels, nous sommes passés à l'offensive. En construisant, nous affaiblissons l'adversaire.

Djéhouty approuva. Frileux, souffrant de rhumatismes, toujours emmitouflé d'un grand manteau, le vieillard repoussait la mort en se mettant au service du roi, après avoir dirigé la riche province du Lièvre. Chaque soir, il pensait ne plus pouvoir se relever. Au matin, le désir de poursuivre l'œuvre lui procurait des forces nouvelles, et il se rendait sur le chantier avec le même enthousiasme. L'initiation au Cercle d'or renforçait son cœur, et lui, supérieur des mystères de Thot et prêtre de Maât, s'émerveillait de découvrir l'ampleur du secret osirien. En lui accordant cet immense privilège, Sésostris illuminait le crépuscule d'une longue existence.

— Ma mission touche à sa fin, Majesté. Dachour a été mis au monde selon le plan tracé de votre main, et vous consacrerez prochainement sa naissance.

— La sécurité du site me semble assurée, ajouta le vizir Khnoum-Hotep. J'ai consulté le général Nesmontou afin de choisir l'officier qui commande la garnison, et je vous garantis qu'une offensive terroriste est vouée à l'échec.

Connaissant l'aversion de Khnoum-Hotep pour la forfanterie, le Cercle d'or fut rassuré.

— L'enquête sur la mort de Sépi a-t-elle progressé ?

— Malheureusement non, déplora Senânkh. Nos équipes de prospecteurs espèrent recueillir des informations et découvrir la piste de l'or guérisseur, sans aucun succès jusqu'à présent.

Ce fut au tour de Nesmontou d'intervenir. De nouvelles rides creusaient son visage buriné.

— La stratégie mise au point avec le Fils royal Iker a échoué. Nous avions conscience des dangers de sa mission, et j'ai essayé de le décourager. Il s'est montré inébranlable, et nous avons donc décidé de tenter l'aventure en le faisant passer pour un allié des terroristes.

— De quelle manière ? interrogea Sékari, très abattu.

— L'humiliation d'une cage promenée à travers Sichem. Nous réservons ce traitement aux enragés. Aux yeux des Cananéens, aucun doute possible : Iker était forcément l'un des leurs.

— Que s'est-il passé ensuite ?

— Comme tout séditieux condamné aux travaux forcés, Iker devait être transféré à un pénitencier où il purgerait sa peine. Les gardes avaient reçu l'ordre de laisser les Cananéens délivrer le prisonnier. Ce plan a fonctionné, mais la suite fut un désastre.

— Comment l'expliques-tu ?

— J'ignore les détails. Une patrouille a découvert les cadavres d'Iker et de mon seul agent infiltré chez les Cananéens. Je dois, hélas ! ajouter que le Fils royal a été torturé avec une cruauté inouïe.

— Veut-on nous faire croire qu'ils se sont entretués ? demanda Séhotep.

— Probablement. Je suppose qu'ils sont tombés dans un guet-apens. Identifié, mon agent a sans doute reçu l'ordre de supprimer Iker. Après son exécution, les Cananéens ont abandonné les dépouilles en évidence, prouvant ainsi qu'aucun Égyptien ne parviendra à les abuser. Bien entendu, après ce terrible échec, je présente ma démission à Sa Majesté.

— Je la refuse. Ton agent et Iker connaissaient les risques, tu n'es nullement responsable de cette tragédie. Te chasser de ton poste démoraliserait notre armée.

Tous les membres du Cercle d'or approuvèrent.

— Aucun doute, intervint Senânkh : ces deux héros ont été trahis.

— Impossible, objecta Nesmontou. Moi seul étais au courant de leur mission.

— Certainement pas, renchérit le Grand Trésorier. Ou bien ton agent a commis des imprudences, ou bien un Cananéen l'a identifié. Quant à Iker, de nombreux dignitaires ont forcément remarqué son absence. Un Fils royal, surtout récemment nommé, ne quitte pas la cour sans motifs sérieux.

— De là à conclure qu'il était envoyé en Canaan, jugea Séhotep, il reste un pas énorme !

— Pas tellement, s'il existe un réseau terroriste à Memphis. Il doit être à l'affût de la moindre de nos initiatives, et celle-là ne lui a pas échappé. À sa place, j'aurais mis mes alliés en état d'alerte.

— Si nous te suivons, ajouta le vizir, la mission d'Iker avait échoué avant même de commencer ! De plus, il faudrait supposer que l'ennemi dispose d'informateurs à la cour. Agissent-ils en conscience ou par bêtise ?

— Je privilégie la seconde solution, avança Séhotep, mais l'on ne saurait exclure la première.

— En clair, s'exclama Sékari, il est indispensable de débusquer les traîtres !

— Cette tâche incombe à Sobek, rappela le roi. À vous tous, je rappelle la nécessité du secret hors duquel aucune œuvre d'envergure ne s'accomplira.

— Impossible d'en convaincre la cour, déplora

Senânkh, tant elle aime bavarder. Et rien ne changera ses mauvaises habitudes.

— Quel que soit le misérable qui a causé la mort d'Iker, promit Sékari, je le châtierai de mes mains !

— Ne te substitue pas à la justice, recommanda le vizir. Le coupable doit être jugé et condamné selon la loi de Maât.

— Comment apprécies-tu la situation en Syro-Palestine ? demanda le pharaon à Nesmontou.

Le vieux militaire ne cacha pas ses inquiétudes.

— Malgré les efforts de mes soldats, et je ne les ménage pas, le terrorisme cananéen perdure. Certes, j'ai procédé à de nombreuses arrestations et réussi à démanteler quelques groupuscules, à Sichem et aux alentours. Mais je n'ai pêché aucun gros poisson et ne dispose d'aucun indice sérieux sur le repaire de l'Annonciateur. Totalement dévoués, ses proches l'entourent d'une muraille infranchissable. Aussi me paraît-il inutile d'envoyer un nouvel agent, car il n'aurait pas la moindre chance de s'infiltrer.

— Que préconises-tu ?

— D'abord, renforcer les Murs du Roi ; ensuite, nettoyer Sichem au maximum ; enfin, tenter de mettre les Cananéens au travail pour qu'ils goûtent à la prospérité. Néanmoins, mesures insuffisantes. Et je ne veux pas expédier des patrouilles trop au nord, de crainte qu'elles ne tombent dans des traquenards. En conséquence, je propose de laisser grossir le monstre. Il croira que nous sommes incapables de le détruire. Engraisser sa vanité nous évitera de nombreuses pertes. Quand les troupes de l'Annonciateur sortiront de leur tanière, certaines de conquérir Sichem, je les affronterai enfin à découvert.

— Cette stratégie n'est-elle pas trop aventureuse ? s'inquiéta Khnoum-Hotep.

— Elle me paraît la mieux adaptée au terrain et aux circonstances.

Avant de regagner Memphis, le roi devait s'acquitter d'une pénible tâche.

À la tombée de la nuit, il rejoignit Isis qui se promenait avec Vent du Nord en bordure du désert.

— C'est l'âne d'Iker ?

— Il me l'a confié. Le faire admettre sur le territoire sacré d'Osiris ne s'annonçait pas facile, mais Vent du Nord respecte la Règle d'Abydos.

— J'ai une terrible nouvelle à t'apprendre.

L'âne et la jeune femme s'immobilisèrent. Vent du Nord leva les yeux vers le géant.

— Iker a été assassiné par des terroristes cananéens.

La prêtresse eut la sensation qu'un vent glacé l'enveloppait. Soudain, l'avenir lui apparut vide de sens, comme si l'absence du jeune scribe lui ôtait sa propre existence.

L'oreille gauche du quadrupède se dressa, ferme et raide.

— Regardez, Majesté : telle n'est pas l'opinion de Vent du Nord.

— Le général Nesmontou a identifié le corps.

L'oreille gauche du quadrupède demeurait tendue.

— La réalité est atroce, Isis, mais il faut l'accepter.

— Peut-on négliger l'avis de Vent du Nord ? Je le crois capable de savoir si son maître est mort ou vivant.

— Ton propre sentiment, Isis ?

La jeune femme contempla le soleil couchant qui recouvrait l'occident d'or et de rouge. Puis elle ferma les yeux et revécut le moment tellement intense où le Fils royal lui avait déclaré son amour.

— Iker a survécu, Majesté.

11.

Trois jours et trois nuits, le clan avança à marche forcée, ne s'autorisant que de brèves haltes. Il traversa une forêt, une steppe, une zone désertique, puis longea un oued avant de bifurquer vers un lac. Sanguin y barbota, seul Iker l'imita. Les Cananéens redoutaient qu'un mauvais génie, surgi du fond des eaux, ne les noyât.

Puis ce fut le retour au quotidien : le scribe dut se transformer à nouveau en boulanger et en cuisinier, sous le joug de ses tortionnaires.

En Égypte, tout le monde le croyait mort. Tout le monde sauf, il en était certain, son unique confident, Vent du Nord. Comme il vivait auprès d'Isis et communiquait forcément avec elle, la jeune femme devait douter de la disparition d'Iker. Le Fils royal s'accrochait à ce mince espoir. Qui le retrouverait, si loin de Sichem, dans une contrée perdue où aucune patrouille égyptienne ne s'aventurait ?

Quelques Cananéens auraient volontiers fouetté l'Égyptien pour se distraire, mais les crocs du molosse les en dissuadèrent. L'attitude du chien amusait et rassurait le chef, car le prisonnier ne pouvait être mieux surveillé.

L'exode reprit en direction du nord. Soudain, les

visages se durcirent, plus aucune plaisanterie ne fusa, et l'on cessa de railler l'esclave. Sanguin grognait en montrant les crocs.

— Là-bas, chef, un nuage de poussière ! cria l'homme de tête.

— Sûrement des coureurs des sables.

— Alors, on va se battre ?

— Ça dépend. Préparons-nous au pire.

Parfois, les tribus palabraient et parvenaient à s'entendre. Généralement, au terme de violentes discussions, la bagarre se déclenchait.

Cette fois, il n'y eut même pas de préliminaires. Armée de frondes, de massues et de bâtons, la troupe de Bédouins affamés se rua à l'assaut des intrus.

Ne manquant pas de courage, le chef se jeta dans la mêlée tandis que certains de ses hommes prenaient la fuite.

— Revenez, hurla Iker, et luttez !

La plupart obéirent à cet ordre inattendu. Les autres furent victimes des silex coupants lancés par les frondes adverses.

— Prends ça, dit le chef à Iker en lui tendant un bâton de jet.

Le Fils royal visa le meneur, un excité qui encourageait ses camarades en poussant des cris de bête fauve.

Il ne le manqua pas.

Après avoir cru à un triomphe facile, les coureurs des sables subirent un moment de flottement dont profitèrent aussitôt les Cananéens.

Le combat tourna à leur avantage. Maniant un lourd gourdin, Iker assomma un furieux, couvert de sang.

La curée fut effroyable. Enivrés de violence, les vainqueurs ne firent pas de quartier.

— Notre chef... notre chef est mort ! s'exclama un Cananéen.

Le front défoncé, le guerrier gisait entre deux Bédouins. Son molosse lui léchait doucement la joue.

— Décampons, suggéra le doyen du clan. D'autres pillards rôdent sûrement dans le coin.

— Il faut d'abord l'enterrer ! protesta Iker.

— Pas le temps. Toi, tu t'es bien battu. On t'emmène.

— Où comptez-vous aller ?

— On va rejoindre la tribu d'Amou et se placer sous sa protection.

Iker contint une joie mêlée de peur.

Amou, l'Annonciateur !

Amou était grand, mince et barbu.

Autour de lui, des guerriers syriens armés de lances. Les Cananéens déposèrent leurs armes et s'inclinèrent bien bas, en signe de soumission. Iker les imita, tout en observant ce personnage au visage fermé, responsable du maléfice frappant l'acacia.

L'avoir découvert relevait du miracle, mais il fallait encore s'assurer de sa culpabilité, puis trouver le moyen de transmettre des informations à Nesmontou. L'Annonciateur lui en laisserait-il le temps ?

— D'où venez-vous, bande de gueux ? demanda Amou, agressif.

— Du lac amer, répondit le doyen des Cananéens d'une voix tremblante. Des coureurs des sables nous ont attaqués, notre chef a été tué. Sans l'intervention de ce jeune Égyptien, notre prisonnier, nous aurions été massacrés. C'est lui qui a rameuté les fuyards et ressoudé nos rangs. Nous en avons fait un bon esclave, il te servira bien.

— Comment êtes-vous parvenus jusqu'ici ?

— Le chef savait que tu bivouaquais dans la région.

Il souhaitait te vendre l'otage. Moi, je te l'offre en gage d'amitié.

— Alors, vous vous êtes enfuis devant l'ennemi !

— Les Bédouins nous ont agressés avant de palabrer ! Ce n'est pas l'usage.

— Les usages de ma tribu imposent l'élimination des lâches. Égorgez-les tous, à l'exception de l'Égyptien !

Sanguin se colla aux jambes d'Iker et montra les crocs, interdisant à quiconque de l'approcher.

Les Syriens trucidèrent allègrement les Cananéens. Entre les deux peuples, ni estime ni amitié. Aussi Amou ne manquait-il aucune occasion d'éliminer cette racaille. Les dépouilles furent détroussées et abandonnées aux hyènes.

— Ton protecteur est redoutable, dit Amou à l'étranger. Même percé de plusieurs flèches, un molosse de cette taille-là continue à se battre. Ton nom ?

— Iker.

— Où ces rats t'ont-ils enlevé ?

— Ils m'ont libéré.

Amou fronça les sourcils.

— Qui t'avait arrêté ?

— Les Égyptiens.

— Tes compatriotes ? Je ne comprends pas !

— Après avoir vainement tenté de supprimer le pharaon Sésostris, je suis devenu leur ennemi juré. J'ai réussi à quitter Memphis, à franchir les Murs du Roi, mais la police de Nesmontou m'a emprisonné à Sichem. J'espérais que les Cananéens me permettraient de rejoindre la résistance. Au lieu de m'aider, ils m'ont réduit en esclavage.

Amou cracha.

— Ces lâches ne valent rien ! S'allier avec eux mène au désastre.

— Je me suis fixé un but, affirma Iker : servir l'Annonciateur.

Les petits yeux noirs d'Amou brillèrent d'excitation.

— L'Annonciateur, tu l'as devant toi ! Et mes promesses, je les tiens.

— Êtes-vous toujours décidé à renverser Sésostris ?

— Il vacille déjà !

— Le maléfice accablant l'arbre de vie manque d'efficacité.

— Des maléfices, j'en jetterai d'autres ! Les Égyptiens cherchent depuis longtemps à m'intercepter, ils ne réussiront jamais. Ma tribu domine la région, et les femmes me donnent de nombreux fils. Bientôt, ils formeront une armée victorieuse.

— Ne songez-vous pas à fédérer les clans ? Vous lanceriez alors une offensive capable de balayer les troupes du général Nesmontou.

Amou parut ulcéré.

— Une tribu est une tribu, un clan un clan. Si on commence à changer ça, que deviendra la région ? Le meilleur chef s'impose aux autres, voilà la seule et unique loi ! Et le meilleur, c'est moi. Sais-tu manier le bâton de jet, mon garçon ?

— Je me débrouille.

— Tu as deux jours pour te perfectionner. Ensuite, nous attaquerons un campement de coureurs des sables qui viennent de piller une caravane. Or, sur mon territoire, je suis le seul habilité à voler et à tuer.

Protégé par le molosse, Iker sommeillait. Des heures durant, il s'était entraîné à lancer le bâton de jet afin d'atteindre des cibles de plus en plus petites et de plus en plus lointaines. Épié, il n'avait pas droit à la médiocrité. Concentré, le geste ample et sûr, il ne déçut pas.

Amou le laissait libre de ses mouvements, mais Iker se sentait sans cesse surveillé. S'il tentait de s'enfuir, il serait abattu. La tribu le jugerait lors du combat contre les Bédouins. Sous peine de subir le sort des Cananéens, il devrait se montrer à son avantage.

À cette heure, que faisait Isis en Abydos ? Ou bien elle célébrait des rites, ou bien elle méditait dans un temple, ou bien encore elle lisait un texte parlant des dieux, du sacré et du combat de la lumière opposée au néant. À l'évidence, elle ne pensait pas à lui. À l'annonce de sa mort, avait-elle été émue, ne serait-ce qu'un instant ?

Quelques-unes de ses pensées demeuraient pourtant auprès de lui... Aux pires moments, seul ce lien, si ténu, le sauvait. Au tréfonds de sa solitude, Isis continuait à lui donner de l'espoir. L'espoir de lui dire, avec toute la force de son amour, qu'il ne pouvait pas vivre sans elle.

— Réveille-toi, mon garçon, il faut partir. Mon éclaireur vient de me signaler l'emplacement du camp des Bédouins. Ces imbéciles se croient à l'abri.

Amou ne s'embarrassait pas de stratégie.

Sur son ordre, ce fut la ruée. Comme la plupart des coureurs des sables dormaient à poings fermés, leur capacité de défense se réduisit au minimum. Habitués à détrousser des marchands désarmés, ils n'opposèrent qu'une faible résistance à des Syriens déchaînés.

L'un des Bédouins réussit à échapper au massacre en rampant vers l'intérieur du campement, puis en jouant le mort. Du coin de l'œil, il vit parader Amou, tout près de lui. Le rescapé voulut venger ses camarades. Idéalement placé, il n'avait plus qu'à lui enfoncer son poignard dans les reins.

Stupéfait par la férocité de ses nouveaux compagnons, Iker n'était pas intervenu. Resté en retrait, il aperçut un faux cadavre qui se relevait et s'apprêtait à frapper. Le Fils royal lança son bâton de jet, lequel atteignit le Bédouin à la tempe.

Furibond, Amou piétina le blessé et lui défonça la poitrine.

— Ce rongeur a tenté de m'abattre, moi ! Et toi, l'Égyptien, tu m'as sauvé.

Pour la seconde fois, Iker volait au secours de l'ennemi. Laisser mourir l'Annonciateur sans obtenir un maximum d'informations eût été catastrophique. Le Fils royal devait gagner sa confiance et savoir comment il envoûtait l'acacia d'Osiris.

Pendant que ses hommes mettaient le campement à sac, Amou entraîna Iker vers la seule tente encore intacte. Les autres brûlaient.

De son poignard, le chef creva la toile, se fraya une entrée et déclencha des cris de terreur.

À l'intérieur, une dizaine de femmes et autant d'enfants tassés les uns contre les autres.

— Regarde-moi ces femelles ! Les plus belles entreront dans mon harem et remplaceront celles dont je n'ai plus envie. Mes braves s'en contenteront.

— Épargnerez-vous les enfants ? s'inquiéta le scribe.

— Les robustes serviront d'esclaves, les faiblards seront éliminés. Tu me portes chance, mon garçon ! Je n'avais jamais connu de triomphe aussi facile. Et je n'oublie pas que je te dois la vie.

Rageur, Amou tira une brune par les cheveux et la plaqua contre lui.

— Toi, je vais te prouver tout de suite mon excellente santé !

Le clan emprunta un oued à sec qui avait creusé son lit entre deux falaises et semblait ne mener nulle part. Un éclaireur marchait loin devant, l'arrière-garde demeurait vigilante.

— Je t'accorde un immense privilège, annonça Amou à l'Égyptien. Tu seras le premier étranger à voir mon camp secret.

Iker ne regrettait pas d'avoir utilisé son bâton de jet. En s'attirant les bonnes grâces de l'Annonciateur, il allait enfin découvrir son repaire !

L'endroit était à la fois bien dissimulé et facile à garder. Au cœur d'une région aride et désertique, une petite oasis offrait eau et nourriture. Assistés d'esclaves, les sédentaires cultivaient des légumes. Une basse-cour abritait des volailles.

— Ici cohabitent des Syriens et des Cananéens, précisa Amou, mais c'est une exception. Ceux-là ont appris à m'obéir aveuglément et à ne plus pleurnicher.

— Ne faudrait-il pas former une grande coalition pour attaquer Sichem ? insista Iker.

— On en reparlera. Célébrons d'abord notre victoire !

Tous les membres du clan étaient à la dévotion de leur chef, qui fut massé, oint d'huile odorante et installé sur des coussins moelleux, à l'abri d'une vaste tente. Une procession d'esclaves cananéens apporta les plats, et l'alcool de dattes coula à flots.

Quatre femmes caressantes et bien en chair emmenèrent à sa couche un Amou gavé et ivre mort.

Iker n'imaginait pas ainsi l'Annonciateur.

12.

Vêtue d'une longue robe blanche maintenue à la taille par une ceinture rouge, les cheveux libres, Isis suivit le pharaon jusqu'à son temple des millions d'années.

Ils pénétrèrent dans une chapelle au plafond étoilé. Une seule lampe l'éclairait.

— Parcourir le chemin des mystères implique de franchir une nouvelle porte, révéla le roi. Étape dangereuse car, pour affronter le criminel qui manie la force de Seth contre Osiris, tu dois devenir une authentique magicienne. Ainsi, le sceptre que je t'ai remis sera parole fulgurante et lumière efficace, capable de détourner les coups du sort. Acceptes-tu de courir ce risque ?

— Je l'accepte, Majesté.

— Avant de t'unir aux puissances de l'Ennéade, rince ta bouche avec du natron frais et chausse des sandales blanches.

Le rite accompli, le monarque apposa sur les lèvres d'Isis une statuette de Maât.

— Reçois les formules secrètes d'Osiris. Il les prononça lorsqu'il régnait sur l'Égypte. Elles lui servirent à créer l'âge d'or et à transmettre la vie. À présent, perce les ténèbres.

Le monarque éleva un vase au-dessus de la tête d'Isis. En jaillit une énergie lumineuse qui enveloppa le corps de la prêtresse.

Au fond de la salle, un cobra royal se dressa sur le toit du naos, en position d'attaque.

— Touche son poitrail et soumets-le, ordonna Sésostris.

La peur n'empêcha pas la jeune femme d'avancer.

Le serpent, lui, était prêt à frapper.

Isis ne songeait pas à elle, mais au combat en faveur de l'arbre de vie. Pourquoi le génie du monde souterrain, reptile redoutable et fascinant, appartiendrait-il au camp des destructeurs ? Sans lui, le sol ne serait-il pas stérile ?

La main droite s'avança lentement, le cobra s'immobilisa.

Quand elle toucha le poitrail, un halo de lumière entoura sa tête et modela la couronne blanche.

— La force créatrice de la Grande de magie circule dans tes veines, déclara le roi. Rends-la active, manie les sistres.

Le monarque présenta à la jeune femme deux objets en or, le premier en forme de naos flanqué de deux tiges spiralées, le second composé de montants percés de trous où s'encastraient des tiges métalliques.

— Lorsque tu les feras résonner, tu entendras la voix de Seth, animatrice des quatre éléments. Ainsi dissiperas-tu l'inertie. Grâce aux vibrations, les puissances vitales s'éveillent. Seule une initiée peut tenter une telle expérience, car ces instruments sont dangereux. Dépositaires du perpétuel mouvement de la création, ils rendent aveugle la mauvaise musicienne.

Isis empoigna les manches cylindriques.

Les sistres lui parurent si lourds qu'elle faillit les lâcher. Ses poignets tinrent bon, une étrange mélodie naquit. Du sistre-crécelle émanaient des notes acides et perçantes ; du sistre-naos, un chant doux, envoûtant. Isis chercha le bon rythme, et les sons se mélangèrent de façon harmonieuse.

Pendant quelques instants, sa vue se troubla. Puis la musique prit de l'ampleur, au point de faire vibrer les pierres du temple, et la prêtresse éprouva un parfait bien-être.

Elle remit les sistres au roi, qui les déposa devant la statue du cobra couronné.

Ils sortirent du temple, et Sésostris conduisit Isis au bord du lac sacré.

— En apaisant la Grande de magie, ton regard voit ce que les yeux profanes ne discernent pas. Contemple le centre du lac.

Peu à peu, le plan d'eau prit des dimensions immenses, jusqu'à se confondre avec le ciel. Le *Noun*, l'océan d'énergie d'où tout naissait, se révélait à Isis. Un feu illumina l'eau et, à l'instar de la première fois, le lotus d'or aux pétales de lapis-lazuli naquit de l'île de l'embrasement.

— Puisse-t-il se lever chaque matin dans la vallée de lumière, pria le roi. Que renaisse ce grand dieu vivant venu de l'île de la flamme, l'enfant d'or issu du lotus. Respire-le, Isis, comme le respirent les puissances créatrices.

Se répandit sur le site d'Abydos une odeur suave et envoûtante.

Le lotus s'estompa, le lac sacré retrouva son apparence habituelle. À la surface de l'eau, un visage se dessina, vite dissipé par l'onde qu'engendrait le vent.

Pourtant, Isis l'avait reconnu : c'était celui d'Iker.

— Il est vivant, murmura-t-elle.

— À plat ventre, ordonna Amou.

Imitant les guerriers du clan syrien, Iker s'aplatit sur le sable chaud et doré.

— Tu les vois, mon garçon ?

Du sommet de la dune, le scribe observait le campement des Bédouins, certains d'être en sécurité. Les femmes cuisinaient, les enfants jouaient, les hommes dormaient, à l'exception de quelques sentinelles.

— Je déteste cette tribu-là, confia Amou. Son chef m'a volé une superbe femelle qui m'aurait donné des fils robustes. Et puis il possède le meilleur puits de la région ! Son eau est douce et fraîche. Je vais m'en emparer et j'augmenterai mon territoire.

« Voici un projet digne de l'Annonciateur », estima Iker, dont les doutes ne cessaient de croître. Amou passait son temps à lutiner les belles de son harem, à boire et à manger. Jamais il n'évoquait la conquête de l'Égypte et l'anéantissement du pharaon. Choyé par ses femmes, adulé par ses guerriers, il menait l'existence tranquille d'un pillard nanti. Enfin, il se décidait à agir !

— Éliminons d'abord les sentinelles, proposa Iker.

— Voilà bien une stratégie d'Égyptien ! ironisa Amou. Moi, je ne m'embarrasse pas de ces précautions. On dévale la dune en hurlant et on massacre cette racaille !

Aussitôt dit, aussitôt fait.

Les silex jaillirent des frondes et frappèrent la plupart des Bédouins. La meute ne rencontra qu'une faible opposition et n'épargna pas les bambins. En s'amusant, les Syriens crevèrent les yeux des rares survivants dont l'agonie fut interminable. Comme le harem d'Amou débordait, il ne gracia aucune femme.

— Pas de regrets, confia-t-il à Iker, au bord de l'évanouissement. Vraiment trop laides ! Ça ne va pas, mon garçon ?

Amou tapa sur l'épaule du Fils royal.

— Il faut t'endurcir ! L'existence est un rude combat. Ces Bédouins ? Des voleurs et des criminels ! Si le général Nesmontou les avait trouvés avant moi, il aurait ordonné à ses archers de les abattre. À ma façon, je nettoie la région !

— Quand réunirez-vous enfin les tribus afin de chasser l'occupant ?

— Ce projet-là t'obsède !

— N'est-ce pas le seul qui compte ?

— Le seul, le seul... N'exagérons rien ! L'essentiel consiste à régner sans partage sur mon domaine. Or, des cloportes osent encore remettre en cause ma suprématie. Ceux-là, mon garçon, on doit s'en occuper.

Amou remit à Iker un nouveau bâton de jet.

— L'esprit des morts s'y incarne. Il traverse les lacs et les plaines pour frapper l'adversaire, puis revient dans la main du lanceur. Prends-en soin et ne l'utilise qu'à bon escient.

Le Fils royal songea à la recommandation de Sésostris : « Nous devons nous procurer des armes issues de l'invisible. » N'était-ce pas la première qu'il obtenait, cadeau de l'ennemi ?

— Mangeons, décida Amou. Ensuite, nous continuerons le nettoyage.

Obstiné et cruel, le Syrien élimina un à un les groupuscules de Cananéens et de Bédouins, coupables de boire à ses puits ou de voler l'une de ses chèvres. Apparemment libre de ses mouvements, mais à la fois protégé et surveillé par Sanguin, Iker se garda de toute initiative qui eût déclenché la suspicion de ses nouveaux compagnons d'armes. Jour après jour, il se faisait à la fois oublier et accepter.

Restant fidèle à son unique stratégie, Amou se ruait

sur ses proies, telle une tornade, et semait une terreur qui anéantissait les capacités de défense.

Le scribe demeurait perplexe.

Puissant, violent, impitoyable, tyrannique... Des caractéristiques de l'Annonciateur, en effet. Mais pourquoi rechignait-il à prôner ses véritables intentions ? Se méfiait-il encore d'un Égyptien dont il guettait la première faute et qu'il aurait dû supprimer ? Iker lui servirait donc, d'une manière ou d'une autre. Peut-être pour transmettre de faux renseignements à Nesmontou et précipiter ainsi la défaite de l'armée égyptienne. Aussi le Fils royal ne tentait-il pas d'envoyer le moindre message. Il lui fallait d'abord obtenir des certitudes.

Alors que les principaux guerriers de la tribu, réunis autour d'un feu de camp, mangeaient du mouton rôti à la broche, Iker s'approcha du chef, à moitié ivre.

— Assurément, vous bénéficiez d'une protection magique.

— Laquelle, à ton avis ?

— La reine des turquoises.

— La reine des turquoises, répéta Amou, hébété. Ça ressemble à quoi ?

— J'ai découvert cette pierre fabuleuse dans une mine du Sinaï où le pharaon m'avait réduit en esclavage. Normalement, elle me revenait. Après avoir massacré policiers et mineurs, une bande d'assassins m'a volé ce trésor.

— Et tu voudrais le récupérer... Ce n'est pas moi qui le possède. Sûrement un coup des coureurs des sables ! Avec un peu de chance, tu retrouveras ta reine des turquoises. Une merveille de ce genre-là, on finit toujours par en entendre parler.

— Un haut dignitaire égyptien, le général Sépi, a été tué en plein désert. Ne seriez-vous pas l'auteur de cet exploit ?

La stupéfaction du Syrien ne paraissait pas feinte.

— Moi, tuer un général ! Si c'était le cas, je m'en vanterais ! Toute la région m'aurait acclamé, des dizaines de tribus se seraient prosternées devant moi.

— Pourtant, personne ne doute que l'assassin du général Sépi est l'Annonciateur.

Irrité, Amou se leva et agrippa le scribe par l'épaule.

Aussitôt, le molosse grogna.

— Que cette bête se tienne tranquille !

Un regard d'Iker calma Sanguin.

— Viens dans ma tente.

Le chien les suivit.

D'un coup de pied dans les côtes, Amou réveilla une Cananéenne, qui se vêtit à la hâte et s'éclipsa.

Le Syrien but une grande coupe d'alcool de dattes.

— Je veux connaître le fond de ta pensée, mon garçon.

— Je me demande si vous êtes vraiment l'Annonciateur ou si vous jouez la comédie.

En s'exprimant avec une telle franchise, Iker jouait gros.

— Tu ne manques pas de culot !

— J'aimerais simplement savoir la vérité.

Tournant comme un ours en cage, Amou évita le regard du jeune homme.

— Si je n'étais pas cet Annonciateur, quelle importance ?

— J'ai risqué ma vie pour me mettre à son service.

— Être au mien ne te suffit pas ?

— L'Annonciateur veut détruire l'Égypte et prendre le pouvoir. Vous, vous vous contentez de votre territoire.

Le Syrien s'assit lourdement sur ses coussins.

— Parlons net, mon garçon. Tes soupçons sont justifiés, je ne suis pas l'Annonciateur.

Ainsi, Iker était prisonnier d'un misérable chef de bande, tueur et pillard !

— Pourquoi m'avoir menti ?

— Parce que tu peux devenir l'un de mes meilleurs guerriers. Puisque tu souhaitais tant m'identifier à cet Annonciateur, il aurait été stupide de te décourager. D'ailleurs... tu ne t'es pas tellement trompé.

— Que voulez-vous dire ?

— Je ne suis pas l'Annonciateur, répéta le Syrien, mais je sais où il se trouve.

13.

Une question, à laquelle il cherchait désespérément une réponse, hantait le Grand Trésorier Senânkh : un traître se cachait-il au sein de son personnel ? Il avait lui-même engagé chacun des scribes travaillant au ministère de l'Économie, soigneusement étudié leur parcours professionnel et vérifié leurs aptitudes.

À part des erreurs minimes, rien à leur reprocher.

Suspicieux, Senânkh reprit ses investigations avec un maximum d'esprit critique, comme si chacun de ces techniciens modèles était un suspect en puissance. Il sema même quelques pièges qui ne produisirent aucun résultat. Aussi se résolut-il à consulter Sobek le Protecteur.

Venant de réviser la réglementation de la navigation fluviale qu'il jugeait trop laxiste, le chef de toutes les polices du royaume demeurait en permanence sur la brèche. Il déployait une énergie considérable pour assurer la sécurité du pharaon et garantir la libre circulation des personnes et des biens, sans cesser de pourchasser les malfaiteurs de tout poil. Nul dossier ne lui échappait, il se tenait informé de chaque enquête en cours. En l'absence de progrès, le fautif subissait la colère du Protecteur, lequel n'oubliait pas de s'adresser à lui-même un insupportable reproche : il n'avait toujours pas réussi à démanteler le réseau terroriste implanté à Memphis. Pas la moindre piste, pas le moindre suspect. L'ennemi n'était-il qu'un mauvais rêve ?

En réalité, il se rendait invisible. Tôt ou tard, il frapperait de nouveau.

— Échec total, déclara Senânkh. D'un certain point de vue, je m'en réjouis : en apparence, aucune brebis galeuse parmi mes scribes. N'étant pas policier, je n'ai peut-être pas su la repérer. Toi, Sobek, tu as certainement mené une enquête parallèle.

— Bien entendu.

— Tes conclusions ?

— Les mêmes que les tiennes.

— Tu aurais pu me prévenir ! protesta le Grand Trésorier.

— Je ne réponds de mes actes que devant le pharaon. Lui seul est informé de la totalité de mes missions.

— Aurais-tu également enquêté... sur moi ?

— Bien sûr.

— Comment oses-tu soupçonner un membre de la Maison du Roi ?

— Je n'ose pas, je le dois.

— Épierais-tu aussi Séhotep et le vizir Khnoum-Hotep ?

— Je fais mon travail.

À Sobek, qui n'y appartenait pas, Senânkh ne pouvait préciser que les initiés du Cercle d'or d'Abydos étaient insoupçonnables !

— Je reste persuadé, poursuivit le Protecteur, qu'il y a un ou plusieurs traîtres à la cour, parmi cette bande d'intellectuels rassis, jaloux et prétentieux. Au moindre incident, ils poussent des ululements, tout en critiquant la présence policière. Ces gens-là sont des inutiles, dépourvus de courage et de rectitude. Heureusement, Sa

Majesté ne les écoute pas, et j'espère qu'il réduira leur nombre au minimum.

— Médès et son administration ?

— Sous contrôle, comme les autres.

Sobek avait introduit l'un de ses hommes dans le personnel du Secrétaire de la Maison du Roi afin d'examiner de près ses faits et gestes. À force d'avoir des yeux et des oreilles partout, le Protecteur finirait bien par obtenir des indices.

Le Porteur du sceau royal, Séhotep, organisait chaque soir un banquet somptueux au cours duquel son intendant servait les meilleurs plats et les meilleurs vins. Aussi chacun des membres de la cour attendait-il avec impatience l'invitation de l'influent personnage. Peu de femmes demeuraient insensibles à son charme, et nombre des maris passaient une soirée angoissante, redoutant le comportement futur de leur conjointe. Néanmoins, aucun scandale à déplorer, tant Séhotep gardait discrètes ses aventures.

Cette activité mondaine, que d'aucuns jugeaient superficielle, permettait au responsable de tous les travaux du roi de bien connaître les dignitaires et de recueillir un maximum d'informations. Le vin et la bonne chère déliaient les langues.

Ce soir-là, Séhotep recevait l'archiviste en chef, sa femme et sa fille, ses trois principaux collaborateurs et leurs épouses. Selon l'habitude, une conversation enjouée et brillante abordait mille et un sujets, en dépit des menaces pesant sur l'Égypte. Le Porteur du sceau royal créait une atmosphère de fête et provoquait les confidences.

Ses hôtes ne ressemblaient pas à de redoutables suspects. Ils poursuivaient une carrière tranquille, ne prenaient aucune initiative et, à la moindre difficulté, se plaçaient sous la protection d'une autorité supérieure. Ils se seraient volontiers comportés comme de petits tyrans envers leurs subordonnés, mais le vizir veillait.

Au terme de la réception, la fille de l'archiviste en chef s'approcha de Séhotep. Plutôt stupide, bavarde, très jolie.

— Votre terrasse serait la plus belle de Memphis... J'aimerais tellement la découvrir !

— Qu'en pense votre père ?

— Je suis un peu fatigué, répondit l'intéressé. Ma femme et moi aimerions rentrer chez nous. Si vous acceptez d'accorder ce privilège à ma fille, nous en serions flattés.

Séhotep fit semblant de ne pas percevoir le piège. Plusieurs dignitaires avaient déjà jeté leur progéniture dans ses bras, avec l'espoir d'aboutir à un mariage. L'idée horrifiait le Porteur du sceau royal. Aussi adoptait-il les précautions nécessaires pour que la demoiselle concernée ne tombât pas enceinte et que son seul souvenir fût une belle nuit d'amour.

La fille de l'archiviste s'extasia en contemplant la ville.

— Quelle cité merveilleuse ! Vous aussi, Séhotep, vous êtes merveilleux.

Déployant une tendresse qu'un homme bien éduqué ne pouvait repousser, elle posa doucement sa tête sur l'épaule du ministre, qui ôta sa perruque légère et lui caressa les cheveux.

— N'allez pas trop vite, je vous en prie.

— Souhaitez-vous admirer longuement la capitale ?

— Oui... Enfin, non. Fais-moi voir ta chambre, veux-tu ?

Il la dévêtit lentement et s'aperçut vite que la donzelle ne manquait ni de sensualité ni d'expérience.

Leurs jeux furent joyeux, leur plaisir partagé. À l'issue de cette joute délicieuse, Séhotep pensa qu'elle ferait une épouse abominable, possessive et capricieuse.

— L'avenir ne t'inquiète-t-il pas ? demanda la jeune femme.

— Un grand roi gouverne l'Égypte. Il saura conjurer le mal.

— Ce n'est pas l'opinion générale.

— Ton père n'apprécierait-il pas Sésostris ?

— Mon père apprécie n'importe quel chef pourvu qu'il le paie bien et ne l'écrase pas de travail ! Mon dernier soupirant, en revanche, ne partage pas ton avis.

— De qui s'agit-il ?

— D'Eril, un étranger nommé à la tête des écrivains publics. Son ambition transpire par tous les pores de sa peau. Avec sa petite moustache, sa voix sucrée et ses manières affables, il tente de passer pour la crème des hommes. En réalité, il est aussi redoutable qu'une vipère à cornes ! Eril ne songe qu'à nouer des intrigues et à ruiner la réputation de ses concurrents. Corrupteur et corrompu, il vend ses services au plus offrant.

— T'aurait-il causé du tort ?

— Ce rat voulait m'épouser, tu te rends compte ! Et mon père, ce lâche, était d'accord ! Vu mon refus net et définitif, il n'a pas insisté. Imaginer sur ma peau les mains de cet Eril, gluant comme une limace, quelle horreur ! Quand je l'ai giflé, il a enfin compris que je ne lui appartiendrais jamais. Non content de répandre son venin, il critique le pharaon.

La curiosité de Séhotep s'éveilla.

— En es-tu certaine ?

— Je ne parle pas à la légère !

— Quels termes utilise-t-il ?

— Je ne me rappelle plus précisément... Mépriser le pharaon, n'est-ce pas un crime ?

— Eril t'a-t-il demandé de l'aider ou bien proposé une sorte de mission ?

La fille de l'archiviste fut étonnée.

— Non, non... rien de tout cela.

— Oublie ces mauvais moments, recommanda le Porteur du sceau royal, et jouis du moment présent. À moins que tu n'aies envie de dormir...

— Oh non ! s'exclama-t-elle en s'allongeant sur le dos, offerte et désirable.

Chaque matin, Sékari regardait le matériel d'écriture d'Iker, précieux souvenir de son ami. Il aurait tant aimé le lui remettre à son retour d'Asie ! L'abandonner ainsi le désespérait, mais le pharaon lui interdisait de se rendre en Syro-Palestine et d'y entamer des recherches.

Sékari refusait le vide que créait l'absence d'Iker. En l'acceptant, il aurait cautionné sa mort et tué l'espoir. Or, au plus profond de lui-même, l'agent spécial ne croyait pas à la disparition du Fils royal.

Peut-être prisonnier, peut-être blessé, mais vivant.

Vérifiant à sa manière les mesures prises par Sobek afin d'assurer la sécurité du monarque, Sékari ne décelait aucune faille majeure. Pourtant, il s'interrogeait sur la conduite du chef de la police, tellement satisfait de la mort du Fils royal.

Et si le traître tapi à la cour était Sobek lui-même ? Pourquoi détestait-il Iker, sinon parce que ce dernier risquait de comprendre son véritable rôle ? Le Protecteur ne semblait-il pas le mieux placé pour ordonner à un policier de supprimer le jeune scribe ?

La réponse à ces horribles questions paraissait évidente.

Trop évidente.

Aussi fallait-il à Sékari des preuves incontestables

avant de s'adresser au roi. Tant qu'il ne les aurait pas obtenues, le monarque ne courait-il pas un grand danger ? Élément rassurant : les spécialistes chargés de la protection rapprochée de Sésostris vénéraient le pharaon.

Si Sobek le Protecteur avait envoyé Iker au massacre, il le paierait.

Premier arrivé à son bureau, dernier parti, Médès appréciait sa tâche de Secrétaire de la Maison du Roi. Travailler dur ne lui déplaisait pas, au contraire. Très organisé, il assimilait rapidement les dossiers complexes, et son excellente mémoire en retenait l'essentiel. Capable d'accumuler les rendez-vous sans éprouver de fatigue, Médès exigeait de ses employés un rythme de travail tellement harassant que certains ne le supportaient pas. Aussi se voyait-il obligé d'engager chaque mois quatre ou cinq nouveaux scribes qu'il mettait à rude épreuve. Bien peu tenaient la distance. Ainsi formait-il des équipes disciplinées et efficaces.

Ni le roi ni le vizir ne pouvaient lui adresser le moindre reproche.

Médès disposait à présent d'une organisation parallèle, à sa dévotion. Composée de scribes, de postiers et de marins, elle lui fournissait des renseignements et transmettait ses directives sur tout le territoire. Lors du soulèvement que préparait l'Annonciateur, ce serait une arme décisive.

Chaque nouveau membre du réseau recevait une affectation précise et ne rendait compte qu'à lui. Le cloisonnement demeurait de rigueur et nul, bien entendu, ne se doutait du véritable but poursuivi par Médès.

Le Secrétaire de la Maison du Roi se préparait à faire

des offres de service à un scribe consciencieux, employé depuis plusieurs mois, lorsque Gergou demanda à le voir.

— Un problème ?

— Le Libanais veut vous parler immédiatement.

— En plein jour ? Hors de question !

— Il se promène au marché. Urgent et grave.

La procédure était aussi inhabituelle qu'inquiétante.

Réussissant à masquer sa nervosité, Médès rejoignit le Libanais. Dans la foule des badauds, ils passaient inaperçus. Côte à côte près de l'étal d'une marchande de poireaux, ils s'entretinrent à voix basse, évitant de se regarder.

— Vous avez bien engagé un scribe originaire d'Imaou, âgé d'une trentaine d'années, célibataire, plutôt grand, glabre, avec une cicatrice sur l'avant-bras gauche ?

— Exact, mais...

— C'est un policier, révéla le Libanais. Mon meilleur agent vient de le voir sortir de chez Sobek. Il lui a sans doute donné l'ordre de vous espionner.

Médès frissonna. Sans la vigilance de son allié, il aurait commis une erreur fatale.

— Gergou m'en débarrassera.

— Surtout pas ! Puisque nous avons identifié cet espion, utilisez-le pour rassurer Sobek le Protecteur sur votre compte. Que cette mésaventure vous rende encore plus méfiant.

14.

À la suite d'Amou, seulement une dizaine d'hommes, parmi les plus expérimentés. Tous avaient une mine sombre, comme si leur chef les menait au désastre.

— Où allons-nous ? demanda Iker.

— Chez l'Annonciateur.

— Vos guerriers n'ont pas l'air de s'en réjouir !

— Il est notre pire ennemi et a juré de nous détruire.

— Pourquoi vous jeter ainsi dans la gueule du monstre ?

— Je dois le défier en combat singulier. Le vainqueur s'emparera de la tribu du vaincu. Ainsi, on évitera beaucoup de morts.

— Vous sentez-vous capable de réussir ?

— Ce sera difficile, avoua Amou, très difficile ! Jamais l'Annonciateur n'a été terrassé. Une seule arme efficace, la ruse. Encore faut-il qu'il laisse à l'adversaire le temps de l'utiliser.

— L'Annonciateur serait-il un colosse ?

— Tu le verras bien assez tôt.

Contrairement à son habitude, Amou marcha à découvert et alluma des feux visibles de loin. En signalant sa présence, il signifiait à l'ennemi qu'il ne comptait pas attaquer, mais palabrer.

À l'aube du quatrième jour, Sanguin grogna. Quelques minutes plus tard, une soixantaine de Cananéens armés d'arcs et de piques encerclèrent la petite troupe. Le molosse se plaça devant Iker.

Un petit homme aux épaules carrées s'avança.

— Tu es mon prisonnier, Amou.

— Pas encore.

— Crois-tu pouvoir te défendre, avec ta bande de peureux ?

— Ton maître nous redoute. Sinon, pourquoi ne nous a-t-il pas encore exterminés ? Il n'est qu'une larve, une fillette, une tête vide, ses bras sont mous et sans vigueur. Qu'il vienne se prosterner devant moi, ici même, dès demain. Je lui cracherai dessus, il pleurera en implorant ma grâce.

Le lieutenant de l'Annonciateur bouillait de rage. Il aurait volontiers tranché la langue d'Amou, mais devait respecter les règles du défi que lançait le Syrien. Son maître serait ravi de le réduire en charpie.

Furibond, le petit homme courut le prévenir.

— Il ne nous reste plus qu'à nous préparer, déclara Amou.

Au milieu de la nuit, de violentes douleurs tordirent le ventre du chef de tribu. Foudroyé par des spasmes, il fut contraint de demeurer allongé sur le côté, les jambes repliées.

L'un de ses guerriers lui fit absorber une potion à l'odeur épouvantable, sans résultat.

À l'évidence, Amou serait incapable de se battre.

— Nous sommes perdus, estima le médecin de fortune. On ne peut renoncer à un duel sous aucun prétexte. Prenons immédiatement la fuite.

— Ces sauvages nous rattraperont et massacreront

mon clan, objecta Amou. Il faut tenter notre chance, si mince soit-elle.

— Tu ne tiens pas debout !

— J'ai le droit de me faire remplacer. L'un de vous combattra en mon nom.

— Qui choisis-tu ?

— Iker.

Les Syriens furent atterrés.

— Il ne résistera pas dix secondes !

— N'est-il pas le plus rapide de nous tous ?

— Il ne s'agit pas seulement de courir et d'esquiver, mais de tuer un géant !

Impavide, le scribe n'intervenait pas.

Ainsi, l'heure de vérité approchait. Bientôt, il rencontrerait l'Annonciateur, avec une seule alternative : vaincre ou mourir.

— Renonce, lui conseilla l'un de ses compagnons de route. Personne n'acceptera de remplacer Amou. Une seule solution, la fuite !

— Moi, j'accepte.

— Tu es fou !

— La journée s'annonce rude, je vais me reposer en attendant le combat.

Bien qu'il eût les mains libres, Iker se sentit de nouveau attaché au mât du *Rapide*. Cette fois, il n'y aurait pas de vague salvatrice pour l'arracher à son sort. Au moins, il combattrait !

Conscient de l'inexistence de ses chances, le Fils royal ne devait pas mourir inutilement. Aussi, sur la face interne d'un morceau d'écorce de chêne-liège, grava-t-il ces mots en écriture cryptée que seul le général Nesmontou saurait déchiffrer :

Amou n'est pas l'Annonciateur. Ce dernier, une sorte de monstre, se cache à moins d'un jour de marche de cette région, sans doute vers le nord. Je vais me battre en duel contre lui. Longue vie au pharaon.

Iker enfouit le morceau d'écorce et recouvrit l'emplacement de pierres sèches. Il en planta une à la verticale, après avoir dessiné une chouette à l'aide d'un silex. Ce hiéroglyphe signifiait « dans, à l'intérieur ». Si une patrouille égyptienne passait là, elle serait forcément intriguée.

Le scribe se cala contre le tronc de l'arbre, le molosse se coucha à ses pieds. En cas de danger, il l'avertirait aussitôt.

Incapable de dormir, Iker songea à tous les bonheurs inaccessibles : revoir Isis, lui déclarer à nouveau son amour, tenter de se faire aimer d'elle, construire une vie ensemble, servir Pharaon, découvrir les mystères d'Abydos, transmettre Maât en écrivant, percevoir davantage la puissance lumineuse des hiéroglyphes... Ces rêves se fracassaient sur une réalité impitoyable : l'Annonciateur.

La matinée était brumeuse.

Après avoir beaucoup vomi, Amou somnolait.

— Il est encore temps de renoncer, dit un Syrien à Iker.

— Sûrement pas, objecta un autre. Le monstre ne tardera plus à se montrer. Si nous ne lui opposons pas un adversaire, il nous tranchera la tête !

— Et si je suis vaincu ? demanda le Fils royal.

— On deviendra des esclaves. Voici ton arc, ton carquois rempli de flèches et ton épée.

— Mon bâton de jet ?

— Il ne causerait que des égratignures.

— Les voilà ! hurla la sentinelle.

L'Annonciateur marchait à la tête de sa tribu,

femmes et enfants compris, car personne ne voulait manquer le spectacle.

Pendant quelques instants, Iker demeura interdit.

Jamais il n'avait vu pareille montagne de chair et de muscles. Malgré sa taille, Sésostris lui-même aurait paru petit à côté de cet incroyable géant.

Le front bas, les cheveux en broussaille, le menton très prononcé, l'Annonciateur était borgne. Un bandeau grisâtre recouvrait son œil mort.

Armé d'une hache et d'un énorme bouclier, il s'immobilisa à bonne distance du campement ennemi.

S'éleva sa voix trop aiguë, ridicule pour un si grand corps, mais qui ne fit rire personne.

— Sors de ta tente, femmelette ! Viens m'affronter, Amou le lâche dont l'adversaire ne voit que le derrière ! Viens donc tâter de ma hache !

Iker s'avança.

— Amou est souffrant.

Le géant eut un rictus de dédain.

— La peur lui vide les entrailles, je parie ! Je le découperai quand même en morceaux.

— Auparavant, il te faudra combattre.

— Amou a désigné son champion ! Tant mieux, on va s'amuser. Qu'il se montre, ce héros !

— C'est moi.

Incrédule, le géant inspecta du regard le campement syrien, puis éclata de rire, imité par les membres de sa tribu.

— Tu te moques de moi, petit !

— Quelles sont les règles de ce duel ?

— Il n'y en a qu'une : tuer avant d'être tué.

Avec une rapidité qui stupéfia l'assistance, Iker tira trois flèches en rafale.

L'énorme bouclier les bloqua.

Le géant ne manquait pas de réflexes.

— Bien tenté, petit ! Maintenant, à moi.

La hache s'abattit avec une telle violence qu'un souffle renversa Iker, lui sauvant la vie.

Le Fils royal se releva et se mit à courir en zigzag, empêchant le monstre de porter un coup décisif.

À chacun de ses pas, le sol tremblait. Agile malgré sa masse, le géant faisait tournoyer son arme, et plusieurs moulinets faillirent décapiter Iker.

Excellent coureur de fond, le jeune homme parvint à épuiser son adversaire.

Ahanant, le monstre jeta son bouclier loin de lui.

— Je vais t'écraser, avorton !

Iker se rapprocha du camp des Syriens, étonnés de le voir survivre aussi longtemps.

— Mon bâton de jet, vite !

Embrumé mais debout, Amou lui remit l'arme.

Alors que l'Annonciateur se ruait sur Iker, Sanguin bondit et lui planta ses crocs dans le mollet droit.

Hurlant de douleur, le géant leva sa hache, décidé à trancher le chien en deux. À l'instant où elle s'abaissait, l'extrémité pointue du bâton lancé par Iker se ficha au milieu de son œil.

L'Annonciateur lâcha son arme et porta les mains à l'horrible blessure. La souffrance était si intolérable qu'il s'effondra sur les genoux.

Encore chancelant, Amou s'empara de la hache et, de toutes ses forces, trancha le cou de son ennemi juré.

Sanguin ouvrit enfin la gueule et recueillit une caresse d'Iker, trempé de sueur.

Les Syriens criaient victoire, les Cananéens pleuraient.

Amou ordonna le massacre des vieux, des enfants malades, d'une femme hystérique et de deux adultes dont la tête lui déplaisait. Les autres membres de la tribu d'Amou lui obéiraient désormais au doigt et à l'œil.

— Bénis soient mes intestins ! dit-il à Iker. Sans ce malaise, j'aurais été vaincu. Toi seul, grâce à ton souffle inépuisable, pouvais fatiguer cette brute et la contraindre à commettre une erreur fatale.

— N'oublions pas Sanguin. Son intervention fut décisive.

Le chien leva vers Iker des yeux remplis d'affection.

— Pour être franc, mon garçon, je n'ai pas cru une seconde à ta victoire. Un petit homme qui terrasse un géant, quel miracle ! Dans plusieurs centaines d'années, on parlera encore de toi. Tous, désormais, te considèrent comme un héros. Et tu n'es pas au bout de tes surprises. Allons conquérir le territoire du monstre !

Iker éprouvait une profonde insatisfaction. Oui, il était vivant. Oui, il avait participé à l'élimination de l'Annonciateur. Mais le but de sa mission consistait à savoir comment il envoûtait l'arbre de vie et de quelle manière rompre le maléfice. À ces questions essentielles, plus de réponse possible.

La disparition de cet être maléfique suffirait-elle à guérir l'acacia d'Osiris ?

Ultime espoir : dans son repaire, le Fils royal trouverait peut-être des éléments décisifs. Aussi suivit-il Amou, s'attendant à découvrir un camp retranché.

Iker se trompait.

La contrée sur laquelle régnait l'Annonciateur était plantée de vignes, de figuiers et d'oliviers. Des troupeaux de vaches et de moutons y prospéraient, un village coquet en occupait le centre.

Au nouveau maître du clan, on offrit du vin, de la viande de bœuf, de la volaille rôtie à la broche et des gâteaux cuits au lait.

— Grâce à toi, reconnut Amou, nous possédons à

présent un petit paradis ! Il est juste que tu sois récompensé. J'ai bien quelques enfants, ici ou là, mais ce sont des paresseux et des incapables. Toi, tu es différent. Qui d'autre qu'un grand héros pourrait me succéder ? Choisis une femme, je te donnerai une ferme et des serviteurs. Tu auras plusieurs fils, et nous gérerons ensemble ce vaste domaine. Il nous procurera de beaux bénéfices. Étant donné ta réputation, personne n'osera nous importuner et, de temps à autre, nous nous octroierons une petite razzia afin de nous distraire. Ton avenir s'annonce radieux !

Amou se gratta l'oreille.

— Après ton exploit, je te dois la vérité. Depuis longtemps, je rêvais de supprimer cette brute. Puisqu'il menaçait ma tribu, j'ai décidé de passer à l'action, en dépit des risques. Et tu m'as porté chance.

— Cela signifie-t-il... que ce géant n'était pas l'Annonciateur ?

— J'ignore si ce fantôme existe vraiment. En tout cas, il ne rôde pas dans la région. Oublie-le et jouis de ta bonne fortune. Ici, tu connaîtras le bonheur.

Effondré, Iker avait donc risqué sa vie pour un mirage et transmis une fausse information au général Nesmontou.

Son avenir ? Une nouvelle forme de captivité.

15.

D'ordinaire, la petite patrouille de policiers du désert ne s'aventurait pas dans ce coin perdu de Canaan. Mais son chef, chasseur invétéré, s'acharnait à poursuivre un cochon sauvage. Après avoir traversé un bois de tamaris et franchi un oued, la bête venait de semer ses poursuivants.

— On devrait rebrousser chemin, suggéra l'un des policiers. L'endroit n'est pas sûr.

Son chef ne pouvait pas lui donner tort. Face à une bande de coureurs des sables, déterminés à tuer de l'Égyptien, ils ne feraient pas le poids.

— Allons jusqu'à l'extrémité de ce vallon, décida-t-il. Ouvrez les yeux et les oreilles.

Pas trace de l'animal.

— Regardez ça, chef. Plutôt curieux.

Le policier contemplait un amas de pierres qui n'avait rien de naturel.

— Sur celle plantée à la verticale, il y a le signe de la chouette.

— La lettre M, précisa le chef, « à l'intérieur, dans ». Ôte-moi ces pierres.

Intrigué, l'officier creusa lui-même le sol meuble et

découvrit un morceau d'écorce. S'y trouvaient gravés des hiéroglyphes.

— Bizarre, constata-t-il. Chaque signe a été tracé par une main experte. Or, l'ensemble n'a aucun sens.

— Ne serait-ce pas l'un des messages cryptés qu'on nous a demandé de recueillir ?

Frigorifié, Djéhouty resserra les pans de son grand manteau qui, malgré l'épaisseur du tissu, ne le réchauffait guère. Pourtant, l'air était assez doux, et nulle bise ne soufflait sur le site de Dachour. Étrangement, ses rhumatismes ne déclenchaient plus d'atroces douleurs, mais le mal rongeait le peu de vitalité dont il disposait encore.

Peu importait, puisqu'il assistait à l'achèvement de la pyramide royale ! Grâce à l'enthousiasme et aux compétences des constructeurs, les travaux avaient duré moins longtemps que prévu. À plusieurs reprises, le Grand Trésorier Senânkh était intervenu avec efficacité et rapidité pour satisfaire les exigences des bâtisseurs.

Installé dans sa chaise à porteurs, Djéhouty fit le tour de l'enceinte à bastions et à redans, imitant celle du pharaon Djéser à Saqqara. L'ensemble architectural portait le nom de *kebehout*, « l'eau fraîche céleste », d'où émergeait la pyramide qualifiée de *hotep*, « la plénitude. » Ainsi s'incarnait le mythe selon lequel la vie, naissant de l'océan des origines, se manifestait sous la forme d'une île sur laquelle avait été édifié le premier temple, issu de la pierre primordiale.

— Tu peux être fier de ton travail, dit une voix grave.

— Majesté ! Je ne vous attendais pas si tôt, le protocole...

— Oublie-le, Djéhouty. En respectant scrupuleusement le plan d'œuvre, tu as tracé les lignes de forces qui permettent à ce monument d'émettre du *ka*. Ainsi s'affirme la victoire de Maât sur *isefet*.

Éclatantes de blancheur, les faces de la pyramide, recouvertes de calcaire de Toura poli à la perfection, reflétaient les rayons du soleil. Les triangles de lumière illuminaient le ciel et la terre.

Accompagné de Djéhouty, le monarque procéda à l'ouverture de la bouche, des yeux et des oreilles du temple. Là serait éternellement célébrée la fête de régénération de l'âme royale. Des statues colossales représentaient Pharaon en Osiris, chargé de recevoir la vie divine et de la transmettre. Aussi longtemps qu'une demeure serait construite pour l'abriter, l'Égypte résisterait aux ténèbres.

Chaque jour, au nom du roi, des prêtres accompliraient les rites animant les processions de porteurs d'offrandes et rendant réel le dialogue entre le monarque et les divinités.

Puis Sésostris pénétra dans la partie souterraine et chemina jusqu'à la salle du sarcophage, ce bateau de granit rouge où voguerait son corps de lumière. La paix surnaturelle régnant en ces lieux renforça la volonté de Sésostris de lutter contre le démon qui tentait d'empêcher la résurrection d'Osiris.

En contemplant cette pierre d'éternité, le roi se forgea une conviction : non, Iker n'était pas mort.

Établi à Memphis depuis une dizaine d'années, Eril se félicitait de ses succès. Mi-libanais, mi-syrien, il dirigeait à présent une cohorte d'écrivains publics rassemblant des scribes incapables d'accéder aux plus hautes fonctions, mais très compétents dans leur domaine : le règlement des litiges opposant les particuliers à l'administration.

Sans un bon nombre de croche-pieds habilement distribués et un parfait usage de la corruption, jamais Eril n'aurait pu obtenir ce poste qu'il convoitait depuis longtemps. Prospérant à l'ombre de son prédécesseur, un petit tyran vaniteux bien introduit à la cour, il avait appris de ce bon maître l'art d'éliminer ses adversaires directs tout en se façonnant une réputation d'honnête homme.

Ce soir, Eril allait atteindre un nouveau sommet. Lui, le parvenu, le manipulateur de l'ombre, se voyait reconnu comme un grand personnage, puisque Séhotep l'invitait à dîner !

La journée durant s'étaient succédé le coiffeur, le manucure, le pédicure, le parfumeur et le tailleur pour transformer Eril en notable élégant. Chacun savait que le Porteur du sceau royal détestait les fautes de goût. Vu la qualité des professionnels penchés sur sa personne, Eril ne risquait aucun impair.

Question angoissante : quels seraient les autres invités ? À la différence de Séhotep, le directeur des écrivains publics de Memphis détestait la compagnie des femmes. Il y en aurait forcément plusieurs, et il lui faudrait supporter leurs minauderies et leurs bavardages. Être admis à la table d'un membre de la Maison du Roi effaçait ces désagréments mineurs. Cette soirée préludait inévitablement à une promotion. Peut-être même aurait-il l'opportunité de formuler une partie de ses ambitions avec le tact indispensable.

La rumeur ne mentait pas : la villa de Séhotep était une véritable merveille dont le moindre détail séduisait l'œil. Et la luxuriance du jardin coupait le souffle.

La jalousie acidifia l'œsophage du petit moustachu. Pourquoi, lui aussi, n'aurait-il pas droit à ce faste ? Tout bien pesé, possédait-il moins de qualités et de mérites qu'un fils de famille servi par la chance ?

Un serviteur accueillit Eril avec déférence et l'introduisit dans un vaste salon qu'embaumait un doux parfum de lys. Sur des tables basses, des amuse-gueule, des jus de fruits, de la bière et du vin.

— Asseyez-vous, recommanda l'intendant.

Crispé, Eril préféra arpenter la pièce en attendant son hôte. Il grignota un oignon frais nappé d'une purée de fèves en admirant les peintures murales qui représentaient des bleuets, des coquelicots et des chrysanthèmes.

— Navré de ce retard, s'excusa Séhotep quand il rejoignit son invité. J'ai été retenu au palais. Les affaires de l'État demeurent prioritaires. Aimeriez-vous un peu de vin ?

— Volontiers. J'étais en avance, me semble-t-il, car les autres invités ne sont pas encore arrivés, et...

— Ce soir, vous êtes le seul.

Eril ne dissimula pas sa stupéfaction.

— Un honneur... un très grand honneur !

— Pour moi, un grand plaisir. Si nous dînions ?

Le petit moustachu se sentit très mal à l'aise. Ni la qualité des plats, ni les grands crus, ni l'amabilité du maître de maison ne lui firent oublier le caractère surprenant de ce tête à tête.

— Vous exercez une profession délicate, remarqua Séhotep, et vous vous débrouillez plutôt bien, paraît-il.

— Je... j'agis au mieux.

— Satisfait de vos résultats ?

L'estomac d'Eril se contracta. Surtout, ne pas se précipiter et manœuvrer habilement.

— Grâce au vizir, l'administration memphite ne cesse de s'améliorer. Subsistent encore des problèmes que mon équipe et moi-même tentons de résoudre dans l'intérêt des particuliers.

— Ne souhaiteriez-vous pas un travail plus... valorisant ?

Le petit moustachu se détendit. Ainsi, ses performances avaient attiré l'attention des autorités ! Le Porteur du sceau royal allait donc lui offrir un poste au sein de son administration et lui confier de hautes responsabilités.

Séhotep contempla sa coupe, remplie d'un sublime vin rouge d'Imaou.

— Mon ami, le Grand Trésorier Senânkh, a mené une enquête approfondie sur ta fortune. Ta fortune réelle, bien entendu.

Eril blêmit.

— Que... qu'est-ce que ça signifie ?

— Que tu es un corrupteur et un corrompu.

Indigné, l'accusé se leva.

— C'est faux, totalement faux et...

— Senânkh a rassemblé des preuves irréfutables. Tu exploites honteusement tes clients et tu te mêles à de multiples opérations douteuses, mais il y a beaucoup plus grave.

Décomposé, Eril se rassit.

— Je... je ne comprends pas.

— Je crois que si. Pour ta malhonnêteté, ce sera la prison. Pour ta participation à un complot contre le roi, la peine de mort.

— Moi, comploter contre le pharaon ? Comment pouvez-vous imaginer...

— Cesse de mentir, j'ai un témoin. Si tu veux échapper à l'exécution, donne-moi immédiatement le nom de tes complices.

Perdant toute dignité, le petit moustachu se jeta aux pieds de Séhotep.

— On aura mal interprété mes propos ! Je suis un fidèle serviteur de la monarchie.

— Il suffit, misérable. Tu appartiens à un réseau de terroristes implanté à Memphis. J'exige la totalité de tes contacts.

Eril leva des yeux effarés.

— Des terroristes... Non, vous vous trompez ! Je connais juste une dizaine de dignitaires... compréhensifs.

Eril les dénonça, expliqua en détail le mécanisme de ses combines et se répandit en lamentations parsemées de regrets.

Déçu, Séhotep l'écoutait d'une oreille discrète. À l'évidence, il avait débusqué un médiocre, non un partisan de l'Annonciateur.

— À peine ce message déchiffré, déclara le général Nesmontou, j'ai quitté Sichem pour vous en communiquer la teneur. Nul doute possible, Majesté : le Fils royal Iker est vivant. On a tenté de nous abuser avec un cadavre qui n'était pas le sien.

— Sur quoi se fondent tes certitudes ? s'enquit Sésostris, près duquel se tenait Sobek le Protecteur, visiblement sceptique.

— Iker et moi étions convenus d'un code que moi seul pouvais déchiffrer.

— Le contenu de ce texte ? demanda Sobek.

— Iker a trouvé le repaire de l'Annonciateur, un monstre contre lequel il va se battre en duel.

— Grotesque ! jugea le Protecteur. On a contraint le Fils royal à écrire sous la dictée afin d'attirer nos soldats dans un guet-apens.

— Même si tu vois juste, estima le monarque, Iker vit.

— Certainement pas, Majesté ! Après avoir rédigé ces lignes, il a été exécuté.

— Pourquoi l'Annonciateur ne l'aurait-il pas gardé en otage ? interrogea Nesmontou.

— Parce qu'il ne lui servait plus à rien !

— Pas si sûr. Iker pourrait continuer à nous appâter avec d'autres messages. La vérité est sans doute beaucoup plus simple : le Fils royal a réussi sa mission. À l'heure actuelle, il tente de regagner Memphis.

— Jolie fable, mais invraisemblable ! jugea le Protecteur.

— Dans quelle région se dissimulerait l'Annonciateur ? demanda Sésostris.

Nesmontou fit la grimace.

— L'une des moins contrôlées, à la frontière de la Palestine et de la Syrie. Forêts, marécages, ravins, bêtes sauvages, absence de routes... L'endroit idéal pour un terroriste. Impossible de déployer des troupes. Sur nos cartes, une zone blanche sans points de repère.

Sobek triomphait.

— Le piège parfait ! Les recommandations du général Nesmontou ?

— L'envoi d'une patrouille de volontaires, habitués aux paysages syriens.

— Pourquoi condamner ainsi des soldats chevronnés ? s'insurgea Sobek. Rendons-nous à l'évidence : Iker ne peut avoir survécu que s'il est complice des terroristes.

— Prépare cette patrouille, ordonna le roi à Nesmontou. Elle ne partira pas avant réception d'un second message qui confirmera le premier.

16.

Gueule-de-travers s'approchait de la ferme isolée. Accompagné de sa bande de pillards, il rançonnerait une nouvelle fois l'une des familles de paysans auxquelles il accordait sa protection. Terrorisés par ce monstre impitoyable, ils n'osaient pas prévenir la police, de crainte de terribles représailles.

Depuis l'échec de l'attentat contre le pharaon Sésostris, Gueule-de-travers survivait dans la clandestinité. Ses hommes le suppliaient de rejoindre l'Annonciateur, lui s'estimait capable de se débrouiller seul. Pourtant, à cause de sa rupture avec « le grand chef », la chance semblait tourner. Le bandit se moquait des sermons du prédicateur barbu désireux d'imposer une croyance dévastatrice, mais lui reconnaissait suffisamment d'intelligence et de cruauté pour triompher.

Sans se l'avouer, Gueule-de-travers, qui ne craignait ni dieu ni diable, avait peur de l'Annonciateur et n'osait pas reparaître devant lui à la suite du fiasco dont il serait jugé coupable. Pris de colère, le faucon-homme ne le déchirerait-il pas de ses serres ?

Il fallait songer à se nourrir. Ces culs-terreux lui offriraient un déjeuner de roi avant qu'il viole la maîtresse de maison. Brisant toute velléité de résistance, Gueule-de-travers se plaisait à humilier ses victimes.

Son instinct de chasseur lui évita un désastre.

À deux cents pas de la ferme, il s'immobilisa. Ses hommes l'imitèrent.

— Qu'est-ce qu'il y a, chef ?

— Écoute, imbécile !

— Je... je n'entends rien.

— Justement ! Ça ne te paraît pas bizarre, cette absence de bruit ? Même la basse-cour est silencieuse !

— Alors...

— Alors, ça veut dire que nos protégés sont partis. Ce ne sont pas des paysans qui nous attendent. Nous, on décampe.

Quand le guetteur de la police vit s'enfuir les bandits, il donna le signal de l'assaut.

Trop tard.

La bande de Gueule-de-travers était déjà hors d'atteinte.

Honnête, serviable, très apprécié des habitants du quartier, le vendeur de sandales avait fait oublier ses origines étrangères pour se fondre dans le petit peuple de Memphis. Nul n'aurait pu se douter qu'il appartenait au réseau d'agents dormants de l'Annonciateur.

Alors qu'il rentrait chez lui, à la nuit tombée, un bras énorme lui serra le cou.

— Gueule-de-travers ! s'exclama le commerçant. Que fais-tu ici ? On te croyait mort.

— Où se trouve le grand chef ?

— Je l'ignore, je...

— Toi, peut-être, mais sûrement pas ton supérieur ! Mes hommes et moi, on veut rejoindre l'Annonciateur.

Ou bien tu m'aides, ou bien je massacre ses fidèles, à commencer par toi.

Le vendeur de sandales ne prit pas la menace à la légère.

— Je vais t'aider.

Au sud de Sichem, la contrée était sinistre. Des arbres secs, de la terre rouge et stérile, un oued empierré, des traces de serpents.

— Ça ne peut pas être ici, chef !

— Au contraire, estima Gueule-de-travers, voilà le genre de paysage qu'il aime. Ce gaillard-là ne ressemble à personne, mon gars. On s'installe et on patiente.

— Et si on nous tendait un nouveau piège ?

— Dispose quatre sentinelles.

— Là-bas, quelqu'un !

Surgi de nulle part, un homme de grande taille, coiffé d'un turban et vêtu d'une longue tunique de laine, contemplait la petite troupe.

— Heureux de te revoir, mon ami, dit l'Annonciateur d'une voix si douce qu'elle donna la chair de poule à Gueule-de-travers.

— Et moi donc, seigneur !

Prudente, la brute se prosterna.

— Je ne suis responsable de rien, affirma-t-il. J'ai tenté de me débrouiller, mais la police me court après. Des bouseux m'ont dénoncé, vous vous rendez compte ! Au fond, je menais une existence ennuyeuse. Moi et mes gars, on a besoin d'action. Alors, nous voilà.

— Enfin décidé à m'obéir ?

— Juré, craché !

L'Annonciateur avait installé son centre de commandement au cœur d'un réseau de grottes reliées par des galeries. En cas d'attaque, il disposait de plusieurs possibilités de fuite. Répartis autour de ce coin perdu qu'alimentaient plusieurs sources, des guetteurs garantissaient un maximum de sécurité.

L'Annonciateur occupait un logement formé de quelques pièces. Une vaste salle lui servait de lieu d'enseignement où, chaque jour, ses fidèles écoutaient attentivement la bonne parole.

Une seule vérité révélée, la conversion forcée des incroyants, la suppression de l'institution pharaonique, la soumission des femmes : lancinants, les mêmes thèmes revenaient et se gravaient dans les esprits. Adepte de la première heure, Shab le Tordu repérait les tièdes. Si ces médiocres ne témoignaient pas d'une dévotion accrue, ils subissaient une fin brutale. De son couteau de silex, il perçait le cou du condamné dont le cadavre servait d'exemple. Sur le chemin de la conquête, nulle faiblesse n'était pardonnable.

Le plus jeune disciple de l'Annonciateur, Treize-ans, débusquait les lâches avec un flair infaillible. Shab lui accordait volontiers l'autorisation de les torturer, puis de les exécuter sommairement, sachant que le travail serait bien fait. Seuls méritaient de survivre ceux qui s'engageaient à mourir pour la cause.

Cloîtrée, Bina sortait peu. Au service de son seigneur et maître, elle connaissait une notoriété grandissante. Ne jouissait-elle pas de l'extraordinaire privilège d'être l'intime de l'Annonciateur ?

Cette situation déplaisait à Ibcha, le chef du commando asiatique. Amoureux de la jolie brune, il guettait ses furtives apparitions. Responsable de deux échecs, à Kahoun et à Dachour, il gardait pourtant la confiance de ses compatriotes. À la surprise générale, l'Annonciateur ne lui avait adressé aucun reproche. Et l'ex-métallurgiste à la barbe fournie restait membre de son état-major.

— Tu parais bien nerveux, Treize-ans.

— Et toi, tu ne l'es pas ? Le seigneur n'aurait pas dû partir seul !

— Ne sois pas soucieux. L'Annonciateur ne maîtrise-t-il pas les démons du désert ?

— Nous devons tous nous soucier de sa sécurité. Sans lui, nous ne serions rien.

Treize-ans avait été furieux d'apprendre la mort d'Iker par l'intermédiaire d'un coureur des sables qui connaissait la cruauté d'Amou le Syrien. Non que le gamin éprouvât la moindre affection envers le scribe, mais il aurait aimé lui briser l'âme et le transformer en pantin revanchard, avide de batailler contre un pharaon coupable de l'avoir abandonné. En massacrant la tribu cananéenne chargée de la rééducation d'Iker, Amou avait anéanti ce beau projet. Comme il était réputé pour sa haine des Égyptiens, le sort du Fils royal ne faisait aucun doute.

— La prochaine fois, promit Treize-ans, je suivrai l'Annonciateur. Si quelqu'un ose le menacer, j'interviendrai.

— Ne dois-tu pas obéir à ses ordres ? rappela Ibcha.

— Parfois, désobéir est nécessaire.

— Tu risques de dévaler une pente dangereuse, mon garçon.

— Lui, il me comprendra. Il me comprendra toujours.

Le fanatisme du gamin et des proches de l'Annonciateur commençait à inquiéter Ibcha. Bien sûr, il fallait chasser l'occupant égyptien et libérer le pays de Canaan, mais quelle sorte de pouvoir s'imposerait ensuite à la région ? Cet adolescent rêvait de massacres, son maître voulait conquérir l'Égypte, l'Asie et plus encore ! Ne risquait-on pas de sombrer dans une folie meurtrière d'où ne sortirait que du malheur ? Ibcha aurait aimé se confier à la jeune et belle Bina, solliciter son avis, mais elle demeurait inaccessible. Elle, naguère si farouche et si indépendante, se comportait à présent comme une esclave. N'était-ce pas le sort de tous les fidèles pendus aux lèvres du prédicateur ?

— Le voilà ! cria Treize-ans. Il revient !

D'un pas tranquille, l'Annonciateur marchait à la tête d'une petite troupe.

— Qu'on donne à boire et à manger aux combattants de la vraie foi, ordonna-t-il.

Shab le Tordu tapa sur l'épaule de Gueule-de-travers.

— Enfin repenti ! Tu as mis du temps à comprendre. Ta place est ici, avec nous, nulle part ailleurs. Loin du seigneur, tu ne connaîtras que l'échec. Sous ses ordres, tu triompheras.

— Je ne vais quand même pas avoir droit à un sermon !

— Un jour, ton esprit s'ouvrira à l'enseignement de l'Annonciateur.

Le mysticisme de Shab exaspérait Gueule-de-travers, mais l'heure n'était pas à l'affrontement. Trop heureuse de s'en tirer à si bon compte, la brute se restaura tout en observant le quartier général du grand patron.

— Astucieux, très astucieux... Impossible de vous surprendre.

— L'Annonciateur ne se trompe jamais, rappela le Tordu. Dieu s'exprime par sa bouche et lui dicte ses actions.

Une jolie brune sortit de la grotte principale, s'agenouilla devant l'Annonciateur et lui présenta une coupe pleine de sel.

— Quelle superbe femelle, commenta Gueule-de-travers, excité.

— Ne t'approche surtout pas de Bina. Elle est devenue la servante de l'Annonciateur.

— Il ne s'ennuie pas, le patron !

Les traits de Shab le Tordu se durcirent.

— Je t'interdis de parler ainsi du seigneur.

— Ça va, ne t'énerve pas ! Une femelle reste une femelle, Bina comme les autres. N'en faisons pas toute une histoire.

— Elle est différente. L'Annonciateur la forme pour accomplir de grandes tâches.

« Manquait plus que ça », pensa Gueule-de-travers en dévorant une galette remplie de fèves chaudes. Du coin de l'œil, il vit un barbu s'adresser à Bina, au moment où elle rentrait dans la grotte.

— Je désire te parler, dit Ibcha à voix basse.

— Inutile.

— Je me suis battu sous tes ordres, j'ai...

— Notre unique chef est l'Annonciateur.

— Bina, crois-tu... ?

— Je ne crois qu'en lui.

Elle disparut.

Shab, lui aussi, avait vu la scène. Aussi ne manqua-t-il pas d'avertir son maître.

— Seigneur, si cet Ibcha importune votre servante...

— Ne t'en soucie pas. Après ses deux lamentables échecs, je compte lui confier un rôle à sa mesure.

Ils n'étaient pas moins de trente.

Trente chefs de tribus cananéennes, grandes et petites, avaient répondu à l'appel de l'Annonciateur, les uns intrigués, les autres décidés à réaffirmer leur totale indépendance, tous curieux de rencontrer ce personnage que la plupart considéraient comme un épouvantail, un fantôme inventé pour troubler le sommeil des Égyptiens.

Un petit gros à la barbe rousse prit la parole.

— Moi, Dewa, je parle au nom de la plus vieille tribu de Canaan ! Personne ne nous a jamais vaincus, personne ne nous donne des ordres. Nous rançonnons qui nous voulons quand nous le voulons. Pourquoi cette assemblée ?

— Votre division cause votre faiblesse, indiqua calmement l'Annonciateur. L'armée ennemie est vulnérable. La vaincre exige votre union. Voici ma proposition : oubliez vos querelles, placez-vous sous le commandement d'un chef unique et libérez Sichem. Attaqués à l'improviste, les Égyptiens seront exterminés. Devant une telle expression de force, le pharaon restera médusé.

— Au contraire, objecta Dewa, il nous enverra la totalité de ses forces !

— Certainement pas.

— Qu'en sais-tu ?

— L'Égypte va subir de graves troubles intérieurs. Le roi sera occupé à les dissiper.

Un instant ébranlé, le fort en gueule reprit vite contenance.

— Tu ne connais pas le général Nesmontou !

— Un vieillard en fin de carrière, rappela l'Annonciateur. Il renonce à conquérir vos territoires, parce qu'il a peur de vous et se sait incapable de vous soumettre. En terrorisant Sichem, il fait croire à Sésostris que l'Égypte règne sur Canaan. Et cette illusion, c'est vous qui l'entretenez !

Plusieurs chefs de tribu approuvèrent.

— Ensemble, vous serez trois fois plus nombreux que la troupe usée de Nesmontou. L'armée cananéenne de libération balaiera tout sur son passage et donnera naissance à un État fort et indépendant.

Malgré son opposition au projet, Dewa sentit qu'il ne pouvait pas l'écarter d'un revers de main.

— Nous devons délibérer.

17.

— Seigneur, avança Shab le Tordu, ce ramassis de braillards formera-t-il vraiment une armée digne de ce nom ?

— Certainement pas, mon brave ami.

— Mais alors...

— Pharaon, lui, ne pourra pas les mépriser. Pendant que ces médiocres occuperont le terrain, nous déclencherons la véritable offensive. Canaan restera ce qu'il est : une région de guérilla, de conflits plus ou moins larvés et de querelles interminables, rythmées par des coups bas. Lorsque j'en aurai terminé avec l'Égypte, je ferai régner ici la vraie religion, et nul ne me désobéira.

— Et si les tribus refusent de s'unir ?

— Pas cette fois, Shab. Sichem les tente trop.

Houleuse, la délibération dura la nuit entière.

À l'aube, Dewa interpella l'Annonciateur.

— Quelle part du butin désires-tu ?

— Aucune.

— Ah... Ça facilite les choses. Alors, tu veux diriger nos troupes !

— Non.

Le petit gros à la barbe rousse était stupéfait.

— Qu'exiges-tu ?

— La défaite des Égyptiens et votre victoire.

— C'est moi qui commanderai l'armée cananéenne !

— Non, Dewa.

— Comment, non ! M'en crois-tu incapable ?

— Aucune tribu ne doit prédominer. Je vous conseille de choisir un maître tacticien, l'Asiatique Ibcha, habitué à ce genre de combat. Le triomphe obtenu, vous le rétribuerez selon ses mérites et choisirez le nouveau roi de Canaan.

La proposition enthousiasma les chefs de tribu.

De l'alcool de dattes leur fut aussitôt servi, et ils scellèrent leur union.

— Je ne m'attendais pas à un tel honneur, confia Ibcha à l'Annonciateur, surtout après mes deux échecs.

— Les circonstances te furent défavorables, et tu ne disposais pas des moyens suffisants en hommes et en armement. Cette fois, ce sera différent. Toute une armée de rudes guerriers suivra tes instructions, et tu auras l'avantage du nombre et de la surprise.

— Je réussirai, seigneur !

— J'en suis certain, fidèle serviteur.

— M'autorisez-vous à ne pas faire de prisonniers, même si les soldats égyptiens se rendent ?

— Ne t'encombre d'aucune bouche inutile.

Ibcha aurait aimé parler à Bina de sa fabuleuse promotion, mais il oublia la jeune femme pour s'entretenir avec les chefs cananéens et arrêter une stratégie.

— Approche, Treize-ans, ordonna l'Annonciateur.

L'adolescent leva des yeux extasiés vers son maître.

— Je ne suis pas content de moi, seigneur. Je voulais transformer cet Iker en guerrier sanguinaire voué à notre cause, et il s'est fait bêtement tuer par Amou le Syrien !

— Sans importance, jeune héros. Tu nous en as débarrassé, et je t'en félicite.

— Vous... vous n'êtes pas fâché ?

— Au contraire, je vais te confier une mission capitale.

Treize-ans trembla de tout son corps.

— Tu connais le général Nesmontou, je crois ?

— Quand cette vermine m'a interrogé et humilié, je me suis juré de me venger !

— Le moment approche, Treize-ans. La victoire se proclame lorsque la tête de l'ennemi est tranchée. Aussi ta nouvelle mission consiste-t-elle à tuer Nesmontou, à le décapiter et à brandir ton trophée face aux Cananéens.

À la grande surprise d'Ibcha, les palabres ne s'étaient pas éternisés. Séduits par sa détermination et son sérieux, les chefs de tribu renonçaient à leurs exigences habituelles. Chacun acceptait d'amener ses guerriers au point de rassemblement prévu, à deux jours de marche de Sichem, dans une région hostile où ne s'aventurait pas l'armée de Nesmontou.

Plusieurs éclaireurs furent chargés de repérer le dispositif militaire adverse. Sans doute faudrait-il détruire plusieurs campements égyptiens avant de se ruer sur Sichem, dont les fortifications avaient dû être améliorées.

Aucune difficulté n'inquiétait Ibcha.

Grâce à l'Annonciateur, il devenait un authentique général et saurait prouver sa valeur. Une chance comme celle-là était tellement inespérée qu'elle le rendrait invincible.

Nouvel étonnement : aucun des chefs de tribu ne renonça à la coalition ! Au jour dit, ils se rassemblèrent tous avec leurs guerriers, prêts à combattre.

— Des nouvelles des éclaireurs ? demanda Ibcha.

— Excellentes, répondit Dewa. Conformément aux prédictions de l'Annonciateur, les soldats égyptiens ont reculé et se sont enfermés dans Sichem. Ces lâches nous craignent ! Et voici les restes de leur principale défense.

Le petit gros à la barbe rousse déversa aux pieds d'Ibcha le contenu d'un couffin.

Des amulettes et des scarabées brisés, des papyrus déchirés, des morceaux de tablettes d'argile couvertes de textes d'exécration.

— Des babioles, de pauvres babioles ! Ces Égyptiens sont des enfants. Ils pensent que leur magie nous arrêtera, mais la nôtre la surpasse. Nous avons déterré et annihilé ces remparts dérisoires.

— N'y aurait-il aucun soldat de Nesmontou entre Sichem et notre armée de libération ?

— En effet.

— Et les fortifications de la ville ?

— Également dérisoires, estima Dewa. Le vieux général n'a consolidé que la partie nord, il suffira de la contourner. Attaquons rapidement et en force. Comme Nesmontou croit les tribus cananéennes incapables de s'unir, l'effet de surprise sera total.

— Tout est en place ? demanda Nesmontou à son aide de camp.

— Affirmatif, général.

— Les éclaireurs ennemis ont-ils déterré les leurres ?

— Leurs sorciers s'en sont occupés. Vu leurs cris de joie, ils doivent être persuadés que la route menant à Sichem ne comporte plus aucun obstacle.

— L'attaque semble donc imminente. Étant donné notre évidente faiblesse et la maigreur de nos fortifications, les Cananéens jetteront la totalité de leurs forces dans la bataille. Enfin le moment tant espéré ! Il fallait les faire sortir de leur maudit refuge où tout combat d'envergure se révélait impossible ! Trop de cours d'eau, trop de collines, trop d'arbres, trop de pistes défoncées et impraticables... Ici, ils seront à découvert, et j'appliquerai les bonnes vieilles méthodes. État d'alerte maximum !

En misant sur la vénalité d'un chef de tribu nommé Dewa, Nesmontou ne s'était pas trompé. Se moquant de l'unité cananéenne et ne songeant qu'à s'enrichir, le petit gros à la barbe rousse avait vendu au général de précieux renseignements en échange de l'impunité et d'un vaste territoire.

Restait à espérer que ce pou n'ait pas trop menti.

— Ne la trouves-tu pas magnifique ? demanda Amou à Iker.

Petite, menue, les cheveux nattés, parfumée, maquillée, la jeune Syrienne était ravissante. Les yeux baissés, elle n'osait pas regarder son futur mari.

— La plus jolie vierge de la contrée ! affirma le Syrien. Ses parents possèdent un troupeau de chèvres, ils t'offrent une maison et des champs. Te voici devenu un notable, Iker ! Et je tiendrai ma promesse : tu m'aideras à gérer mes biens et tu me succéderas.

Le Fils royal remercia d'un pauvre sourire.

Amou lui tapa sur l'épaule.

— Toi, tu n'es pas un homme à femmes ! Ne t'inquiète pas, cette petite saura te satisfaire. L'inexpérience ne manque pas de charme. Et puis vous finirez bien par vous débrouiller ! Demain, votre mariage sera l'occasion d'une beuverie dont on se souviendra. N'oublie pas de mettre ton épouse à l'abri avant la fin du banquet, car je ne réponds pas de la moralité de mes hommes. Et de la mienne non plus, d'ailleurs !

En proie à une crise de fou rire, Amou ramena la jeune fille chez ses parents. À l'issue de la nuit de noces, la preuve de sa virginité devrait être produite au su et au vu de la tribu.

Désemparé, Iker déambula. Sanguin le suivit.

L'Annonciateur était bien vivant, son repaire introuvable et le scribe condamné à un avenir insupportable.

Ce mariage forcé lui répugnait. Il n'aimait qu'une seule femme, jamais il ne lui serait infidèle.

Une seule solution : s'enfuir cette nuit même et tenter de regagner l'Égypte, avec d'infimes chances de survie.

Il fallait donc convaincre son allié et gardien.

— Écoute-moi attentivement, Sanguin.

Le molosse se déplia, s'étira, se releva, puis s'assit sur son derrière, les yeux plongés dans ceux de son maître.

— Je veux partir loin d'ici, très loin. Tu peux m'en empêcher et signaler ma fuite en aboyant. Puisque je refuse l'existence qu'Amou m'impose, je le combattrai, lui et sa tribu, au nom de Sésostris. Seul contre tous, je ne tiendrai pas longtemps. Au moins, cette mort-là me paraîtra douce. Si tu acceptes de m'aider, monte la garde devant ma tente. On croira que je dors. Quand Amou se rendra compte de mon absence, j'aurai un peu d'avance et l'espoir d'échapper à mes poursuivants. Je ne peux pas t'emmener, Sanguin, mais je ne t'oublierai pas. À toi de décider : ou tu me secondes, ou tu me dénonces.

Enfin, l'excitation retombait un peu.

Les préparatifs de la cérémonie achevés, chacun s'empressa d'aller se coucher. Il convenait de se lever frais et dispos en vue d'une inoubliable journée de ripailles, suivie d'une chaude soirée au cours de laquelle les jeunes mariés ne seraient pas les seuls à s'offrir du plaisir.

Après avoir dîné en compagnie d'un Amou volubile qui continuait à lui promettre monts et merveilles, Iker se retira.

Au milieu de la nuit, il sortit de son abri.

Face à lui, le molosse.

— Je pars, Sanguin.

Iker embrassa le chien sur le front et le caressa longuement.

— Agis comme bon te semble. Si tu me retiens, je ne t'en voudrai pas.

Courbé, le scribe se dirigea vers l'extrémité sud du campement que surveillait une seule sentinelle. En rampant, il la contournerait.

Ensuite, l'inconnu. Une longue route menant sans doute à l'abîme.

Très lentement, le molosse s'installa devant la tente d'Iker. Il n'émit qu'un petit jappement de tristesse.

— Quelle belle journée ! s'exclama Amou en parcourant le campement qui, bientôt, se transformerait en un village prospère géré par Iker. La future mariée sera-t-elle bientôt prête ?

— Pour ça oui, chef ! lui répondit le garde chargé de surveiller le domicile de la promise. Ça fait un moment qu'on la maquille !

— Son fiancé ne l'a pas importunée, j'espère ?

— Je ne l'aurais pas laissé passer, répondit le cerbère, l'œil égrillard. Chacun doit savoir patienter, non ?

Devant la tente d'Iker, Sanguin montait la garde.

— Tout le monde est levé depuis longtemps,

constata le Syrien, intrigué. Pourquoi le fiancé dort-il aussi longtemps ?

Il voulut s'approcher, le molosse grogna et montra les crocs.

— Réveille-toi, Iker ! cria Amou, bientôt entouré de plusieurs curieux.

Aucune réponse.

— Écartez ce chien avec vos piques, ordonna-t-il à ses hommes.

L'opération ne fut pas facile, mais les armes contraignirent le molosse à bouger.

Amou pénétra dans la tente et en ressortit presque aussitôt. Sanguin s'était brusquement calmé.

— Iker est parti, annonça-t-il.

— Poursuivons-le et ramenons-le ! exigea un excité.

— Inutile, il s'enfuirait tôt ou tard. J'avais oublié qu'un Égyptien ne peut pas vivre loin de son pays. Iker ne le reverra jamais. Trop de distance et trop de périls.

18.

Isis sortait de la bibliothèque de la Maison de Vie d'Abydos lorsqu'un prêtre temporaire lui remit une lettre portant le sceau royal.

Redoutant une terrible nouvelle, elle se rendit au temple de Sésostris afin de retrouver un peu de sérénité. Entourée des divinités présentes sur les parois et des textes hiéroglyphiques célébrant un impérissable rituel, elle revécut les étapes de son initiation sans parvenir à oublier Iker. Jamais elle n'aurait cru être troublée à ce point par l'absence d'un être qu'elle n'était même pas certaine d'aimer.

Si cette lettre lui apprenait sa disparition, aurait-elle le courage de continuer à se battre contre l'adversité ?

À la sortie du sanctuaire, elle, d'ordinaire si souriante, salua à peine les temporaires qui la croisaient et lui souhaitaient une bonne journée en prononçant la formule : « Protection pour ton *ka*. »

Elle s'isola dans un jardinet planté devant une petite tombe. Là reposaient des stèles permettant à leurs dédicataires de participer magiquement aux mystères d'Osiris. Tremblante, elle brisa le sceau et déroula le papyrus.

Sésostris lui révélait l'existence d'un message codé, signé d'Iker.

Iker, vivant...

Isis serra la lettre sur son cœur. Son intuition ne l'avait donc pas trompée.

Où se trouvait-il, quels périls affrontait-il ? Avoir survécu prouvait la formidable capacité d'adaptation du jeune homme et son aptitude à contourner le danger. Combien de temps encore la chance et la magie le protégeraient-elles ?

Vêtu d'un pagne coloré, chaussé de sandales noires, épée en main, le général Ibcha avait fière allure. À ses côtés, les chefs de tribu observaient avec gourmandise leur future proie : la ville de Sichem, bientôt capitale de Canaan libéré !

Chacun songeait déjà à s'emparer du pouvoir en éliminant ses anciens alliés, mais il fallait d'abord remporter une victoire écrasante en massacrant un maximum d'Égyptiens.

— Quelle erreur de s'être enfermé dans la cité ! constata Ibcha. Nesmontou est vraiment trop vieux pour commander. Lançons une attaque massive au Sud, dépourvu de fortifications. Je vous rappelle la consigne : pas de prisonniers.

La meute hurlante s'élança.

— Les voilà, annonça l'aide de camp.

— Uniquement au Sud ? demanda Nesmontou.

— Uniquement.

— Première erreur. Des forces en réserve ?

— Non, général.

— Deuxième erreur. Les chefs de tribu ?

— Ensemble et en tête.

— Troisième erreur. Tous nos hommes sont à leur poste ?

— Affirmatif.

— Ce devrait être une belle journée, estima Nesmontou.

Ibcha prévoyait une résistance acharnée. Or, la meute ne rencontra aucun obstacle.

Les Cananéens envahirent les rues et les ruelles, cherchant en vain un ennemi à trucider. Alors qu'ils reprenaient leur souffle çà et là, des centaines d'archers égyptiens se dressèrent au même moment sur les terrasses et sur les toits.

Avec une précision que facilitait la proximité de leurs cibles, ils éliminèrent en quelques instants la moitié de l'armée cananéenne.

Pris de panique, les survivants tentèrent de sortir de la nasse.

Deux régiments, armés de lances, leur barrèrent le chemin.

— À l'assaut ! hurla Ibcha, voulant oublier le dard qui lui transperçait le mollet.

L'affrontement fut bref et violent. Continuant à tirer, les archers décimaient l'adversaire. Et la muraille des lances ne laissa passer aucun fuyard.

— Ne me tuez pas, je suis votre allié ! cria Dewa, affolé. Vous me devez votre victoire !

Le général Nesmontou n'avait pas jugé bon de révéler sa stratégie au vendu. Le petit gros à la barbe rousse comptait s'éclipser et revenir chercher le prix de sa collaboration, mais la tournure du combat le condamnait.

Percé de flèches, mourant, l'éphémère général Ibcha eut encore la force de planter son poignard dans le dos du traître Dewa.

Puis ce fut le silence, un instant brisé par la course folle d'un rescapé qu'interrompit le trait d'un archer.

Les Égyptiens eux-mêmes s'étonnaient de la facilité et de la rapidité de leur succès.

— Vive Nesmontou ! lança un fantassin, dont l'acclamation fut reprise en chœur.

Le général félicita ses hommes pour leur rigueur et leur sang-froid.

— Que faisons-nous des blessés ? demanda son aide de camp.

— On les soigne et on les interroge.

En s'effondrant sur Treize-ans, un chef de tribu avait sauvé le gamin, conscient de l'étendue du désastre. Impossible de se relever sans être aussitôt abattu.

Du coin de l'œil, Treize-ans apercevait les cadavres des Cananéens qui jonchaient l'artère principale de Sichem.

Sa plus horrible souffrance était de ne pouvoir remplir sa mission et de décevoir l'Annonciateur.

Mais le destin lui sourit !

Des officiers égyptiens approchaient. À leur tête, Nesmontou.

Le général ordonnait de brûler les dépouilles et de fumiger la ville.

Encore quelques pas, et le chef de l'armée ennemie serait à sa portée. Ainsi, son triomphe se terminerait en désastre, et le sacrifice des Cananéens n'aurait pas été inutile.

Treize-ans serra le manche du poignard qu'il enfoncerait de toutes ses forces dans la poitrine du général.

Lorsqu'un fantassin déplaça le cadavre salvateur, Treize-ans bondit comme un serpent et frappa.

Au même instant, une douleur atroce lui déchira le dos.

Sa vue se brouilla, il distingua pourtant Nesmontou.

— Je... je t'ai tué !

— Non, répondit le général. C'est toi qui meurs.

Treize-ans vomit un jet de sang, son regard chavira.

En faisant barrage de son corps, l'aide de camp de Nesmontou lui avait sauvé la vie : le poignard de Treize-ans s'était fiché dans son avant-bras, tandis qu'un lancier abattait le terroriste.

— Il me semblait bien qu'on gigotait, là-dessous, indiqua l'officier.

— Pour toi, décoration et promotion, décréta le général. Pour ce pauvre gamin, le néant.

— Pauvre gamin ? Non, un fanatique ! rappela l'aide de camp, dont s'occupait déjà un médecin militaire. Nous affrontons une armée de ténèbres qui enrôle un enfant et ne lui dicte d'autre idéal que de tuer.

Entré à Memphis en compagnie de Bina et de Shab le Tordu, l'Annonciateur s'immobilisa.

Ses yeux prirent une teinte rouge vif.

— L'armée cananéenne vient d'être exterminée, déclara-t-il, et la répression sera sévère. Sésostris sait maintenant ses ennemis capables de s'unir. La prochaine révolte pourrait donc prendre davantage d'ampleur. Aussi devra-t-il concentrer un maximum de forces en Syro-Palestine. Il nous laissera le champ libre, et nous frapperons au cœur des Deux Terres.

— Treize-ans a-t-il réussi ? interrogea Bina d'une voix étrange.

— Il m'a obéi, mais je ne discerne pas le résultat de son geste. Si Nesmontou a été assassiné, le moral de l'armée en sera profondément affecté. Ibcha, lui, est bien mort. Il ne t'importunera plus.

Gueule-de-travers et ses hommes empruntaient d'autres accès, mêlés à des marchands. Tous passèrent sans encombre les contrôles de la police qui recherchait surtout des armes.

Or, elle était incapable de découvrir celles qu'utiliserait bientôt l'Annonciateur.

Le chat sauvage feula.

Au terme de plusieurs journées de marche harassante à travers des bois, des marais et des steppes, Iker se sentait à bout de forces.

Si le félin bondissait de l'arbre sec et se jetait sur lui, il serait terrassé.

D'une main rageuse, il empoigna son bâton de jet et le brandit.

Affolé, le chat sauvage s'éloigna.

Continuer... Il fallait continuer.

Le Fils royal se releva, ses jambes le portèrent malgré lui, animées d'une existence autonome.

Mais elles finirent par céder.

Iker s'allongea et s'endormit.

Des chants d'oiseaux le réveillèrent.

À quelques pas, un vaste étang couvert de lotus. Étonné d'avoir survécu, le scribe goûta la baignade avec une joie enfantine. En mastiquant des tiges de papyrus sucrées, il reprenait espoir lorsqu'une masse noire cacha le soleil.

Des centaines de corneilles au bec pointu.

L'une d'elles se détacha de la masse et l'agressa, le

ratant de peu. Une dizaine de congénères l'imitèrent, obligeant Iker à s'aplatir dans des roseaux.

Furieux, les oiseaux tournoyaient au-dessus de leur proie en poussant des cris stridents.

Le Fils royal se redressa et lança son bâton de jet vers le ciel.

Chargé de magie, ne dissiperait-il pas le maléfice qui s'était emparé de l'âme des corneilles ?

Un bec picora son épaule gauche, faisant jaillir le sang. Un autre frôla ses cheveux. Puis les prédateurs tracèrent de larges cercles avant de s'éloigner.

Le bâton de jet retomba aux pieds d'Iker.

Redoutant un nouvel assaut, il quitta ce lieu maudit.

Un désert interminable.

Une terre rouge, craquelée. Des plantes desséchées, mortes de soif. Pas le moindre puits.

Où se trouvait l'Égypte ?

Loin, trop loin.

Plus de points cardinaux, plus d'horizon, plus d'espérance. Seulement la chaleur et la soif. Iker allait mourir seul, sans rituel, sans sépulture. La tragédie du *Rapide* recommençait. Cette fois, aucune vague ne l'emporterait jusqu'à une île du *ka*, et personne ne viendrait à son secours.

Indifférent aux brûlures d'un soleil impitoyable, Iker s'assit en scribe.

La mort était à présent devant lui comme la guérison à l'issue d'une maladie, la senteur d'un parfum envoûtant, le retour dans sa patrie après l'exil, la douceur d'une soirée sous un auvent au terme d'une journée de canicule.

Iker renonçait.

Surgissant de la lumière, un oiseau à visage humain.

Son propre visage.

— Cesse de te lamenter, lui dit-il. Te suicider ainsi serait une lâcheté. Tu dois transmettre au pharaon un message essentiel pour la survie de l'Égypte, ne t'abandonne pas au néant.

D'un puissant battement d'ailes, l'oiseau regagna le soleil.

— Quelle direction prendre ? Partout, la désolation et l'errance.

Alors, il la vit.

Une colonne à quatre faces. Chacune avait les traits d'Isis, sereine et souriante.

Celle du midi brillait davantage.

— Je t'aime, Isis. Oriente-moi, je t'en supplie !

Mâchoires serrées, le Fils royal marcha vers le sud.

19.

Pas un seul Memphite n'ignorait le triomphe de Nesmontou. Les services du Secrétaire de la Maison du Roi avaient fait parvenir à toutes les provinces les textes rédigés par Médès. Ils annonçaient la fin de la révolte des Cananéens et vantaient les hauts faits d'armes du valeureux général.

Ce fut néanmoins un vainqueur morose qui se présenta devant le pharaon.

— Sichem reste sous contrôle, Majesté, et plusieurs tribus d'excités ont été partiellement anéanties. Il n'y a pourtant pas de quoi se réjouir.

— Pourquoi ce scepticisme ?

— Parce qu'il ne s'agissait pas d'une véritable armée, mais d'un ramassis de braillards. Ils sont allés droit au désastre sans s'en rendre compte.

— Qui les commandait ?

— Personne. Ils formaient une meute incapable de mener une offensive intelligente et même de battre en retraite. Ne parlons pas d'une bataille, seulement d'une exécution.

— N'étaient-ce pas tes prévisions, Nesmontou ?

— Chez les Cananéens, le mensonge et la trahison

sont la règle, et j'avais pris mes précautions. Néanmoins, je ne m'attendais pas à autant de facilité.

— Ta conviction profonde ?

— Ces imbéciles ont été délibérément envoyés au massacre. On a voulu nous persuader que les Cananéens rassemblaient une armée de libération et qu'elle représentait un réel danger.

— N'as-tu pas tout mis en œuvre pour la faire sortir de sa tanière et l'attirer à Sichem ?

— Affirmatif, Majesté, et je devrais m'en féliciter. Cependant, j'ai l'impression d'avoir été moi-même berné.

— N'as-tu pas brisé cette révolte ?

— À court terme, sans doute. En réalité, on nous leurre.

— Les Cananéens lèveront-ils une autre armée ?

— S'ils s'allient aux Syriens, peut-être. Je ne crois guère à ce mariage-là.

— Devons-nous toutefois maintenir un maximum de troupes en Canaan ?

— Question essentielle ! Ou bien cette ruée ridicule était destinée à prouver la nullité des révoltés, et nous baissons la garde en nous exposant à une véritable attaque de nos bases ; ou bien nous restons méfiants et préservons la région. Ne nous portera-t-on pas ailleurs un coup fatal ?

— As-tu reçu un autre message d'Iker ?

— Non, Majesté. Contrairement à Sobek, je suis certain que ce texte nous fournit une indication valable. Hélas ! son imprécision m'interdit de risquer la vie de soldats, même expérimentés, dans une région aussi dangereuse. Si le Fils royal ne nous procure pas davantage de détails sur le repaire de l'Annonciateur, nous ne bougerons pas.

Sobek le Protecteur triomphait.

— Comme je le supposais, Majesté, le message d'Iker n'avait qu'un seul but : nous égarer ! Il voulait provoquer la dispersion de nos troupes pendant que les tribus cananéennes attaquaient Sichem, privée de défenses. Heureusement, le général Nesmontou n'a pas mordu à l'hameçon.

— Mon analyse diffère, objecta Sékari. On s'est servi d'Iker pour nous transmettre de fausses informations. Dès qu'il a perçu la manipulation, le Fils royal s'est évadé, espérant nous rejoindre et nous apprendre la vérité.

— Soit Iker est mort, soit il nous trahit, martela Sobek. Les sentiments amicaux de Sékari le privent de lucidité.

— J'ai vécu beaucoup de situations dangereuses et ne me suis jamais laissé abuser par quelque sentiment que ce soit. Je connais bien Iker. Seule certitude : des traîtres, appartenant à la cour de Memphis, l'ont vendu à l'ennemi. Pourtant, il reviendra.

— En ce cas, promit Sobek, je le jetterai moi-même en prison !

— Pourquoi tant de haine ? interrogea Sékari.

— Il ne s'agit pas de haine, mais de clairvoyance. Le traître, c'est Iker lui-même. Quoique je déteste la plupart des dignitaires, aucune enquête n'a abouti. Des flatteurs et des lâches, incapables de prendre des risques ! Iker, lui, voulait assassiner le pharaon.

— N'a-t-il pas prouvé son innocence ?

— Au contraire, il a rejoint ses alliés et nous combat maintenant de l'extérieur ! S'il regagne Memphis, il tentera à nouveau de supprimer le roi. Ce reptile échouera, car je lui écraserai la tête.

— L'avenir te donnera tort, Sobek.

— C'est toi qui te trompes, Sékari.

Le pharaon demeurait silencieux.

Chacun des deux adversaires considéra ce mutisme comme une approbation.

Enfin, une réaction !

Sékari désespérait d'ouvrir une brèche parmi les policiers proches de Sobek. Ne formaient-ils pas un bloc inaltérable ?

L'un d'eux, un quinquagénaire grisonnant, accepta cependant un entretien, en grand secret.

— Vous enquêtez sur Sobek ?

— Un bien grand mot, rectifia Sékari. Nul ne met en doute son honnêteté.

— Alors, que lui reprochez-vous ?

— Son hostilité envers certains notables. Parfois, il manifeste un caractère trop entier, nuisible à la recherche de la vérité.

— Ça, vous pouvez le dire ! s'exclama le grisonnant. Sobek a ses têtes, et rien ne le fait changer d'avis. Pourtant, il n'a pas toujours raison.

— À propos du Fils royal Iker, par exemple ?

— Par exemple.

— N'utilise-t-il pas des moyens illicites pour lui nuire ?

— Je le crains.

— Sois plus précis.

Le grisonnant hésita.

— Difficile. Sobek est mon chef, je...

— Il s'agit d'une affaire d'État, pas d'un troc entre marchands ! Si tu acceptes de parler, tu rendras un grand service au pharaon.

— Obtiendrai-je enfin la promotion que Sobek me refuse ?

— J'ignorais ce détail. Ses motifs ?

Le policier baissa les yeux.

— Des broutilles.

— À savoir ?

— Je ne suis pas un homme de terrain, voilà tout ! La violence, les arrestations, les risques...

— Va-t'en.

— Vous ne voulez pas écouter mes révélations ?

— Tu ne songes qu'à vomir sur ton supérieur et tu n'as rien de sérieux à m'apprendre. Contente-toi de ton poste et oublie tes aigreurs injustifiées.

Honteux, le grisonnant ne protesta pas.

Les investigations de Sékari tournaient court.

En posant sa lourde sacoche de cuir remplie de remèdes, le docteur Goua poussa un soupir d'exaspération. Aucun de ses illustres malades n'était facile à soigner, mais l'épouse du Secrétaire de la Maison du Roi aurait épuisé un bataillon de médecins.

Maigre, doté d'une faible constitution, le praticien paraissait fragile face à cette excitée plantureuse qui croyait souffrir de tous les maux possibles et imaginables.

— Enfin vous voilà, cher docteur ! Mon corps n'est que douleur, mon existence un supplice ! Il me faut des remèdes, beaucoup de remèdes !

— Cessez de gesticuler et asseyez-vous. Si vous continuez ainsi, je m'en vais.

L'épouse de Médès obéit en prenant un air de petite fille.

— Maintenant, répondez franchement à mes questions. Combien de repas par jour ?

— Quatre... Peut-être cinq.

— J'ai dit : franchement !

— Cinq.

— À chaque fois, des gâteaux ?

— Presque... Oui, à chaque fois.

— Des graisses ?

— Sans elles, confessa la patiente, la cuisine n'aurait pas de goût.

— Dans ces conditions, jugea le praticien, toute médication est vouée à l'échec. Ou bien vous modifiez enfin votre régime alimentaire, ou bien je vous remets entre les mains d'un confrère.

— L'angoisse me ronge, docteur ! Privée d'un tel réconfort, je ne survivrai pas longtemps. En mangeant, je parviens à me calmer et à m'endormir.

Goua fronça les sourcils.

— Vous avez un bon mari, une superbe maison, vous êtes riche... Pourquoi tant d'anxiété ?

— Je... je l'ignore.

— Vous l'ignorez ou vous refusez de me le dire ?

L'épouse de Médès éclata en sanglots.

— Bon... Je vous prescris des pilules apaisantes, à base de pavot. Il faudra quand même manger mieux et moins, puis cerner la source de ces tourments.

— Vous me sauvez, docteur, vous me sauvez !

Craignant des débordements dont il avait horreur, Goua ouvrit sa sacoche et en sortit un sachet.

— Une pilule le matin, deux avant de vous coucher.

— Quand nous reverrons-nous, docteur ?

— Plusieurs semaines de traitement sont nécessaires. Respectez strictement mon ordonnance.

Intrigué, Goua quitta la maison de Médès. Si cette femme n'était pas folle, elle souffrait à cause d'un secret trop lourd à porter. En parvenant à l'en délivrer, il réussirait peut-être à la guérir.

Le Secrétaire de la Maison du Roi considéra sa femme avec étonnement.

— Tu me parais bien gaie, aujourd'hui !

— Remercie le docteur Goua. Ce médecin est un véritable génie !

Le regard de Médès se durcit.

— Tu ne bavardes pas trop, j'espère ?

— Oh non, rassure-toi ! Goua ne s'occupe que de traitements et n'apprécie pas du tout la conversation.

— Tant mieux, ma chérie, tant mieux. Ne lui parle jamais de moi ni de tes dons d'imitatrice en écriture. Me fais-je bien comprendre ?

Elle se blottit contre son mari.

— Je suis ton meilleur soutien, mon amour.

Médès commençait à se rassurer. Ni le chef de la police ni le Grand Trésorier n'avaient de prise sur lui. Qu'ils l'aient soupçonné, quoi de plus normal, puisque tout un chacun pouvait être suspect dans une cour bruissant de mille rumeurs ! Le poison que distillait l'Annonciateur se répandait peu à peu. Il érodait la confiance et sapait les fondations de l'État pharaonique, incapable de trouver la parade.

Chaque jour, Médès se félicitait de son alliance avec l'Annonciateur. Loin de se contenter de la violence, il empruntait des sentiers détournés pour parvenir à ses fins.

Alerté par un message codé, le Secrétaire de la Maison du Roi se rendit chez le Libanais en prenant les précautions d'usage. S'assurant qu'il n'était pas suivi, il présenta au portier le morceau de cèdre comportant le hiéroglyphe de l'arbre.

Sur les tables basses du salon, pas la moindre pâtisserie.

Le Libanais avait perdu son air jovial.

— Les marchandises arriveront d'ici à quelques jours.

— Tu veux parler de... ?

— Les quantités prévues seront même dépassées. Nous sommes donc prêts à agir.

Médès se racla la gorge.

— L'Annonciateur l'a-t-il vraiment ordonné ?

— Les conséquences vous effraieraient-elles ?

— Ne seront-elles pas épouvantables ?

— C'est le but de l'opération, Médès. Si vous tremblez, renoncez.

— L'Annonciateur ne me le pardonnerait pas.

— Heureux que vous l'ayez compris. Cette belle lucidité ne suffit pas : occupez-vous de faciliter l'ensemble des démarches administratives afin que débute la plus vaste opération terroriste jamais conçue.

20.

Comme chaque soir, le préposé aux lampes du temple d'Hathor de Memphis alla chercher de l'huile dans la réserve située à l'extérieur de l'édifice. On venait précisément d'en livrer une belle quantité.

Maniaque, le préposé accomplissait toujours les mêmes gestes, selon le même parcours. Il aimait contempler le résultat de son travail, lorsqu'une lumière douce baignait la demeure de la déesse.

De son pas lent et solennel, il porta la flamme jusqu'à la salle de la barque, la première qu'il illuminait.

Pénétré de l'importance de son geste, il alluma la mèche.

En un instant, l'huile s'embrasa.

Une flamme énorme lui dévora les mains, le torse et le visage. Alors qu'il reculait en hurlant de douleur, la barque sacrée fut atteinte, et l'incendie se propagea.

Comme d'habitude, le supérieur des scribes chargé de gérer l'approvisionnement de la capitale en fruits et légumes avait l'air méfiant.

— Me garantis-tu la qualité de ton huile de ricin ?

Tous mes bureaux doivent bénéficier d'un éclairage parfait.

— Le producteur est formel.

— Je préfère recompter le nombre de jarres.

— Je l'ai déjà fait trois fois !

— Possible, mais pas moi.

La vérification effectuée, le fonctionnaire consentit enfin à apposer le cachet qui permettrait au livreur d'être payé par le bureau du vizir.

Les journées à venir s'annonçaient difficiles, car le supérieur aurait besoin de nombreuses heures supplémentaires pour rattraper les retards de son administration. Connaissant la rigueur du vizir Khnoum-Hotep, cette situation ne pouvait pas durer. Aussi imposait-il à ses employés de renoncer à leur prochaine période de congé afin de se montrer à la hauteur de leur mission.

D'une humeur massacrante, ils se plièrent à ses exigences. Craignant qu'un blâme ne compromît leur avancement, ces spécialistes s'acquitteraient de la corvée.

Le jour baissait.

— Allumez les lampes, ordonna le supérieur.

Une dizaine s'enflammèrent en même temps.

Aux cris d'effroi succéda la panique. L'incendie embrasa les papyrus, le matériel d'écriture, les sièges en bois, puis les murs.

Un jeune scribe réussit à sortir de la fournaise.

Stupéfait, il vit d'autres colonnes de fumée monter du centre de la capitale. Plusieurs immeubles de bureaux étaient en feu.

Le maître cuisinier ne cessait de pester. Un banquet de trente convives à préparer, et sa livraison d'huile de première qualité n'arrivait pas !

Enfin, un cortège d'ânes lourdement chargés.

— Je ne te connais pas, toi, dit-il au moustachu qui les conduisait.

— Mon patron est malade, je le remplace.

— Avec un pareil retard, tu risques le renvoi !

— Toutes mes excuses, mais il paraît que vous êtes très exigeant. J'ai perdu du temps à sélectionner les meilleurs produits.

— Montre-moi.

Une à une, le livreur ouvrit les jarres.

— Huiles de moringa, d'olive et de balanite, catégorie exceptionnelle.

Suspicieux, le cuisinier goûta.

— Ça paraît correct. Qu'il n'y ait plus d'incident, à l'avenir !

— Pas de danger, je prendrai mes précautions.

Détestant travailler dans l'urgence et pris d'un léger malaise, le maître cuisinier réussit à préparer hors-d'œuvre, viandes et poissons de façon relativement satisfaisante. Les invités mangèrent de bon appétit et les compliments fusèrent.

Et puis tout se brisa.

Une femme vomit. Des serviteurs l'emmenèrent à l'écart, mais ce fut bientôt au tour de deux autres convives d'être victimes des mêmes symptômes. L'ensemble des dîneurs fut vite atteint, certains sombrèrent dans le coma.

Appelé d'urgence, le docteur Goua ne put que constater plusieurs décès. Après avoir examiné les survivants, son diagnostic épouvanta le maître cuisinier.

— La nourriture a été empoisonnée.

L'intendant du chef des archivistes de Memphis se réjouissait d'offrir à l'épouse de son patron son produit de luxe préféré : un flacon de ladanum, à l'odeur ambrée et chaleureuse. Grâce aux indications d'un cousin, il s'en était procuré chez un revendeur jusqu'alors inconnu dans la capitale.

La riche propriétaire fut effectivement ravie. Elle crut qu'elle ferait pâlir d'envie ses meilleures amies, ignorant qu'elles avaient toutes réussi à obtenir le coûteux produit en utilisant la même filière.

À peine l'épouse du haut fonctionnaire se parfumait-elle avec quelques gouttes de ladanum qu'elle vacilla. Essayant désespérément de s'accrocher à un meuble, elle chuta en avant.

Étonné de son absence au déjeuner, son mari pénétra dans la chambre.

Le cou de la malheureuse n'était plus qu'une plaie, rongée par un acide.

— Tu n'as pas l'air bien, dit le second à son capitaine qui maniait mollement la barre d'un lourd cargo, chargé de blé, à destination du Fayoum.

— Si, si, ne t'en fais pas. Juste un peu de fatigue.

— Qu'as-tu mangé, ce matin ?

— Du pain et des dattes.

— Aurais-tu oublié ton médicament pour les douleurs ?

— Au contraire ! Le médecin m'a donné une nouvelle potion contenant du ladanum en provenance d'Asie. Je n'ai plus du tout mal au dos.

Le Nil tanguait devant les yeux du capitaine. Soudain, il crut voir une dizaine de bateaux de guerre se ruant vers lui.

— Fuyons, on nous attaque !

Lâchant la barre, il tenta de sauter à l'eau. Son second le saisit à la taille.

— Nous sommes perdus, nous allons mourir !

La tête du capitaine se renversa en arrière, son corps mollit. Le second l'allongea sur le pont et lui tapota les joues.

— Capitaine, réveillez-vous ! Il n'y a aucun danger.

— Il est mort, jugea un marin.

La jolie Nénuphar connaissait le comble du bonheur. Non seulement elle avait épousé un notable beau et fortuné, mais encore les pronostics concernant la naissance prochaine de son premier enfant s'avéraient-ils excellents. La jeune femme habitait une agréable villa du sud de Memphis, et ses deux domestiques, qu'elle gâtait volontiers, étaient aux petits soins pour elle.

Quant au dernier cadeau de son mari, elle en avait tellement rêvé qu'elle le croyait à peine réel : un magnifique flacon de grossesse importé de Chypre ! En forme de femme enceinte allaitant son bébé, il contenait de l'huile de moringa dont sa masseuse lui enduisait le corps. L'ensemble des canaux d'énergie s'ouvrait, les défenses de la mère comme de l'enfant seraient renforcées.

Des mains expertes palpaient sa peau, lui procurant une merveilleuse sensation de bien-être.

Elle s'assoupissait lorsque des brûlures atroces lui arrachèrent des cris de douleur.

Interdite, la masseuse s'écarta.

— Mon corps est en feu ! De l'eau, vite !

Le remède fut pire que le mal.

Moins d'une heure plus tard, la jeune femme agonisait dans d'horribles souffrances. Et jamais son enfant ne verrait le jour.

Plus d'une centaine de cas semblables furent signalés au docteur Goua. Quoiqu'il se multipliât, le praticien ne put sauver aucune des victimes de l'huile de massage.

Le cargo accosta le quai d'Abydos.

Une dizaine de soldats se disposèrent au bas de la passerelle. À leur tête, un commandant nommé par Sobek le Protecteur.

Il monta à bord et s'adressa au capitaine.

— Que transportes-tu ?

— Chargement spécial en provenance de Memphis. Vous voulez voir mes autorisations ?

— Bien entendu.

Les documents semblaient en règle.

— De l'huile de moringa pour les soins et la cuisine, de l'huile d'éclairage et des flacons de ladanum, précisa le marin.

— Le responsable de cet envoi ?

Le capitaine se tâta le menton.

— Je l'ignore, et ce n'est pas mon problème ! On peut décharger ?

— Vas-y.

Intrigué, le militaire vérifia la liste des mouvements de bateaux, remise au début du mois. Ce bâtiment n'y figurait pas. Rien d'inquiétant, car les convois exceptionnels n'étaient pas rares. Et le sceau de l'administration vizirale, apposé sur le connaissement, aurait dû dissiper les doutes de l'officier chargé de la sécurité du port d'Abydos.

Mais n'occupait-il pas ce poste en raison de sa méfiance viscérale ? Aussi appela-t-il une vingtaine de soldats supplémentaires. Pas un seul marin ne quitterait le cargo.

Le gradé remonta à bord pendant que les dockers terminaient leur besogne.

— Es-tu originaire de Memphis ? demanda-t-il au capitaine.

— Non, d'un village du Delta.

— Ton patron ?

— Un armateur de la capitale.

— Premier voyage à Abydos ?

— Exact.

— Pas trop inquiet, à l'idée d'un pareil transport ?

— Pourquoi le serais-je ?

— Abydos n'est pas une destination comme les autres.

— Tu sais, dans mon métier, on ne se pose pas ce genre de question.

— Te portes-tu garant de tous les membres de ton équipage ?

— Chacun sa vie, commandant ! Moi, je m'occupe du travail, et de rien d'autre.

Grâce à cet interrogatoire inhabituel, l'officier espérait que le marin perdrait son sang-froid et lui livrerait un détail significatif.

Nullement offusqué de cette enfilade de questions, le capitaine demeurait imperturbable.

— Quand pourrai-je repartir ?

— Aussitôt les formalités d'usage terminées.

— Ça prendra du temps ?

— J'aimerais inspecter ton bateau.

— C'est la coutume ?

— Par ordre du pharaon, la sécurité d'Abydos exige des mesures exceptionnelles.

— Pas de problèmes, allez-y.

Surpris de ce manque de résistance, le commandant fouilla néanmoins le bâtiment sans résultat.

Se trompait-il ou devait-il écouter son instinct ?

— Patiente, je m'occupe des ultimes démarches administratives.

Le bâtiment et son équipage sous étroite surveillance, rien à redouter. Pourtant, l'angoisse persistait. Aussi l'officier manda-t-il un prêtre temporaire.

— Je voudrais qu'un spécialiste examine les produits avant de les répartir. Amène-le-moi.

Lorsque Isis se présenta, le commandant fut dubitatif. Cette jeune femme serait-elle vraiment capable de lui fournir une expertise valable ?

— Que suspectez-vous, commandant ?

— Cette livraison m'intrigue.

— Vos raisons ?

— Seulement une intuition.

Isis versa un peu d'huile de moringa sur un morceau d'étoffe, puis sur une galette et enfin sur un petit poisson qu'un soldat venait de pêcher.

Quelques minutes plus tard, des taches suspectes apparurent.

— Cette huile n'est pas pure. Elle pourrait même se révéler nocive.

— Passons au produit d'éclairage.

— Remplissez-en une lampe, recommanda Isis.

L'opération effectuée, l'officier voulut allumer la mèche.

— Un instant, intervint la prêtresse. Utilisez une longue baguette et tenez-vous à distance.

Le commandant obtempéra.

Bien lui en prit, car l'huile s'enflamma. À proximité, le militaire aurait été gravement brûlé.

— Vous m'avez sauvé, dit-il, blême.

— Reste-t-il d'autres produits suspects ?

— Encore un.

Rendu prudent par les résultats des premières expériences, le commandant mania avec délicatesse un flacon de ladanum.

— Je l'examinerai au laboratoire, décida Isis.

Quand il vit la prêtresse emporter le flacon, le capitaine du cargo plongea dans le fleuve.

Connaissant d'avance le résultat de l'expertise, il n'avait d'autre choix que la fuite.

Le terroriste nageait mal. Au moment où les archers commençaient à tirer, il fut pris dans un remous et céda à la panique. Luttant en vain contre le courant, il absorba une grande quantité d'eau, disparut, remonta à la surface, appela au secours, s'enfonça de nouveau et se noya.

21.

Iker courait.

Sa foulée semblait courte, mais elle se répétait, inlassable, selon la technique apprise lors de sa formation militaire. Chaque jour, il remerciait le chef de province Khnoum-Hotep, aujourd'hui vizir, de lui avoir imposé cette discipline !

Certain que l'apparition d'Isis ne l'avait pas trompé, Iker dévorait l'espace. Les points d'eau ne manquaient pas, il mangeait des baies, dormait quelques heures et repartait.

Oubliés l'épuisement et le désespoir ! Chaque effort le rapprochait de l'Égypte.

Dans le lointain, il aperçut le premier fortin des Murs du Roi.

Le jeune homme accéléra l'allure. Dans moins d'une heure, des soldats l'accueilleraient. Puis ce serait le retour à Memphis où il rendrait compte de sa mission à Sésostris. Ainsi son pays éviterait-il le piège cananéen.

Une flèche se planta à ses pieds, le rappelant à la réalité. Aux yeux des guetteurs, il passait pour un révolté décidé à tenter un mauvais coup !

Le jeune homme s'immobilisa et leva les bras en l'air.

Sortant du fortin, cinq fantassins armés de javelots vinrent à sa rencontre, l'œil suspicieux.

— Qui es-tu ?

— Le Fils royal Iker.

Cette déclaration sema le trouble. Le gradé reprit vite contenance.

— Détiens-tu le sceau prouvant ta qualité ?

— J'arrive de Canaan. Sur ordre de Sa Majesté, je me suis infiltré chez l'ennemi, sans objet compromettant. Veuillez me conduire à Memphis.

— Tu verras d'abord le commandant du fortin.

Rugueux, l'officier de carrière était pénétré de son importance.

— Cesse de raconter des sornettes, mon garçon, et dis-moi qui tu es vraiment.

— Le Fils royal Iker.

— La rumeur prétend qu'il est mort.

— Je suis bien vivant et dois m'entretenir sans tarder avec le roi.

— Toi, au moins, tu ne manques pas d'estomac ! D'ordinaire, les Cananéens ne tiennent pas tête comme ça.

— Donnez-moi de quoi écrire.

Intrigué, le commandant accéda à la requête du suspect.

En beaux hiéroglyphes, Iker traça les premières *Maximes* de Ptah-Hotep.

— Cela suffit-il à prouver que je suis un scribe égyptien ?

L'officier demeurait perplexe.

— Ce n'est pas le style des Cananéens... Bon, examinons ton cas de plus près.

Le Libanais pouvait être satisfait.

L'ensemble des opérations terroristes était un franc succès et répandait la terreur dans la capitale. Des bruits insensés circulaient, le trône de Sésostris vacillait. Les sinistres émissaires de la déesse Sekhmet ne semaient-ils pas poisons, miasmes et maladies en tirant des flèches mortelles, visibles et invisibles ?

Le réseau du Libanais fonctionnait à merveille. Chaque livreur de produits frelatés avait respecté les consignes à la lettre. Aucune interpellation, aucune piste possible pour la police.

Les prédictions de l'Annonciateur s'accomplissaient. Chacun de ses adeptes le considérerait désormais comme un maître absolu. Ne défiait-il pas le pharaon au cœur de son royaume ?

Restait un point aussi délicat qu'irritant : Abydos.

L'éclatante réussite obtenue à Memphis reposait sur un réseau patiemment implanté que sa rapidité d'intervention mettait hors de portée des autorités. La situation du domaine sacré d'Osiris apparaissait fort différente. Aussi le Libanais émettait-il les plus extrêmes réserves quant à la possibilité d'y introduire du ladanum et des huiles empoisonnées. À la tête d'un équipage ignorant ce qu'il transportait, l'un de ses meilleurs éléments, un marin confirmé, avait pourtant accepté cette difficile mission en échange d'une énorme prime.

Le Libanais reçut le porteur d'eau.

— Excellentes nouvelles, patron. Memphis est à feu et à sang. Plusieurs incendies difficiles à maîtriser, des temples endommagés, des bureaux détruits, de nombreuses victimes. Et je ne parle pas des femmes enceintes de la haute société passées de vie à trépas !

— Du nouveau à propos d'Abydos ?

— Échec confirmé. Le chargement a éveillé les

soupçons de l'armée. À cause des vérifications approfondies, aucun produit n'a franchi le cordon de sécurité.

— Le capitaine ?

— Mort noyé en tentant de s'enfuir.

— Il n'a donc pas parlé... Nos agents sont-ils à l'abri ?

— Les intervenants extérieurs ont déjà quitté la ville pour rejoindre l'Annonciateur. Les autres vaquent à leurs occupations habituelles et se lamentent ostensiblement au sein de la populace.

Le visage de Sésostris était encore plus grave qu'à l'ordinaire.

— Il ne s'agit pas d'accidents, Majesté, déclara le vizir Khnoum-Hotep, mais d'une attaque en règle qu'ont menée des terroristes bien organisés.

— Mes pires craintes se confirment, déplora Sobek le Protecteur, bouleversé : le réseau dormant de Memphis a été réveillé. En trafiquant des huiles d'éclairage et de cuisine, il a provoqué de nombreuses morts et une série d'incendies. Les dégâts sont considérables.

— L'horreur ne s'arrête pas là, reprit le vizir, la voix brisée. Plusieurs femmes enceintes ont été empoisonnées par l'huile frelatée que contenaient des flacons de grossesse. Malgré l'intervention du docteur Goua et de ses collègues, aucune n'a été sauvée.

— C'est l'Égypte qu'on veut assassiner, estima Sobek. On tue nos scribes, nos ritualistes, nos élites et même nos futurs enfants !

— Ramenez le calme et occupez-vous des malades et des blessés, ordonna le monarque. Que Médès me donne au plus vite des nouvelles d'Abydos.

Le Secrétaire de la Maison du Roi mobilisa la totalité de ses fonctionnaires pour rédiger des messages apaisants à l'intention des provinces du Nord et du Sud, et les leur faire parvenir en urgence. Alors qu'il se réjouissait du succès de l'Annonciateur, il démontra son efficacité au service du pharaon.

Certes, beaucoup d'innocents avaient perdu la vie. Mais cette innocence-là ne comptait pas aux yeux de Médès. Seule importait la prise de pouvoir et, sur ce chemin sinueux, ses alliés étaient contraints de frapper fort.

Au moment d'envoyer un bateau rapide à Abydos afin de recueillir des informations sûres, Médès fut averti de l'arrivée d'une prêtresse en provenance de la ville sacrée d'Osiris.

Il se précipita au port.

Isis, accompagnée de Vent du Nord.

— Votre visite est-elle protocolaire ou bien...

— Emmenez-moi au palais, je vous prie.

— Un drame se serait-il produit en Abydos ?

— Je dois voir Sa Majesté immédiatement.

Observant les strictes consignes de prudence, Médès évitait tout contact avec le Libanais depuis le début des opérations terroristes. Aussi ignorait-il le sort du centre spirituel du pays.

Vu le visage grave d'Isis, le site n'avait pas dû être épargné.

— Nous avons évité un désastre, Majesté. Sans la vigilance du commandant nommé par Sobek, des produits empoisonnés auraient été distribués aux résidents d'Abydos. Nous aurions eu à déplorer de nombreuses victimes.

— Ton expertise ne fut-elle pas déterminante ?

— J'ai eu de la chance, et le Chauve a confirmé mes analyses. Memphis... Memphis a-t-elle été touchée ?

Bien que la voix du souverain ne vacillât point et que son regard demeurât ferme, la jeune femme perçut sa profonde souffrance. L'homme, comme le roi, était gravement atteint, mais aucune épreuve ne l'empêcherait de poursuivre la lutte.

— La capitale n'a pas échappé à cette abominable agression. Beaucoup de Memphites sont morts.

— Seul le démon des ténèbres qui tente de tuer l'acacia d'Osiris peut être l'auteur de telles abominations, avança Isis.

— L'Annonciateur... Oui, sans aucun doute. Il vient de nous prouver l'étendue de ses pouvoirs. Et il ne s'arrêtera pas là.

— Est-il vraiment impossible de l'identifier et de le localiser ?

— Malgré nos recherches, il reste insaisissable. J'espérais qu'Iker parviendrait à découvrir une piste.

— A-t-il envoyé un autre message ?

— Non, Isis.

— Pourtant, Majesté, il vit !

— Reste quelques jours à Memphis. Les prêtresses du temple d'Hathor devront soigner des brûlés, ton savoir leur sera utile.

Le Grand Trésorier Senânkh et le Porteur du sceau royal Séhotep déployaient tous les moyens matériels pour aider les victimes, restaurer les temples et reconstruire rapidement bureaux et bâtiments détruits par les flammes.

Quant à Sobek, il faisait interroger les rares témoins qui avaient vu les livreurs des produits mortels. L'ensemble des réponses convergeait : ces individus leur étaient inconnus. Soit ils résidaient dans d'autres quartiers de la ville, soit ils venaient de l'extérieur. En ce cas, ils avaient bénéficié de l'appui de complices connaissant bien la capitale.

Des complices aussi insaisissables que leur chef.

Malheureusement, les signalements recueillis étaient vagues et contradictoires. Pourquoi prêter une attention particulière à des livreurs aimables, discrets et pressés ?

Pas le moindre fil à tirer.

Pas le moindre suspect.

Sobek avait envie de hurler sa hargne et de cogner sur le premier suspect venu, tant son impuissance le désespérait. Il rêvait de jeter en prison les mauvais garçons de la capitale et de les frapper à coups de gourdin jusqu'à ce qu'il obtienne un renseignement intéressant. Mais la loi de Maât interdisait la torture, et le pharaon ne lui pardonnerait pas une telle déviance.

Pourquoi un échec aussi cuisant ? Une seule explication possible : l'adversaire avait identifié tous ses indicateurs. L'organisation terroriste employait des militants chevronnés, parfaitement intégrés à la population, obéissant à leur chef avec une incroyable discipline. Pas un traître, pas un bavard, pas un vendu ! En cas de faute, la sanction devait être si effroyable que chacun des membres de la cohorte des ténèbres jouait son rôle en adhérant sans réserve aux directives du guide suprême.

Ulcéré, Sobek saurait se montrer patient.

Un jour ou l'autre, le réseau terroriste commettrait une erreur, si minime soit-elle. Et il l'exploiterait à fond.

En attendant, il faisait contrôler les huiles et les produits médicaux. La sérénité reviendrait sur ce front-là, mais comment deviner la nature de la prochaine attaque ?

— Chef, lui apprit l'un de ses lieutenants, la rumeur ne cesse d'enfler : le roi aurait absorbé de l'huile empoisonnée et serait mort. Des groupes se forment çà et là, et l'on peut craindre des émeutes.

Sobek courut au palais afin d'informer le monarque.

Sésostris appela aussitôt son chambellan et le gardien des couronnes.

Sous les yeux ébahis des badauds, la chaise à porteurs du pharaon parcourait les quartiers de la capitale. Coiffé de la double couronne, vêtu d'un grand pagne décoré d'un griffon terrassant ses ennemis, la poitrine couverte d'un large collier d'or évoquant l'Ennéade créatrice, Sésostris tenait le sceptre de commandement et le sceptre Magie qui lui permettait de ramener la multiplicité à l'unité. Aussi immobile que celui d'une statue, son visage rassurait.

Le roi n'était pas mort, et cette apparition prouvait son entière détermination à rétablir l'ordre.

Quand des acclamations montèrent de la foule, Sobek se sentit lui-même rasséréné. L'horrible victoire de l'Annonciateur ne serait qu'éphémère.

Lorsque Sésostris regagna, indemne, son palais après avoir redonné espoir à son peuple, le policier reconnut la pertinence de cette énorme prise de risque.

Un de ses lieutenants lui parla à voix basse.

— Chef, vous allez être content.

— Un début de piste ?

— Mieux que ça !

— Aurais-tu arrêté un suspect ?

— Je vous laisse la surprise.

22.

Iker était méconnaissable. Aussi mal rasé qu'un habitant des marais, sale, vêtu d'un pagne poussiéreux, il aurait fait horreur à n'importe quel dignitaire de la cour.

Son retour en Égypte ne correspondait pas à ses espérances. De la forteresse principale des Murs du Roi, une patrouille l'avait emmené à Memphis et, sans lui infliger d'interrogatoire, jeté dans une cellule de la prison des faubourgs nord. Indifférent à ses protestations, le gardien refusait d'échanger le moindre mot et se contentait de lui apporter, une fois par jour, des galettes froides et de l'eau.

Qui ordonnait de le garder au secret ?

Iker commençait à former des projets d'évasion lorsque la porte en bois s'ouvrit à la volée.

Sur le seuil, Sobek le Protecteur.

— Alors, tu prétends être Fils royal ?

Le scribe se redressa.

— Bien que je ne sois pas très présentable, tu dois quand même me reconnaître.

Le chef de toutes les polices du royaume tourna autour du prisonnier.

— Franchement, non. Ici, on incarcère les déserteurs, ceux qui essaient d'échapper à la corvée et les étrangers en situation irrégulière. À quelle catégorie appartiens-tu ?

— Je suis le Fils royal Iker, tu le sais bien.

— J'ai rencontré ce jeune homme à la cour, et tu ne lui ressembles pas. Ce malheureux est mort, quelque part en Syro-Palestine.

— Personne n'a reçu mon message ?

— Un faux, à l'évidence. Ou bien un leurre pour attirer notre armée dans un piège.

— Cesse cette comédie, Sobek, et conduis-moi auprès de Sa Majesté. J'ai des informations très importantes à lui communiquer de toute urgence.

— Les divagations d'un rebelle n'amuseront pas notre souverain. Au lieu de perdre ta salive à proférer des mensonges, dis-moi pourquoi tu t'es attaqué aux Murs du Roi.

— Ne sois pas ridicule ! J'ai réussi à survivre en échappant aux Cananéens et aux Syriens, et je veux donner à mon père les résultats de ma mission.

Un sourire ironique aux lèvres, Sobek croisa les bras.

— Même le plus valeureux des héros ne serait pas revenu de cet enfer. Il n'y a que deux possibilités : soit tu es un terroriste qui tente de se faire passer pour le Fils royal Iker afin d'assassiner le pharaon, soit tu es réellement Iker, à savoir un traître aux intentions identiques. À toi de choisir ton identité avant ta condamnation aux travaux forcés jusqu'à la fin de tes jours.

Le Protecteur claqua la porte de la cellule.

Après avoir soigné de nombreux brûlés dont la plupart survivraient à leurs blessures, Isis s'apprêtait à monter sur le bateau à destination d'Abydos lorsque Vent du Nord poussa une succession de braiments déchirants. Figé, il refusa d'emprunter la passerelle.

Isis le caressa.

— Serais-tu malade ?

« Non », répondit l'âne en dressant l'oreille gauche.

— Nous devons partir, Vent du Nord.

« Non », insista le quadrupède.

— Que désires-tu ?

Vent du Nord fit demi-tour et reprit la direction du palais. Isis hâta le pas, de peur de le perdre. À proximité des bâtiments officiels, l'animal huma longuement l'atmosphère. Puis il s'élança au grand galop, obligeant les passants à s'écarter.

La prêtresse fut incapable de le suivre.

— Des ennuis ? demanda Sékari, qui assurait discrètement la sécurité de la jeune femme.

— Vent du Nord refuse de retourner à Abydos. C'est la première fois qu'il adopte un comportement aussi étrange.

— Lui avez-vous demandé pourquoi ?

— Je n'en ai pas eu le temps.

— Moi, j'ai une petite idée.

Grâce aux témoignages des badauds, Sékari retrouva la trace de l'âne.

— Toujours aucune piste, Sobek ?

— Si j'en avais une, Sékari, Sa Majesté serait informée en priorité. Et de ton côté ?

— Il paraît qu'un bandit cananéen vient d'être incarcéré dans la prison des faubourgs nord. J'aimerais l'interroger.

— Pour quelle raison ?

— Ma propre enquête.

— Désolé, ce gredin est au secret. Seul le vizir aurait pu t'autoriser à le voir. Je ne suis pas certain qu'il soit encore en mesure d'intervenir.

— Qu'arrive-t-il à Khnoum-Hotep ?

— Mène donc ta propre enquête.

Sékari se rendit aussitôt au palais. Il rencontra Séhotep, visiblement nerveux.

— Le roi a convoqué le vizir, révéla-t-il.

— Sais-tu pourquoi ?

— Au visage décomposé de Khnoum-Hotep, de graves ennuis.

Face à son vizir, Sésostris lut à haute voix le rapport du commandant du port d'Abydos que Sobek le Protecteur avait transmis au monarque.

— Les sceaux de mon administration utilisés par un assassin ! Rien de plus abject ne pouvait me frapper, Majesté. Bien entendu, je vous remets immédiatement ma démission. Avant de me retirer dans ma province natale, si vous m'accordez cet ultime privilège, permettez-moi de vous poser une question : avez-vous envisagé, ne fût-ce qu'un instant, ma culpabilité ?

— Non, Khnoum-Hotep. Et tu resteras à ton poste en cette période de tempêtes où chacun des serviteurs de Maât ne doit songer qu'à la survie du pays.

Ébranlé, faisant son âge pour la première fois, le vieux vizir était tellement sensible à cette marque de confiance qu'il se jura de ne pas économiser une once de ses forces et de remplir au mieux sa fonction.

— Je suis coupable de négligence, avoua-t-il, car ces sceaux étaient beaucoup trop faciles à imiter et à utiliser. Désormais, j'en serai le seul détenteur. Même mes proches collaborateurs n'y auront plus accès.

— Identifier le voleur sera-t-il difficile, voire impossible ?

— Malheureusement oui, Majesté. Il aura fallu ce

désastre pour que je prenne conscience d'un laxisme dont je m'estime l'unique responsable.

— Ressasser les erreurs passées ne te conduira nulle part. Empêche l'adversaire d'exploiter à nouveau tes faiblesses et rends exemplaire l'administration vizirale.

— Comptez sur moi, Majesté.

Sékari trouva Khnoum-Hotep vieilli et préoccupé, mais il ne tergiversa pas.

— Il me faudrait une autorisation.

— De quel ordre ?

— Je désire m'entretenir avec un prisonnier.

— Sobek te la délivrera.

— Il refuse.

— Ses raisons ?

— L'identité de ce prisonnier doit rester inconnue.

— Si tu t'expliquais, Sékari ?

— Je m'expliquerai quand j'aurai interrogé cet homme.

— Têtu comme tu l'es, tu ne renonceras pas avant d'avoir obtenu cette autorisation.

— Je le confirme.

Muni du précieux document, Sékari courut jusqu'à la prison devant laquelle s'était couché Vent du Nord. Personne n'aurait pu le faire bouger. Et s'il se comportait ainsi, Iker ne devait pas être loin.

Les membres de la Maison du Roi avaient écouté attentivement le rapport détaillé de Sobek le Protecteur qui n'éludait aucun des aspects de la tragédie. Grâce aux équipes de Séhotep, les plaies des édifices seraient vite guéries, mais pas celles des humains. Étant donné le nombre imposant de policiers et de soldats déployés dans toute la ville, les craintes commençaient cependant à s'estomper, d'autant plus que des centaines de scribes contrôlaient chaque produit qu'utilisaient les citadins.

— Nous connaissons le mode opératoire des terroristes, précisa Sobek. Après avoir assassiné plusieurs livreurs, ils ont pris leur place. Les clients ne se sont pas méfiés.

— Le ladanum n'est pas un produit ordinaire, intervint Senânkh.

— Certes, et j'espérais remonter une filière en suivant sa livraison à la trace ! Or, les bordereaux ont été falsifiés. En recevant des qualités normales par la voie habituelle, les médecins n'ont éprouvé aucun soupçon.

— Et les flacons de grossesse ? interrogea le vizir.

— Importation illégale et clandestine. Seules les riches familles pouvaient s'offrir ces objets coûteux. Grâce aux témoignages, j'ai retrouvé l'entrepôt du vendeur. Malheureusement, le propriétaire a disparu, et personne ne m'a procuré de renseignements sérieux à son sujet, sinon qu'il était originaire d'Asie.

— N'ergotons pas, recommanda Nesmontou. Le vrai responsable de ces crimes abominables, c'est l'Annonciateur. En dépit des difficultés, il faut le débusquer dans sa tanière. Que Sobek et ses policiers veillent sur Memphis. Moi et l'armée, nous nous occuperons de ce démon.

— Cette stratégie a-t-elle une chance d'aboutir ? s'inquiéta Senânkh.

— Frappons vite et fort. Vu les difficultés du terrain, j'ai besoin de la totalité de mes troupes.

— Que le général Nesmontou prépare un plan d'attaque de la Syro-Palestine, ordonna le pharaon.

Reconnaissant Sékari, Vent du Nord se releva et se laissa caresser.

— Tu m'as l'air en pleine forme ! Abydos te réussit, dirait-on. Isis te soigne bien.

L'âne fixait la prison.

— Iker est enfermé là-dedans ?

L'oreille droite se leva.

— Si on allait le chercher ?

Les grands yeux marron du quadrupède brillèrent d'espoir.

Le policier en faction s'approcha de Sékari.

— Je ne te connais pas, toi. Tu veux quoi ?

— Interroger le bandit cananéen.

— De quel droit ?

— L'autorisation du vizir Khnoum-Hotep te suffira-t-elle ?

Le premier souci d'un bon gardien de prison consistait à éviter les ennuis. Certes, le chef Sobek avait donné des consignes strictes, mais on ne discutait pas un ordre du vizir.

— Ce ne sera pas trop long ?

— Sûrement pas.

— Alors, fais vite.

La porte de la cellule fut ouverte.

N'ayant d'autre solution que d'assommer son geôlier pour tenter de s'échapper, Iker se rua sur lui.

Entraîné à parer ce genre d'attaque, l'agent spécial du pharaon bloqua le bras de son agresseur qui, cependant, ne lâcha pas prise.

Ensemble, ils roulèrent au sol.

— C'est moi, Sékari !

Le Fils royal se dégagea et dévisagea son adversaire.

— Toi... C'est vraiment toi ?

Sékari se redressa.

— Je n'ai pas beaucoup changé. Toi, en revanche...

Te redonner une apparence convenable exigera un énorme labeur !

Un braiment d'une incroyable puissance fit sursauter les deux hommes.

— Vent du Nord !

— Il m'a mené jusqu'à ta prison et t'attend avec impatience.

— Sobek m'accuse de traîtrise et souhaite ma disparition.

— On réglera ça plus tard.

Alors qu'ils sortaient de la cellule, trois policiers leur barrèrent le passage.

— Le laissez-passer du vizir t'autorisait à interroger le prisonnier, pas à le libérer.

— Ce jeune homme est le Fils royal Iker, déclara Sékari.

— Cette chanson-là, il nous en a rebattu les oreilles. Toi et ton protégé, restez bien sagement ici.

— Je dois le conduire au palais.

— Ta tête ne me revient pas, mon gars. Ou tu obéis, ou tu goûtes de mon bâton.

Sékari ne laisserait pas Iker croupir dans cette geôle. À deux contre trois, ils avaient leur chance, même s'il était regrettable de rosser des représentants de la force publique.

Un grognement menaçant figea sur place les cinq hommes.

Du coin de l'œil, l'un des policiers aperçut un énorme molosse, babines relevées et crocs apparents.

— Sanguin ! s'exclama Iker. Tu as réussi à me retrouver !

— L'un de tes amis ? demanda Sékari.

— Heureusement ! Plusieurs adversaires ne suffiraient pas à l'immobiliser. Un signe de ma part, et il attaque.

Pris entre deux feux, les trois policiers estimèrent le combat inégal. Ils n'étaient pas payés pour mourir bêtement.

— Vous et votre monstre, vous n'irez pas loin !

— Ne lance pas de recherches inutiles, recommanda Iker. Nous sommes au palais.

23.

À quelques pas d'une entrée secondaire du palais, les gardes stoppèrent un étrange quatuor formé de Sékari, d'un pauvre bougre d'une saleté repoussante, d'un âne à la musculature impressionnante et d'un molosse terrifiant.

— Appelez le Porteur du sceau royal, exigea Sékari.

Séhotep consentit à examiner la situation.

— On prétend que ton barbier est le meilleur de Memphis, avança l'agent spécial. Mon ami aurait bien besoin de ses services.

— Ton ami... Qui est-ce ?

— Tu ne le reconnais pas ?

— Je peux... m'approcher ?

— Il ne sent pas très bon, je te préviens.

Hésitant, Séhotep dévisagea le pouilleux.

— Impossible ! Ce n'est pas...

— Si, mais il faut le remettre en état.

— Venez chez moi.

Entre Vent du Nord et Sanguin, une franche camaraderie. Vu sa taille, l'âne considérait le chien comme un interlocuteur valable. En aidant Iker à sortir de prison, le molosse venait de faire ses preuves et pouvait donc entrer dans le cercle des intimes. De son côté, Sanguin comprenait que le sculptural quadrupède était à la fois une tête pensante et le plus vieil ami d'Iker, donc qu'il exerçait un droit de préséance lors des discussions. Ces problèmes de protocole réglés, ils veilleraient ensemble sur le Fils royal.

Pendant qu'ils dégustaient côte à côte un solide repas servi par l'un des serviteurs de Séhotep, le barbier examinait son client avec circonspection. Il avait déjà connu des cas difficiles, mais celui-ci les dépassait tous, et de loin !

Il choisit son rasoir en bronze le mieux affûté, long de seize centimètres et large de cinq. De forme pentagonale allongée, il présentait deux côtés convexes et trois concaves. Les deux premiers offraient des arêtes tranchantes, à utiliser avec prudence. Saisissant le manche en bois fixé au rasoir proprement dit par plusieurs rivets de cuivre, le barbier opéra un premier débroussaillage.

— Pas trop d'épis dans la chevelure, poil souple, de bonne qualité... Peut-être parviendrai-je à effacer ce désastre.

Eau chaude, mousse savonneuse, lotion apaisant le feu du rasage, coupe de cheveux élégante adaptée à la forme du visage : Iker bénéficia des soins attentifs d'un grand professionnel, décidé à réaliser son chef-d'œuvre.

— Splendide, jugea Sékari. Tu es beaucoup plus séduisant qu'avant ton départ pour Canaan. Barbier, tu as du génie !

L'artiste rosit d'aise.

— La beauté ne suffit pas, rappela Séhotep, il faut également la santé. Après un aussi long voyage, je te livre aux mains expertes de mon masseur personnel.

Sur le dos, les fesses et les jambes d'Iker, le technicien étala le grand onguent protecteur, composé de poudre de coriandre, de farines de fève et de froment, de sel marin, d'ocre et de résine de térébinthe. Puis il assouplit chaque fibre musculaire avant de remodeler ce corps éprouvé.

Au terme d'une heure de traitement, le scribe se sentit revigoré. Les douleurs et les contractures disparurent, l'énergie circula de nouveau.

— Il ne reste plus qu'à te vêtir selon ton rang, décréta Séhotep, qui fournit au Fils royal pagne, tunique et sandales.

Comment les gardes du palais, choisis avec soin par Sobek, devaient-ils réagir ? Certes, en interdire l'accès à Séhotep leur vaudrait de sérieux ennuis. Mais le Fils royal Iker, s'il s'agissait bien de lui, n'était pas autorisé à franchir le cordon de sécurité.

— Appelez votre chef, exigea le Porteur du sceau royal.

Le Protecteur ne tarda pas.

— Tu reconnais Iker, je suppose ? demanda Séhotep, ironique. Peut-être ne ressemble-t-il plus au redoutable Cananéen que tu as jeté en prison ?

— Ce criminel n'a qu'une idée en tête : assassiner le pharaon Sésostris. En croyant ses mensonges, tu mets la vie du roi en danger.

Iker défia le chef de la police.

— Tu te trompes, Sobek. Sur le nom de Pharaon, je te jure que tu te trompes. Je dois lui communiquer les résultats de ma mission. Prends toutes les mesures de précaution nécessaires, mais songe d'abord à l'Égypte.

La détermination d'Iker ébranla le Protecteur.

— Suis-moi.

— Nous accompagnons Iker, décida Séhotep. Tu pourrais être tenté de l'oublier dans je ne sais quelle cellule.

Sobek haussa les épaules.

— Le Porteur du sceau royal a raison, approuva Sékari. Face à l'arbitraire, on n'est jamais trop prudent.

À l'entrée des appartements royaux, le général Nesmontou.

— Sa Majesté recevra Iker après qu'il aura été purifié.

Le Fils royal fut conduit au temple de Ptah. Un prêtre le dévêtit, lui lava les mains et les pieds, puis l'introduisit dans une chapelle où ne brillait qu'une seule lampe.

Senânkh et Séhotep se disposèrent de part et d'autre du jeune homme.

Face à lui, le vizir Khnoum-Hotep.

— Puisse l'eau de la vie purifier, déclara-t-il, rassembler les énergies et rafraîchir le cœur de l'être respectueux de Maât.

Les deux ritualistes élevèrent un vase au-dessus de la tête d'Iker.

En sortit un flux de lumière qui enveloppa le corps du jeune homme.

Iker se souvint du rituel célébré dans la tombe de Djéhouty et des paroles du général Sépi : « Tu voulais connaître le Cercle d'or d'Abydos, regarde-le agir. »

Aujourd'hui, bénéficiant d'un incroyable privilège, le Fils royal se trouvait à la place de Djéhouty !

La confrérie lui entrouvrait-elle sa porte ? Tentant d'oublier cette question, le scribe goûta un bain d'ondes à la fois douces et régénérantes.

Le général Nesmontou remit au Fils royal le couteau du génie gardien.

— J'étais persuadé que tu reviendrais. Ne te sépare plus de cette arme.

Au cou du jeune homme, le vizir Khnoum-Hotep passa un fin collier d'or auquel était accrochée une amulette représentant le sceptre « puissance ».

— Puisse sa magie te protéger et t'accorder le courage des justes.

Souriant, Sékari s'avança à son tour.

— Voici ton matériel de scribe, mon ami. Il n'y manque pas un pinceau.

Iker apprécia ces petits bonheurs et, plus encore, la confiance dont il bénéficiait. Mais comment être heureux après que Sékari lui eut décrit la tragédie de Memphis ?

— Sa Majesté nous attend, indiqua le vizir.

Iker aurait voulu confier au monarque la joie immense qu'il éprouvait à le revoir. La solennité de la salle du conseil ne s'y prêtait pas. Lointain, sévère, le roi avait vieilli. Néanmoins, le géant demeurait inébranlable, et son regard n'était pas empreint de la moindre faiblesse.

Le Fils royal relata ses aventures en détail, n'omettant ni ses craintes, ni ses erreurs, ni ses regrets de n'avoir obtenu aucun indice concernant l'assassin du général Sépi. Il ne parla pas d'Isis. Elle seule saurait à quel point elle l'avait aidé.

Sobek le Protecteur ne manqua pas de poser mille et une questions, avec l'espoir qu'Iker se contredirait. Le jeune homme ne se démonta pas, et Nesmontou confirma la majeure partie de ses déclarations.

— Tes conclusions ? demanda le monarque.

— La Syro-Palestine est un leurre, Majesté. L'Annonciateur n'y réside plus, il veut y attirer notre armée et l'immobiliser loin de l'Égypte où il continuera à répandre le malheur. Ce démon sait les Cananéens incapables de nous livrer une guerre véritable, et plus encore de la remporter. Ils se cantonneront à des opérations de guérilla afin d'épuiser nos soldats dont la présence massive s'avérera inutile.

— Nous étions sur le point de lancer une vaste offensive, précisa Nesmontou.

— Cette région restera incontrôlable, affirma Iker, et n'acceptera pas la loi de Maât. Les tribus ne cesseront de s'y affronter et de s'y déchirer, les alliances de fluctuer, les voleurs et les menteurs de se disputer le pouvoir. Si généreuses soient-elles, les tentatives de transformation des mentalités échoueront. Qu'il nous suffise d'imposer une paix fragile aux principales cités, comme Sichem, et de prévenir toute tentative d'invasion en consolidant les Murs du Roi.

— Ce serait renoncer à notre souveraineté, bougonna Sobek.

— Elle n'existe pas et n'existera jamais. L'Annonciateur l'a compris et cherche à nous engluer dans cette nasse.

— Voilà bien les propos d'un collaborateur des Cananéens ! s'exclama le Protecteur. Ne démontrent-ils pas sa duplicité ?

— Au contraire, intervint Séhotep. Je partage cette opinion depuis longtemps, mais il me manquait de quoi l'étayer. Iker vient de fournir les éléments nécessaires.

— Le général Nesmontou ne prône-t-il pas l'invasion de la Syro-Palestine et une guerre totale ?

— Faute de mieux, concéda le vieux soldat, et surtout pour intercepter l'Annonciateur ! S'il a quitté la région, un déploiement de forces sera évidemment inutile. Que les tribus se dévorent entre elles, tant mieux ! Quelle meilleure prévention contre l'éventuelle formation d'une armée cananéenne ? Si quelques potentats payés par nos soins fomentaient des troubles locaux, l'Égypte en tirerait bénéfice. L'heure me semble venue d'adopter cette nouvelle stratégie. Elle prendra du temps, mais je ne doute pas de son efficacité.

— La principale question demeure sans réponse, déplora Senânkh : où se cache l'Annonciateur ? Et sommes-nous certains qu'il a commis ces crimes abominables ? En ce cas, ne les aurait-il pas revendiqués, d'une manière ou d'une autre ?

— Sa signature, jugea le vizir, est l'ampleur même du désastre. Qui d'autre aurait pu concevoir et mener à bien un tel projet, sinon l'agresseur de l'acacia d'Osiris ?

Senânkh redoutait cette réponse, mais il lui fallait se rendre à l'évidence.

— N'as-tu vraiment recueilli aucune indication sur le repaire de l'Annonciateur ? demanda Séhotep à Iker.

— Hélas ! aucune. La plupart des Cananéens et des Syriens le considèrent comme une ombre terrifiante, un spectre auquel on obéit, sous peine de terribles représailles. Voici l'idée fabuleuse de l'Annonciateur : devenir le maître absolu des adversaires de Maât et de l'Égypte en s'insinuant dans leur esprit. Il n'a même pas besoin d'apparaître pour les convaincre. Je le répète : la Syro-Palestine n'est qu'un leurre. L'Annonciateur abandonnera ses protégés à leur sort afin de mieux provoquer ailleurs des troubles dévastateurs. Et cet « ailleurs » commençait par Memphis.

— Nous contrôlons la capitale, affirma Sobek.

— Espérons-le, dit Séhotep. Et les autres villes ?

— Des décrets royaux mettront les maires en état d'alerte, promit le vizir. Les effectifs locaux étant insuffisants, garantir la sécurité exige une présence militaire sur l'ensemble du territoire. Choix impérieux : ou Nesmontou ratisse la Syro-Palestine, ou il assure la protection des Deux Terres.

— À l'issue de sa mission, le Fils royal nous donne la réponse, trancha le pharaon. Reste un point à éclaircir : l'attitude de Sobek.

— J'estime avoir bien agi en incarcérant un suspect, Majesté.

— Juges-tu injuste ton emprisonnement ? demanda le monarque à Iker.

— Non, Majesté. J'approuve la décision du chef de la police. À présent, qu'il examine la réalité des faits et se débarrasse de ses a priori. L'un des plans de l'Annonciateur vient d'être déjoué, mais nous sommes encore loin de la victoire. Nous ne la remporterons qu'en étant unis.

— Au travail, ordonna Sésostris. Qu'un plan de protection des Deux Terres me soit présenté dès demain.

Médès était atterré.

Iker, vivant ! Comment avait-il pu, seul, échapper aux Cananéens et aux Syriens ? Sa convocation devant le grand conseil laissait supposer de graves accusations. Si son témoignage n'était pas convaincant, le scribe regretterait d'être revenu en Égypte. À la suite de la tragédie de Memphis, les sanctions seraient lourdes.

La longueur de la réunion incitait à l'optimisme. Sobek le Protecteur n'aimait pas Iker, et il avait suffisamment de poids pour se rallier la Maison du Roi et obtenir une sévère condamnation.

Enfin, Senânkh sortit de la salle du conseil.

— Si ton administration est vraiment performante, mon cher Médès, voici l'occasion de le prouver. Un décret royal, des messages officiels, des lettres confidentielles aux autorités locales, des ordres aux garnisons... Et tout cela au plus vite !

— Comptez sur moi, Grand Trésorier. Quel est l'objectif prioritaire ?

— Mettre l'Égypte à l'abri des terroristes.

24.

Partager un petit déjeuner avec Sésostris dans le jardin du palais était un privilège qu'Iker appréciait à sa juste valeur. Tout dignitaire rêvait d'une telle faveur, et la cour entière, sous le choc du retour inespéré du Fils royal, s'étranglerait de jalousie.

Le monarque contemplait la danse des rayons du soleil à la cime des arbres.

Malgré la crainte respectueuse qu'il éprouvait, Iker osa briser le silence.

— Majesté, le Cercle d'or d'Abydos m'aurait-il purifié et régénéré ?

— L'Égypte n'est pas de ce monde. Dirigée par Maât, elle se conforme au plan d'œuvre conçu à l'origine des temps. Notre pays le concrétise ici-bas. L'invisible a choisi son royaume, et nous le vénérons comme notre trésor le plus précieux. Quand Osiris ressuscite, l'œil devient complet. Rien ne lui manque. Alors, l'Égypte voit et crée. Sinon, elle reste aveugle et stérile. Voilà précisément la menace.

— Pouvons-nous éviter ce désastre ?

— Le succès dépendra de notre lucidité et de notre volonté. Ou bien nous nous soumettons au temps et à l'Histoire, et l'œuvre d'Osiris sera perdue ; ou bien nous

nous situons à l'origine, avant la création du ciel et de la terre, et nous saurons, une fois encore, concilier les contraires, unir la couronne rouge à la blanche, faire fraterniser Horus et Seth. Les divinités, les justes de voix, le pharaon et les humains forment un ensemble que seul Osiris rend cohérent grâce à la loi de Maât. Si l'une de ces composantes est absente ou rejetée, l'édifice s'écroule.

— Le sacré ne demeure-t-il pas le lien majeur ?

— Le sacré sépare l'essentiel de l'inutile, éclaircit et dégage le chemin, dissipe les mirages et les brumes. Seule l'offrande fait pénétrer l'harmonie céleste dans la société humaine. De la matière, elle extrait les éléments indispensables et nourrit l'âme d'Osiris.

— Majesté... me jugerez-vous un jour digne de connaître ses mystères ?

— Ce jugement-là, toi seul le prononceras en fonction de tes actes. Alors, Osiris t'appellera. Voici ton nouveau sceau de fonction, à la fois puissance et danger. Ne l'utilise qu'à bon escient.

Sésostris remit à Iker une bague-cachet comportant son nom et son titre.

Pour la première fois, le jeune homme prit conscience de sa charge.

Il n'était plus un adolescent frondeur et un aventurier, mais l'un des représentants de l'institution pharaonique sans laquelle les Deux Terres subiraient désordre et injustice.

— Majesté, serai-je... ?

— Personne n'est digne d'une telle fonction. Pourtant, il faut l'assumer. Le grand serpent de l'île du *ka* n'a pas réussi à sauver son monde, dévoré par les flammes. Memphis a failli connaître le même sort, elle a survécu. Nous n'abandonnerons pas l'Égypte aux mains de l'Annonciateur.

Iker contemplait le bijou, différent du sceau de Fils royal dont il n'avait jamais osé se servir. Aujourd'hui, seulement aujourd'hui, il commençait à mesurer ses responsabilités.

— Sois présent au conseil de guerre de Nesmontou, ordonna le roi, et n'hésite pas à intervenir. Auparavant, rends-toi à l'embarcadère principal. On t'y attend.

Le bateau à destination d'Abydos se préparait à lever l'ancre.

Vêtue d'une longue robe rouge, Isis admirait le fleuve.

Précédé de Vent du Nord et de Sanguin, Iker ne passait pas inaperçu. L'âne recueillant une caresse de la jeune femme, le molosse émit une plainte jalouse afin d'avoir droit aux mêmes attentions. Malgré la taille du chien et son impressionnante mâchoire, la prêtresse n'éprouva pas la moindre crainte.

— Sanguin vous a adoptée, constata Iker. En Syro-Palestine, il fut mon gardien et mon protecteur. J'ai dû m'enfuir sans lui, mais il a réussi à me retrouver.

— Vent du Nord semble apprécier sa compagnie.

— Ils sont même devenus amis ! Vous... vous quittez la capitale ?

— Je regagne Abydos. J'étais certaine que vous survivriez à cette épreuve.

— Uniquement grâce à vous, Isis. Quand je désespérais, vous m'apparaissiez. Vous seule m'avez permis d'affronter le désespoir et de revenir en Égypte.

— Vous m'attribuez trop de pouvoirs, Iker.

— N'êtes-vous pas une magicienne d'Abydos ? Sans votre aide, sans vos pensées protectrices, j'aurais succombé. Comment vous convaincre de ma sincérité et me montrer digne de vous ? En m'offrant son enseignement, le roi m'a ouvert les yeux sur les devoirs d'un Fils royal : emplir son esprit d'idées justes, être réservé, respecter la gravité de la parole, braver sa peur, traquer la vérité au péril de sa vie, exercer une volonté droite et entière, ne pas céder à l'avidité, développer la perception de l'invisible... Je ne possède pas ces qualités-là, mais je vous aime.

— À la suite de vos exploits, une grande carrière s'ouvre devant vous. Moi, je ne suis qu'une prêtresse qui aspire à ne plus quitter Abydos.

— Ma seule ambition est de vivre auprès de vous.

— En cette période dramatique où l'avenir de notre civilisation vacille, l'amour a-t-il encore un sens ?

— Je vous offre le mien, Isis. S'il était partagé, ne nous rendrait-il pas plus forts face à l'adversité, l'un et l'autre ?

— En quoi consiste votre nouvelle mission ?

— Travailler avec la Maison du Roi et assurer la sécurité du territoire. Comme nous ne sommes pas tombés dans le piège syro-palestinien, l'Annonciateur frappera à nouveau, probablement en Égypte même.

— Abydos reste menacé, estima la jeune femme. Les résidents auraient pu subir le même sort que les Memphites. Ce démon voulait tuer un maximum de ritualistes et affaiblir le domaine sacré d'Osiris.

— Vous-même étiez donc en danger !

— Seul compte l'arbre de vie. Si l'offrande de mon existence pouvait le guérir, je n'hésiterais pas.

Sous le regard de l'âne et du chien, attentifs à la conversation, Iker s'approcha de la jeune femme.

— Isis, êtes-vous certaine de ne pas m'aimer ?

La prêtresse hésita.

— Je voudrais l'être, mais je refuse le mensonge. Lors d'un rituel, on m'a fait monter sur un socle, symbole de Maât, et j'ai juré de toujours affronter la vérité, quelle qu'elle soit.

— Moi aussi, j'ai vécu ce rite, révéla Iker, et prêté un serment identique. Après mon combat victorieux contre le faux Annonciateur, le Syrien Amou a voulu me marier. Connaître une autre femme m'était insupportable ! J'ai décidé de partir, au risque de mourir. Quoi que vous décidiez, Isis, vous serez l'unique femme de ma vie.

Le capitaine s'impatientait. Étant donné le nombre de bateaux circulant sur le Nil, il devait profiter d'un moment d'accalmie pour lever l'ancre.

— Quand nous reverrons-nous ?

— Je l'ignore, Iker.

Elle grimpa lentement la passerelle, comme si elle regrettait de ne pas prolonger ce tête-à-tête.

Iker ne s'abusait-il pas afin de garder espoir ?

L'exposé de Nesmontou était convaincant. Doté d'une surprenante capacité d'adaptation, le vieux général avait imaginé, en un temps record, un nouveau dispositif capable de surprendre l'adversaire. Réduites au minimum, les forces d'occupation en Syro-Palestine se consacreraient au maintien du statu quo, à l'arrestation des fauteurs de troubles et à la désinformation, destinée à semer la zizanie entre les tribus et les clans.

En Égypte, l'armée nationale ne se présenterait pas sous la forme d'un bloc massif, trop lourd à déplacer, mais d'un ensemble de régiments comprenant chacun quarante archers et quarante lanciers, placés sous le commandement d'un lieutenant assisté d'un porte-enseigne, d'un capitaine de bateau, d'un scribe, de l'intendance et d'un spécialiste des cartes géographiques.

Les lieutenants ne recevraient d'ordres que de Nesmontou, qui coordonnerait en permanence le déploiement et l'action des troupes sur l'ensemble du territoire, chargées de surveiller en priorité les points stratégiques et les débarcadères. Aux polices locales d'assurer la sécurité des citadins et des villageois. Et une autre armée, celle des scribes, contrôlerait livraisons et produits. La tragédie de Memphis ne devait plus se reproduire.

— La Double Maison blanche est-elle en état d'assumer les frais nécessaires ? demanda le vizir.

— Assurément, répondit Senânkh. Nos forces armées ne manqueront de rien.

— De mon côté, promit Séhotep, je consoliderai la plupart des quais. Les manœuvres d'accostage seront facilitées.

— Le Fils royal apprécie-t-il ces mesures ? s'enquit Sobek avec une pointe d'ironie.

— Si la coopération entre la police et l'armée ne souffre d'aucune réticence, elles produiront d'excellents effets.

— Me soupçonnerais-tu de mauvaise volonté ?

— Je n'ai rien dit de tel ! Une parfaite coordination exigera beaucoup d'efforts.

— Affirmatif, conclut Nesmontou. Et nous les fournirons.

En travaillant aux côtés du vizir, Iker apprenait à connaître le fonctionnement des services de l'État. La menace latente incitait les scribes à remplir rigoureusement leurs tâches de sorte qu'aucune agression, si grave fût-elle, n'empêche les ministères de rendre effectif le respect de Maât.

Alors que le Fils royal consultait le dossier fourni par

Nesmontou et qu'il proposerait le soir même au monarque, Sobek l'interrompit.

— Sa Majesté veut te voir immédiatement.

Sous la protection des policiers d'élite du Protecteur, Sésostris sortit de la capitale. Iker les suivit jusqu'à un canal où ils prirent un bateau en direction du sud.

Cette fois, le Fils royal ne se permit pas de troubler la méditation du roi.

L'atmosphère était pesante.

Pourtant, lorsqu'il vit se profiler les pyramides de Dachour, le jeune homme éprouva un profond sentiment de sérénité. Les monuments du pharaon Snéfrou paraissaient indestructibles, ancrés dans l'éternité du désert, et celui de Sésostris, quoique plus petit, exprimait la même majesté.

Prêtres et soldats chargés de la sécurité du site se rassemblèrent pour accueillir le monarque. Iker se tenait à quelques pas derrière le géant.

Tête baissée, un ritualiste s'avança vers le souverain.

— Quand Djéhouty est-il mort ? interrogea Sésostris.

— Hier, à l'aube. Dès le constat du décès, nous vous avons envoyé un message. Hier était un grand jour, Majesté, puisque Djéhouty considérait les travaux comme terminés. Les sculpteurs venaient d'achever l'ultime bas-relief représentant Atoum, le principe créateur. Aussi comptait-il vous demander de l'animer et de conférer à votre ensemble architectural sa pleine puissance.

Le pharaon et Iker se rendirent à la demeure de fonction du maire de Dachour dont le corps reposait sur un lit aux pieds en forme de patte de taureau. Enveloppé d'un grand manteau, le défunt arborait un visage calme.

— Je l'ai veillé jusqu'au terme, indiqua le ritualiste. Il destina sa dernière pensée à Votre Majesté, tenant à vous exprimer sa reconnaissance, car sa tâche de bâtisseur a illuminé sa vieillesse. Djéhouty savait que le rayonnement de Dachour servirait Osiris. « Maintenant, je n'aurai plus jamais froid », furent ses ultimes paroles.

Le prêtre se retira, laissant le roi et son fils seuls avec le défunt.

— L'heure du jugement advient, déclara le monarque. Il nous revient de le prononcer. Que souhaites-tu à ce voyageur de l'au-delà, Iker ?

— Qu'il traverse les ténèbres de la mort et ressuscite dans la lumière d'Osiris. Djéhouty fut un être juste et bon. Je le remercie de son aide et n'ai nul reproche à lui adresser.

Comme le monarque tardait à prendre la parole, Iker redouta qu'il ne tînt grief à l'ex-chef de la province du Lièvre de la période pendant laquelle il avait refusé de se rallier à la Couronne.

— Prêtre de Thot et serviteur de Maât, initié au Cercle d'or d'Abydos, Djéhouty a vécu les mystères d'Osiris. Qu'il voyage en paix.

Sésostris ordonna aux spécialistes de momifier son Frère en esprit et de préparer sa demeure d'éternité.

Iker éprouvait une peine profonde. Djéhouty l'avait accueilli dans la province du Lièvre, lui permettant d'apprendre son métier de scribe et de déchiffrer les arcanes de la langue sacrée, sous la direction du général Sépi, lui aussi disparu. Grâce à ces deux sages, le destin du jeune homme s'était éclairci, alors qu'il avançait à tâtons.

Face à la pyramide du roi, éclatante de blancheur et créatrice d'une lumière qui protégerait l'acacia d'Osiris, Sésostris et son fils se posaient une triple question : où, quand et comment l'Annonciateur attaquerait-il à nouveau ?

25.

Le ventre de pierre était une région oubliée des dieux. Amas de blocs énormes, noirâtres, et d'îlots obstruant le cours du Nil, sa deuxième cataracte proclamait une désolation de granit et de basalte, résolument hostile à toute forme de vie. De furieux rapides tentaient de forcer ce blocus, provoquant un bouillonnement et un fracas perpétuels. Jamais ne cessait le violent combat entre l'eau et la pierre.

Un rocher dominait ce chaos où se déchaînaient des forces terrifiantes.

Là se tenaient l'Annonciateur, Bina, Shab le Tordu et Gueule-de-travers.

Au terme d'un long voyage à travers le désert, ils venaient d'atteindre l'endroit le plus fascinant et le plus dangereux de Nubie.

— Impossible de franchir cette cataracte, constata le Tordu, impressionné par tant de sauvagerie.

— On jurerait que des bras de géant écartèlent les rives et s'amusent à torturer les roches ! commenta Gueule-de-travers, dont les commandos se tenaient en retrait.

S'étendant sur deux cents kilomètres, la deuxième cataracte laissait s'évader un filet d'eau bleue qui formait un puissant contraste avec le sable ocre du désert et le vert des palmiers ; dans le ventre de pierre, nulle végétation ne résistait à la rage des flots.

— D'ici surgira la mort qui frappera l'Égypte, prédit l'Annonciateur.

Quittant le promontoire, il s'adressa à sa petite troupe, recueillie et attentive.

— Memphis a été durement touchée, rappela-t-il, et le pharaon ne parvient pas à guérir l'arbre de vie. Chaque Égyptien tremble, redoutant notre prochaine attaque. L'armée ennemie nous recherche en Syro-Palestine, où des opérations de guérilla l'affaibliront jour après jour. Clans et tribus me demeurent fidèles. Les feux du ciel et de la terre dévoreront les traîtres. Notre réseau de Memphis reste intact, et les policiers de Sobek le Protecteur n'arrêteront aucun de mes disciples. Pourtant, nos succès passés ne sont rien. Ici, l'énergie dont nous disposons augmentera nos pouvoirs d'une façon considérable. Et ce n'est pas une armée humaine qui envahira les Deux Terres.

— Nous ne sommes qu'une centaine, constata Gueule-de-travers en regardant autour de lui.

— Observe mieux.

— J'aperçois des tourbillons et encore des tourbillons !

— Les voilà, nos troupes invincibles.

Shab le Tordu était estomaqué.

— Comment les mobiliser, seigneur ?

— Ne sommes-nous pas capables de manier des puissances jugées incontrôlables ?

— Pourriez-vous... remuer ces blocs noirâtres ?

L'Annonciateur posa la main sur l'épaule du Tordu.

— Vois au-delà de l'apparence, ne t'arrête pas aux limites matérielles. La pensée peut les dépasser et faire surgir les ressources cachées au sein des rochers ou de l'eau en furie.

L'Annonciateur se retourna vers le ventre de pierre.

Soudain, il parut se grandir.

Spontanément, ses fidèles se prosternèrent.

— L'Égypte survit grâce aux mystères d'Osiris. Tant qu'ils seront célébrés, le pays des pharaons nous résistera. Aussi devons-nous rechercher des stratégies surnaturelles. Osiris lui-même nous en offre une, lui, le flot créateur, l'inondation d'origine céleste qui donne la prospérité et la nourriture aux Égyptiens. Chaque année, l'inquiétude les saisit : quel sera le niveau de la crue ? Trop bas, et la famine menace ; trop haut, et la liste des dommages n'en finit pas. C'est précisément cette crue que nous utiliserons. Jamais elle n'aura été aussi énorme, aussi dévastatrice.

Ébahi, Gueule-de-travers fut le premier à se relever.

— Vous... vous songez à manipuler le flot ?

— T'ai-je déjà déçu, mon ami ?

— Non, seigneur, mais...

— Le ventre de pierre lui-même déclenchera ce cataclysme. À nous de savoir l'animer pour qu'il exprime une colère destructrice.

L'Annonciateur et ses disciples établirent leur campement à proximité du promontoire dominant le cœur bouillonnant de la deuxième cataracte. En raison de la quantité de provisions transportée par les commandos, personne ne souffrit de la faim. L'Annonciateur se contenta d'un peu de sel et ne quitta pas des yeux le redoutable spectacle, clé de sa prochaine victoire.

Bina ne dormait pas. Depuis que le sang de son maître circulait en elle, un minimum de sommeil lui était nécessaire. Elle aussi cédait à la fascination de ce vacarme qui ne connaissait pas un instant de repos.

L'Annonciateur ouvrit le grand coffre en acacia et en sortit deux bracelets ornés de griffes de félin.

— Passe-les à tes chevilles, ordonna-t-il.

Très lentement, elle s'exécuta.

— Tu n'es plus une femme comme les autres, affirma l'Annonciateur. Bientôt, tu agiras.

Bina s'inclina.

Le soleil se leva. En moins d'une heure, la chaleur devint étouffante.

Soudain, le Tordu se précipita vers l'Annonciateur.

— Maître, des Nubiens ! Des dizaines de Nubiens !

— Je les attendais.

— Ils ont l'air menaçant !

— Je vais leur parler.

Alors que Gueule-de-travers et ses nervis s'apprêtaient à combattre, l'Annonciateur alla au-devant d'une tribu formée d'une centaine de guerriers noirs, vêtus de pagnes en peau de léopard. Parés de colliers de perles colorées, de lourds anneaux d'ivoire aux oreilles, les joues scarifiées, ils brandissaient des sagaies.

— Que votre chef s'avance, exigea l'Annonciateur.

Un grand maigre, dont la chevelure s'ornait de deux plumes, sortit du rang.

— Tu parles notre langue ? s'étonna-t-il.

— Je parle toutes les langues.

— Qui es-tu ?

— L'Annonciateur.

— Et qu'annonces-tu ?

— Je suis venu vous libérer de l'occupant égyptien. Depuis de trop longues années, le pharaon vous opprime. Il tue vos guerriers, pille vos richesses et vous réduit à la misère. Moi, je sais comment le terrasser.

D'un geste, le chef ordonna à ses hommes de baisser leurs lances. Gueule-de-travers l'imita.

— Connais-tu la Nubie ?

— Le feu de cette terre est mon allié.

— Serais-tu magicien ?

— Les monstres du désert m'obéissent.

— Nul ne surpasse les sorciers nubiens !

— Leur désunion les rend inefficaces. Au lieu de s'affronter en duels inutiles, ne devraient-ils pas s'allier afin de combattre leur véritable ennemi, Sésostris ?

— As-tu examiné de près le fort de Bouhen qui surveille cette cataracte ? Il marque la frontière du territoire contrôlé par les Égyptiens. Si nous l'attaquions, les représailles seraient effrayantes !

— J'ignorais que les Nubiens fussent des peureux.

Les lèvres du chef de tribu frémirent d'indignation.

— Ou bien tu t'agenouilles devant moi en implorant mon pardon, ou bien je te fracasse le crâne !

— Toi, agenouille-toi et deviens mon vassal.

Le Nubien leva haut sa massue.

Avant qu'elle retombe sur la tête de l'Annonciateur, les serres d'un faucon se plantèrent dans le bras de l'agresseur, contraint à lâcher son arme. Puis le bec du rapace, avec une terrible précision, creva les yeux du chef de tribu.

Les guerriers noirs demeurèrent incrédules.

Mais le mourant se tordait bien de douleur.

— Obéissez-moi, exigea l'Annonciateur d'une voix tranquille. Sinon, vous périrez comme ce lâche.

Certains hésitaient encore, d'autres avaient envie de réagir. La violence l'emporta.

— Tuons l'assassin de notre chef ! hurla un scarifié.

— Que la lionne du désert extermine les incroyants, ordonna l'Annonciateur.

Un rugissement d'une ampleur inconnue terrifia les

Nubiens. Leur élan bloqué, ils regardèrent foncer vers eux un fauve d'une taille inimaginable.

Il mordit, déchira, piétina et se régala des flots de sang, sans épargner un seul guerrier.

Du coffre en acacia, l'Annonciateur sortit la reine des turquoises, qu'il exposa à la lumière du soleil avant de la présenter à l'exterminatrice.

Presque aussitôt, elle se calma.

Un lourd silence recouvrait le lieu du massacre.

Belle, altière, Bina se tenait à la gauche de son seigneur. Sur son front, une tache rouge que l'Annonciateur essuya avec un pan de sa tunique de laine.

— Les autres tribus ne tarderont pas à réagir, estima Gueule-de-travers.

— Je l'espère bien.

— Parviendrons-nous à les repousser ?

— Nous les convaincrons, mon ami.

Ce ne furent pas des guerriers armés de lances et de massues qui jaillirent du désert pour se diriger vers le campement de l'Annonciateur, mais une vingtaine de Nubiens âgés, le corps couvert d'amulettes. À leur tête, un vieillard à la peau très noire et aux cheveux blancs. S'aidant d'une canne, il se déplaçait difficilement.

— C'est tout ce qu'ils nous envoient ! s'amusa Gueule-de-travers.

— Il n'existe pas de régiment plus dangereux, indiqua l'Annonciateur.

— En quoi ces petits vieux sont-ils redoutables ?

— Ne les défie surtout pas, ils te réduiraient en cendres. Voici la fine fleur des sorciers nubiens, capables de jeter les pires maléfices.

Le vieillard s'adressa à l'Annonciateur.

— Est-ce toi qui as exterminé la tribu du fils de la hyène ?

— J'ai été contraint de châtier une bande d'insolents.

— Manierais-tu les forces obscures ?

— Moi, l'Annonciateur, j'utilise toutes les formes de la puissance afin de terrasser le pharaon Sésostris.

Le Nubien hocha la tête.

— À nous tous, ici présents, nous disposons de pouvoirs considérables. Pourtant, nous n'avons pas réussi à nous débarrasser de l'occupant.

L'Annonciateur eut un sourire condescendant.

— Vous vous cantonnez à votre pays perdu. Moi, je vais répandre une foi nouvelle dans le monde entier. Et vous m'aiderez à déchaîner la violence dont cette terre est porteuse. Le feu du ventre de pierre ravagera l'Égypte.

— Aucun d'entre nous ne se risquerait à provoquer sa colère !

— Toi et tes semblables, vous vous êtes endormis parce que vous craignez le pharaon. Je suis venu vous réveiller.

Irrité, le vieillard frappa le sol de sa canne.

— Aurais-tu ranimé la Terrifiante ?

— La lionne m'obéit.

— Forfanterie ! Personne ne saurait contenir sa rage.

— Sauf si l'on possède la reine des turquoises.

— Légende ridicule !

— Désires-tu la voir ?

— Tu te moques de moi !

L'Annonciateur montra son trésor au doyen des sorciers noirs.

Le vieillard contempla longuement l'énorme turquoise aux reflets bleu-vert.

— Ce n'était donc pas une fable...

— Obéissez aux préceptes de Dieu, obéissez-moi. Sinon, la Terrifiante vous massacrera.

— Que viens-tu vraiment faire ici ?

— Je ne cesserai de le répéter : vous libérer d'un tyran. Mais il faut d'abord vous convertir et devenir mes adeptes. Ensuite, vous unirez vos pouvoirs magiques aux miens et nous provoquerons un cataclysme dont l'Égypte ne se remettra pas.

— Elle semble inébranlable !

— En Syro-Palestine et plus encore au cœur même de la capitale, à Memphis, je lui ai déjà infligé de profondes blessures.

Le vieillard fut étonné.

— À Memphis... Tu as osé ?

— Sésostris vous paralyse. À présent, lui et son peuple connaissent la peur. Et leurs tourments iront en s'amplifiant.

— Ce roi n'est-il pas un géant à la force colossale ?

— Exact, reconnut l'Annonciateur. Aussi serait-il vain et stupide de l'attaquer de front. Mes réseaux agissent dans l'ombre, hors de portée de sa police et de son armée, et leurs morsures les prennent au dépourvu. Grâce aux Nubiens et au ventre de pierre, je porterai à Sésostris un coup d'une violence inouïe.

Le vieillard regarda le prédicateur d'un autre œil. Il s'exprimait avec un calme redoutable, comme si rien ne pouvait l'empêcher d'accomplir ses projets insensés.

— Depuis que le premier des Sésostris a bâti le fort de Bouhen, rappela le Nubien, l'Égypte nous laisse en paix. L'armée ne dépasse pas cette frontière, et nos tribus se partagent le pouvoir.

— Bientôt, le pharaon franchira cette limite et ravagera votre pays. Après avoir répandu la terreur en Canaan, le conquérant dévastera la Nubie. Il vous reste une seule chance : m'aider à déclencher le flot qui l'empêchera d'agir.

Perplexe, le vieillard s'appuya sur sa canne.

— Je dois consulter l'ensemble des sorciers. Nous délibérerons et te donnerons notre décision.

— Ne vous trompez surtout pas, recommanda l'Annonciateur.

26.

À l'orient siégeaient le pharaon et la Grande Épouse royale ; au midi, le Grand Trésorier Senânkh et Sékari ; au septentrion, le général Nesmontou et le Porteur du sceau royal Séhotep ; à l'occident, le vizir Khnoum-Hotep et le Chauve.

Après avoir célébré le rituel de funérailles de Djéhouty, le Cercle d'or d'Abydos orientait ses perceptions vers le futur.

— La belle déesse d'Occident a accueilli notre Frère, déclara Sésostris, et il renaîtra éternellement à l'orient. Comme Sépi, il sera à jamais présent parmi nous.

Le pharaon aurait aimé prolonger l'action rituelle et renforcer les liens du Cercle d'or avec l'invisible, mais un problème grave devait être soumis à la confrérie.

— Depuis la tragédie de Memphis, l'Annonciateur se tait. Ce calme apparent précède forcément une nouvelle tempête dont nous ignorons la nature. Les mesures prises par Sobek et le général Nesmontou assurent la sécurité sur l'ensemble du territoire. Bien entendu, l'ennemi avait prévu notre réaction.

— Il est réduit au silence et mis dans l'incapacité de nuire, observa le vizir.

— Il veut nous le faire croire ! protesta Sékari. Un criminel de cette envergure ne renoncera pas.

— Grâce à Iker, nous savons que le prochain champ de bataille ne sera pas la Syro-Palestine, rappela le général Nesmontou ; quant à la capitale, son étroite surveillance rend inopérant le réseau de l'Annonciateur. Il interviendra donc ailleurs.

— L'été est très chaud, constata Senânkh, la sécheresse à son maximum avant la crue. Une période peu propice pour se déplacer et tenter une opération d'envergure. Ces conditions climatiques nous laissent un peu de répit.

La Grande Épouse royale parla du travail des prêtresses d'Abydos et des soins qu'elles apportaient à l'arbre de vie. Le Chauve évoqua ensuite la rigueur de ses ritualistes. Aucun incident à signaler. Malgré l'inquiétude, le domaine sacré d'Osiris tenait bon devant l'adversité.

— La jeune Isis progresse-t-elle sur le chemin des grands mystères ? demanda le vizir.

— Elle avance pas à pas, à son propre rythme, répondit la reine. En dépit de notre désir de l'élever, ne cédons pas à une précipitation qui lui serait préjudiciable.

— Étant donné le rôle qu'Isis aura à jouer, confirma le roi, sa formation doit être exceptionnelle.

— Comme celle d'Iker ? suggéra Séhotep.

— Je l'oriente comme mon père spirituel m'a orienté.

Après que le couple royal eut versé l'eau et le lait au pied de l'acacia, le Chauve l'encensa pendant qu'Isis maniait les sistres. Elle avait acquis une telle maîtrise de ces instruments qu'elle parvenait à en extraire une incroyable quantité de sons.

— Les archives de la Maison de Vie m'ont livré une information peut-être essentielle, confia la prêtresse au terme du rituel. L'or se révèle indispensable à l'alchimie osirienne, car la chair du ressuscité se forme de métal pur, synthèse des autres éléments. En lui, la lumière se solidifie et reflète l'aspect immatériel des puissances divines. Son rayonnement devient celui de Maât.

Tout cela, le roi, la reine et le Chauve le savaient depuis longtemps. Mais il était bon qu'Isis l'apprît par elle-même. La jeune femme suivait le sentier qui la mènerait tôt ou tard à une découverte capitale.

— Selon les textes anciens, poursuivit-elle, Pharaon est le prospecteur, l'orfèvre capable de travailler l'or pour que son éclat illumine les dieux et les humains, et maintienne l'harmonie entre ciel et terre. Le rapport d'un explorateur datant de l'époque des grandes pyramides donne cette indication : les dieux eux-mêmes auraient enfoui leur plus grand trésor dans les lointaines terres du Sud, en Nubie. Que pourrait être cette merveille recelant leur énergie, sinon l'or destiné à Osiris ?

— Sans lui, rappela le Chauve, impossible de restaurer les objets servant à la célébration des mystères. Privés d'efficacité, ils deviendraient inertes. Et je ne parle pas du grand secret à propos duquel mes lèvres doivent rester muettes.

« La Nubie, contrée sauvage, mal contrôlée, peuplée de dangers visibles et invisibles », pensa Sésostris. La Nubie, où avait été tué le général Sépi dont l'assassin demeurait impuni. Oui, Isis voyait juste. C'était là que se cachait l'or des dieux. En ces temps troublés, y organiser une expédition d'envergure ne s'annonçait pas facile.

— Des précisions ? demanda-t-il à la prêtresse.

— Malheureusement non, Majesté. Je continue à chercher.

Le pharaon s'apprêtait à quitter Abydos lorsque Sobek le Protecteur lui apporta un message urgent en provenance d'Éléphantine. Le texte émanait de l'ex-chef de province Sarenpout, aujourd'hui maire de la grande cité commerciale, à la frontière entre l'Égypte proprement dite et la Nubie.

— Je ne rentre pas à Memphis, déclara le monarque après avoir lu la missive. Rassemble immédiatement les membres de la Maison du Roi.

La réunion se tint dans la cour principale du temple de Sésostris, loin des yeux et des oreilles. Les décisions à prendre seraient lourdes de conséquences.

— Sarenpout peut-il être considéré comme un serviteur fidèle ? interrogea le roi.

— Sa gestion ne présente aucun défaut, indiqua Senânkh, et je n'ai constaté ni abus de pouvoir ni malhonnêteté. Vos décrets sont rigoureusement appliqués.

— De mon côté, renchérit Séhotep, nul reproche. Homme carré et rude, Sarenpout ne dédaigne pas les plaisirs de l'existence, mais se contente aujourd'hui de sa haute fonction.

— Rien à ajouter, ponctua le vizir.

— Je suis plus réservé, intervint Sobek, car je n'oublie pas son passé. Et s'il fallait le bousculer un peu en intervenant de manière impérative à Éléphantine, peut-être ne réagirait-il pas avec enthousiasme.

Le général Nesmontou approuva.

— Si la lettre de Sarenpout relate des faits exacts, reprit le pharaon, nous connaissons peut-être l'emplacement du nouveau front que veut ouvrir l'Annonciateur.

Le vieux militaire en grogna d'aise.

— L'armée sera rapidement opérationnelle, Majesté.

— D'après un rapport du commandant du fort de Bouhen, construit par le premier des Sésostris pour marquer l'ultime avancée de l'Égypte et contenir les tribus guerrières, l'une d'elles vient d'être décimée dans le ventre de pierre.

— Le ventre de pierre, un véritable enfer ! s'exclama Sobek.

— Notre garnison est terrorisée. On parle de monstres qui massacreraient tout être vivant. Et certains prétendent avoir vu une lionne terrifiante, d'une taille surnaturelle, que même une armée de chasseurs ne réussirait pas à abattre.

— Je discerne la marque de l'Annonciateur, avança Séhotep. En d'autres circonstances, on aurait eu envie de croire à un simple incident local. Aujourd'hui, ce serait une naïveté coupable.

— La Nubie n'est pas un pays ordinaire, souligna Senânkh. Vos prédécesseurs, Majesté, ont connu les pires difficultés en imposant un semblant de pacification, loin d'une amitié réelle.

— Je compte un certain nombre d'archers nubiens parmi mes soldats, rappela Nesmontou. Ils sont habiles, courageux et disciplinés. S'ils reçoivent l'ordre de combattre contre leurs frères de race, ils l'exécuteront. Ils ont choisi de vivre en Égypte, pas en Nubie.

— Leurs qualités guerrières ne me rassurent pas, observa Séhotep. Cananéens et Syriens fuient volontiers devant l'adversaire, les Nubiens se défendent avec acharnement. Et je redoute leurs sorciers dont la réputation effraie la majorité de nos hommes.

— Je prends la tête de l'expédition, déclara Sésostris.

Khnoum-Hotep tressaillit.

— Majesté, l'Annonciateur ne cherche-t-il pas à vous attirer dans un piège ?

— La confrontation directe s'annonce inévitable. Et n'oublions pas la quête de l'or des dieux. Isis a raison : il se trouve en Nubie. Le général Sépi a donné sa vie pour lui, cette offrande ne sera pas vaine.

Le pharaon avait pris sa décision, toute discussion devenait inutile. Malgré l'énormité des risques, existait-il un autre chemin ?

— Vizir Khnoum-Hotep, je te charge de gérer le pays pendant mon absence. Tu consulteras chaque matin la Grande Épouse royale, en compagnie de Senânkh. Elle gouvernera en mon nom. Si je ne reviens pas de Nubie, elle montera sur le trône des vivants. Toi, Séhotep, tu m'accompagnes. Toi, Nesmontou, tu rassembles tes régiments à Éléphantine.

— Nous dégarnissons donc les provinces, signala le général.

— Je cours le risque. Toi, Sobek, tu regagnes Memphis.

Le chef de la police s'insurgea.

— Majesté, votre protection...

— Ma garde rapprochée l'assurera. Prévoyons le pire : la Nubie est un leurre, Memphis reste donc la cible principale. Aussi dois-tu accorder toute ton attention à la capitale. Et si la bataille décisive a lieu dans le grand Sud, le réseau de l'Annonciateur se montrera peut-être moins méfiant. Une seule erreur de sa part, et tu remonteras la filière.

Les arguments du roi étaient irréfutables. Néanmoins, à l'idée d'être ainsi éloigné du monarque, le Protecteur éprouva regret et tristesse.

— Tu ordonneras au Fils royal Iker de me rejoindre à Edfou, ajouta Sésostris.

— Iker à vos côtés ? Majesté, je pense...

— Je sais ce que tu penses, Sobek. Tu continues à te tromper. Au cours de notre campagne nubienne, Iker accomplira des actes qui te convaincront enfin de son absolue loyauté à mon égard.

Sur le temple d'Edfou[1] régnait, depuis l'aube de la civilisation, le faucon sacré, incarnation du dieu Horus, protecteur de l'institution pharaonique. Ses ailes étaient à la mesure de l'univers, son regard perçait le secret du soleil. Et lorsqu'il se posait sur la nuque du roi, il lui insufflait une vision nourrie de l'au-delà.

Un prêtre accueillit Isis au débarcadère et la conduisit à une forge installée non loin du sanctuaire. En présence du pharaon, deux artisans façonnaient une statue du dieu Ptah, la tête couverte d'une calotte bleue et le corps enserré d'un linceul blanc d'où sortaient ses bras tenant plusieurs sceptres, symboles de la vie, de la puissance et de la stabilité.

— Contemple l'œuvre de Ptah, maître des artisans, liée à celle de Sokaris, le seigneur des espaces souterrains. Ptah crée par la pensée et le Verbe. Il nomme les divinités, les humains et les animaux. L'Ennéade s'incarne dans ses dents et ses lèvres qui rendent réel ce que son cœur conçoit, Thot formule au moyen de sa langue. Ses pieds touchent la terre, sa tête le ciel lointain. Il élève l'œuvre accomplie en utilisant sa propre puissance. Le nom de *Sokaris* provient de la racine *seker*. Elle signifie « battre le métal », mais se réfère aussi au transport du corps de résurrection à travers le monde

1. À 245 kilomètres au sud d'Abydos.

d'en bas. Quand tu te nettoies rituellement la bouche, *sek-r*, tu ouvres ta conscience à Sokaris. Et lorsque Osiris parle à l'initié au sein des ténèbres, il emploie cette même expression dont le sens est alors « viens vers moi ». La croyance et la piété ne te mèneront pas à Osiris. Les bons guides sont la connaissance et l'œuvre alchimique. À la veille de combattre les sorciers nubiens, je demande à Ptah de façonner ma lance et à Sokaris mon épée. Regarde-les sortir du feu.

Le premier forgeron fit naître une lance si longue et si lourde que seul Sésostris serait capable de la manier. Et le second une épée dont le flamboiement obligea la prêtresse à se protéger les yeux.

Le pharaon saisit les armes encore brûlantes.

— La guerre contre le Mal exclut toute lâcheté et tout faux-fuyant. Nous partons pour Éléphantine.

27.

L'Annonciateur se nourrissait de la formidable énergie du ventre de pierre. Il devenait chaque tourbillon, chaque assaut furieux des rapides contre la roche. Assise à ses pieds, silencieuse, Bina contemplait l'impressionnant spectacle d'un regard vide.

Parfois, selon le vent, on percevait des bribes de la joute oratoire à laquelle se livraient les magiciens nubiens.

Enfin, au terme de longues heures d'intenses palabres, le vieillard aux cheveux blancs réapparut.

— Nous n'avons pas choisi de t'aider mais de te chasser de notre territoire, dit-il à l'Annonciateur, qui ne manifesta ni surprise ni indignation.

— Vous n'étiez pas tous du même avis, semble-t-il.

— Le plus habile d'entre nous, Téchaï, a même voté en ta faveur. La majorité prévaut, il s'est incliné.

— Ta voix ne fut-elle pas décisive ?

Le vieillard parut irrité.

— J'ai exercé mon privilège de doyen et ne le regrette pas.

— Tu commets une grave erreur. Reconnais-la, convaincs tes amis de changer d'avis, et je me montrerai indulgent.

— Inutile d'insister : quitte immédiatement la Nubie.

L'Annonciateur tourna le dos au vieillard.

— Le ventre de pierre est mon allié.

— Si tu t'obstines, tu mourras.

— Si tu oses t'en prendre à moi et à mes fidèles, je serai contraint de vous châtier.

— Notre magie domine la tienne. Entête-toi, et nous interviendrons dès cette nuit.

Martelant le sol de sa canne, le vieillard rejoignit les siens.

— Souhaitez-vous que je vous débarrasse de ce ramassis de négrillons ? demanda Gueule-de-travers.

— J'ai besoin d'une partie d'entre eux.

— Doit-on vraiment les craindre ? questionna Shab le Tordu.

— Suivez scrupuleusement mes consignes et vous ne serez pas atteints. Pendant trois jours et trois nuits, les Nubiens occulteront les yeux du cosmos, le soleil et la lune. Au lieu de leur rayonnement habituel, ils nous enverront des ondes mortelles. Couvrez-vous de tuniques de laine. Si la moindre parcelle de chair est exposée, un feu vous dévorera. Le crépitement de l'incendie vous terrorisera, et vous croirez brûler au cœur d'une fournaise. Ne tentez ni de regarder ni de vous enfuir. Restez immobiles jusqu'à ce que le calme revienne.

— Et vous, seigneur ? s'inquiéta Shab.

— Moi, je continuerai à scruter le ventre de pierre.

— Êtes-vous certain de n'avoir rien à redouter de ces Nubiens ?

Le regard de l'Annonciateur se durcit.

— C'est moi qui leur ai tout appris. Avant qu'ils s'affadissent et se comportent comme des pleutres, j'étais là. Lorsque mes armées déferleront sur le monde, demain, après-demain, dans plusieurs siècles, je serai toujours là.

Même Gueule-de-travers ne joua pas au fier-à-bras et respecta les instructions. L'Annonciateur en personne protégea Bina de deux tuniques solidement liées par des ceintures.

Dès la tombée du jour, les Nubiens déclenchèrent leur offensive.

Jaillissant du promontoire où se tenait l'Annonciateur, une flamme l'enveloppa avant de se propager à une vitesse folle. Son crépitement masqua le vacarme de la cataracte. Les corps des fidèles disparurent dans le brasier, la roche rougeoya. Des nuages noirs masquèrent la lune naissante.

Trois jours et trois nuits, le supplice continua.

Un seul des adeptes, perdant espoir, se débarrassa de ses vêtements et courut. Une langue de feu s'enroula autour de ses jambes, qui grillèrent en quelques secondes. Puis son torse et son visage furent réduits en cendres.

Enfin, le soleil brilla de nouveau. L'Annonciateur défit les nœuds des ceintures et libéra Bina.

— Nous avons triomphé, proclama-t-il. Relevez-vous.

Épuisés, hagards, les disciples n'eurent d'yeux que pour leur maître.

Il avait un visage calme et reposé, comme s'il sortait d'un sommeil réparateur.

— Punissons ces imprudents, décida-t-il. Ne bougez pas d'ici.

— Et si ces négrillons attaquent ? demanda Gueule-de-travers, impatient d'en découdre.

— Je vais les chercher.

L'Annonciateur emmena Bina derrière un énorme rocher battu par les eaux, à l'abri des regards.

— Déshabille-toi.

Dès qu'elle fut nue, il caressa son dos qui prit la couleur du sang. Son visage devint celui d'une lionne aux yeux remplis de flammes.

— Toi, la Terrifiante, châtie ces mécréants.

Un rugissement statufia tous les êtres vivants dans un large périmètre, jusqu'au fort de Bouhen. Le fauve s'élança.

Le premier à mourir fut le vieillard aux cheveux blancs. Incrédule devant l'échec des meilleurs sorciers de Nubie, il les exhortait à réitérer l'occultation des luminaires quand la lionne le fit taire en refermant ses mâchoires sur son crâne. Quelques audacieux tentèrent de prononcer des paroles de conjuration, mais l'exterminatrice ne leur laissa pas le temps de les formuler. Elle déchiqueta, lacéra et piétina.

Seuls cinq Nubiens échappèrent à ses griffes et à ses crocs.

Lorsque l'Annonciateur lui présenta la reine des turquoises, la lionne se calma. Peu à peu réapparut une magnifique jeune femme brune, au corps souple et délicat, que l'Annonciateur s'empressa de recouvrir d'une tunique.

— Avance-toi, Téchaï, et prosterne-toi devant moi.

Grand, maigre, couvert de tatouages, le sorcier obéit.

— Téchaï... Ton nom signifie bien « le pillard » ?

— Oui, seigneur, murmura-t-il d'une voix tremblante. J'ai le don de dérober les forces obscures et de les utiliser contre mes ennemis. J'ai voté pour vous, la majorité ne m'a pas écouté !

— Toi et ceux qui t'ont imité, vous avez été épargnés.

Les rescapés se prosternèrent à leur tour.

Ses yeux virant au rouge vif, l'Annonciateur agrippa l'un d'eux par les cheveux et lui arracha son pagne.

À la vue de son sexe, aucun doute.

— Presque pas de seins, mais une femme !

— Je vous servirai, seigneur !

— Les femelles sont des créatures inférieures. Elles demeurent leur vie entière dans l'enfance, ne songent qu'à mentir et doivent être soumises à leur mari. Seule Bina, la reine de la nuit, est autorisée à m'assister. Toi, tu n'es qu'une tentatrice impudique.

La magicienne baisa les pieds de l'Annonciateur.

— Téchaï, ordonna-t-il, lapide-la et brûle-la.

— Seigneur...

Le regard de braise fit comprendre au Nubien qu'il n'avait pas le choix.

Lui et ses trois acolytes ramassèrent des pierres.

La malheureuse tenta de s'enfuir. Un premier projectile la frappa à la nuque, un deuxième au creux des reins.

Elle ne se releva qu'une seule fois, tentant vainement de se protéger le visage.

Sur son corps ensanglanté, encore animé de quelques soubresauts, les quatre Nubiens jetèrent des tiges de palmier desséchées.

Téchaï y mit lui-même le feu.

Encore tremblants, les sorciers ne songeaient qu'à survivre. Téchaï essayait de se remémorer deux ou trois formules de conjuration qui, d'ordinaire, clouaient au sol les pires démons. Quand il vit l'Annonciateur se désaltérer avec du sel en le fixant de ses yeux rouges, il admit sa défaite et comprit que la moindre tentative de rébellion le conduirait à l'anéantissement.

— Qu'attendez-vous de nous, seigneur ?

— Annoncez ma victoire à vos tribus respectives et

ordonnez-leur de se rassembler en un endroit inaccessible aux éclaireurs égyptiens.

— Ils ne s'aventurent jamais chez nous. Quant à nos chefs, ils respectent la magie. Après vos exploits, même Triah, le puissant prince de Koush, sera contraint de vous accorder son estime.

— Elle ne me suffit pas. J'exige son obéissance absolue.

— Triah est un homme fier et ombrageux, il...

— Nous réglerons ce problème plus tard, promit l'Annonciateur d'une voix douce. Reviens avec de la nourriture et des femmes. Elles ne sortiront de leurs cases que pour donner du plaisir à mes hommes et cuisiner. Ensuite, je te parlerai de ma stratégie.

En voyant détaler les sorciers nubiens, Gueule-de-travers fut sceptique.

— Vous êtes trop indulgent, seigneur. On ne les reverra pas.

— Mais si, mon ami, et tu seras surpris de leur empressement.

L'Annonciateur ne se trompait pas.

À la tête d'une petite armée de guerriers noirs, Téchaï resurgit deux jours plus tard, visiblement fatigué.

— Voici déjà quatre tribus décidées à suivre le magicien suprême, déclara-t-il. Le prince Triah a été averti, il ne manquera pas de vous envoyer un émissaire.

Gueule-de-travers examina la musculature des Nubiens, armés de sagaies, de poignards et d'arcs.

— Pas mal, reconnut-il. Ces gaillards-là devraient être de bonnes recrues, s'ils résistent à mes méthodes d'entraînement.

— La mangeaille ? interrogea Shab le Tordu.

Aux porteurs, Téchaï fit signe d'avancer.

— Des céréales, des légumes, des fruits, du poisson

séché... La région est pauvre. Nous vous procurons le meilleur.

— Goûte, ordonna le Tordu à un porteur.

L'homme absorba chaque type d'aliment.

Pas de nourriture empoisonnée.

— Et les femmes ? demanda Gueule-de-travers, gourmand.

Elles étaient vingt.

Vingt splendides Nubiennes très jeunes, les seins nus, à peine vêtues d'un pagne de feuillage.

— Venez, mes belles, on vous a construit une résidence spacieuse ! Je vais vous déguster le premier.

Pendant que Shab organisait le campement, loin du fort de Bouhen, l'Annonciateur emmena les sorciers près du cœur bouillonnant de la cataracte.

Même pour eux, la chaleur devenait presque insupportable.

— D'après l'état du fleuve et les avertissements de la nature, quel type de crue prévoyez-vous ?

— Forte, voire très forte, répondit Téchaï.

— Notre tâche sera donc facilitée. En fixant nos pouvoirs sur le ventre de pierre, nous déclencherons la furie d'un flot dévastateur.

— Vous... vous voulez noyer l'Égypte ?

— Au lieu d'un Nil fécondant recouvrant les rives assoiffées, un torrent ruinera ce pays maudit.

— Une tâche très rude, car...

— En seriez-vous incapables ?

— Non, seigneur, non ! Mais on peut craindre le choc en retour.

— Ne seriez-vous pas l'élite des magiciens ? Puisque vous souhaitez chasser l'occupant et libérer votre pays, le Nil ne se retournera pas contre vous. Et ce n'est pas la seule arme que nous utiliserons.

Téchaï tendit l'oreille.

— Auriez-vous... une sorte de sécurité ?

L'Annonciateur se fit doucereux.

— Un certain nombre de Nubiens ne servent-ils pas comme archers dans l'armée ennemie ?

— Des renégats, des vendus ! Au lieu de rester chez eux et de se battre en faveur de leur clan, ils ont préféré une vie facile en s'enrôlant chez l'ennemi !

— Avantage illusoire, affirma l'Annonciateur. Nous leur ferons payer cette trahison en désorganisant les rangs égyptiens.

— Seriez-vous capable de détruire le fort de Bouhen ?

— Crois-tu que de simples murailles m'arrêteront ?

Conscient d'avoir proféré une insulte, Téchaï baissa la tête.

— Depuis trop longtemps, nous nous comportons en peuple soumis... Grâce à vous, nous reprenons confiance !

L'Annonciateur sourit.

— Préparons le réveil du ventre de pierre.

28.

L'épouse de Médès, Secrétaire de la Maison du Roi, avait une crise d'hystérie. Insultant sa coiffeuse, sa maquilleuse et sa pédicure, elle se roulait par terre. Il fallut l'intervention de son mari et plusieurs paires de gifles pour la calmer.

Bien qu'assise sur une chaise en ébène, elle continuait à trépigner.

— Oublies-tu toute dignité ? Reprends-toi immédiatement !

— Tu ne te rends pas compte, je suis abandonnée... Le docteur Goua a quitté Memphis !

— Je sais.

— Où se trouve-t-il ?

— Dans le Sud, avec le roi.

— Quand reviendra-t-il ?

— Je l'ignore.

Elle s'accrocha au cou de son mari. Redoutant d'être étranglé, il la gifla à nouveau et la força à se rasseoir.

— Je suis perdue, lui seul savait me soigner !

— Pas du tout ! Goua a formé d'excellents élèves. Au lieu d'un seul médecin, tu en auras trois.

La crise de larmes cessa.

— Trois... Tu te moques de moi ?

— Le premier t'examinera le matin, le deuxième l'après-midi, le troisième le soir.

— Vrai, mon chéri ?

— Aussi vrai que je m'appelle Médès.

Elle se frotta contre lui et l'embrassa.

— Tu es la crème des maris !

— Maintenant, va te faire belle.

La laissant aux mains de la maquilleuse, il se rendit au palais afin d'y recevoir les instructions du vizir. Le premier dignitaire qu'il rencontra fut Sobek, le chef de la police.

— Je voulais justement te convoquer.

Crispé, Médès fit néanmoins bonne figure.

— À ton service.

— Ton bateau est prêt.

— Mon bateau...

— Tu pars pour Éléphantine, le pharaon t'y attend. Gergou sera responsable des cargos céréaliers indispensables à l'expédition qui se prépare.

— Ne serais-je pas plus utile à Memphis ?

— Sa Majesté te charge d'organiser le travail des scribes. Tu rédigeras le journal de bord, les rapports quotidiens et les décrets. Le travail ne t'effraie pas, je crois ?

— Au contraire, bien au contraire ! protesta Médès. Mais je n'apprécie guère les déplacements. Naviguer me rend malade.

— Le docteur Goua te soignera. Départ demain matin.

Cette mission cachait-elle un traquenard ou correspondait-elle à une vraie nécessité ? Quoi qu'il en fût, Médès ne prendrait aucun risque. En le plaçant sous surveillance, comme les autres notables, Sobek espérait un faux pas.

Le Secrétaire de la Maison du Roi ne contacterait

donc pas le Libanais avant de quitter la capitale. Son complice comprendrait ce silence. Malheureusement, il aurait fallu dédouaner un chargement de bois précieux en provenance de Byblos, et Médès ne pourrait ni déléguer cette tâche délicate ni divulguer le retour d'Iker.

Le réseau du Libanais restait en sommeil. Commerçants, marchands ambulants et coiffeurs vaquaient à leurs occupations et bavardaient avec leurs clients pour exprimer leur angoisse quant à l'avenir et vanter les mérites du pharaon. Les policiers et les indicateurs de Sobek continuaient à fouiner dans le vide.

Jusqu'à réception de nouvelles instructions de l'Annonciateur, le Libanais se consacrerait à ses activités commerciales et augmenterait sa fortune, déjà coquette.

La visite de son meilleur agent, le porteur d'eau, le surprit.

— Un ennui ?

— Médès vient d'embarquer à destination du sud.

— Nous devions nous voir cette nuit !

— Gergou est également du voyage. Il s'occupe de cargos remplis de blé, à l'usage de l'armée.

Précaution limpide : Sésostris sortait d'Égypte et s'engageait en Nubie où la nourriture risquait de manquer !

La stratégie de l'Annonciateur fonctionnait à merveille.

Seul détail ennuyeux : Médès réquisitionné !

— Que se passe-t-il au palais ?

— La reine gouverne, le vizir et Senânkh gèrent les affaires de l'État. Sobek multiplie les contrôles de marchandises et quadrille les quartiers de la capitale, sans négliger la surveillance accrue des notables. À l'évidence, le roi lui a ordonné de redoubler d'efforts.

— Une véritable tique, ce Protecteur !

— Notre cloisonnement est rigoureux, rappela le porteur d'eau. Même l'arrestation de l'un des nôtres le mènerait à une impasse.

— Tu me donnes une idée... Pour calmer un fauve en chasse, la meilleure solution ne consiste-t-elle pas à lui offrir une proie ?

— Manœuvre osée !

— Ne vantais-tu pas la rigueur de notre cloisonnement ?

— Certes, mais...

— Je dirige ce réseau, ne l'oublie pas !

Irrité, le Libanais dévora une pâtisserie crémeuse.

— Médès absent, qui s'occupera des douaniers ? Le prochain arrivage de bois précieux était prévu aux alentours de la pleine lune !

— Sobek renforce les mesures de sécurité sur l'ensemble des quais, précisa le porteur d'eau.

— Il commence à m'importuner, celui-là ! Autrement dit, notre bâtiment devra rester à Byblos avec son chargement. Imagines-tu le manque à gagner ? Et nous ne savons pas quand Médès reviendra de Nubie, et même s'il en reviendra !

La vision religieuse de l'Annonciateur préoccupait moins le Libanais que le développement de son propre négoce. Peu importaient le régime en place et la nature du pouvoir, si le commerce demeurait florissant et les bénéfices occultes confortables.

Or, la police devenait gênante.

Et le Libanais ne se laisserait pas ruiner.

Si la situation s'aggravait, Gergou se jetterait à l'eau ! Rougeaud, en sueur, vociférant, il ne savait plus à quel dieu se vouer. Naviguer vers le sud l'amusait plutôt, mais gérer les bateaux greniers tournait au cauchemar.

Manquaient une cargaison dont le tonnage ne figurait pas sur les listes et un cargo fantôme, introuvable dans le port ! Tant que ces mystères n'auraient pas été éclaircis, impossible de lever l'ancre. Et c'était à lui, Gergou, qu'incomberait la responsabilité du retard. Inutile d'espérer l'aide de Médès, les deux hommes devaient rester distants.

— Un problème ? demanda Iker, accompagné de Vent du Nord.

— Je ne m'en sors pas, avoua Gergou, piteux. Pourtant, j'ai vérifié et revérifié.

Au bord des larmes, l'inspecteur principal des greniers frisait la dépression.

— Puis-je t'aider ?

— Je ne vois pas comment.

— Explique-moi quand même.

Gergou tendit au Fils royal un papyrus froissé à force d'avoir été consulté.

— D'abord, le contenu d'un silo s'est volatilisé.

Iker examina le document rédigé en écriture cursive par un scribe particulièrement difficile à déchiffrer.

Ce ne fut qu'à sa troisième lecture qu'il décela la solution.

— Le fonctionnaire a compté deux fois la même quantité !

Le visage grossier de Gergou se détendit.

— Alors... je dispose de la totalité des céréales qu'exige le roi ?

— Aucun doute. Quoi d'autre ?

Gergou s'assombrit.

— Le cargo disparu... On ne me le pardonnera pas !

— Un bâtiment de transport ne s'évapore pas

comme un nuage de printemps, estima Iker. Je vais enquêter à la capitainerie.

L'inventaire des cargos céréaliers semblait en ordre. Apparence trompeuse !

Un scribe négligent, ou trop pressé, avait mélangé deux dossiers. Et cette erreur entraînait la disparition administrative d'une unité de la marine marchande, répertoriée sous un faux nom.

Gergou se confondit en remerciements.

Iker, lui, songeait au *Rapide*. Un semblable tour de passe-passe n'avait-il pas suffi à effacer un voilier au long cours des effectifs de la flotte royale ?

— Tu as du génie !

— Ma formation de scribe m'a habitué à ce genre de dérive, rien de plus.

Gergou sortit enfin de la brume.

— Tu... tu es le Fils royal Iker ?

— Le pharaon m'a accordé ce titre.

— Pardonne-moi, je ne t'ai aperçu que de loin, au palais. Si j'avais su, je n'aurais pas osé te... vous importuner de la sorte.

— Pas de cérémonies entre nous, Gergou ! Je connais bien ton travail, car je me suis occupé de la gestion des greniers quand je résidais à Kahoun. Tâche délicate et essentielle ! En cas de crise ou de mauvaise crue, la survie de la population dépend des réserves accumulées.

— Je ne pense qu'à ça, mentit l'inspecteur principal. J'aurais pu mener une carrière lucrative, mais œuvrer en faveur du bien commun n'est-il pas une noble fonction ?

— J'en suis persuadé.

— La cour bruisse de tes exploits incroyables en Syro-Palestine... Et en voici un autre dont je suis l'heureux bénéficiaire ! Si l'on buvait un bon vin pour fêter ça ?

Sans attendre l'acquiescement du Fils royal, Gergou déboucha une amphore et versa un rouge fruité dans une coupe en albâtre qu'il sortit d'une poche de sa tunique.

— J'en possède une seconde de secours, murmura-t-il en l'exhibant. À la santé de notre pharaon !

Le grand cru enchantait le palais.

— Tu as terrassé un géant, paraît-il ?

— À côté de lui, reconnut Iker, je faisais figure de nain.

— Était-il cet Annonciateur que chacun redoute ?

— Malheureusement non.

— Si ce monstre existe vraiment, on le débusquera ! Aucun terroriste ne mettra l'Égypte en péril.

— Je ne partage pas ton optimisme.

Gergou sembla étonné.

— Que craindre, à ton avis ?

— Nul argument, pas même une armée puissante, ne convaincra des fanatiques de renoncer à leurs projets.

S'étant approché avec une exemplaire discrétion, Vent du Nord trempa sa langue dans la coupe d'Iker.

— Un âne amateur de vin ! s'exclama Gergou. Voilà un bon compagnon de route !

Le regard courroucé d'Iker dissuada le quadrupède d'insister.

— Plus d'autre problème, Gergou ?

— Pour le moment, tout va bien ! Permets-moi de te remercier encore. Les envieux de la cour ne cessent de te critiquer, car ils ne te connaissent pas. Moi, j'ai eu l'immense chance de te rencontrer. Sois assuré de mon estime et de mon amitié.

— Tu peux compter sur la mienne.

Le capitaine donna le signal du départ.

Au dernier moment, Sékari grimpa à bord du bateau de tête où avaient pris place les officiels de haut rang. Le Fils royal tentait d'expliquer à Vent du Nord que les boissons alcoolisées mettraient sa santé en péril.

— Rien à signaler, Iker. Pas de tête suspecte à bord. Néanmoins, je poursuis mon inspection.

— Des inquiétudes précises ?

— Ce convoi ne saurait passer inaperçu. Peut-être un membre du réseau memphite est-il chargé de nous causer des ennuis.

— Vu le filtrage opéré par la police, ce serait étonnant !

— Nous avons déjà eu d'horribles surprises.

Au moment où Sékari recommençait la fouille du bateau, un Médès verdâtre salua le Fils royal.

— Étant donné vos obligations, je n'ai pas encore eu le temps de vous féliciter.

— Je n'ai fait qu'accomplir ma mission.

— En risquant votre vie ! La Syro-Palestine n'est pas un endroit de tout repos.

— Hélas ! les lourdes menaces sont loin d'être écartées.

— Nous disposons d'atouts majeurs, avança Médès : un roi exceptionnel, une armée réorganisée et bien commandée, une police efficace.

— Memphis a pourtant été durement touchée, et l'Annonciateur demeure introuvable.

— Croyez-vous vraiment à son existence ?

— Souvent, je m'interroge. Parfois, un fantôme sème la terreur.

— Certes, mais Sa Majesté semble penser que ce spectre a réellement pris corps. Or, son regard porte au-delà de la raison commune. Sans lui, nous serions aveugles. En rétablissant l'unité de l'Égypte, le roi lui a redonné sa vigueur d'antan. Puissent les dieux accorder un total succès à cette expédition et la paix à notre peuple.

— Connaissez-vous la Nubie ?

— Non, répondit Médès, et je la redoute.

29.

Sur le quai principal d'Éléphantine, de nombreux soldats. Au pied de la passerelle, le général Nesmontou.

— Aucun incident pendant le voyage ? demanda-t-il à Iker.

— Aucun.

— Sa Majesté a pris de graves décisions. Il est convaincu que l'Annonciateur se cache en Nubie.

— Cette contrée n'est-elle pas inaccessible ?

— En partie, mais l'or des dieux s'y trouve probablement. Tu seras en première ligne aux côtés du roi. Après t'être sorti du guêpier syro-palestinien, te voici plongé dans le chaudron nubien. Tu es vraiment béni des dieux, Iker !

— J'espère obtenir ainsi la confiance de Sobek.

— À condition de réussir ! Guerriers et sorciers nubiens sont redoutables. À mon âge, quelle occasion inespérée de déployer une véritable armée au cœur d'un pays aussi hostile, avec mille dangers quotidiens ! Je me sens déjà rajeuni, et ce n'est qu'un début.

Une intense activité régnait à Éléphantine. Malgré la chaleur écrasante, l'expédition se préparait. Il fallait tout vérifier : l'état des bateaux de guerre, l'équipement des soldats, le navire-hôpital, l'intendance.

— Si l'Annonciateur se croyait en sécurité, dit Nesmontou, il va déchanter.

Vent du Nord précédait les deux hommes, Sanguin les suivait. L'âne ne se trompait pas en prenant la direction du palais de Sarenpout.

Le drame se produisit devant l'entrée principale.

Bon Compagnon et Gazelle, les deux chiens du maire, montaient la garde. Le premier était noir, élancé, rapide. La seconde petite, ronde, aux mamelles proéminentes. Toujours ensemble, l'un protégeant l'autre, ils grognèrent en voyant le molosse.

— Du calme, Sanguin, ordonna Iker. Ils sont chez eux.

Gazelle s'approcha la première et tourna autour du nouveau venu sous l'œil vigilant de Bon Compagnon. Dès qu'elle lui lécha la truffe, l'atmosphère se détendit. Pour fêter cette rencontre, les trois chiens se mirent à jouer en courant, chacun selon son style, et en poussant des aboiements joyeux. Bon Compagnon leva la patte, Sanguin urina au même endroit. L'amitié était donc scellée. Fatiguée, la femelle s'installa à l'ombre, et les deux mâles la protégèrent.

— Espérons que Sarenpout se montrera aussi conciliant, souhaita Nesmontou. Tu es convié à l'entrevue décisive, en fin de matinée.

Avec son front bas, sa bouche ferme, ses pommettes saillantes et son menton prononcé, le visage de Sarenpout n'avait rien d'avenant. Énergique, rugueux, l'ex-chef de province habitait un palais dépouillé où régnait une agréable fraîcheur grâce à la circulation d'air entretenue par des fenêtres hautes habilement disposées.

Le conseil restreint se composait de Sarenpout, du général Nesmontou, de Séhotep et d'Iker. Présenté comme Fils royal au maire d'Éléphantine, le jeune scribe sentait peser sur lui un regard critique, presque méprisant.

— Le démon qui tente d'assassiner l'arbre de vie se terre en Nubie, révéla Sésostris. Il se fait appeler l'Annonciateur et a porté des coups très rudes à Memphis. Iker nous a permis d'éviter le piège qu'il nous tendait en Syro-Palestine. J'ai décidé de l'affronter face à face.

— Les Nubiens ont besoin d'une bonne leçon, estima Sarenpout. J'ai reçu un nouveau message inquiétant du fort de Bouhen. Il se produit des troubles dans la région, les tribus s'agitent de plus en plus, et la garnison craint d'être attaquée.

— L'Annonciateur tente d'organiser un soulèvement, avança Nesmontou. Intervenons au plus vite.

— Les communications entre l'Égypte et la Nubie restent trop difficiles, jugea le roi. Aussi creuserons-nous un canal navigable en toute saison. Ni la crue ni les rochers de la cataracte ne nous gêneront. Ainsi les bateaux de guerre et de commerce circuleront-ils en parfaite sécurité.

Comment réagirait Sarenpout, le meilleur connaisseur de la région ? Si ce projet lui paraissait irréaliste, il se montrerait fort peu coopératif, voire hostile. Une telle innovation risquait de le choquer, à moins qu'il ne se vexât de ne pas y avoir songé lui-même.

— Majesté, j'approuve totalement votre décision. Avant la réunification des Deux Terres, un tel canal aurait mis cette province en péril. Aujourd'hui, il est indispensable. Bien entendu, carriers et tailleurs de pierre d'Éléphantine sont à votre entière disposition.

— Voici le résultat de mes calculs, indiqua Séhotep, chef de tous les travaux du roi : ce canal sera long de cent cinquante coudées, large de cinquante et profond de quinze[1].

— La réussite de cette entreprise dépend de l'accord des divinités de la cataracte, précisa Sésostris. Je dois les consulter sans délai.

Depuis la profanation de l'îlot sacré de Biggeh, il était sévèrement gardé. Nul, à l'exception du pharaon et de ses représentants, ne pouvait y pénétrer, de sorte que l'œuvre d'Isis continue à revivifier Osiris dans le mystère.

Une eau limpide, un ciel calme et brillant. Loin des bruits de la ville, l'îlot appartenait à un autre monde.

Le roi ramait en souplesse et en silence. À la proue de la barque, Isis, recueillie, contemplait l'admirable site où reposait l'un des aspects du ressuscité.

L'esquif accosta sans bruit.

Les trois cent soixante-cinq tables d'offrandes de Biggeh sacralisaient l'année. La déesse y versait quotidiennement une libation de lait, provenant des étoiles.

La jeune prêtresse suivit le pharaon jusqu'à la caverne abritant la jambe d'Osiris et le vase de Hâpy, déclencheur de la crue. Au sommet de la roche, un acacia et un jujubier.

Isis prit une aiguière contenant l'eau de la précédente inondation et purifia les mains du monarque.

— Souveraines de la cataracte, implora la prêtresse, soyez-nous favorables. Le roi est le serviteur d'Osiris et l'incarnation de son fils Horus. Déesses Anoukis et Satis, donnez-lui vie, force et vigueur afin qu'il règne selon Maât et dissipe les ténèbres. Que sa vaillance soit victorieuse.

1. Soit environ 78 mètres, 26 mètres et 8 mètres.

Sur le seuil de la caverne apparurent deux femmes d'une beauté prodigieuse. La première portait une coiffure composée de plumes multicolores, la seconde la couronne blanche à cornes de gazelle. Anoukis présenta au souverain le signe de la puissance, Satis lui remit un arc et quatre flèches.

Sésostris tira la première vers l'orient, la deuxième vers l'occident, la troisième vers le septentrion et la quatrième vers le midi. Dans l'azur, elles se transformèrent en traits lumineux.

Les deux déesses avaient disparu.

— Nous pouvons retourner de l'autre côté du réel, dit le roi à Isis, et commencer à creuser le canal.

Séhotep se félicitait de la présence d'Iker. Infatigable, le jeune scribe abattait une masse de travail considérable, qu'il s'agisse de vérifier les calculs, d'organiser le chantier, de résoudre mille et un problèmes techniques ou de stimuler les artisans tout en écoutant leurs doléances.

Médès, lui non plus, ne chômait pas.

Il mettait la main au décret, daté de l'an huit de Sésostris III, qui annonçait la création du canal d'Éléphantine reliant la première province de Haute-Égypte à la Nubie. Son travail ne lui faisait pas oublier un avenir inquiétant : le départ aurait forcément lieu avant le début de la crue, et il n'avait aucune nouvelle de l'Annonciateur. Attirer Sésostris dans ces contrées inhospitalières, peuplées de tribus dangereuses, n'était pas une mauvaise idée. Mais le conflit risquait d'être long. N'aimant ni les voyages, ni la nature, ni la chaleur, Médès ne serait-il pas victime d'une flèche perdue ou de la massue d'un guerrier noir ? Au lieu d'être associé d'aussi près aux combats, il aurait préféré rester à Memphis. Démissionner ? Il ruinait sa carrière et s'attirait les foudres de l'Annonciateur ! Quelles que fussent les circonstances, il devait aller jusqu'au bout de l'aventure.

Gergou, lui aussi, avait le moral en berne. Obligé de trimer dur, il buvait trop. Lorsqu'il se présenta, éméché, devant Médès, ce dernier perçut la nécessité de le secouer.

— Cesse de te comporter comme un irresponsable ! Pendant cette expédition, tu joueras un rôle majeur.

— Connaissez-vous notre destination ? Un pays de sauvages qui adorent massacrer et torturer ! Moi, j'ai peur. Et quand j'ai peur, je bois.

— Qu'un de tes subordonnés porte plainte contre toi pour ivrognerie, et tu seras démis de tes fonctions. L'Annonciateur ne te le pardonnera pas. En provoquant cette guerre, il prévoyait notre engagement dans l'armée de Sésostris.

Gergou redoutait plus encore l'Annonciateur que les Nubiens. Ce rappel le dégrisa brutalement.

— Mais alors... qu'attend-il de nous ?

— Il nous transmettra ses directives au moment voulu. Si tu le trahis, d'une manière ou d'une autre, il se vengera.

Gergou s'affala sur une chaise paillée.

— Je me contenterai d'une bière légère.

— As-tu gagné l'amitié d'Iker ?

— Réussite totale ! Un garçon sympathique et chaleureux, facile à abuser. Et surtout efficace ! Il m'a déjà tiré de plusieurs mauvais pas.

— Nous devrons le supprimer tôt ou tard. Sans le savoir, c'est nous qu'il recherche. S'il découvrait notre véritable rôle, nous serions perdus.

— Aucun risque, il n'a pas l'esprit tordu ! Jamais il ne comprendra.

— Fais-le parler au maximum. Étant très proche du

roi, il détient forcément des informations qui pourraient nous être fort utiles.

— Il ne bavarde guère et fait passer le travail avant tout.

— Sache provoquer ses confidences.

Au terme d'une journée harassante, Iker emprunta une barque, traversa le Nil et gagna la rive ouest afin, selon la recommandation de Sarenpout, d'admirer le site où était creusée sa demeure d'éternité, presque achevée. En cette fin de soirée, les artisans seraient rentrés chez eux après avoir refermé la porte de la tombe. Le jeune homme goûterait la paix du couchant et la splendeur des lieux.

L'expédition s'apprêtait à partir. Bravant la canicule, chacun fournissait un labeur acharné, et le scribe éprouvait le besoin de se détendre. Eux aussi fatigués, l'âne et le molosse dormaient côte à côte. Comme ils n'avaient pas manifesté le désir d'accompagner leur maître, il ne risquait donc rien. Quant à Sékari, il prenait du bon temps en galante compagnie.

En s'éloignant de l'action et du quotidien, Iker retrouvait son sens de l'écriture. Face au paysage grandiose que le soleil recouvrait d'un or doux, sa main courait sur la palette en traçant des signes de puissance qui composaient un hymne à la lumière du soir.

Le bonheur demeurait inaccessible.

Certes, de nombreux courtisans se seraient contentés de la fonction tant enviée de Fils royal. Mais comment Iker aurait-il pu oublier Isis ? Les autres femmes, il ne les voyait même pas. Pourtant, à cause de son titre, de nombreuses soupirantes tournaient autour de lui. Aucune ne trouvait grâce à ses yeux, seule Isis régnait sur son cœur.

Elle se situait au-delà du sentiment et de la passion.

Elle était l'amour.

Sans elle, quelle que fût la brillance apparente du destin d'Iker, il ne serait qu'un vide douloureux.

Le pas lourd, il se dirigea vers la tombe de Sarenpout. À proximité, il se figea, intrigué.

De la lumière provenait de la demeure d'éternité dont la porte était restée ouverte.

Iker entra.

Une première salle, aux six piliers en grès. Puis un escalier, et une sorte de long couloir aux parois œuvrées à la perfection, conduisant à la chapelle où serait vénéré le *ka* de Sarenpout, six fois représenté en Osiris.

À la lueur de lampes équipées d'une mèche n'émettant pas de fumée, Isis peignait des hiéroglyphes.

Fasciné, Iker n'osa pas l'interrompre.

Il serait volontiers demeuré là, sa vie durant, à la contempler.

Belle, recueillie, élégante dans chacun de ses gestes, Isis communiait forcément avec les divinités.

Il n'osait plus respirer, tentant de graver au plus profond de lui-même ces instants miraculeux.

Elle se retourna.

— Iker... Êtes-vous ici depuis longtemps ?

— Je... je ne sais pas. Je ne voulais surtout pas vous importuner.

— Sarenpout m'a demandé de vérifier les textes et d'ajouter les formules correspondant à la spiritualité osirienne. Il souhaite que sa demeure d'éternité ne souffre pas de graves défauts.

— Sarenpout deviendra-t-il un Osiris ?

— S'il est reconnu juste de voix, ce lieu sera magiquement animé et permettra à son corps de lumière de ressusciter.

Isis éteignit les lampes une à une.

— Permettez-moi de les porter, sollicita le Fils royal.

Devant l'une d'elles, la prêtresse hésita.

— Ce texte n'est-il pas extraordinaire ?

Iker déchiffra l'inscription qu'éclairait la flamme : « J'étais rempli de joie en parvenant à atteindre le ciel, ma tête touchait le firmament, je frôlais le ventre des étoiles, étant moi-même étoile, et je dansais comme les planètes. »

— Simple image poétique, ou bien un être a-t-il réellement vécu cette expérience ?

— Seul un initié aux mystères d'Osiris pourrait vous répondre.

— Vous, Isis, vous vivez à Abydos et vous connaissez la vérité !

— Je suis en chemin, il reste beaucoup de portes à franchir. Hors de l'initiation et de la découverte des puissances créatrices, quel sens aurait notre existence ? Si rudes soient les épreuves, jamais je ne renoncerai.

— Me considérez-vous comme un obstacle ?

— Non, Iker, non... Mais vous me troublez. Avant de vous rencontrer, l'étude des mystères d'Osiris captait toute mon attention. Certaines de mes pensées continuent à demeurer auprès de vous.

— Quoique la connaissance de ces mystères soit également mon but, je dois obéir au pharaon. Lui seul me permettra peut-être d'accéder à Abydos. Cela ne m'empêche pas de vous aimer, Isis. Pourquoi cet amour entraverait-il notre quête ?

— Je m'interroge chaque jour, confia-t-elle, émue.

S'il avait pu lui prendre les mains, la serrer dans ses bras... C'eût été briser le mince espoir qui venait de surgir.

— Chaque jour, je vous aime davantage. Il n'y aura aucune autre femme. Ce sera vous, ou personne.

— N'est-ce pas excessif ? Ne me parez-vous pas de vertus imaginaires ?

— Non, Isis. Sans vous, ma vie n'a aucun sens.

— Rentrons à Éléphantine, voulez-vous ?

Iker rama très lentement.

Elle était là, si proche, si inaccessible ! Sa simple présence faisait briller le soleil dans la nuit naissante.

Sur la rive, Sékari.

— Rendons-nous immédiatement au palais. Le pharaon vient de recevoir une très mauvaise nouvelle.

30.

Les spécialistes du nilomètre d'Éléphantine étaient consternés.

Selon leurs prévisions, la crue s'annonçait énorme, donc dangereuse et dévastatrice. Chacun connaissait les chiffres et leur signification : douze coudées de haut, famine ; treize, ventre affamé ; quatorze, le bonheur ; quinze, la fin des soucis ; seize [1], la joie parfaite. Au-delà, les désagréments commençaient.

— L'ampleur du péril ? demanda le roi au technicien en chef.

— Je n'ose vous l'avouer, Majesté.

— Maquiller la réalité serait une faute grave.

— Je peux me tromper, mes collègues aussi. Nous craignons une sorte de cataclysme, un flot géant qui dépassera en puissance et en hauteur tout ce que nous avons connu depuis la première dynastie.

— Autrement dit, une bonne partie du pays risque d'être détruite.

Tremblantes, les lèvres du spécialiste murmurèrent un « oui » à peine audible.

Le pharaon réunit aussitôt un conseil restreint com-

1. Seize coudées = 8,32 mètres.

posé de Séhotep, de Nesmontou, d'Iker et de Sarenpout.

— Toi, Sarenpout, organise le déplacement de la population vers les collines et le désert, avec les provisions nécessaires. Toi, Séhotep, consolide la forteresse, car l'ennemi pourrait profiter du début de la crue pour attaquer, et achève au plus vite le canal. Toi, Nesmontou, renforce notre dispositif de sécurité. Toi, Iker, coordonne le travail des scribes et des artisans, et dicte à Médès le message d'alerte qui doit atteindre toutes les villes d'Égypte. Que le vizir prenne immédiatement les mesures indispensables.

Médès restait sceptique.

— Sommes-nous vraiment en danger ?

— Les techniciens sont formels, précisa Iker.

— Le pays a déjà subi de fortes crues, et nous n'avons pas cédé à la panique !

— Cette fois, le phénomène s'annonce exceptionnel.

— Les messagers partiront dès demain. Grâce à ma nouvelle organisation et à la flottille de bateaux rapides dont je dispose, l'information se diffusera rapidement.

— Que les facteurs militaires se rendent jusqu'aux villages les plus reculés et donnent des consignes d'évacuation. Les maires devront les exécuter sans délai. Sa Majesté veut qu'un maximum de vies soit épargné.

Médès se mit aussitôt au travail.

C'était donc cela, le signal de l'Annonciateur !

Ou bien il s'agissait d'un trompe-l'œil destiné à affoler les autorités et à désorganiser les systèmes de défense, en vue d'une invasion nubienne ; ou bien l'Annonciateur transformerait le Nil en une arme de destruction massive.

Dans les deux cas, le début de l'offensive majeure !

Le réseau de terroristes implanté à Memphis frapperait de nouveau la capitale.

Ragaillardi, Médès avait un souci : s'abriter afin de ne pas être victime des événements.

Même Gueule-de-travers en tremblait.

Du ventre de pierre montait un vacarme assourdissant. Le combat de l'eau en furie contre la roche redoublait d'intensité, le flot ne cessait de gonfler et de monter.

Les magiciens nubiens psalmodiaient inlassablement des formules incompréhensibles pendant que les yeux rouges de l'Annonciateur, brillant d'un éclat agressif, regardaient vers le nord. À ses pieds, Bina contemplait un ciel chaotique, dominé par la colère de Seth. En déployant les forces négatives de la cataracte, l'Annonciateur intensifiait un phénomène naturel et lui donnait une ampleur gigantesque.

Shab le Tordu tira Gueule-de-travers en arrière.

— Éloigne-toi, une vague pourrait t'emporter !

— Ça alors... Le patron, c'est vraiment quelqu'un !

— Commencerais-tu enfin à comprendre ?

— Alors, il surpasserait le pharaon ?

— Sésostris demeure un adversaire redoutable. Tacticien hors pair, notre seigneur joue toujours un coup d'avance.

— Réussir à déchaîner le fleuve... Ça alors !

— La vraie foi lui ressemble. Elle déferlera sur le monde et détruira les incroyants.

L'eau en folie jaillissait du ventre de pierre et se frayait un chemin d'une largeur inhabituelle.

« D'ici à quelques jours, pensa l'Annonciateur, Osiris sortira de son silence et prendra la forme de la crue.

Cette fois, il n'apportera pas la vie à l'Égypte, mais la mort. »

Du haut de la falaise de la rive ouest, Éléphantine semblait paisible, assoupie sous le grand soleil d'été. La chaleur était écrasante, le vert des palmiers étincelant, le bleu du Nil chatoyant.

Ce paysage enchanteur connaissait ses dernières heures avant la désolation. Après avoir disparu pendant soixante-dix jours, durée rituelle de la momification d'un pharaon, la constellation d'Orion réapparaîtrait. En se levant dans la nuit, elle marquerait la résurrection d'Osiris et le début de la montée des eaux, devenues le pire ennemi d'un pays auquel elles auraient dû offrir bonheur et prospérité.

— La rosée change de consistance et de nature, déclara Isis. La crue commencera demain.

— Ce n'est pas Osiris qui s'en prend ainsi à son peuple, estima le pharaon, et ce n'est pas la nature seule qui se déchaîne.

— Songez-vous à l'Annonciateur, Majesté ?

— Irrité par la résistance de l'arbre de vie, il lance une nouvelle forme d'agression.

— Un homme seul serait-il capable de déclencher de telles forces ?

— Il a obtenu l'aide des sorciers nubiens. Si nous survivons à cet assaut, il faudra empêcher cette contrée de nuire.

— Comment lutter ?

— Le fleuve terrestre naît du Nil céleste, lui-même issu du *Noun*, l'océan primordial. L'Annonciateur a perturbé le flot, mais ne saurait atteindre sa véritable source, mère et père de l'Ennéade cachée au sein de l'eau fécondatrice. Elle seule apaise la crue, elle seul[e] peut encore nous sauver. Aussi dois-je me rendre à la caverne de Biggeh et invoquer l'Ennéade.

— Le pays et son peuple ont besoin de votre présence, Majesté. À chaque instant, on réclamera vos directives. Si l'on ne vous voit pas, si l'on vous croit disparu, ce sera la débandade. L'Annonciateur aura vaincu.

— Il n'existe pas d'autre moyen de juguler la fureur du Nil.

— Si vous m'estimez capable de réussir, j'agirai en votre nom.

— La caverne sera vite inondée, je n'ai pas le droit de mettre ton existence en péril.

— Toutes nos vies le sont, Majesté. En me réfugiant loin du cataclysme, remplirai-je mon devoir de prêtresse ? Puisque vous m'avez accordé le privilège de franchir les premières étapes de l'initiation aux grands mystères, j'aimerais m'en montrer digne. Et puisqu'il est trop tard pour faire appel à mes supérieurs, et que vos devoirs vous appellent ailleurs, mon chemin n'est-il pas tracé ?

Iker roula le dernier papyrus et ferma la dernière caisse en bois, qu'emporta aussitôt un scribe assistant. Les archives de l'administration d'Éléphantine seraient sauvées. Le Fils royal vérifia qu'aucun document n'avait été oublié.

Grâce à la poigne de Sarenpout, l'évacuation de la population s'effectuait dans l'ordre et le calme. Emportant leurs principaux objets de valeur, les habitants tentaient en vain de se réconforter. L'angoisse tenaillait les ventres, atténuée par la présence du pharaon. Au lieu de quitter la région, il se tenait en première ligne, face au péril.

— Le canal est achevé et consolidé, annonça Séhotep à Iker. La plus violente des crues ne lui causera que des égratignures.

— Rejoignons Sa Majesté à la citadelle, proposa Sékari, qui, selon son habitude, avait fouiné ici et là, redoutant la présence d'un ou de plusieurs terroristes.

Pourquoi, au demeurant, l'ennemi se serait-il infiltré dans une cité vouée à l'anéantissement ?

Suivant les plans de Séhotep, le génie avait bien travaillé. Un peu délabré, l'ancien bâtiment s'était transformé en une forteresse dont la partie basse se composait de solides blocs de granit. Du haut de la tour principale, le monarque contemplait la première cataracte.

Une eau bouillonnante commençait à recouvrir les rochers. Bientôt, ils disparaîtraient.

— Cette construction devrait résister à la poussée des eaux, avança Séhotep, mais je n'en suis pas absolument certain. Il serait préférable de vous mettre à l'abri, Majesté.

— Au contraire, ma place est à la pointe du combat. Il n'en va pas de même pour mes fidèles compagnons.

— Négatif, rétorqua Nesmontou, bougon. Mes soldats occupent ce bâtiment, et je suis leur chef. Les abandonner équivaudrait à une désertion. Vous me voyez capable d'une telle lâcheté, à mon âge ?

— Le spectacle ne manque pas de grandeur, estima Sékari. Je ne voudrais pas le rater. Et Sa Majesté me confiera peut-être une mission urgente.

— Ou bien je suis un architecte sérieux, déclara Séhotep, et je n'ai rien à craindre. Ou bien je suis incompétent, et le fleuve me châtiera.

— La place d'un fils ne se trouve-t-elle pas auprès de son père ? demanda Iker.

— Si nous périssons, trancha Nesmontou, la reine et

le vizir ne baisseront pas les bras. Ensemble, aux côtés du roi, aucun risque. Pharaon est immortel.

Ne voulant pas gaspiller la parole en vains palabres, Sésostris admit la décision de ses proches. Sur son visage austère, nulle trace de l'émotion profonde qu'engendrait cet élan de fraternité.

Les eaux grondaient de plus en plus fort.

Jamais la crue n'avait enflé à une telle vitesse.

— Majesté, interrogea Iker, savez-vous où s'est réfugiée Isis ?

— Elle prononce les formules d'apaisement dans la grotte de Hâpy, le génie de l'inondation.

— Une grotte... Ne sera-t-elle pas submergée ?

— Isis forme notre ultime rempart. Si elle ne parvient pas à éveiller l'Ennéade dissimulée au cœur du flot, nous mourrons tous.

Un silence anxieux s'établit, seulement rompu par les aboiements sinistres de Sanguin et la plainte stridente de Vent du Nord.

Une énorme vague lançait l'offensive d'un fleuve déchaîné, de la couleur du sang.

Isis invoquait Atoum, le principe créateur, dont le nom signifiait à la fois « Celui qui est » et « Celui qui n'est pas encore ». Du maître de l'Ennéade émanait le couple primordial, formé de Chou, l'air lumineux, et de Tefnout, la flamme. De lui naissaient la déesse Ciel, Nout, et le dieu Terre, Geb. Leurs enfants complétaient l'Ennéade, à savoir Nephtys, la maîtresse du temple, Seth, la puissance dangereuse du cosmos, Isis et Osiris. Au moment où la prêtresse prononçait son nom, un vacarme assourdissant couvrit sa voix.

Les eaux tumultueuses allaient envahir la grotte et la noyer.

Pourtant, elle continua à psalmodier l'hymne à l'Ennéade que lui avait enseigné le pharaon.

L'immense serpent caché au fond de la caverne de Hâpy se déploya et forma un cercle autour de l'entrée en avalant sa queue. Il traçait ainsi le symbole du temps cyclique, éternellement renouvelé à partir de sa propre substance.

Le flot furieux se fracassa sur son corps, sans le briser.

La crue dévastait l'îlot de Biggeh, emportant avec elle les tables d'offrandes.

Isis s'obstinait à prier l'Ennéade d'apaiser cette colère destructrice.

— La tour tremble, murmura Sékari.

— Elle tiendra, promit Nesmontou.

Le spectacle était hallucinant. Il ne s'agissait plus d'un fleuve, mais d'une succession de vagues monstrueuses qui recouvraient la ville, balayaient les maisons construites en briques crues et ravageaient les cultures.

— La population s'est-elle suffisamment éloignée ? s'angoissa Séhotep. Si le flot continue à monter, même les collines seront atteintes !

Imperturbable, le pharaon songeait à la jeune prêtresse. Lui aussi prononçait les formules rituelles célébrant le retour heureux de l'inondation, l'indispensable rencontre entre Isis et Osiris, et la présence de l'Ennéade chargée de transformer la montée des eaux en force bénéfique.

Iker n'avait de pensées que pour Isis. Son courage et son abnégation ne la conduisaient-ils pas à la mort ?

Et la tour de la forteresse trembla de nouveau.

31.

La tête couverte d'un capuchon, complètement ivre, Gergou ne cessait de pleurer. Réfugié au sommet d'une butte, il se croyait en sécurité. Comme tout un chacun, la violence de cette inondation le surprenait. Persuadé d'être bientôt englouti, il ne voulait surtout pas voir sa mort en face.

On lui tapa sur l'épaule.

— Je suis innocent ! hurla-t-il à l'intention du gardien de l'autre monde, décidé à lui trancher la gorge. J'ai dû obéir aux ordres, je...

— Calme-toi, ordonna Médès. C'est fini.

— Qui... qui es-tu ?

— Réveille-toi !

Gergou se découvrit et reconnut le Secrétaire de la Maison du Roi.

— Nous sommes... vivants ?

— Il s'en est fallu de peu.

L'eau venait de se stabiliser à deux doigts de leur abri.

La région d'Éléphantine était devenue un immense lac que survolaient des milliers d'oiseaux. Seul émergeait le sommet de la tour principale de la citadelle.

Iker et Sékari pagayaient à perdre haleine en direction de Biggeh. Le flot se calmait, les vagues s'estompaient et laissaient place à un Nil rapide. De nombreux remous rendaient encore la navigation difficile, mais le Fils royal ne pouvait attendre des conditions idéales.

— L'îlot se situait ici, avança Sékari, la mine sombre.

La crue avait entièrement recouvert Biggeh. Comment Isis lui aurait-elle échappé ?

— Je plonge, décida le Fils royal.

Boueuse, opaque, l'eau s'éclaircit en profondeur. Iker se dirigea vers la lueur provenant d'une grotte. Lové autour de l'entrée, un immense serpent.

En s'approchant, il la vit.

Recueillie, Isis continuait à prononcer les formules d'apaisement.

En l'appelant, Iker absorba de l'eau et fut contraint de remonter à la surface pour respirer.

— Elle est vivante ! cria-t-il à l'intention de Sékari. Je retourne la chercher.

L'agent secret hocha la tête avec commisération.

Le plongeur retrouva aisément l'entrée de la grotte. Cette fois, Isis l'aperçut.

Quand elle sortit de son refuge et prit la main qu'il lui tendait, le serpent se liquéfia et le Nil envahit la caverne de Hâpy.

Bonne nageuse, Isis accepta pourtant de l'aider. Lorsqu'ils s'approchèrent de la barque, côte à côte, Sékari se demanda si cette inondation ne lui troublait pas l'esprit.

— Vous... vraiment vous ?

— Isis a survécu, je te l'ai dit !

La robe de lin épousait les formes admirables de la jeune femme. Victime d'un autre trouble, Sékari tourna la tête et fixa sa pagaie.

— On rentre, décida-t-il. Et je ne suis pas seul à ramer.

Bouleversé, Iker imprima un rythme infernal.

Lui non plus n'osait pas regarder la jeune prêtresse.

Les dégâts matériels étaient considérables, mais l'on ne déplorait qu'une dizaine de victimes, des paysans affolés sortis de leur refuge. Le flot les avait rattrapés.

Alors que s'ouvraient les fruits des perséas, célébrant les retrouvailles d'Isis et d'Osiris, la population se remit au travail. De catastrophe, l'abondance de la crue se transformait en bénédiction. Sous la direction d'Iker et de Séhotep furent aménagés de nouveaux îlots destinés à la culture. Mois après mois, des bassins de rétention relâcheraient le précieux liquide jusqu'à la prochaine inondation. Vu l'incroyable quantité d'alluvions charriée par le Nil, les récoltes promettaient d'être exceptionnelles. Il faudrait aménager des canaux bordés de digues, tout en préservant des zones marécageuses, propices à la chasse, à la pêche et à l'élevage.

— Tu reconstruiras cette ville, ordonna le roi à Sarenpout.

— Elle sera plus belle qu'elle ne l'a jamais été !

— Commence par restaurer Biggeh. Que de nouvelles tables d'offrandes soient installées.

Le prestige de Sésostris atteignait des sommets. D'aucuns le comparaient aux pharaons de l'âge d'or, et nul ne doutait de sa capacité à protéger l'Égypte des calamités. Indifférent aux louanges, se méfiant des flatteurs, le roi devait cette victoire sur la magie noire de l'Annonciateur à Osiris et à une jeune prêtresse qui n'avait pas hésité à risquer sa vie.

Le Libanais tournait en rond.

Lui, d'ordinaire maître de ses nerfs, cédait à l'anxiété. En l'absence de Médès, impossible de poursuivre le négoce de bois précieux, si rémunérateur. Seul le Secrétaire de la Maison du Roi savait corrompre les douaniers.

Être un simple gestionnaire de fortune ne suffisait pas au Libanais. Certes, il aurait pu se contenter de ses richesses et couler une existence agréable en s'offrant mille et un plaisirs. Au contact de l'Annonciateur, il prenait une dimension nouvelle et découvrait d'autres horizons.

Le pouvoir... Le pouvoir de l'ombre, voir sans être vu, mettre les individus en fiches, connaître leurs opinions et leurs habitudes à leur insu, tisser une toile d'araignée, manipuler des pantins ! Ces occupations l'enivraient davantage qu'un vin capiteux. Le Libanais détestait le bonheur et l'équilibre. Et il appréciait pleinement sa mission : ronger la capitale de l'intérieur.

Alors qu'il se gavait de pâtisseries, le porteur d'eau demanda à le voir.

— Le palais est en émoi, lui apprit-il. Une crue terrifiante a détruit Éléphantine. Bientôt, le flot ravagera l'Égypte entière. Dans quinze jours au plus tard, Memphis sera touchée.

— Le pharaon a-t-il péri ?

— On l'ignore, mais les victimes doivent être innombrables. Voici un message de Médès, déjà ancien.

Un texte codé.

Il évoquait un détail, l'incroyable retour d'Iker, et annonçait l'essentiel : une crue dévastatrice.

Le plan de l'Annonciateur continuait à se dérouler de manière implacable. De Nubie, il parvenait à provoquer un cataclysme et à briser les reins de l'adversaire avant qu'il l'attaque. La panique ne tarderait pas à s'emparer de Memphis.

Consignes claires : au Libanais de ranimer son réseau, d'ajouter à la confusion et à la crainte, et de préparer l'invasion de la capitale.

La reine d'Égypte ramena un peu de calme à la cour, en proie à des rumeurs alarmistes.

— Cessez de vous comporter comme des peureux, exigea-t-elle des principaux responsables de l'État, réunis au palais. Les Deux Terres sont gouvernées, le vizir assume ses fonctions et moi les miennes.

— Majesté, s'inquiéta l'archiviste en chef, le roi Sésostris a-t-il succombé ?

— Certainement pas.

— Vous n'avez aucune preuve qu'il a survécu à ce désastre !

— Pendant plusieurs jours, le fleuve ne sera pas navigable. Ensuite, nous recevrons des nouvelles précises.

— Les habitants d'Éléphantine ont tous été noyés ! Bientôt, nous connaîtrons le même sort.

— Le flot n'a pas encore atteint la région thébaine, le vizir prend les précautions nécessaires. Digues et barrages seront renforcés.

— Ces mesures ne sont-elles pas dérisoires ?

— Pourquoi un tel manque de confiance ? intervint Khnoum-Hotep. Le trône des vivants ne vacille pas, la loi de Maât reste en vigueur.

— Que chacun demeure à son poste, ordonna la reine. Quand j'en saurai davantage, je vous convoquerai de nouveau.

Un conseil restreint fut aussitôt réuni.

— Des messages en provenance d'Abydos ? demanda la souveraine à Senânkh.

— La santé de l'arbre de vie est stationnaire, Majesté.

— Sobek, le calme règne-t-il à Memphis ?

— Seulement en apparence, Majesté. L'imminence de cette catastrophe provoquera le réveil du réseau dormant. Mes hommes sont en état d'alerte.

— Senânkh, la quantité de nos réserves de nourritures ?

— Deux années de famine seraient supportables.

— Inutile de nous leurrer, estima Khnoum-Hotep. Cette crue n'a rien de naturel. Seul le démon qui veut la mort de l'acacia a pu l'aggraver afin de détruire une bonne partie du pays. La quasi-totalité de notre armée, regroupée à Éléphantine, a peut-être été anéantie. En ce cas, seul Abydos bénéficie encore d'une protection.

— Autrement dit, constata Senânkh, Memphis devient une proie facile.

— Vous oubliez mes policiers ! protesta Sobek.

— Malgré leur courage, ils ne stopperaient pas une déferlante de guerriers nubiens, déplora le vizir. L'invasion menace depuis longtemps. Nous la pensions contenue, grâce aux fortins répartis entre la première et la deuxième cataracte, mais leur nombre s'avère insuffisant. L'ennemi l'a malheureusement compris.

— Sésostris n'a pas disparu, affirma la reine. Je ressens sa présence.

— À qui le tour ? lança le coiffeur itinérant.

Un lourd gaillard sortit de la file d'attente et s'assit sur le tabouret à trois pieds.

— Bien court dans le cou et les oreilles dégagées.

— La moustache ?

— En dégradé.

— Aimes-tu l'été à Memphis ?

— Je préfère le printemps à Bubastis.

Les phrases de reconnaissance échangées, les deux Libyens, membres du réseau du Libanais, pouvaient se parler en toute confiance. Les futurs clients étaient assez éloignés, ils bavardaient ou jouaient à des jeux de société.

— On sort du sommeil, annonça le coiffeur.

— Encore du transport de marchandises ?

— Non, de l'action directe.

— Une nouvelle attaque du palais ?

— Impossible, on ne surprendra pas Sobek une seconde fois. Voilà plusieurs semaines que nous étudions en vain son dispositif de sécurité. Aucune faille.

— Notre mission ?

— La crue causera de graves dégâts à la capitale. Chaque habitant sera mobilisé pour renforcer les digues, y compris les policiers. Si la situation évolue favorablement, l'Annonciateur conduira les troupes nubiennes jusqu'ici. À nous de désorganiser la défense de la cité.

— De quelle manière ?

— En ôtant aux Memphites toute illusion de sécurité.

— Beau programme, reconnut le lourd gaillard. J'aimerais des détails concrets.

— Nous allons attaquer un poste de police.

— Tu es fou !

— Ordre du patron.

— Alors, c'est lui qui est fou !

— Au contraire, Sobek ne s'attend pas à un tel coup d'éclat. Il sera humilié, peut-être limogé, et la ville entière se sentira sans défense.

— Les policiers se défendront !

— En préparant bien notre intervention, nous ne leur en laisserons pas le temps. Consigne supplémentaire : pas de survivant.

— Trop risqué.

— J'ai déjà repéré le poste de police le plus exposé, dans le faubourg nord : seulement une dizaine d'hommes, dont deux scribouillards et quatre vieux. Au petit matin, avant la relève, ils seront fatigués et ne songeront qu'à leur petit déjeuner.

— Vu sous cet angle...

— Après le succès de cette opération, les policiers eux-mêmes auront peur.

32.

Iker veilla à l'installation du lit royal sur le vaisseau amiral qui conduirait la flotte de guerre vers la Nubie. Chef-d'œuvre d'ébénisterie, à la fois simple, dépouillé et d'une solidité à toute épreuve, il offrirait au colosse un repos parfait. Le sommier se composait d'écheveaux de chanvre croisés, fixés au cadre et maintenus par deux sangles, laissant de la souplesse à l'ensemble. Les quatre pieds en forme de patte de lion garantissaient la stabilité, doublée de la vigilance du fauve, chargé de protéger le sommeil du monarque en compagnie du dieu Bès, armé de couteaux capables de trancher le cou des mauvais rêves.

Le Fils royal rangea les vêtements de son père dans des coffres en sycomore et vérifia que nul objet indésirable n'y avait été déposé. Il s'assura de la qualité des sandales à triple semelle de cuir, aux coutures renforcées.

Unité après unité, les soldats de Nesmontou montaient à bord des bâtiments. Suivant les porte-enseignes, les troupes observaient une stricte discipline sous le regard acéré du vieux général. Les scribes de l'intendance collaboraient avec Gergou, et rien ne manquerait à bord des cargos de ravitaillement. Ils s'occupèrent également de l'embarquement des armes, arcs, flèches, boucliers, javelots, haches, dagues et autres épées courtes.

— Notre armée n'incarne pas seulement la force, confia Nesmontou à Iker. Elle est aussi l'une des expressions de l'ordre du monde que façonne Pharaon, car il ne suffit pas de clamer les mots « amour, paix, fraternité » pour les faire respecter. L'homme ne naît pas bon. Ses penchants naturels sont l'envie, la violence et le désir de dominer. Le Créateur ne livre-t-il pas combat contre les ténèbres ? Le maître des Deux Terres s'inspire de son exemple.

Portant à bout de bras sa lourde sacoche de cuir, le docteur Goua s'adressa au Fils royal.

— Où se trouve le bateau infirmerie ?

— À l'arrière.

— Aurai-je suffisamment de remèdes, de pansements et de matériel chirurgical ?

— Venez vous-même le vérifier, proposa Iker.

De taille moyenne, les cheveux argentés, le visage grave, un homme occupé à trier des sachets d'herbes médicinales les accueillit.

— Médecin-chef Goua. Qui es-tu ?

— Pharmacien [1] Renséneb.

— Ta formation ?

— J'ai été éduqué à la Maison de Vie du temple de Khnoum, à Éléphantine, et je sais préparer potions, infusions, pilules, pastilles, onguents et suppositoires.

— Disposons-nous d'une quantité adéquate de substances guérisseuses ?

— J'ai prévu un long séjour et de nombreux malades.

1. Le mot « pharmacien » dérive de l'égyptien *pekheret net heka*, « préparation, remède du magicien ».

— Examinons ça ensemble.

Iker abandonna les deux spécialistes et regagna le quai. Assistée des prêtresses de Satis et d'Anoukis, Isis remplissait des vases avec l'eau du nouvel an.

— Elle contient un maximum de *ka*, précisa la jeune femme, et rajeunit les organismes en effaçant fatigue et maladies bénignes. Les parois internes ont été enduites d'une argile qui les rend imperméables afin d'assurer une parfaite conservation. Une amande douce par litre évitera toute mauvaise surprise. Le plus délicat, ce sont les bouchons. Leur confection a exigé des bourgeons de dattier et des tampons d'herbes vertes. Dans le cas des grosses jarres, nous utilisons un cône de terre glaise de forme hémisphérique, posé sur un disque de vannerie à la dimension du goulot. Cette technique procure une étanchéité correcte en laissant le liquide respirer.

Chaque récipient portait un numéro d'ordre et la date de son remplissage. Même au fond du chaudron nubien, les soldats ne manqueraient pas d'eau.

— Isis... Une fois encore, nous nous séparons, peut-être définitivement.

— Notre devoir passe avant nos sentiments.

— Vous avez bien dit : nos sentiments, en incluant les vôtres ?

Elle regarda au loin.

— Pendant que vous risquerez votre existence, je m'occuperai de l'arbre de vie, en Abydos, et m'acquitterai au mieux de mes fonctions de prêtresse. La crise actuelle ne nous accorde pas le loisir de rêver. Et j'ai une confidence importante à vous faire.

Le cœur du jeune homme se mit à battre très fort.

— Ce conflit n'aura rien d'ordinaire. Vous vous préparez à livrer une bataille différente de toutes les autres. Il ne s'agit pas de repousser un simple envahisseur ou de conquérir un territoire, mais de sauver les mystères d'Osiris. L'ennemi se nourrit des ténèbres et prend des formes multiples afin d'étendre le règne d'*isefet*. Entre ses mains, les Nubiens sont des instruments inconscients. En vous croyant loin de moi, vous serez, en réalité, proche d'Abydos. Peu importe la distance géographique, seule compte la communion vécue dans notre combat commun.

Isis ne semblait plus aussi lointaine.

— Puis-je... puis-je vous embrasser sur la joue ?

Comme elle ne répondait pas, il osa.

Le parfum de la jeune femme l'envahit, la douceur de sa peau l'enivra. Jamais il n'oublierait l'intensité de cette trop brève sensation.

— Départ imminent ! clama la voix puissante du général Nesmontou. Tout le monde à son poste !

Le quai fut aussitôt en ébullition. On chargea rapidement les dernières caisses d'armes et de provisions, car le vieux militaire ne plaisantait pas avec la discipline.

— Soyez d'une extrême vigilance, recommanda-t-elle à Iker.

— Si je reviens vivant, Isis, m'aimerez-vous ?

— Revenez vivant et souvenez-vous, à chaque instant : la survie d'Osiris est en jeu.

Son regard, à la fois doux et grave, ne trahissait-il pas un sentiment qu'elle ne consentait pas encore à avouer ?

Déjà, le vaisseau amiral levait l'ancre, et l'on n'attendait que le Fils royal pour retirer la passerelle. Bouleversé, il monta à bord au moment où Sésostris apparaissait à la proue.

Au front du monarque, un cobra en or, rehaussé de lapis-lazuli et aux yeux de grenat. Le redoutable serpent précéderait la flotte en écartant les ennemis de sa route.

De plus, le géant brandissait une lance si longue et si lourde que personne d'autre n'aurait pu la manier.

— En cette huitième année de mon règne, déclara-t-il, nous empruntons le nouveau chenal nommé « Beaux sont les chemins de la puissance de la lumière qui se lève en gloire [1] ». Grâce à lui, l'Égypte et la Nubie sont désormais reliées en permanence. Le ravitaillement nous parviendra donc aisément. Pourtant, notre tâche s'annonce rude. Cette fois, nous éteindrons vraiment ce foyer de révolte.

D'un œil atone, indifférent au roulis, Vent du Nord regardait Médès vomir.

— Venez avec moi, dit le docteur Goua, compatissant.

Vert, les jambes coupées, le Secrétaire de la Maison du Roi souffrait du ridicule. Il aurait absorbé n'importe quoi afin de retrouver son allure martiale.

Iker, lui, découvrait les premiers paysages de Nubie. Au cœur de la saison chaude, rendue supportable par une brise du nord qui facilitait la navigation, le soleil desséchait les rares cultures. En revanche, les dattes arrivaient à maturation et, à chaque halte, les soldats en cueilleraient des milliers. À cette époque de l'année, la nature leur fournissait un aliment digeste et rempli d'énergie. Les fruits des palmiers-doums, aux branches en forme de baguette de sourcier, n'étaient pas comestibles, mais le dieu Thot et les scribes silencieux aimaient méditer sous leur ombrage. Présents au sud de l'Égypte, ils se multipliaient en Nubie.

Le Fils royal éprouva une sorte de malaise ne résultant ni de la canicule ni du voyage. Sur cette contrée désolée régnait une atmosphère étrange, oppressante.

1. *Khâ-kaou-Râ*, l'un des noms de Sésostris.

Dès le franchissement du chenal, un autre monde commençait, très différent des Deux Terres.

— Tu parais préoccupé, remarqua Séhotep.

— Ne perçois-tu pas une magie négative ?

— Ah... toi aussi, tu la ressens ?

— Rien de naturel, à mon avis. Des forces destructrices rôdent.

— L'Annonciateur... Ses pouvoirs seraient-ils si étendus ?

— Mieux vaut prévoir le pire.

— Le roi partage ta prudence. C'est dans ces parages que le général Sépi a été assassiné. Nous nous dirigeons vers les fortins d'Ikkour et de Kouban dont les garnisons surveillent plusieurs pistes, notamment l'Ouadi Allaki qui mène à une mine d'or abandonnée. Depuis plus de deux mois, elles n'ont adressé aucun rapport à Éléphantine. Peut-être leurs messagers se sont-ils perdus, peut-être les soldats ont-ils été réduits au silence. Pourtant, Ikkour et Kouban sont situés au nord de notre base principale en Nubie, Bouhen, apparemment intacte. Bientôt, nous connaîtrons la cause de ce mutisme.

Sanguin se mit à aboyer furieusement, signalant un danger.

— Hippopotames en vue ! cria la vigie.

Les pachydermes détestaient être dérangés pendant leurs interminables siestes et n'hésitaient pas à s'attaquer aux embarcations, qu'ils faisaient souvent chavirer. De leurs longues canines, ils perçaient une belle épaisseur de bois.

Les archers prenaient position lorsque se diffusa un air de flûte d'une suave lenteur.

Assis à la proue, Sékari jouait à merveille d'un instrument long de deux coudées. Grâce à une série de trous percés dans la partie inférieure d'un roseau de fort diamètre, il produisait une riche gamme de sons dont il variait l'intensité.

Le molosse se calma.

Les hippopotames, eux, se rassemblaient. Leur chef, un monstre de trois tonnes, ouvrait une gueule furieuse.

— Harponnons-le ! proposa un soldat.

Sékari continua à jouer de sa flûte oblique.

Le meneur se figea et ses congénères demeurèrent immobiles, ne laissant émerger que leurs yeux, leurs narines et leurs oreilles. Ils avaient la peau trop sensible pour supporter les brûlures du soleil.

Apparut sur la berge une créature inattendue.

— L'hippopotame blanc ! s'écria un marin. Nous sommes sauvés !

Le mâle, au dos couvert de sécrétions ressemblant à du sang, était considéré comme rouge. Incarnation de Seth, il ravageait les cultures. En revanche, la femelle, qualifiée de blanche, accueillait la puissance bénéfique de Touéris, « la Grande », protectrice de la fertilité et de la naissance. Chaque année, le pharaon, porteur de la couronne rouge et vainqueur du mâle dangereux, célébrait la fête de l'hippopotame blanc.

Le chef du troupeau fut le premier à sortir du fleuve, aussitôt imité par les membres de son clan. Dociles, ils suivirent la femelle qui s'enfonça dans des roseaux.

Le chemin libéré, la flotte repartit.

Déjà élevé, le moral des troupes devint indestructible. Et chacun de rappeler les succès de Sésostris. N'avait-il pas soumis un à un les chefs de province, sans perdre un seul soldat ? Sous la conduite d'un tel chef, la campagne de Nubie serait forcément victorieuse.

Des notes aériennes et joyeuses conclurent la mélodie en l'honneur de Sésostris.

— Encore un de tes talents cachés, constata Iker. Cet air-là calme-t-il toujours les hippopotames ?

— En réalité, il attire les femelles. Avec un peu de chance, elles apaisent les mâles.

— Où as-tu appris cet art ?

— Dans mon métier, on affronte mille et une situations périlleuses. La violence ne résout pas tout. Malheureusement, cette flûte ne constitue pas la panacée, car des adversaires moins réceptifs que les hippopotames n'y sont guère sensibles.

— Le Cercle d'or d'Abydos t'a-t-il révélé les secrets de la musique ?

— Lors de son règne terrestre, Osiris apprit aux humains à sortir de la barbarie en construisant, en sculptant, en peignant et en jouant de la musique. Nous nous rapprochons d'Abydos par une voie dangereuse et nous ne mènerons pas une guerre ordinaire. La résurrection d'Osiris est à ce prix.

Les paroles de Sékari faisaient écho à celles d'Isis ! Soudain, Iker eut la certitude de participer à une expédition surnaturelle. Le fracas des armes cacherait un autre conflit, déterminant pour l'avenir de cette humanité à laquelle Osiris avait offert le sens d'une certaine harmonie, désormais menacée.

— Le comportement des mercenaires nubiens m'inquiète, avoua Sékari.

— Redouterais-tu une trahison ?

— Non, ils sont bien payés et n'ont aucune envie de retourner dans leurs tribus qui les considèrent comme des traîtres. Mais ils deviennent nerveux, irritables, eux d'ordinaire si gais et si détendus.

— Un terroriste se serait-il infiltré parmi eux, décidé à semer le trouble ?

— Je l'aurais repéré.

— As-tu alerté le général Nesmontou ?

— Bien entendu. Sa perplexité égale la mienne. Ces

hommes-là, il les connaît depuis longtemps et leur accorde sa confiance.

— Les stratégies classiques ne nous seront donc d'aucune utilité. Et si une trahison se produit, elle ne ressemblera à rien de connu.

— Probable.

— Je vais demander à Sa Majesté de prendre immédiatement des mesures préventives à caractère exceptionnel.

Pendant qu'Iker exposait son plan à Sésostris, la flotte parvint en vue d'Ikkour et de Kouban.

Les fortins semblaient indemnes. Pourtant, aucun soldat ne se manifesta aux créneaux des tours de garde.

— Ça sent le guet-apens à plein nez, estima Sékari.

33.

En temps normal, les fortins d'Ikkour et de Kouban accueillaient les caravanes et les prospecteurs à la recherche de l'or. Naguère, on y entreposait le métal précieux destiné aux temples d'Égypte. Leur plan était simple : un rectangle composé de murs de briques rehaussés de bastions auxquels s'accolait un passage couvert menant au fleuve. Les soldats pouvaient ainsi puiser de l'eau à l'abri des flèches d'éventuels agresseurs.

Au-dessus des établissements militaires tournoyaient des vautours et des corbeaux.

— J'envoie des éclaireurs, décida Nesmontou.

Une dizaine d'hommes débarquèrent sur la rive ouest, une vingtaine sur la rive est. Ils se dispersèrent en courant jusqu'à leurs objectifs.

Inspectant le bâtiment réservé aux archers nubiens, Sékari ne cessait de les observer.

Soudain, certains hurlèrent, d'autres déchirèrent les voiles, plusieurs tireurs d'élite brisèrent leur arc.

Un officier intervint.

— Ça suffit ! Calmez-vous immédiatement.

Alors qu'il circulait dans les rangs avec l'intention

de châtier les plus excités, un grand Noir lui planta son couteau entre les omoplates.

Des cris bestiaux fusèrent.

Incapable de contenir cette révolte à lui seul, Sékari sauta à l'eau et nagea jusqu'au vaisseau amiral. S'aidant d'un cordage, il monta à bord.

— Les mercenaires nubiens sont devenus fous, annonça-t-il à Iker, venu à sa rencontre. Intervenons d'urgence.

— Affronter l'un de nos régiments d'élite... Une catastrophe ! déplora Nesmontou.

— Si nous ne réagissons pas rapidement, ils causeront d'irréparables dégâts.

Le bateau mutiné fonçait vers le vaisseau amiral.

— Soulevez-vous contre le roi ! hurla le meurtrier. Un esprit féroce nous anime, la victoire nous tend les bras !

Sésostris posa sur un autel portatif les figurines d'argile qu'avait façonnées Iker. Elles représentaient des vaincus privés de jambes, les mains liées derrière le dos. Plantée dans leur tête, une plume d'autruche, symbole de Maât. Des textes de conjuration couvraient leur torse. Le pharaon les lut d'une voix si grave et si puissante qu'elle fit tressaillir les assaillants.

— Vous êtes les pleurs de l'œil divin, la multitude qu'il doit à présent contenir pour qu'elle ne devienne pas nuisible. Que l'ennemi soit réduit à néant.

De sa massue blanche, le pharaon frappa chacune des figurines, qu'il jeta ensuite dans le feu d'un brasero.

Pourtant, le bateau des révoltés continua sa route.

Les Nubiens dansaient et vociféraient.

Les archers du vaisseau amiral se mirent en position.

— Attendez mon ordre et visez juste, ordonna Nesmontou. Au corps à corps, ces gaillards-là sont inégalables. À leur degré d'excitation, ce sera pire !

Le meneur paradait à la proue, hurlant des invectives.

À l'effarement général, sa tête éclata, tel un fruit trop mûr.

Les danses s'interrompirent. La plupart des Nubiens s'effondrèrent, d'autres zigzaguèrent, comme des pantins désarticulés, et tombèrent à l'eau.

— Reprenons le contrôle de ce bâtiment, exigea Nesmontou.

Peu rassurés, quelques marins obéirent, sans rencontrer la moindre résistance. Pas un seul soldat noir n'avait survécu.

— Envoûtement collectif, conclut Séhotep.

— Les autres régiments ne connaîtront-ils pas le même sort ? s'inquiéta Iker.

— Non, répondit le roi. Les sorciers nubiens, responsables de ce crime, exerçaient une influence privilégiée sur l'esprit de ces malheureux, leurs frères de race. Ils visaient à affaiblir notre armée.

Les éclaireurs revenaient.

— Ikkour et Kouban sont vides, déclara un officier. Un peu partout, des traces de sang séché. Les garnisons ont probablement été massacrées, mais pas le moindre cadavre.

— Aucun indice concernant l'identité des agresseurs ?

— Juste ce morceau de laine, Majesté. Il doit provenir d'une tunique très épaisse. Les Nubiens ne portent pas ce genre de vêtement.

Sésostris frotta entre ses doigts le fragment de tissu. Il ressemblait à celui qu'il avait découvert sur l'îlot de Biggeh, profané par un démon qui se moquait des rites et voulait perturber la crue.

— L'Annonciateur... Il a commis cette nouvelle abomination et nous attend au cœur de la Nubie.

Chacun tressaillit. Quel enfer rencontrerait l'expédition ?

— Là-bas, avertit une sentinelle, un homme s'enfuit !

Un tireur d'élite bandait déjà son arc.

— Il nous le faut vivant, exigea Nesmontou.

Plusieurs fantassins s'élancèrent à sa poursuite, accompagnés d'Iker.

Partis trop vite, ils eurent bientôt le souffle court. La chaleur brûlait les poumons et coupait les jambes.

Bien qu'il semblât distancé, le Fils royal ne modifia pas son rythme. Spécialiste des longues distances, il économisait ses forces tout en restant dans l'allure.

Peu à peu, l'écart se réduisit.

Et le fuyard chuta, incapable de se relever.

Quand Iker parvint à sa hauteur, il vit s'éloigner une vipère à cornes, à la tête large, au cou étroit et à la queue épaisse.

Mordu au pied, le malheureux ne survivrait pas longtemps.

Un jeune Nubien, au regard perdu.

— Les dieux m'ont puni ! Je n'aurais pas dû détrousser les cadavres, dans les fortins d'Ikkour et de Kouban... Je ne savais pas qu'elle reviendrait pour les dévorer !

— De qui parles-tu ?

— De la lionne, de l'énorme lionne ! Elle a massacré les deux garnisons, les flèches ne l'atteignaient pas, les poignards ne la blessaient pas...

Le mourant voulait continuer à décrire le fauve monstrueux, mais sa respiration se bloqua et le cœur lâcha.

— Ce gamin disait la vérité, affirma Iker après avoir relaté les propos du Nubien.

— La situation est beaucoup plus grave que je ne l'imaginais, avoua Sésostris. Les tribus nubiennes se sont révoltées, sous la conduite de l'Annonciateur. Il a préparé une série de pièges afin de nous exterminer, puis d'envahir l'Égypte. Qui d'autre aurait réveillé la lionne destructrice qu'aucune armée ne saurait terrasser ? La Terrifiante hante désormais le grand Sud. Nous sommes donc vaincus d'avance.

— N'existe-t-il aucun moyen de la maîtriser ? interrogea Séhotep.

— Seule la reine des turquoises peut l'apaiser et transformer sa fureur en douceur.

— Cette pierre existe, rappela Iker. Je l'ai extraite des mines de Sérabit el-Khadim.

— Elle se trouve malheureusement entre les mains de l'Annonciateur, précisa le roi.

— Ainsi, le piège se referme ! observa le général Nesmontou. Il veut nous attirer jusqu'à Bouhen, voire au-delà, au point de rassemblement des tribus nubiennes. Avec l'aide de cette lionne invincible, elles nous écraseront. Et ce démon n'aura plus d'obstacle devant lui !

— Ne vaudrait-il pas mieux rebrousser chemin, proposa Sékari, et fortifier Éléphantine ?

— J'ai déjà connu ce genre de situation où la supériorité de l'ennemi aurait dû me convaincre de renoncer. Si j'avais cédé à la peur et au désespoir, que serait-il advenu de l'Égypte ? Vous le constatez tous, nos adversaires ne sont pas seulement des humains désireux de conquérir un territoire. C'est Osiris qu'on veut détruire en empêchant la célébration des mystères. Seul son enseignement nous permettra d'agir en rectitude.

— J'envoie immédiatement un bataillon de prospecteurs récolter un maximum de jaspe rouge et de cornaline, décréta le vieux général. Chaque soldat devra posséder des fragments afin de tenir la lionne à distance. Cette bête a horreur du sang de l'œil d'Horus figé dans le jaspe et de la flamme cachée au cœur de la cornaline. Ça ne suffira pas à la terrasser, et les hommes mal équipés risquent d'être dévorés. Au moins, nous pourrons progresser.

— Vous connaissez bien ce fauve !

— À mon âge, mon garçon, on a beaucoup bourlingué. Je ne suis pas mécontent de l'affronter une seconde fois, avec l'espoir de lui faire avaler sa queue !

— Un détail m'intrigue, intervint Sékari. Pourquoi s'en être pris aux fortins d'Ikkour et de Kouban, et nous prévenir ainsi des périls qui nous guettent ? Il eût été plus astucieux de nous laisser avancer et de nous prendre par surprise.

— L'Annonciateur prévoit notre réaction, estima Iker : aller de l'avant. Donc, il souhaite que nous quittions au plus vite cet endroit.

— Quel secret recèlerait-il ?

— La piste de l'Ouadi Allaki mène à une mine d'or, répondit le roi. Et l'Annonciateur a assassiné le général Sépi sur cette piste.

— Mine épuisée et parcours impraticable d'après les rapports des spécialistes, souligna Nesmontou.

— Ne commettent-ils pas souvent des erreurs ? ironisa Sékari.

— Je suis volontaire pour explorer la contrée, annonça Iker. Mon professeur, le général Sépi, avait certainement effectué une trouvaille majeure.

— Le but ultime de notre expédition reste la découverte de l'or des dieux, rappela le pharaon. En lui se matérialise le feu de la résurrection. Synthèse et lien des éléments constitutifs de la vie, il renferme la lumière qui transmet les mystères d'Osiris. Pars, mon fils, et va jusqu'au bout de cette piste.

— Je l'accompagne, déclara Sékari.

Les deux hommes descendirent du vaisseau amiral.

— Tu sembles mécontent, Nesmontou, remarqua le roi.

— Iker n'appartient pas au Cercle d'or d'Abydos, mais connaît à présent certains de ses secrets. Ne devrait-on pas envisager son admission ?

— Il lui faut encore parcourir un long chemin, et j'ignore s'il y parviendra.

— Vous sentez-vous mieux ? demanda Gergou à Médès.

Un peu moins verdâtre, le Secrétaire de la Maison du Roi recommençait à s'alimenter.

— Depuis l'accostage de ce maudit bateau, je revis !

— L'Annonciateur a exterminé les garnisons d'Ikkour et de Kouban, murmura Gergou. Nos mercenaires nubiens se sont révoltés, ils ont tous été tués. En désespoir de cause, le pharaon vient de réunir ses proches. À mon avis, il songe à battre en retraite. Quelle humiliation ! L'armée sera démoralisée, le pays fragilisé.

— Tâche d'en savoir davantage.

Gergou aperçut Iker en grande conversation avec le docteur Goua.

— Serais-tu souffrant ?

— Je consulte avant une promenade dans le désert.

— Une promenade... Est-ce le terme adéquat ? Moi, je déteste ces solitudes ! Ne sont-elles pas peuplées de bestioles redoutables ?

— Justement, intervint le docteur Goua, je donne au Fils royal un remède efficace contre les piqûres et les morsures.

Sel marin, souchet comestible, graisse d'ibex, huile de moringa et résine de térébinthe composaient un baume dont les explorateurs devaient s'enduire plusieurs fois par jour.

— Où comptes-tu aller ? demanda Gergou.

— Désolé, mission secrète.

— Et... périlleuse ?

— Ne sommes-nous pas en guerre ?

— Sois prudent, Iker, très prudent. Aucune piste n'est sûre !

— J'ai connu pire.

Gergou observa une dizaine de prospecteurs qui préparaient leurs outils, et des réserves d'eau et de nourriture. Une véritable expédition en vue ! Poser des questions l'aurait rendu suspect.

Quand Gergou rejoignit Médès, ce dernier rédigeait le journal de bord.

— Un scribe de liaison m'accable de notes éparses à mettre en forme. Le roi décrète l'agrandissement des fortins d'Ikkour et de Kouban, et double leurs garnisons. Pas question de retraite.

— La flotte restera bloquée ici tant qu'Iker ne sera pas revenu d'une curieuse mission, révéla Gergou. J'en ignore la teneur, mais ça semble important.

34.

— Carte inexacte, constata Sékari. Elle nous éloigne de la position supposée de l'ancienne mine. Obliquons à l'est.

Après concertation, Vent du Nord donna son accord. À la tête d'un détachement d'une vingtaine d'ânes portant de l'eau et de la nourriture, il prenait fort au sérieux son nouveau rôle de gradé. Quant à son adjoint, Sanguin, il demeurait en permanence sur le qui-vive.

Les haltes furent nombreuses. À cause de la forte chaleur, hommes et bêtes buvaient souvent, en petite quantité. L'absence de vent de sable facilitait leur progression.

— Avant le départ, confia Iker à Sékari, le roi m'a parlé d'une découverte d'Isis : une ville de l'or que cite un ancien document. Hélas ! pas de localisation précise.

— Selon mon enquête, il n'y avait dans cette zone qu'une installation minière, exploitée de manière périodique, puis oubliée à la suite de l'épuisement des filons.

— Et s'il s'agissait d'une fausse information propagée par l'Annonciateur ?

Sékari hocha la tête.

— Si tu vois juste, il veut nous écarter de cet endroit en multipliant les fausses pistes.

— C'est ici qu'il a assassiné le général Sépi. Pourquoi, sinon parce qu'il s'approchait d'un trésor ?

Un amas de pierres noires barrait le chemin.

Elles étaient couvertes de dessins grossiers représentant les démons du désert, ailés, cornus et griffus.

— Demi-tour, recommanda le doyen des prospecteurs.

— Nous approchons du but, objecta Iker. Même en tenant compte des approximations de la carte, la mine ne doit pas se trouver à plus d'une journée de marche.

— Depuis trois ans, aucun professionnel n'a franchi cette limite. Au-delà, on disparaît.

— J'ai une mission à accomplir.

— Ne comptez pas sur nous.

— Insubordination caractérisée, nota Sékari. Nous sommes en guerre, tu connais la sanction.

— Six contre vous deux : soyez raisonnables.

— Maintenant, des menaces !

— Ne bravons pas le néant, retournons à Kouban.

— Toi et tes compères, décampez. Lors de votre arrestation, je prendrai plaisir à commander le peloton d'archers qui vous exécutera pour lâcheté et désertion.

— Les monstres du désert ne sont pas une plaisanterie. Toi et le Fils royal, vous allez commettre une imprudence fatale.

Obéissant aux ordres de Vent du Nord, les ânes refusèrent de suivre les déserteurs. L'attitude menaçante du molosse les dissuada d'insister. Sans se retourner, les prospecteurs s'éloignèrent.

— Bon débarras ! Peureux et incapables font échouer les expéditions les mieux préparées.

— La nôtre l'est-elle vraiment ? s'inquiéta Iker.

— À plusieurs reprises, ne t'a-t-on pas recommandé de t'équiper ?

Le Fils royal se souvint des avertissements du maire

de Kahoun et de ceux d'Héremsaf, l'intendant du temple d'Anubis, assassiné par un sbire de l'Annonciateur.

— Les monstres dessinés sur ces pierres maléfiques nous guettent de l'autre côté, affirma Sékari. L'Annonciateur a envoûté la région. Ou l'on bat en retraite, ou les griffes et les becs de ces créatures nous déchireront. Le général Sépi n'a pas reculé, parce qu'il connaissait les formules qui les rendent inoffensives.

— Pourtant, il est mort !

— Ces formules-là, l'Annonciateur les connaît aussi. En modifiant le comportement des monstres, il a neutralisé les paroles de Sépi.

— Sommes-nous donc vaincus d'avance ?

— J'en reviens à ce fameux équipement !

D'une des sacoches en cuir que portait Vent du Nord, Sékari sortit deux filets de pêche au maillage serré et solide.

— Seraient-ce les filets qu'il faut disposer entre le ciel et la terre afin de capturer les âmes errantes des mauvais voyageurs ? demanda le scribe.

— Tu vas apprendre à t'en servir.

— Ils proviennent d'Abydos, n'est-ce pas ?

— Trêve de bavardage, entraînement !

D'abord malhabile, Iker assimila vite la technique du lancer de filet. Il n'omettrait pas d'utiliser deux autres armes, son couteau et son bâton de jet.

— Je mise sur trois adversaires, indiqua Sékari. Les deux premiers attaqueront de face, le troisième par-derrière.

— Qui s'en occupera ?

— Sanguin. Lui ne connaît pas la peur.

— Et s'ils sont plus nombreux ?

— Nous mourrons.

— Alors, parle-moi du Cercle d'or d'Abydos.

— En parler est inutile. Regarde-le agir.

Ils contournèrent l'obstacle. Jamais Iker n'avait vu le molosse aussi nerveux. À l'exception de Vent du Nord, les ânes tremblaient.

L'assaut se produisit presque aussitôt.

Cinq monstres ailés à tête de lion. D'un même élan, Iker et Sékari déployèrent leur filet. Emprisonnées, deux des créatures se lacérèrent en se débattant, pendant que Sanguin plantait ses crocs dans le cou d'une troisième.

Sékari s'écarta à l'instant où des griffes rasaient son visage. Se couchant sur le sol, Iker enfonça son couteau dans le ventre de la bête, puis roula de côté pour éviter la gueule béante du cinquième fauve, ivre de fureur. Se remettant debout, le Fils royal lança son bâton de jet.

L'arme monta vers le soleil, Iker crut avoir manqué son coup. Elle retomba à la vitesse de l'éclair et fracassa la tête du monstre qui le menaçait.

Un vent léger se leva, soulevant un nuage de sable.

Plus trace des agresseurs, ni des filets, ni du couteau du génie gardien, ni du bâton de jet.

— Ont-ils seulement existé ? s'interrogea Iker.

— Regarde la gueule du molosse, conseilla Sékari. Elle est pleine de sang.

La queue du chien s'agitait à vive allure. Conscient d'avoir bien rempli sa tâche, il apprécia les caresses de son maître.

— Mes armes ont disparu !

— Elles provenaient de l'autre côté, elles y sont retournées. Tu les avais reçues pour livrer ce combat-là et franchir cette porte-là. Sans ton courage et ta rapidité, nous étions vaincus. Continuons à suivre la piste du général Sépi, il doit être content de nous.

La mine abandonnée était toute proche, ses installations en bon état. Sékari explora une galerie et constata l'existence d'un beau filon, Iker découvrit un petit sanctuaire. Sur l'autel, un œuf d'autruche. Il tenta en vain de le soulever, tant il pesait lourd. Au prix d'un rude effort, lui et Sékari le sortirent de la chapelle.

— Brisons-le, décida Sékari. D'après la tradition, il contient des merveilles.

Au moment où Iker agrippait une pierre à moitié enfoncée dans le sable, un scorpion le piqua à la main et s'enfuit.

L'agent secret connaissait les symptômes à venir : nausée, vomissement, transpiration, fièvre, blocage de la respiration et arrêt du cœur. Vu la taille du tueur, Iker risquait de mourir en moins de vingt-quatre heures.

Sékari enduisit la main blessée avec le baume du docteur Goua et prononça les formules de conjuration.

— Crache ton venin, les dieux le rejettent. S'il brûle, l'œil de Seth sera aveuglé. Rampe, disparais, sois anéanti.

— Ai-je une chance de survivre ?

— Si tu étouffes, je pratiquerai une incision au niveau de ta gorge.

Vent du Nord et Sanguin s'approchèrent du jeune homme et lui léchèrent doucement le visage, couvert d'une mauvaise sueur.

— Pas un scorpion ordinaire, estima Sékari, mais le sixième monstre, préposé à la garde de ce trésor.

Iker éprouvait déjà des difficultés à respirer.

— Tu diras... à Isis...

Descendant du haut du ciel, un vautour percnoptère au plumage blanc et au bec orange à l'extrémité noire se posa près du scribe. Il coinça un silex dans son bec et en frappa le sommet de l'œuf, qui se brisa en mille morceaux, laissant apparaître des lingots d'or. Puis le grand oiseau reprit son vol.

— Il est l'incarnation de Mout dont le nom signifie à la fois « mort » et « mère ». Tu t'en sortiras, Iker !

Sékari plaqua un lingot sur la plaie.

Peu de temps après, la respiration du scribe redevint normale et la sudation s'interrompit.

— C'est bien de l'or guérisseur.

Escortée d'une centaine de soldats, une équipe de mineurs reprenait l'exploitation. Après extraction, lavage, pesage et mise en lingots, l'or serait expédié à Abydos par convoi spécial, sous haute surveillance.

Reçus comme des héros, Iker et Sékari croyaient leur trouvaille décisive. Les paroles du pharaon les ramenèrent à une cruelle réalité.

— Vous avez remporté une belle victoire. Néanmoins, la guerre continue. Indispensable, cet or ne suffit pas. Son nécessaire complément se cache au cœur de la Nubie, dans cette ville perdue dont Isis a retrouvé la trace. Moi aussi, j'aurais préféré retourner en Égypte, mais la menace reste redoutable. Ne laissons pas l'Annonciateur rassembler des tribus contre nous. Et si nous n'apaisons pas la lionne terrifiante, plus une seule crue ne sera normale. À la place de l'eau régénératrice coulera du sang.

La flotte reprit sa progression vers le sud.

Quand elle parvint à la hauteur du fortin de Miâm [1], les soldats s'attendirent à un accueil enthousiaste de la garnison.

Rien qu'un épais silence. Pas un défenseur n'apparut aux créneaux.

— Je vais voir, décida Sékari, accompagné de quelques archers.

1. Aniba, à 250 kilomètres au sud d'Assouan.

Son exploration fut de courte durée.

— Aucun survivant, Majesté. Partout, des traces de sang et des débris d'ossements. Ici aussi, la lionne s'est déchaînée.

— Elle ne s'attaque pas directement à nous, observa Séhotep, et nous attire vers le sud ! En lui permettant de mener le jeu, ne prenons-nous pas trop de risques ?

— Nous continuons, annonça le roi. J'arrêterai ma stratégie à Bouhen.

Bouhen, le poste le plus avancé en Nubie, verrou de la deuxième cataracte empêchant les Nubiens de s'élancer à la conquête de l'Égypte. Bouhen qui n'envoyait plus de message depuis longtemps.

Anxieux, l'équipage du vaisseau amiral s'approcha du fort abritant le centre administratif de cette lointaine contrée.

Malgré des dommages apparents, les hauts murs tenaient encore bon.

Au sommet de la tour principale, un soldat agitait les bras.

— Ce pourrait être un piège, redouta Sékari.

— Débarquons en force, préconisa Nesmontou. Si la porte principale ne s'ouvre pas, nous la défoncerons.

Elle s'ouvrit.

Une trentaine de fantassins épuisés se jetèrent dans les bras des arrivants et décrivirent des Nubiens déchaînés, des assauts meurtriers et une lionne sanguinaire. Bouhen était sur le point de tomber.

— Que le docteur Goua s'occupe de ces braves, ordonna le général. Nous, on organise notre défense.

Rapide et disciplinée, l'armée se déploya.

Sésostris contemplait le ventre de pierre de la deuxième cataracte.

Son gigantesque projet semblait irréalisable. Pourtant, il devait être accompli.

35.

Tous les Égyptiens présents à Bouhen écoutèrent attentivement le discours du pharaon. Sa voix grave énonçait des décisions stupéfiantes.

— Ce n'est pas un ennemi ordinaire qui veut notre perte, et nous ne le combattrons donc pas de manière habituelle. À la tête des révoltés, un démon déclenche des forces destructrices et cherche à imposer la tyrannie d'*isefet* en propageant la violence, l'injustice et le fanatisme. Afin de nous y opposer, nous allons édifier une infranchissable barrière magique, composée de nombreuses forteresses, depuis Éléphantine jusqu'au sud de la deuxième cataracte. Les anciennes seront agrandies et consolidées, et nous en bâtirons plusieurs autres. En réalité, elles n'en feront qu'une, si puissante qu'elle découragera l'envahisseur. Dès ce jour, les travaux débutent. Bientôt, des centaines d'artisans viendront d'Égypte, et je resterai en Nubie avec l'armée pour protéger les chantiers et riposter à toute agression. Chacun sera équipé d'amulettes et ne devra jamais s'en séparer sous peine d'être victime de la lionne. Mettons-nous à l'œuvre.

La vision du monarque provoqua un véritable enthousiasme. Le génie creuserait des fossés, des milliers de briques seraient produites en vue de l'édification de murs hauts et larges, couronnés de murailles crénelées. Passages couverts et doubles entrées sécuriseraient les accès.

Entre deux forteresses, pas plus de soixante-dix kilomètres, d'où la possibilité de communiquer grâce à des signaux optiques, des fumées ou des pigeons voyageurs. À l'abri des chemins de ronde, les archers viseraient un éventuel agresseur, y compris un bateau qui tenterait de forcer les postes de contrôle.

Bouhen fut le premier résultat spectaculaire d'une rapide transformation menée de main de maître par Séhotep qu'assistait le Fils royal Iker. Occupant une superficie de 27 000 m², la place forte, partiellement taillée dans le roc, se présentait comme une petite agglomération divisée en six quartiers que séparaient des rues tracées à angle droit.

Chaque matin, le roi célébrait le rituel au temple dédié à Horus, proche de sa résidence, à l'abri de murs hauts de onze mètres et larges de huit. Tous les cinq mètres, des tours carrées ou des bastions circulaires. Deux portes s'ouvraient sur des quais auxquels on amarrait navires de guerre, bateaux de ravitaillement et cargos chargés de matériaux. L'activité des dockers et la navigation sur le Nil étaient incessantes.

Satisfait de son bureau plutôt confortable, Médès assurait une correspondance intensive avec les autres forteresses et la capitale, et vérifiait la rédaction correcte des messages émanant de son administration. Gergou, lui aussi, ployait sous le labeur. Coordonnant les mouvements des céréaliers, il veillait au remplissage des greniers et à la distribution des denrées.

Vu les conditions actuelles, impossible de tricher. À l'exemple de Médès, il était contraint de se comporter en serviteur dévoué du pharaon.

— À quoi jouent-ils ? s'impatienta Gueule-de-travers. Les Égyptiens ne devaient pas s'arrêter à Bouhen, mais aller jusqu'au ventre de pierre !

— Ils viendront, prédit l'Annonciateur.

— Ils ont agrandi et consolidé la forteresse, déplora Shab le Tordu. Impossible de l'attaquer du côté du fleuve. Nous serions abattus avant même d'avoir atteint la muraille.

— Rien de mieux du côté du désert, renchérit Gueule-de-travers. Devant la grande porte à deux battants, un pont-levis enjambe un profond fossé.

— Mes fidèles amis, ne comprenez-vous pas qu'ils ont peur et se cachent derrière d'illusoires protections ?

Soudain, des cris de joie montèrent du campement nubien.

— Voici l'homme que j'attendais.

L'Annonciateur regarda venir, de son pas lourd, un grand Noir au visage marqué de nombreuses scarifications. Coiffé d'une perruque rouge, les oreilles ornées de lourdes boucles d'or, il portait un pagne court maintenu par une large ceinture.

Entouré d'une dizaine de robustes guerriers, il avait un regard d'une rare violence.

— Je suis Triah, le prince du pays de Koush, au-delà de la troisième cataracte. C'est toi, l'Annonciateur ?

— C'est bien moi.

— On m'a dit que tu voulais libérer la Nubie et conquérir l'Égypte.

— Je te le confirme.

— Rien ne se fera sans moi.

— J'en suis convaincu.

— As-tu vraiment réveillé les démons du ventre de pierre et la lionne terrifiante ?

— Ils ont déjà durement frappé l'ennemi et continueront leurs ravages.

— Tu connais la sorcellerie, moi la guerre. Je mènerai donc mes tribus à la victoire et régnerai ensuite sur toute la Nubie.

— Nul ne te conteste ce droit.

Triah restait méfiant.

— Des centaines de guerriers m'obéissent au doigt et à l'œil. Ne tente surtout pas de me jouer un mauvais tour.

— Le choix du moment de l'offensive est primordial, déclara l'Annonciateur. Dieu me l'indiquera, et tu t'y soumettras. Sinon, l'attaque sera un échec. Seuls mes pouvoirs feront se lézarder les murailles de Bouhen et se disloquer ses portes. Si tu me désobéis, tu mourras et ta province tombera entre les mains du pharaon.

Le changement de ton surprit le prince de Koush.

— Tu oses me donner des ordres, à moi !

Triah était une brute, mais dotée d'un sens aigu du danger. Quand il vit les yeux de l'Annonciateur rougeoyer, il sentit qu'il avait en face de lui un sorcier particulièrement redoutable dont la capacité de nuire ne devait pas être mésestimée.

— Je le répète, Triah, Dieu parle par ma bouche. Tu te soumettras à lui, parce qu'il nous donne la victoire.

Le regard du Nubien tomba sur Bina, éclatante de séduction. La superbe brune se tenait derrière l'Annonciateur, les yeux baissés.

— Cette femme, je la veux.

— Impossible.

— Entre chefs, on s'offre des cadeaux ! Je te l'échange contre plusieurs de mes épouses et quelques ânes infatigables.

— Bina n'est pas une femme ordinaire.

— Qu'est-ce que ça signifie ? Une femelle reste une femelle !

— Tu as raison, sauf en ce qui concerne la reine de la nuit. Elle n'obéit qu'à moi.

Pour la seconde fois, Triah était humilié.

— Nous allons dresser nos tentes, décida-t-il. Préviens-moi quand tu voudras discuter de notre plan de bataille.

Sur plusieurs sites en même temps, les travaux avançaient à une allure incroyable grâce à une coordination remarquable entre les génies civil et militaire. Débordé, Médès parvenait cependant à régler l'ensemble des problèmes administratifs tout en assurant d'excellentes liaisons avec les forteresses. Fonctionnaire modèle, il ne savait pas comment se sortir de cette nasse et prévenir l'Annonciateur des véritables desseins du pharaon. Où se cachait l'homme à la tunique de laine et que préparait-il ?

— Je suis épuisé, avoua Gergou en s'affalant. Heureusement qu'il me reste encore de l'eau de la crue ! Un remontant idéal.

— Toi, tu bois de l'eau ?

— Ça me redonne du tonus, le matin, avant la bière. Je n'ai jamais autant travaillé, et cette chaleur m'épuise. Par chance, je viens de réussir un bon coup.

— N'as-tu pas commis d'imprudence ? s'inquiéta Médès.

— Pensez-vous ! Au village de Bouhen se sont installés quelques indigènes pacifiques sous haute surveillance. J'ai aussitôt réquisitionné leurs ânes. Prise de guerre, en quelque sorte. Et j'organise un début de commerce, légal et lucratif. Des nouvelles de l'Annonciateur ?

— Aucune.

— Son silence ne me rassure pas.

— Il ne demeure pas inactif, sois-en sûr.

À l'entrée d'Iker, les deux hommes se levèrent.

— Un sérieux problème se pose : il faut réviser plusieurs bateaux. Afin d'éviter l'encombrement des quais de Bouhen, je compte aménager une menuiserie sur un îlot voisin. Nous y regrouperons les unités dont voici la liste. Prépare des ordres de mission.

À peine Médès acquiesçait-il que le Fils royal repartait.

— Et c'est comme ça tous les jours ! se plaignit Gergou.

— Un cargo de céréales accoste ce matin. Occupe-toi du déchargement.

Le seul habitant de l'îlot, un petit singe vert, considéra avec étonnement l'âne et le molosse, tout aussi surpris mais dépourvus d'agressivité. Prudent, le singe escalada un rocher, puis se laissa approcher par Iker.

— Tu n'as rien à craindre, le rassura-t-il en lui offrant une banane.

Le primate l'éplucha délicatement avant de la déguster et de s'installer sur l'épaule du jeune homme.

— Ne soyez pas jaloux, recommanda-t-il à l'âne et au chien. Vous en mangerez, vous aussi, à condition de respecter notre hôte.

Les techniciens appréciaient la décision d'Iker. De nombreux bâtiments, en effet, exigeaient des réparations importantes, allant d'un calfatage de la coque à la mise en place d'un nouveau gouvernail. Chacun tenait un rôle précis dans la logistique, et la réalisation de l'incroyable plan d'œuvre de Sésostris ne devait subir aucun frein.

— Et nous n'avons même pas franchi la deuxième cataracte ! rappela Sékari. De l'autre côté, les affrontements risquent d'être violents. Là-bas, l'Annonciateur nous attend.

— Ne commet-il pas une erreur en nous permettant de consolider nos bases arrière ?

— Il ne croit pas à leur efficacité. À quoi serviront-elles, s'il anéantit la majeure partie de notre armée ?

— Le pharaon ne nous conduira pas à un tel désastre, estima Iker.

— Tôt ou tard, il faudra traverser le ventre de pierre.

— Le roi prévoit forcément une parade.

— Si nous n'avions qu'à combattre un chef de tribu nubien, je n'éprouverais nulle crainte. Mais c'est l'ennemi d'Osiris qui nous guette.

Au petit village de Bouhen, situé non loin de l'énorme forteresse, les conversations allaient bon train. Plusieurs familles nubiennes s'y amassaient afin d'échapper au prince de Koush, Triah, dont la sauvagerie les effrayait. Grand amateur de sacrifices humains, il n'épargnait même pas les enfants. Chacun savait que le redoutable guerrier s'était établi au sud de la deuxième cataracte. Seuls les Égyptiens pourraient l'empêcher de massacrer les populations voisines.

Un sentiment de révolte animait les réfugiés. Pourquoi un officiel réquisitionnait-il les ânes, leur principale richesse ? Jusqu'alors correctement traités et mieux nourris qu'auparavant, ils supportaient mal cette injustice. Au terme de longs palabres, les Nubiens décidèrent pourtant de rester. S'ils retournaient chez eux, les guerriers de Triah couperaient leurs têtes et les brandiraient comme des trophées. Mieux valait subir l'occupation égyptienne, moins violente et plus rémunératrice, car le troc commençait à s'organiser. Le pharaon ne promettait-il pas une forme de gouvernement local en créant un tribunal mixte, chargé d'éviter les dérapages militaires ?

En rébellion contre ses parents, un adolescent ne partageait pas ces espérances. Maudissant leur lâcheté, il quitta sa hutte et parcourut la savane à la recherche des troupes de Triah, son idole. Sa connaissance de la région lui permit d'atteindre son but.

Le voyant courir vers eux, deux archers tirèrent sans sommation.

La première flèche s'enfonça dans l'épaule gauche de l'adolescent, la seconde dans sa cuisse droite.

— Je suis votre allié ! cria-t-il en se traînant vers eux.

Les archers hésitèrent à l'achever.

— Je viens de Bouhen et je veux voir le prince Triah ! Mes informations lui seront utiles.

S'il disait vrai, les deux soldats seraient récompensés. Aussi emmenèrent-ils le blessé jusqu'à la tente de leur chef.

Triah venait de prendre son plaisir avec deux de ses femmes et buvait de l'alcool de dattes.

— Prince, ce prisonnier désire vous parler.

— Qu'il s'agenouille et baisse la tête.

Les archers brutalisèrent l'adolescent.

— Explique-toi, et vite !

— Ma famille s'est réfugiée au nouveau village, les Égyptiens ont volé nos ânes. Aidez-nous, seigneur !

En colère, Triah gifla le blessé.

— Personne n'a le droit d'agir ainsi. Cette fois, ça suffit ! Je châtierai le pharaon.

— On enrôle ce gamin ? demanda l'un des archers.

— Je n'ai pas besoin d'impotents. Tue-le.

Triah convoqua ses lieutenants et les gratifia d'un discours enflammé, vantant la bravoure des Nubiens et la couardise des Égyptiens. Face à la ruée des guerriers noirs, Bouhen ne résisterait pas longtemps.

Il n'était pas nécessaire d'obtenir l'approbation de l'Annonciateur, puisque le prince de Koush, à la suite de son triomphe, le ferait empaler.

On n'insultait pas impunément un chef de sa trempe.

36.

Memphis dormait quand les dix hommes du modeste poste de police du quartier nord saluèrent l'arrivée du livreur de galettes. Après le petit déjeuner, ce serait la relève.

Tous sortirent du bâtiment en briques blanchies à la chaux, s'installèrent devant la porte et goûtèrent les premiers rayons du levant. Encore ensommeillés, ils étaient affamés.

Comme prévu, ce fut le moment que choisirent les terroristes.

Dix proies faciles. Leur exécution sèmerait la terreur dans la capitale et y propagerait un climat durable d'insécurité.

Lorsque le premier assaillant se heurta à Sobek le Protecteur en personne, il fut tellement surpris qu'il ne songea même pas à parer le formidable coup de tête qui lui défonça le visage.

Ses acolytes, eux, eurent des velléités de résistance, mais les combattants d'élite chargés de remplacer l'effectif habituel les maîtrisèrent en quelques instants.

— Là-bas, un fuyard !

Sobek rattrapa lui-même le chef de la bande, qu'il agrippa par les cheveux.

— Tiens, notre coiffeur ! Alors, on voulait tuer des policiers ?

— Vous... vous vous trompez !

— Le nom du patron de ton réseau ?

— Il n'y a pas de réseau, je n'ai rien fait de mal ! Je fuyais parce que je redoute les bagarres.

— Écoute, bonhomme, on t'épie depuis plusieurs semaines. Tu as rassemblé une belle bande de brigands et pris ton temps pour préparer cette attaque. Si tu désires sauver ta tête, sois bavard, très bavard.

— Vous n'avez pas le droit de me torturer !

— Exact, et je n'en ai pas l'intention.

— Alors... vous me relâchez ?

— Que penses-tu d'une promenade dans le désert ? J'aurai de l'eau, mais pas toi. Et tu marcheras devant. À cette époque de l'année, les scorpions et les serpents sont plutôt virulents.

Jamais le coiffeur ne s'était aventuré hors de Memphis. Comme la plupart des citadins, il avait une peur panique de ces solitudes dangereuses.

— C'est illégal, inhumain, vous...

— En route, bonhomme.

— Non, non, je parle !

— Je t'écoute.

— Je ne sais rien, presque rien. J'ai juste reçu l'ordre d'organiser cette... opération. Les policiers n'étant ni nombreux ni vigoureux, ça devait être facile.

Le Protecteur bouillonnait. Dix assassinats programmés par des lâches ! Mais il tenait enfin l'un de ces ennemis si bien cachés dans les ténèbres et auteurs de tant de ravages.

— Qui te l'a donné, cet ordre ?

— Un autre coiffeur.

— Son nom ?

— Je l'ignore.

— Où habite-t-il ?

— Il va d'un quartier à l'autre, n'a pas de domicile fixe et me communique ses directives quand bon lui semble. Moi, je ne prends aucune initiative.

— Pourquoi obéis-tu à une pareille crapule ?

Le regard du terroriste devint haineux. Soudain, il ne redoutait plus Sobek.

— Parce que le dieu de l'Annonciateur régnera bientôt sur l'Égypte ! Toi et les impies, les serviteurs aveugles du pharaon, vous serez exterminés. Nous, les adeptes de la vraie foi, obtiendrons la fortune et le bonheur. Et mon pays d'origine, la Libye, prendra enfin sa revanche !

— En attendant, fournis-moi la liste des planques de ton patron.

Les échos d'une altercation réveillèrent le lourd gaillard moustachu.

Habitué à la vie clandestine, le coiffeur qui avait transmis l'ordre d'assassiner les policiers perçut le danger.

Un coup d'œil par la fenêtre lui prouva qu'il voyait juste.

Sobek le cherchait.

Son subordonné et ses hommes de main avaient donc échoué et parlé !

Seule possibilité de s'enfuir : la terrasse. Mais elle était déjà envahie de policiers, et l'on enfonçait la porte de sa chambre.

Le Libyen ne résisterait pas à l'interrogatoire de Sobek.

Avec calme, il empoigna son meilleur rasoir, dont il

venait d'affûter la lame. L'Annonciateur serait fier de lui et ouvrirait au martyr les portes du paradis.

D'un geste précis, l'adepte de la vraie foi se trancha la gorge.

La population de Memphis laissait bruyamment éclater sa joie, puisque la crue abondante ne causerait aucun dommage à la ville ! Une fois de plus, la magie de Sésostris sauvait l'Égypte du malheur.

Face à la reine, au vizir et au Grand Trésorier, rassurés par les nouvelles en provenance de Nubie, Sobek terminait son rapport oral.

— Des coiffeurs... C'étaient donc eux, les éléments majeurs du réseau terroriste ? s'étonna Khnoum-Hotep.

— Certainement pas. Tous ont été interpellés et interrogés, trois ont avoué : des Libyens servant d'agents de liaison. Ils ne connaissaient qu'un supérieur, un autre Libyen qui s'est suicidé. Le fil semble momentanément coupé. Impossible d'identifier les commanditaires.

— Voici cependant un premier et magnifique succès, jugea la reine. Non seulement le roi a survécu à l'épreuve de la crue, mais encore l'ennemi ne se sentira plus invulnérable. Au moins pendant quelque temps, il sera privé de moyens de communication. Fasse le destin que ce premier faux pas soit suivi d'un second.

— Le vent tourne, estima le vizir. En édifiant une barrière magique de forteresses, le roi jugulera l'influence négative du grand Sud. Peu à peu, nous reprenons le terrain perdu.

Le Libanais engloutit dix pâtisseries crémeuses l'une sur l'autre. Tant que le porteur d'eau ne l'aurait pas informé du résultat de l'attaque contre le poste de police, sa boulimie ne s'éteindrait pas. Et son meilleur agent avait du retard, beaucoup de retard !

Enfin, il arriva.

— Échec total, annonça-t-il, consterné. Sobek se trouvait sur place.

Le Libanais pâlit.

— Le coiffeur lui a-t-il échappé ?

— Non, il a été arrêté.

L'obèse fut victime d'un malaise. Contraint de s'asseoir, il s'épongea le front avec un linge parfumé.

— La catastrophe ne s'arrête pas là, poursuivit le porteur d'eau. Sobek a lancé une vaste opération, tous les coiffeurs ont été interpellés.

— Y compris le responsable de notre réseau ?

— Il s'est tranché la gorge avant d'être interrogé.

— Le brave garçon ! Donc, impossible de remonter jusqu'à moi.

Rassuré, le Libanais se servit une coupe de vin blanc.

— À l'heure actuelle, précisa son agent, nos cellules ne peuvent plus communiquer entre elles. La police demeurant omniprésente, reconstituer des liaisons sûres prendra du temps.

— Les marchands ambulants ?

— Je vous conseille de les laisser en sommeil. Sobek va forcément s'y intéresser.

— Il faudrait éliminer ce chien enragé !

— Il est intouchable, ses policiers lui vouent un véritable culte. À la suite de son dernier exploit, sa popularité s'accentuera encore.

— Intouchable, peut-être. Incorruptible, certainement pas. Ce coup d'éclat lui fera enfler la tête et le rendra vulnérable.

Les habitants du village proche de la citadelle de Bouhen bâtissaient huttes, greniers, enclos pour le bétail et palissades de protection. S'habituant à leurs nouvelles et appréciables conditions d'existence, les réfugiés furent pris au dépourvu par la ruée des Koushites.

Chargé de l'approvisionnement du village en eau et en céréales, un officier égyptien fut la première victime. Triah lui coupa la tête et la planta sur un pieu. Ses fantassins massacrèrent leurs compatriotes, enfants compris.

En moins d'une demi-heure, la petite communauté avait été exterminée.

— Emparons-nous de Bouhen ! clama le prince de Koush en s'élançant vers la grande porte de la forteresse, du côté du désert.

Les Égyptiens n'eurent pas le temps de relever le pont-levis et de fermer l'accès à l'imposante bâtisse. Une meute hurlante s'engouffra à l'intérieur, persuadée de vaincre aisément. Triah s'imaginait déjà trancher la gorge de Sésostris, puis exhiber le cadavre à la porte de son palais.

Les Koushites s'attendaient à une vaste cour où le combat au corps à corps tournerait forcément en leur faveur. Mais ils furent contraints de se tasser dans une sorte de chicane étroite.

Postés au-dessus, à l'abri des créneaux, les archers égyptiens tirèrent au signal de Nesmontou.

Les rares survivants ripostèrent, sans toucher un seul de leurs adversaires.

— En avant ! hurla le prince, persuadé qu'au sortir de ce piège il serait enfin au contact de l'ennemi.

Une seconde chicane succédait à la première et débouchait sur un espace réduit que fermait un lourd portail.

Prisonniers de cette nasse, les assaillants reçurent une pluie de projectiles meurtriers.

Aucun ne réussit à s'enfuir, car une escouade égyptienne, les prenant à revers, avait relevé le pont-levis. Triah fut le dernier à mourir, le corps percé d'une dizaine de flèches.

Shab le Tordu osa réveiller l'Annonciateur.

— Pardonnez-moi, seigneur, le prince de Koush vient d'attaquer la forteresse de Bouhen.

— L'imbécile ! Trop tôt, beaucoup trop tôt.

— Il s'est drogué des heures durant et a décidé de se venger à cause d'une réquisition d'ânes.

— Ce dégénéré commet une énorme erreur.

— Peut-être a-t-il réussi et sérieusement entamé les défenses adverses.

Suivi de Bina, fraîche et gracieuse, l'Annonciateur gagna la zone désertique proche de Bouhen.

La citadelle paraissait intacte.

Des soldats égyptiens en sortaient des cadavres de Koushites qu'ils entassaient les uns sur les autres avant de les brûler. Celui de Triah subit un châtiment identique.

— Un véritable désastre, constata le Tordu, amer.

L'armée nubienne, sur laquelle comptait l'Annonciateur pour affronter celle de Sésostris, était anéantie.

— Ne restons pas ici, seigneur. Regagnons Memphis. Là-bas, vous serez en sécurité.

— Tu oublies le ventre de pierre. Enivré par sa victoire, Sésostris tentera de le traverser et de conquérir les territoires situés au-delà.

— Même avec l'aide de la lionne, parviendrons-nous à le repousser ?

— Ne doute pas, mon brave ami. Il n'est qu'un pharaon, je suis l'Annonciateur. Son règne s'achève, le mien débute. Un incident aussi mineur ébranlerait-il ta foi ?

Shab le Tordu se sentit honteux.

— Il me reste tant de progrès à accomplir, seigneur ! Ne m'en voulez pas.

— Je te pardonne.

De retour à son campement, l'Annonciateur interrogea Gueule-de-travers à propos du positionnement des Égyptiens. La majeure partie des soldats résidait à Bouhen, mais un détachement gardait un îlot voisin, site de réparation des bateaux.

— Tue tous ceux qui s'y trouvent et incendie les bâtiments, ordonna l'Annonciateur. Sésostris comprendra que la résistance est loin d'être épuisée. Son intendance sera désorganisée, et cette défaite inattendue assombrira le moral des soldats.

— Je vais bien m'amuser, promit Gueule-de-travers, ravi de passer à l'action.

37.

Sékari se réveilla en sursaut.

— Quel cauchemar, je mâchais du concombre ! Mauvais présage, graves ennuis en perspective.

— Rendors-toi, lui conseilla Iker, qui avait besoin de sommeil.

— Ne te moque pas de la clé des songes ! D'ailleurs, regarde : Sanguin et Vent du Nord viennent de se lever.

Le Fils royal jeta un œil dubitatif.

Les deux compères s'agitaient, les yeux rivés sur le fleuve.

— Anormal. Les sentinelles sont-elles bien à leur poste ?

— Ne bouge pas, je m'en assure.

Prudent, Sékari s'approcha de l'atelier des charpentiers.

Le garde avait disparu.

Sékari courut jusqu'à la tente où dormaient les fantassins.

— Debout, ordonna-t-il, et dispersez-vous. Nous sommes attaqués.

À peine les Égyptiens jaillissaient-ils de leur abri que plusieurs assaillants y mirent le feu avec des torches, certains de faire rôtir leurs adversaires endormis.

S'ensuivirent de féroces combats au corps à corps, à l'issue incertaine.

Inquiet, Sékari rejoignit Iker, agressé par deux Syriens. Souple et rapide, le jeune homme évitait les coups de poignard. Il assomma le premier, Sanguin renversa le second et lui planta ses crocs dans le cou.

Déjà, trois bateaux brûlaient.

N'ayant pas bénéficié d'un total effet de surprise, les terroristes n'étaient plus assez nombreux pour terrasser la garnison égyptienne. Malgré ses pertes, elle prenait le dessus.

À la lueur des flammes, Iker reconnut la brute velue en train d'incendier un quatrième bateau.

— Gueule-de-travers !

L'interpellé se retourna.

— Je t'aurais préféré mort, maudit scribe !

Lancé avec hargne, le poignard frôla la joue du Fils royal.

Gueule-de-travers plongea et disparut.

Le pharaon en personne dirigea le rituel de funérailles de l'officier égyptien tué lors de l'attaque du village martyr de Bouhen. Après l'identification de son cadavre, un momificateur lui avait rattaché sa tête. Les civils assassinés bénéficièrent, eux aussi, de sépultures décentes.

La présence de Sésostris rassurait les troupes, que tant de cruauté horrifiait. L'anéantissement de la horde de Triah ne prouvait-il pas la justesse de la stratégie du monarque ?

À ses côtés, le Fils royal Iker, qui venait de repousser un assaut inattendu, mené en pleine nuit. Il déplorait, certes, la perte de plusieurs fantassins et de trois bateaux, mais l'entreprise terroriste se soldait par un échec.

— Il n'y aura pas de pause, annonça le monarque. Le moment est venu de franchir le ventre de pierre.

Des murmures d'inquiétude parcoururent les rangs.

— Je m'y aventurerai le premier, en compagnie d'Iker. N'oubliez pas vos amulettes protectrices et respectez scrupuleusement les ordres du général Nesmontou.

Resté seul auprès de Sésostris, Iker le vit écrire quelques mots sur une palette en or, symbole de sa fonction de grand prêtre d'Abydos.

L'écriture du roi se métamorphosa, et d'autres signes apparurent, remplaçant ceux qu'il avait tracés. Puis ils s'estompèrent, et la palette redevint immaculée.

— L'invisible répond aux questions vitales, indiqua le monarque. Demain, peu avant l'aube, nous aborderons le ventre de pierre.

— Il n'est pas navigable, Majesté !

— À cette heure-là, il le sera. Quatre forces nourrissent l'acte juste : la capacité de lumière, la générosité, la faculté de manifester la puissance et la maîtrise des éléments [1]. Quintessence des forces créatrices de l'univers, la vie en est la plus subtile et la plus intense. Elle nous traverse à chaque instant, mais qui en prend réellement conscience ? Râ, la lumière divine, ouvre notre esprit lors des initiations successives. Lorsque ton âme-oiseau s'éveille, tu peux atteindre le ciel, passer du visible à l'invisible et revenir dans le visible. Voyager d'un monde à l'autre te permet de ne pas rester esclave de la médiocrité humaine et d'échapper à la servitude du temps. Regarde au-dessus des événements, sache discerner les dons du ciel.

1. *Akh, ouser, ba, sekhem.*

— La lionne ne sera-t-elle pas victorieuse de mille armées ?

— Elle est Sekhmet, la souveraine des puissances. Tu portes au cou l'amulette du sceptre *sekhem*, la maîtrise de la puissance, et je manie ce sceptre-là pour consacrer les offrandes. Impossible d'anéantir la lionne de Sekhmet. Ses pouvoirs ayant été détournés par l'Annonciateur, je dois lui redonner sa juste place.

Sékari était frigorifié.

En plein été, une aube glaciale se levait sur la deuxième cataracte du Nil, bien loin de la douceur de l'Égypte. Sans nul doute, un nouveau maléfice de l'Annonciateur.

Cinq explorateurs contemplaient le ventre de pierre : le pharaon, Iker, Vent du Nord, Sanguin et Sékari. L'armée égyptienne, elle, contournait l'obstacle par le désert.

En tant qu'initié au Cercle d'or d'Abydos, Sékari connaissait l'étendue des pouvoirs du pharaon. Là, devant cette barrière de rochers et d'eaux tumultueuses, il doutait de la réussite. Néanmoins, lors de sa prestation de serment, il avait juré de suivre le roi partout où il irait. Et ce paysage, si monstrueux fût-il, ne le ferait pas reculer. On ne prêtait pas sa parole, on la donnait. Le parjure devenait un mort vivant.

— Regarde le rocher qui domine la cataracte, recommanda Sésostris à Iker. À quoi ressemble-t-il ?

— Il a la forme de l'uræus, le cobra dressé au front de Votre Majesté.

— Voilà pourquoi nous serons protégés. Oublie les rapides et le vacarme.

Maniant le gouvernail, le pharaon franchit une passe étroite que battaient des flots déchaînés. Le chaos rocheux s'étendait à perte de vue.

Trempé jusqu'aux os, Sékari s'accrochait au bastingage. Le Nil redoublait d'agressivité, le bateau craquait de partout, au point de se disloquer.

— Prends la barre, ordonna Sésostris à son fils.

Le roi banda un arc gigantesque. La pointe de la flèche se composait de cornaline et d'un jaspe rouge étincelant.

Le trait transperça le rideau de brume.

— On a fait pas mal de dégâts, affirma Gueule-de-travers.

— Combien de bateaux détruits ? questionna l'Annonciateur.

— Trois, et un quatrième amoché.

— Résultat décevant.

— Trois cargos en moins, ça affaiblit l'intendance ! Et puis les Égyptiens auront peur à chaque seconde. Nous déclencherons des escarmouches n'importe quand et n'importe où. Plus ils s'enfonceront en Nubie, plus ils seront vulnérables.

— Les magiciens nubiens se sont enfuis, rappela Shab le Tordu, inquiet.

— Ces négrillons détalent à la première frayeur ! Mes commandos libyens, eux, ne redoutent aucun adversaire. Et nous avons la lionne. À elle seule, elle mettra en fuite l'armée égyptienne !

Gueule-de-travers omit de préciser qu'il avait vu le fantôme d'Iker.

— Allons nous reposer, ordonna l'Annonciateur. Demain, nous reprendrons l'initiative.

Peu avant l'aube, il sortit de sa tente avec sa compagne. L'air était glacial, l'agonie des ténèbres oppressante.

La jeune femme vacilla.

— J'étouffe, seigneur.

Un trait de feu embrasa la nuit finissante. D'abord, il sembla se perdre au loin, puis retomba à une vitesse inouïe et transperça la cuisse droite de Bina, qui poussa un rugissement de douleur.

L'Annonciateur n'eut pas le loisir de soigner la lionne blessée car, avec le premier rayon du soleil, surgit un immense faucon aux yeux d'or, tournoyant au-dessus de sa proie.

Aussitôt, les mains de l'Annonciateur se transformèrent en serres et son nez en bec de rapace. Lorsque le faucon poussa un cri strident, il crut qu'il donnait ainsi le signal de l'attaque. Capable de voir l'invisible, l'incarnation du pharaon n'avait pas coutume d'accorder la moindre chance à sa proie. Cette fois, cependant, il serait vaincu.

À un mètre du sol, les filets de l'Annonciateur le prendraient au piège.

Alors, il trancherait la tête de l'Horus Sésostris.

Le faucon regagna les hauteurs du ciel, illuminé par le soleil naissant.

— Seigneur, remarqua Shab, la cataracte est devenue silencieuse !

Un guetteur accourut.

— Fuyons, l'armée égyptienne arrive !

Jamais navigation n'avait été plus paisible. Le ventre de pierre se réduisait à un simple amoncellement de blocs entre lesquels le Nil se frayait un chemin que suivait la barque royale.

— Ça, concéda Sékari, je ne l'aurais jamais cru !

— Ni Vent du Nord ni Sanguin n'ont douté, remarqua Iker.

— Et toi ?

— Moi, je tenais le gouvernail et j'ai vu la flèche du roi percer les ténèbres. Pourquoi se poser des questions inutiles ?

Sékari grommela une réponse incompréhensible.

Détendus, l'âne et le chien se couchèrent sur le pont. Le monarque reprit la barre.

— Le faucon Horus a-t-il terrassé l'Annonciateur ? s'enquit Iker.

— Tel n'était pas son but. La lionne immobilisée par sa blessure, l'oiseau des origines a pacifié les tourments du fleuve. Nous creuserons un chenal, navigable l'année durant. Il nous permettra d'atteindre les puissantes forteresses que nous édifierons au-delà de la cataracte. Les forces maléfiques du grand Sud ne franchiront pas ces postes avancés de notre muraille magique.

— L'Annonciateur et la lionne sont-ils hors d'état de nuire ?

— Malheureusement non. Nous leur avons porté des coups très rudes, réagir leur prendra du temps. Mais le mal et la violence trouvent toujours les aliments nécessaires pour renaître et repartir à l'assaut de Maât. C'est pourquoi tant de forteresses sont nécessaires.

— La ville de l'or se situerait-elle à proximité ?

— Tu partiras bientôt à sa recherche.

Les soldats égyptiens sortirent du désert en chantant et rejoignirent le pharaon. Nesmontou laissait libre cours à cette expression de soulagement qui chassait les angoisses et renforçait la cohésion. Tous furent stupéfaits de voir le calme régnant dans le ventre de pierre.

— As-tu rencontré une forte résistance ? demanda le roi au général.

— Désorganisée, parfois dangereuse. Quelques lambeaux de tribus nubiennes, des mercenaires libyens et syriens, plutôt bien entraînés.

— Nos pertes ?

— Un mort, de nombreux blessés légers et deux graves. Le docteur Goua les sauvera. Chez nos adversaires, pas de survivants. Ils se battaient par petits groupes et refusaient de se rendre. À mon avis, la stratégie de l'Annonciateur paraît claire : opérations de commandos et attaques de fanatiques prêts à se suicider. Il faudra nous montrer très vigilants et prendre de rigoureuses mesures de sécurité.

Au cours d'un banquet, on fêta la victoire. Qui aimait Pharaon était un bienheureux pourvu du nécessaire, rappela Nesmontou ; qui se révoltait contre lui ne connaissait ni bonheur terrestre ni félicité céleste. Un poème de Séhotep, destiné aux écoles de scribes, comparait le roi au régulateur du fleuve, à la digue retenant les flots, à la salle aérée où l'on dort bien, au rempart indestructible, au guerrier secourable dont le bras ne faiblit pas, au refuge pour le faible, à l'eau fraîche pendant la canicule, à une demeure chaude et sèche pendant l'hiver, à la montagne contenant les vents et dissipant l'orage.

Sous des regards attentifs et émus, le géant, coiffé de la double couronne, dressa la stèle de granit rouge marquant la nouvelle extrémité des territoires égyptiens. « Frontière du Sud, implantée en l'an huit de Sésostris, proclamait le texte. Aucun Nubien ne pourra la franchir par eau ou par terre, à bord d'un bateau ou avec un groupe de congénères. Seuls y seront autorisés les commerçants indigènes, les messagers accrédités et les voyageurs animés de bonnes intentions [1]. »

Dès la fin des festivités débuta la construction de nouvelles forteresses, les plus lointaines et les plus colossales jamais édifiées en Nubie.

1. Stèle de Semna-Ouest.

38.

Le prêtre permanent Béga se rongeait les sangs.

Pourquoi ses alliés ne donnaient-ils pas signe de vie ? Silence de Gergou, aucun message de Médès. Le trafic de stèles s'était interrompu, la cité sainte d'Abydos vivait en vase clos, sous la protection de l'armée et de la police. D'après les rares informations que colportaient les temporaires, Sésostris livrait de rudes batailles en Nubie. Le piège de l'Annonciateur serait-il suffisamment destructeur ?

Plus les jours passaient, plus l'ex-géomètre s'aigrissait, plus sa haine à l'encontre du roi et d'Abydos s'amplifiait. Sûr d'avoir trouvé le moyen de se venger, devait-il céder au désespoir ? Non, il lui fallait patienter. Grâce aux formidables pouvoirs de l'Annonciateur, cette période d'incertitude ne tarderait pas à se terminer. En croyant soumettre le grand Sud, Sésostris se montrait présomptueux. Il s'y heurterait à des forces inconnues, supérieures aux siennes.

Quand les vainqueurs déferleraient sur Abydos, Béga en serait le nouveau grand prêtre !

Aujourd'hui, au moins un motif de se réjouir : la déchéance d'Isis. Longtemps, il s'était méfié de cette belle prêtresse, car elle grimpait trop vite dans la hiérarchie qui, selon lui, aurait dû être réservée aux hommes. Le permanent détestait les femmes, surtout lorsqu'elles s'occupaient du sacré. En parfait accord avec la doctrine de l'Annonciateur, il les estimait incapables d'accéder à la prêtrise. Leur place se trouvait chez elles, au service de leur mari et de leurs enfants. Dès qu'il gouvernerait Abydos, Béga en chasserait les prêtresses.

Par chance, le destin d'Isis s'enlisait. Souvent appelée à Memphis auprès du roi, elle aurait pu devenir la supérieure du collège féminin et, à ce titre, l'une des personnalités marquantes de la ville sacrée. Cependant, la tâche que venait de lui confier le Chauve brisait net cette trajectoire ! Sans doute la jeune femme avait-elle déplu au monarque. Aujourd'hui, elle était condamnée à une basse besogne, d'ordinaire réservée aux blanchisseurs, lesquels ne manquaient d'ailleurs pas de s'en plaindre : laver du linge dans le canal !

Béga avait soupçonné Isis d'être une espionne au service de Sésostris, chargée d'observer les faits et gestes des permanents, et de prévenir le souverain au moindre comportement suspect ! En réalité, une médiocre intrigante, une naïve brutalement ramenée à sa juste valeur. Ravi de la voir ainsi humiliée, Béga se garda d'adresser la parole à une servante de si basse catégorie et vaqua à ses devoirs rituels.

Isis lavait délicatement la tunique de lin blanc royal en utilisant une petite quantité d'écume de nitre afin de redonner tout son éclat et toute sa pureté à la précieuse relique. Comment imaginer que le Chauve lui confierait une tâche aussi sacrée, le nettoyage du vêtement d'Osiris révélé lors de la célébration des mystères ?

Concentrée, la jeune femme ne prêtait nulle attention aux regards dédaigneux et méprisants. Manipuler cette tunique tissée en secret par les déesses lui faisait franchir une nouvelle étape, le contact direct avec un tel objet. Bien peu d'êtres, depuis la naissance de la civilisation pharaonique, avaient eu la chance de le contempler.

— As-tu terminé ? lui demanda le Chauve, toujours bougon.

— Êtes-vous satisfait du résultat ?

La tunique blanche d'Osiris étincelait sous le soleil.

— Plie-la et mets-la dans ce coffre.

Le petit meuble en marqueterie, agrémentée d'ivoire et de faïence bleue, était décoré d'ombelles de papyrus ouvertes. Isis y déposa le vêtement.

— Perçois-tu la frontière immatérielle qui s'incarne en ce lieu ? reprit le Chauve.

— Abydos est la porte du ciel.

— Désires-tu la franchir ?

— Je le désire.

— Alors, suis-moi.

Obéissant au pharaon, maître du Cercle d'or d'Abydos, le Chauve emmena Isis jusqu'à une chapelle du temple d'Osiris.

Sur une table basse, un jeu de *senet*, « le passage ».

— Installe-toi et dispute cette partie.

— Contre quel adversaire ?

— L'invisible. Puisque tu as touché la tunique d'Osiris, impossible de te soustraire à cette épreuve. Gagnante, tu seras purifiée et ton esprit s'ouvrira à de nouvelles réalités. Perdante, tu disparaîtras.

La porte de la chapelle se referma.

Rectangulaire, la surface de jeu comprenait trente cases disposées en trois rangées parallèles. Douze pions[1] en forme de fuseau pour un joueur, douze

1. Ou cinq ou sept, selon d'autres versions du jeu.

coniques à tête arrondie pour son adversaire. Ils avançaient selon le nombre obtenu par un jet de planchettes portant des numéros. Certaines cases étaient favorables, d'autres défavorables. Le joueur affrontait de multiples pièges avant de rejoindre le *Noun*, l'océan primordial où il se régénérait.

Isis atteignit la case quinze, « la demeure de la renaissance ». Y figurait le hiéroglyphe de la vie, encadré de deux sceptres *ouas*, « la puissance florissante ».

Les planchettes se retournèrent brusquement, et cinq pions adverses avancèrent ensemble afin de bloquer la progression de la prêtresse.

Son deuxième coup fut malheureux : case vingt-sept, une étendue d'eau propice à la noyade ! Isis dut se replier, sa position la fragilisait.

Quand l'invisible s'exprima de nouveau, la jeune femme se crut perdue.

Qu'avait-elle à redouter ? Ne tentait-elle pas de mener une vie droite, au service d'Osiris ? Si l'heure venait de comparaître devant le tribunal, son cœur parlerait pour elle.

Isis lança les planchettes.

Vingt-six, la case de « la parfaite demeure ». Le coup idéal, donnant accès à la porte céleste, au-delà du jeu.

Les cases disparurent, le passage était accompli.

Le Chauve ouvrit la porte et présenta à la prêtresse un lingot d'or.

— Accompagne-moi jusqu'à l'acacia.

Le ritualiste tourna autour de l'arbre.

— Prends ce métal, Isis, et pose-le sur une branche.

Du lingot émanait une douce chaleur.

Nourrie d'une sève nouvelle, la branche entière reverdit.

— L'or guérisseur ! constata la jeune femme, éblouie. D'où provient-il ?

— Iker l'a découvert en Nubie. Ce n'est que le premier échantillon. Il en faudra beaucoup d'autres, et de meilleure qualité, avant d'envisager une totale guérison. Néanmoins, nous progressons.

Iker... Le Fils royal participait donc à la régénérescence de l'arbre de vie !

Puisqu'il n'était pas un homme ordinaire, peut-être son destin se lierait-il à celui d'une prêtresse d'Abydos.

Mirgissa, Dabernati, Shalfak, Ouronarti, Semna et Koumma : du nord vers le sud, pas moins de six forteresses formeraient désormais la porte verrouillée du ventre de pierre. Sésostris visitait chaque jour les chantiers qu'organisait Séhotep, assisté d'Iker et du général Nesmontou. À voir s'élever les murailles, les bâtisseurs oubliaient la fatigue et la rudesse de l'effort. Bien nourris et disposant d'eau et de bière à volonté, les artisans bénéficiaient des attentions de Médès et de Gergou, obligés de coopérer, et avaient conscience de participer à une œuvre essentielle à la sauvegarde de la région.

Mirgissa[1] impressionnait les plus blasés. Dressée sur un promontoire dominant le Nil d'une vingtaine de mètres, immédiatement à l'ouest de l'extrémité sud de la deuxième cataracte, « Celle qui repousse les oasiens » occupait un rectangle de huit hectares et demi. Entourée d'un fossé, la forteresse comportait une double enceinte à redans, et des bastions en protégeaient les entrées. Grâce à ses murs larges de huit mètres et hauts de dix, Mirgissa pouvait être défendue par une modeste garnison ne comprenant que trente-cinq archers et autant de lanciers.

À l'abri des remparts, une cour dallée entourée de

1. *Der-ouetiou*, également appelée *iken*.

colonnes, des locaux d'habitation, des bureaux, des entrepôts, des greniers, une armurerie, une forge et un temple. Les techniciens réparaient et fabriquaient lances, épées, poignards, javelots, arcs, flèches et boucliers.

Cette cité fortifiée se doublait d'une ville ouverte toute proche et d'une étendue comparable où avaient été construits des maisons en briques crues, des fours à pain et des ateliers. Irriguant le désert, les Égyptiens plantaient des arbres et créaient des jardinets, au grand étonnement des tribus voisines. Une à une, elles se soumettaient au pharaon.

Le docteur Goua et le pharmacien Renséneb soignant efficacement les malades, un climat de confiance s'établissait. Mirgissa devenait un comptoir commercial et le principal centre économique d'une contrée déshéritée qui sortait ainsi de la misère. Chacun mangeait à sa faim, et l'on ne parlait plus de révoltes ni de combats. Hostiles à la sinistre province de Koush, proie de factions uniquement préoccupées de s'entre-tuer, les populations se tournaient vers le protecteur égyptien. Loin d'être accusé de tyrannie, Sésostris apparaissait au contraire comme un libérateur et un dieu vivant. Ne garantissait-il pas prospérité et sécurité ?

L'innovation dont le chef de travaux se sentait le plus fier était une glissière à bateaux d'une pente de dix degrés au maximum, composée de madriers recouverts de limon, sans cesse arrosés lorsqu'on sortait les bâtiments de l'eau pour les haler. Large de deux mètres, cette glissière permettrait d'éviter une passe dangereuse à la période de l'étiage ; elle faciliterait également le transport de vivres et de matériaux, chargés sur de lourds traîneaux.

Du haut des tours de Mirgissa, des guetteurs observaient en permanence les allées et venues des Nubiens.

Ayant appris à identifier les tribus et à connaître leurs habitudes, ils signalaient le moindre incident au commandant de la forteresse qui envoyait aussitôt une patrouille. Chaque nomade était contrôlé, et nul ne pénétrait en territoire égyptien sans une autorisation en bonne et due forme.

Assisté de son équipe de scribes, Médès tenait des fiches détaillées dont il expédiait les doubles aux autres forteresses et à Éléphantine. Ainsi l'immigration clandestine serait-elle réduite au minimum.

Victime d'une violente migraine, le Secrétaire de la Maison du Roi fit appel au docteur Goua.

— Je me sens presque incapable de travailler, avoua Médès. Ma tête est enflammée.

— Je vous prescris deux remèdes complémentaires, décida le médecin. D'abord, ces pilules préparées par le pharmacien Renséneb ; elles déboucheront les canaux de votre foie engorgé et calmeront la douleur. Ensuite, j'applique sur votre crâne celui d'un silure pêché ce matin. Votre migraine passera dans l'os du poisson, et vous serez délivré.

Plutôt sceptique, Médès ne tarda pas à constater l'efficacité du traitement.

— Ne seriez-vous pas un peu magicien, docteur ?

— Une médecine dépourvue de magie n'aurait aucune chance de réussir. Je vous abandonne, j'ai beaucoup à faire. En cas de nécessité, je reviendrai.

Où le petit homme maigre, portant son éternelle sacoche en cuir beaucoup trop lourde, puisait-il tant d'énergie ? Lors de cette pacification de la Nubie, Goua et son collègue pharmacien jouaient un rôle déterminant. Non contents de soigner les autochtones, ils formaient des praticiens qui les remplaceraient après leur départ. Sous l'impulsion de Sésostris, une vaste contrée sortait enfin de l'anarchie et de la pauvreté.

— Il me manque un rapport, dit un scribe à Médès.

— Administratif ou militaire ?

— Militaire. L'une des cinq patrouilles de surveillance ne m'a pas remis le compte rendu réglementaire.

Médès se rendit au quartier général de Nesmontou.

— Général, je dois vous signaler un incident, peut-être mineur, mais qu'il convient néanmoins d'éclaircir. L'un des chefs de patrouille a omis de rédiger son rapport.

Nesmontou envoya aussitôt chercher l'officier responsable.

L'aide de camp revint seul et dépité.

— Introuvable, général.

— Et ses fantassins ?

— Absents de leurs quartiers.

Une cruelle évidence s'imposait : la patrouille n'était pas rentrée.

S'ensuivit un conseil de guerre présidé par le roi.

— Quelle direction a-t-elle prise ? interrogea Sésostris.

— La piste de l'ouest, répondit Nesmontou. Mission de routine, à savoir le contrôle d'une caravane de nomades. Cette dernière n'est jamais arrivée à Mirgissa. Je pense que nos hommes sont tombés dans un piège. Il faut découvrir s'il s'agit d'un acte isolé ou bien de la préparation d'une attaque massive.

— Je m'en charge, déclara Iker.

— L'armée ne manque pas d'excellents éclaireurs ! protesta Nesmontou.

— Ne nous leurrons pas : voici la première réaction de l'Annonciateur. Tout en prenant les précautions indispensables, je me sens capable d'apprécier la situation. Quelques soldats déterminés me suffiront.

Sésostris ne formula pas d'objection.

À l'occasion de ce nouvel affrontement avec l'Annonciateur, le Fils royal poursuivait sa formation, si risquée fût-elle. Car il n'existait pas d'autre chemin pour passer des ténèbres à la lumière.

Sékari, lui, regretta d'avoir à quitter sa chambre confortable et la salle à manger des officiers où l'on servait d'excellents plats. Décidément, il aurait dû trouver un ami moins remuant ! Mais son rôle ne consistait-il pas à le protéger ?

39.

Le général Nesmontou s'était montré intransigeant : tous les membres de la patrouille, Iker compris, devaient s'équiper d'un gilet pare-flèches, à savoir un papyrus magique solidement attaché à la poitrine par une corde. Son épaisseur comptait moins que les formules hiéroglyphiques, capables d'écarter le danger.

À l'ombre d'un balanite se reposait une caravane composée d'ânes et de Nubiens. À l'approche des Égyptiens, les commerçants levèrent la main en signe d'amitié.

Sanguin émit un grognement significatif, Vent du Nord refusa d'avancer.

Ressentant la méfiance de l'adversaire, les archers koushites cessèrent de jouer la comédie et tirèrent.

Iker remercia le général Nesmontou, car les flèches ratèrent leurs cibles.

— Il en vient d'autres derrière nous, annonça Sékari. Et d'autres encore sur nos flancs. Nous sommes encerclés.

— À terre, ordonna le Fils royal, et creusons !

À l'abri de ces tranchées dérisoires, ils ne tiendraient pas longtemps. La mort de leur prince ne démobilisait pas les Koushites, encore capables d'organiser un tel traquenard.

— Sans vouloir sombrer dans le pessimisme, observa Sékari, l'avenir immédiat me paraît morose ! On sait au moins comment ils ont massacré notre patrouille, mais on ne pourra le raconter à personne. Quant à lancer un assaut, n'y songe même pas. Ils sont vingt fois plus nombreux que nous.

Iker ne discernait nul motif d'espérer.

Alors, il confia ses ultimes pensées à Isis. Ne l'avait-elle pas déjà sauvé ? Si elle l'aimait un peu, elle ne l'abandonnerait pas à ces barbares.

— Entends-tu ce bruit ? demanda Sékari. On jurerait un bourdonnement d'abeilles !

C'était bien un essaim qui se dirigeait vers eux.

Un essaim comme aucun apiculteur n'en avait jamais vu, tellement vaste qu'il cachait le soleil.

L'abeille, symbole du roi de Basse-Égypte.

Et l'armée des insectes s'attaqua aux Koushites.

— Allons dans leur direction ! clama Iker. Nous, nous n'avons rien à craindre !

Sékari percuta un grand Noir, décidé à lui barrer le passage. Souffrant de dizaines de piqûres, le Koushite s'effondra.

Oubliant le bourdonnement assourdissant de ses alliées, la patrouille égyptienne les suivit et sortit ainsi de la nasse.

Iker courut longtemps, se retournant à plusieurs reprises pour s'assurer qu'aucun de ses soldats n'était distancé.

Puis l'essaim parut aspiré par le ciel et s'évanouit.

— Sauvés, mais égarés, constata Sékari.

— Dès la tombée de la nuit, nous nous repérerons grâce aux étoiles.

Le désert s'étendait à perte de vue. Pas la moindre végétation.

— Abritons-nous derrière cette dune.

Iker aperçut un objet en pierre à moitié ensablé. Il le dégagea, sous l'œil intrigué de Sékari.

— Pas de doute, un moule à lingot ! Il y avait une mine dans les parages.

Au pied de la dune, d'autres vestiges.

Les soldats dégagèrent l'entrée d'une galerie, bien étayée.

Iker et Sékari s'y engouffrèrent. Chargés de donner l'alerte en cas de danger, Sanguin et Vent du Nord restèrent en surface.

Au terme de la galerie, une sorte d'esplanade bordée de huttes en pierre contenant des balances, des poids en basalte et de nombreux moules de tailles diverses.

Encadrant la porte d'une petite chapelle, deux colonnes surmontées du visage de la déesse Hathor.

Le visage d'Isis.

— Elle nous a guidés jusqu'à la cité de l'or, murmura Iker.

À l'intérieur du sanctuaire, de petits lingots soigneusement alignés.

Bina souffrait tant qu'elle suppliait l'Annonciateur de la tuer. Malgré la gravité de la blessure qui aurait nécessité l'amputation, il parvenait à la calmer et s'acharnait à la soigner avec les plantes que lui fournissaient les sorciers nubiens.

Si le pharaon croyait avoir immobilisé la lionne terrifiante, il se trompait. Posée sur la plaie, la reine des turquoises accélérait la guérison.

Déjà, la jeune femme ne poussait plus de cris déchirants où se mêlaient sa voix et celle du fauve. Droguée par des somnifères, elle dormait de longues heures.

En dépit de la perte de l'armée de Triah, les Koushites survivants et plusieurs tribus nubiennes continuaient à obéir au grand magicien. De nombreux guerriers écoutaient son enseignement, dispensé d'une voix suave et envoûtante. Le nouveau dieu leur permettrait de repousser les troupes de Sésostris, de détruire les forteresses, puis d'envahir l'Égypte. Car l'Annonciateur prédisait un avenir inéluctable. Tous les incroyants seraient exterminés.

— Les Égyptiens construisent à une vitesse incroyable, indiqua Gueule-de-travers. Maintenant, ils s'installent à Shalfak ! À partir de ce promontoire rocheux, ils contrôleront encore mieux le fleuve et le désert.

— Ne laisse pas les travaux se poursuivre.

Gueule-de-travers se sentit revigoré.

— S'emparer de Shalfak serait un beau succès ! Et nous ne serons pas faciles à déloger. Bien entendu, pas de prisonniers !

— Qu'est devenue notre fausse caravane qui avait piégé une patrouille ennemie ?

— Disparue dans le désert. Sans doute une contre-attaque de Sésostris. Ce géant-là ne nous accordera aucune marge de manœuvre et rendra coup pour coup. On le terrassera quand même !

L'optimisme de Gueule-de-travers dynamisait ses guerriers. L'Annonciateur, lui, demeurait circonspect. Au fur et à mesure qu'il conquérait la Nubie, Sésostris se chargeait de magie et devenait aussi solide que les murailles de ses forteresses.

Par bonheur, il restait encore plusieurs points faibles.

Assis sur un tabouret pliant à pieds croisés, Sékari dégustait un vin capiteux.

— Encore une coupe, Iker ?

— J'ai assez bu.

— Étudie la Clé des songes ! Si tu te vois boire du vin en rêve, tu te nourris de Maât ! Moi, ça m'arrive souvent. Et dans un endroit sinistre comme celui-ci, je ne connais pas de meilleur remède.

La forteresse de Shalfak, « Celle qui courbe les pays étrangers [1] », n'avait rien d'attrayant. À ses pieds, un resserrement du Nil facile à surveiller. De taille modeste [2], mais pourvue de murs épais de cinq mètres, la place forte abriterait une petite garnison et des greniers. De la falaise, un escalier descendait jusqu'au Nil. Le seul accès à Shalfak serait une porte étroite et bien défendue. En vertu de leur technique parfaitement au point, les bâtisseurs avançaient vite. L'unique danger, jusqu'à l'achèvement de la muraille principale, pouvait surgir du désert. Aussi le Fils royal et un détachement de vingt archers assuraient-ils la sécurité du chantier.

— Enivre-toi chaque jour et chaque nuit, poursuivit Sékari, et n'oublie surtout pas d'apprécier les meilleurs vins ! Ainsi, tu demeureras heureux et serein, car ils inondent de joie la maisonnée et s'unissent à l'or des dieux. Ces paroles d'un poète ne sont-elles pas admirables ?

— Ne faudrait-il pas y voir un sens symbolique ? suggéra Iker. Ne décrivent-elles pas l'ivresse divine, lors de la communion avec l'invisible ?

— Un symbole désincarné est inutile ! Et l'or envoyé à Abydos... sera-t-il efficace ?

Sékari joua d'un luth dont la caisse de résonance était

1. *Ouaf-khasout*.
2. 80 × 49 mètres.

une carapace de tortue, recouverte d'une peau de gazelle tendue, peinte en rouge et percée de six trous. Disposant de trois cordes, il composa une mélodie mélancolique servant de support à son chant, grave et lent.

— J'ai entendu les paroles des sages. Qu'est-ce que l'éternité ? Un lieu où règne la justice, où la peur n'existe pas, où le tumulte est proscrit, où personne n'attaque son prochain. Là-bas, nul ennemi. Les ancêtres y vivent en paix.

Couchés sur le flanc, le molosse et l'âne écoutaient l'artiste avec délectation.

Iker, lui, songeait à Isis.

Au contact quotidien des mystères d'Osiris, à proximité de la source de vie, elle jugeait forcément dérisoire l'amour d'un homme.

Si Sékari n'avait pas tenu son luth calé contre sa cuisse, la flèche l'aurait transpercée.

Sanguin aboya rageusement et Vent du Nord poussa des braiments qui arrachèrent les soldats à leur torpeur.

Préparés à ce genre d'agression, ils réagirent en professionnels et s'abritèrent derrière des blocs de granit noir servant de fondation à la forteresse.

Quant à Sékari et à Iker, courant d'énormes risques, ils contournèrent les assaillants et les prirent à revers.

Grâce à l'alerte lancée par l'âne et le chien, le bataillon posté en réserve non loin de Shalfak intervint aussitôt.

Seul le chef du clan nubien parvint à s'échapper en dévalant la pente jusqu'au fleuve. Il se glissa dans l'eau et se dissimula entre des rochers.

Quand il entendit des bruits de pas, il se crut perdu.

Mais les deux Égyptiens se contentèrent d'observer le Nil.

— Pas de barque, constata Sékari. Ces fous venaient

du désert en trop petit nombre, et sans avoir repéré notre dispositif de sécurité.

— Une mission suicide, jugea Iker. L'Annonciateur supposait que nous conservions à Shalfak les monceaux d'or provenant de la cité perdue. Le pharaon a eu raison de les mettre à l'abri dans la forteresse d'Askout.

Les deux hommes s'éloignèrent.

Oubliant la mort de ses guerriers, le chef de clan venait de recueillir une information essentielle qui ravirait l'Annonciateur.

40.

— Ainsi, constata l'Annonciateur, les Égyptiens ont découvert l'or.

— Ils le cachent à Askout ! révéla fièrement le chef de clan.

— Pourquoi n'as-tu pas détruit la place forte de Shalfak ?

— Parce que... parce que nous n'étions pas assez nombreux.

— N'aurais-tu pas lancé l'assaut à l'aveuglette, avant de recevoir les ordres de Gueule-de-travers ?

— L'important, c'est de savoir où ils entreposent leur trésor.

— L'important, c'est de m'obéir.

D'un coup de massue, Gueule-de-travers fracassa la tête du Nubien.

— Un médiocre incapable de commander ! Et tous ces négrillons lui ressemblent ! Les former me prendrait des mois, et je ne suis pas certain de réussir.

— Impossible d'atteindre Askout, déplora Shab le Tordu. Depuis la construction des forteresses de Semna et de Koumma, chaque bateau subit un contrôle sévère.

— Je dois savoir si cet or constitue une réelle menace et s'il faut donc le détruire, déclara l'Annonciateur. Bientôt, Bina sera guérie, mais il est encore trop tôt pour la solliciter. Voici donc comment nous allons procéder.

Souffrant de la chaleur, accablé de travail, Médès perdait ses sels minéraux. Et ce n'était pas à Semna, la forteresse la plus méridionale, qu'il connaîtrait repos et fraîcheur. Destiné à verrouiller définitivement la Nubie, cet ensemble architectural se composait de trois entités : Semna-Ouest, portant le nom de « Sésostris exerce sa maîtrise », aux fortifications marquées par l'alternance de hautes et de petites tours ; Semna-Sud, « Celle qui repousse les Nubiens » ; Koumma, bâtie sur la rive orientale et abritant un petit temple.

Jamais la frontière de l'Égypte n'avait été implantée aussi profondément dans ces terres lointaines. De part et d'autre d'un étroit passage rocheux que le Nil franchissait avec peine, les forteresses bloqueraient aisément toute attaque. Sous la direction de Séhotep, le génie avait entrepris des travaux considérables : relever le plan d'eau de la passe de Semna en accumulant des rochers afin de créer un chenal où les bateaux de commerce circuleraient en sécurité.

De plus, au nord de Semna, serait édifié un mur long de cinq kilomètres, destiné à protéger la route du désert.

Médès rédigeait le décret qui nommait cent cinquante soldats à Semna et cinquante à Koumma. Ces corps d'élite bénéficieraient de conditions d'existence plutôt agréables. Maisons confortables, ruelles pavées, ateliers, greniers, système de drainage, réservoirs d'eau, approvisionnements réguliers... Les garnisons ne manqueraient de rien. Et le Secrétaire de la Maison du Roi continuait à œuvrer en faveur de Sésostris et contre l'Annonciateur !

Portant sa lourde sacoche de cuir, le docteur Goua pénétra dans le bureau où un domestique ne cessait d'éventer Médès à un rythme soutenu.

— De quoi souffrez-vous, aujourd'hui ?

— Des intestins. Et je me dessèche sur place.

— Ce climat me paraît très sain, et vous possédez de belles réserves de graisse.

Après auscultation, le médecin sortit de sa sacoche un vase-mesure, identique à celui qu'Horus utilisait pour soigner son œil, de manière à procurer vie, santé et bonheur. Il permettait de doser les remèdes et les rendait efficaces. Goua y versa une potion composée de jus de dattes fraîches, de feuilles de ricin et de lait de sycomore.

— Le plexus veineux de vos cuisses demeure silencieux, votre anus échauffé. Cette thérapie rétablira l'équilibre, et vos intestins fonctionneront normalement.

— L'épuisement me guette !

— Absorbez cette potion trois fois par jour, loin des repas, mangez moins, buvez davantage d'eau, et vous regagnerez Memphis en bonne santé.

— L'état sanitaire de nos troupes ne vous inquiète-t-il pas ?

— Le pharmacien Renséneb et moi-même passerions-nous notre temps à flemmarder ?

— Loin de moi cette idée, mais cette chaleur, ce...

— Nos soldats sont bien soignés. Je n'en dirai pas autant de nos ennemis. Notre victoire en sera facilitée.

Pressé, le docteur Goua courut à l'infirmerie de Semna. Quelques cas sérieux l'y attendaient.

Médès reçut un officier inquiet.

— Je viens d'arrêter un suspect. Désirez-vous l'interroger ?

Étant la plus haute autorité du fort, Médès ne pouvait se dérober.

Quelle ne fut pas sa surprise en reconnaissant Shab le Tordu !

— Pourquoi a-t-on interpellé cet homme ?

— Parce qu'il ne possédait pas de laissez-passer.

— Explique-toi, exigea le Secrétaire de la Maison du Roi.

— J'appartiens au service postal de Bouhen, répondit le Tordu, humble et soumis. J'ignorais ce nouveau règlement et la nécessité d'un tel document. Je vous apporte des consignes émanant du quartier général.

— Laisse-nous, ordonna Médès à l'officier.

La porte se referma.

— Voilà une éternité que je suis sans nouvelles ! protesta Médès.

— Rassure-toi, tout va bien. Les Nubiens sont de médiocres alliés, mais l'Annonciateur les utilise au mieux.

— La ligne de forteresses construites par Sésostris est infranchissable. Nous courons à la catastrophe, je suis pris au piège ! Et Iker... Iker est vivant !

— Ne t'inquiète pas, et donne-moi un laissez-passer qui me permettra d'aller partout.

— L'Annonciateur oserait-il... attaquer Semna ?

— Ne quitte surtout pas ce bureau. Tu y seras en sécurité.

Au marché de Semna, l'ambiance était joyeuse. Étals de fruits et de légumes, poissonnerie, produits de l'artisanat local déclenchaient d'âpres négociations entre vendeurs et acheteurs. Une bonne partie de la garnison prenait plaisir à ce troc. Quant aux autochtones, ils s'enrichissaient.

Tous les regards convergeaient vers une superbe créature dont la taille s'ornait d'une ceinture de cauris et de perles. À ses chevilles, d'étranges bracelets en forme de serre d'oiseau de proie. Sa blessure cicatrisée, Bina se sentait assez forte pour mener à bien la première partie du plan de l'Annonciateur.

— Toi, tu n'es pas d'ici, remarqua un soldat.

— Et toi, d'où viens-tu ?

— D'Éléphantine. Que vends-tu, ma belle ?

— Des coquillages.

Elle lui montra un magnifique cauris. Sa forme évoquait celle du sexe féminin.

Le militaire sourit.

— Joli, très joli... Je crois comprendre. Que souhaites-tu en échange ?

— Ta vie.

L'homme eut à peine le temps de rire jaune. La partie pointue du bracelet de cheville de Bina perfora son bas-ventre.

Au même instant, les Koushites sortirent les armes dissimulées dans leurs paniers et massacrèrent commerçants et clients.

Du haut de la principale tour de guet, une sentinelle donna l'alerte. Aussitôt, les portes des deux forteresses de Semna-Ouest se refermèrent, et les archers se ruèrent à leurs postes de tir.

Médès sortit de son bureau et apostropha le commandant.

— Pourquoi ces cris ?

— Nous sommes attaqués. Une bande de Koushites déchaînés !

— Préviens Mirgissa et Bouhen.

— Impossible, l'ennemi bloque la circulation sur le fleuve. Nos messagers seraient tués.

— Les signaux optiques ?

— Le soleil nous est contraire, et le vent dissiperait les fumées de détresse.

— Autrement dit, nous sommes assiégés et isolés !

— Ennuis momentanés, soyez sans crainte. Les Koushites n'auront pas assez de temps pour s'emparer de nos places fortes.

Quand Médès, à l'abri d'un créneau, vit la masse de guerriers noirs surexcités, il n'en fut pas si sûr. Allait-il mourir stupidement sous les coups de ces barbares envoyés par l'Annonciateur ?

Vu la modeste taille de la forteresse d'Askout, érigée sur un îlot au sud de la deuxième cataracte, Gueule-de-travers ne conduisait qu'une trentaine d'hommes correctement entraînés. Ils frapperaient vite et bien.

Semna agressée et impuissante, les trois barques légères ne rencontrèrent pas d'obstacle. Persuadés de la qualité de leur verrou, les Égyptiens n'avaient disposé aucun bateau de guerre entre Semna et Askout.

L'accostage fut aisé. Pas le moindre garde à l'horizon.

Rompus à l'exercice, les commandos se déployèrent. Gueule-de-travers escalada un rocher et découvrit un fort aux murs inachevés. Manquait encore la porte en bois.

Méfiant, Gueule-de-travers envoya un éclaireur explorer le terrain.

Le Libyen franchit le seuil et pénétra à l'intérieur de la bâtisse, d'où il ressortit peu après.

— Ça semble vide.

Gueule-de-travers s'en assura.

Des installations destinées au lavage de l'or, de nombreux silos à blé et un petit sanctuaire consacré au crocodile de Sobek : Askout abritait d'importantes réserves de nourriture et le matériel nécessaire au traitement du précieux métal.

Pourquoi l'endroit paraissait-il abandonné ?

— La garnison a été prévenue de l'attaque de Semna, avança un Nubien. Elle s'est réfugiée à Mirgissa.

— Fouillez partout et trouvez-moi les lingots, s'il en reste.

— Là-bas, quelqu'un !

Gueule-de-travers reconnut aussitôt le jeune homme qui sortait du sanctuaire.

— On ne tire pas. Celui-là, je le veux vivant.

Iker s'immobilisa à une dizaine de pas du terroriste.

— Encore toi, maudit scribe ! Pourquoi n'as-tu pas décampé avec les autres ?

— Prendrais-tu les soldats de Sésostris pour des lâches ?

— Pas un seul dans les parages ! Donne-moi l'or, et tu auras la vie sauve.

— Tu as vraiment le mensonge chevillé au corps. Ta triste carrière s'achève ici.

— À un contre trente, crois-tu pouvoir nous vaincre ?

— Je ne vois que toi, un Libyen et un Nubien. Tes complices ont été neutralisés. À force de fréquenter l'Annonciateur et de lui obéir aveuglément, ton instinct s'émousse. Sékari et moi avons tendu un piège à l'un de tes alliés, un chef de clan. Il a transmis à ton patron une information de première importance : ici, des spécialistes ont travaillé l'or de Nubie, désormais hors de votre portée. J'aurais aimé pêcher un plus gros poisson. Néanmoins, ta capture et celle de tes meilleurs éléments affaibliront l'Annonciateur.

De partout surgirent des soldats égyptiens.

Gueule-de-travers sortit son poignard du fourreau. La flèche de Sékari transperça le poignet du terroriste.

Comme ses deux acolytes tentaient de le protéger, ils furent abattus.

Profitant d'un moment de confusion, Gueule-de-travers courut jusqu'à la berge et plongea dans le fleuve.

— Il nous échappe encore ! ragea Sékari.

— Pas cette fois, objecta Iker, car le dieu Sobek protège ce site. Depuis ma descente au cœur d'un lac du Fayoum, le crocodile sacré n'est-il pas mon allié ?

Deux énormes mâchoires armées de dents coupantes happèrent les reins de Gueule-de-travers. La queue du prédateur battit l'eau, vite teintée de sang. Puis le calme revint, et le flot effaça toute trace du drame.

Iker et Sékari se rendirent aussitôt à Mirgissa où les attendaient Sésostris, le général Nesmontou et le gros des troupes égyptiennes.

— Nous allons livrer l'ultime bataille de Nubie, annonça le pharaon. Puissions-nous parvenir à pacifier la lionne terrifiante.

41.

Le Serviteur du *ka* vint chercher Isis chez elle et la conduisit au temple des millions d'années de Sésostris. Il ne prononça pas un seul mot, elle ne posa aucune question.

Chaque nouvelle étape de l'initiation aux mystères d'Osiris débutait ainsi, par le silence et le recueillement.

La veille, le nouvel or en provenance de Nubie avait fait reverdir trois branches de l'acacia. L'arbre de vie guérissait peu à peu, mais les remèdes manquaient d'intensité. Néanmoins, ces résultats permettaient d'envisager l'avenir avec davantage d'optimisme.

Sur le seuil du temple, le Chauve.

— L'heure est venue de savoir si tu es juste de voix et digne d'appartenir à la communauté des vivants qui se nourrissent de lumière. Aussi dois-tu comparaître devant le tribunal des deux Maât. L'acceptes-tu ?

Isis connaissait l'issue : ou bien une nouvelle naissance, ou bien l'anéantissement. Ses précédentes épreuves ne représentaient qu'une préparation à ce passage redoutable.

Elle songea à Iker, à son courage, aux dangers qu'il ne cessait d'affronter. Alors, la jeune prêtresse comprit qu'elle éprouvait pour lui plus qu'une simple amitié. Comme le Fils royal, elle devait vaincre la peur.

— J'accepte.

Ointe d'oliban, vêtue d'une longue robe de lin fin et chaussée de sandales blanches, Isis fut introduite dans une vaste salle où siégeaient quarante-deux juges, chacun arborant le visage d'une divinité.

Deux incarnations de Maât présidaient le tribunal, l'une féminine, l'autre masculine.

— Connais-tu le nom de la porte de cette salle ? demanda un juge.

— Le peson de justesse.

— Es-tu capable de te séparer de tes fautes et de tes iniquités ?

— Je n'ai pas commis d'injustice, affirma Isis, je combats *isefet*, je ne tolère pas le mal, je respecte les rites, je ne profane pas le sacré, je ne trahis pas le secret, je n'ai ni tué ni fait tuer, ni infligé de souffrance à quiconque, ni maltraité aucun animal, ni dérobé les biens et les offrandes des dieux, ni ajouté ni enlevé au boisseau, ni faussé la balance.

— Vérifions tes déclarations en pesant ton cœur.

— Je désire vivre de Maât. Cœur de ma mère céleste, ne te dresse pas contre moi, ne témoigne pas contre moi !

Anubis à tête de chacal prit Isis par la main et la mena au pied d'une balance en or. La gardait un monstre à la gueule de crocodile, au poitrail de lion et à l'arrière-train d'hippopotame.

— Ton cœur doit être aussi léger que la plume de Maât. Sinon, la Dévoreuse t'engloutira et les composantes de ton individu, éparpillées, retourneront à la nature.

Anubis effleura le plexus solaire de la prêtresse. Il en

sortit un petit vase, qu'il posa sur l'un des plateaux de la balance. Sur l'autre, la plume de la déesse.

Isis ne ferma pas les yeux.

Quelle que fût la sentence, elle voulait contempler son destin.

Après quelques oscillations, les deux plateaux demeurèrent en parfait équilibre.

— Exacte et juste de voix est l'Osiris Isis [1], déclara un juge. La Dévoreuse l'épargnera.

Dans la poitrine de la prêtresse battait un nouveau cœur, inaltérable, don des quarante-deux divinités de la salle des deux Maât.

— Te voici capable de franchir une nouvelle porte, annonça le Chauve.

Isis suivit son guide.

À l'entrée d'une chapelle enténébrée, le prêtre ôta une étoffe de lin rouge qui recouvrait un lion de faïence.

— Le feu jaillit de ma gueule, je me protège moi-même. Mon ennemi ne survivra pas. Je châtie les humains rampants et tout reptile, mâle ou femelle. Avance, Isis, puisque tu es juste de voix.

Apparut un gigantesque serpent. Son corps se composait de neuf cercles, dont quatre de feu.

— Oseras-tu emprunter cette spirale ?

La prêtresse toucha les cercles.

Ils s'unirent et formèrent la corde de la barque de Râ. Elle monta jusqu'au ciel sous la forme d'une flamme d'or semant la turquoise, la malachite et l'émeraude qui donnaient naissance aux étoiles.

Associée à la naissance de l'univers, Isis vécut la création du monde.

Quand l'éblouissement cessa, elle discerna les parois

1. L'homme juste devient l'Osiris un tel, la femme juste l'Osiris une telle.

de la chapelle, ornées de scènes où Pharaon faisait offrande aux divinités.

Avec une ceinture rouge, le Chauve fit un nœud.

— Voici la vie des déesses et la stabilité des dieux. En elles ressuscite Osiris. Ce symbole te protégera de l'agression des êtres mauvais, écartera les obstacles et te donnera la possibilité de parcourir un jour le chemin de feu.

Le Chauve plaça le nœud magique sur le nombril de la prêtresse.

Son regard découvrit une contrée luxuriante, inondée de soleil.

— Contemple l'or vert de Pount. Lui seul nous permettra d'obtenir la guérison complète de l'acacia.

Terré au fond de son bureau, Médès suait à grosses gouttes.

La garnison venait de repousser le troisième assaut des Koushites, dix fois plus nombreux que les Égyptiens défendant la forteresse de Semna. Et le Secrétaire de la Maison du Roi risquait d'être tué par ses alliés ! Malgré cette résistance acharnée, l'issue semblait évidente. Lorsque l'Annonciateur l'aurait décidé, les murailles tomberaient.

Blessé au front, le commandant interpella Médès.

— Le pharaon arrive.

— Tu... tu en es certain ?

— Vérifiez vous-même.

— Je dois rester ici et préserver les archives.

Le commandant retourna au combat.

À la proue du navire amiral, la haute stature de Sésostris stupéfia les Koushites.

Un chef de tribu ordonna à ses guerriers de lutter. Deux bateaux ne suffisaient-ils pas à bloquer le Nil ?

La lourde lance du roi traversa l'espace avec légèreté, décrivit une longue courbe et se ficha dans la poitrine du révolté.

Aussitôt, ce fut la débandade.

Agile comme un jeune homme, le général Nesmontou bondit le premier sur le bâtiment ennemi. Disciplinés et précis, fantassins et archers exterminèrent les assiégeants.

La supériorité de l'armée égyptienne était telle que les Koushites subirent une totale déroute. Bientôt, Semna fut libérée.

Néanmoins, le monarque ne manifesta aucun triomphalisme.

Médès comprit pourquoi lorsqu'il sortit enfin de son abri, sous les regards anxieux des soldats.

— Vous... vous n'avez plus d'ombre et nous non plus ! s'exclama l'un d'eux.

Pour chaque Égyptien, le même constat.

Malgré cette apparente victoire, Nesmontou redouta une cruelle défaite. Sans ombre, le corps s'exposait à mille et une blessures. Sans elle, impossible de s'unir au *ka*. L'énergie se diluait, l'âme était condamnée aux ténèbres.

Sésostris dressa son épée flamboyante vers le ciel, Sékari siffla un chant d'oiseau.

Dans l'azur se déploya une nuée d'hirondelles. Sur la berge, une centaine d'autruches s'élancèrent à pleine allure en direction du sud.

— Suivons-les, ordonna le roi. De leur plumage provient le symbole de Maât. Elles détruiront le maléfice de l'Annonciateur.

Le Nil trop étroit, des roches menaçantes, un nuage noir cachant le soleil... Si le pharaon en personne n'avait pris la tête de l'expédition, aucun brave n'aurait osé explorer un monde aussi redoutable.

Profitant d'un vent violent, la flotte progressa vite. Le nuage se disloqua, les rives s'écartèrent.

Baignées de lumière, les autruches dansaient.

— Nos ombres sont revenues ! constata Sékari.

— La bataille se poursuit, rappela le roi. À présent, l'Annonciateur va déclencher la fureur de la lionne. Docteur Goua et pharmacien Renséneb, apportez le nécessaire.

Les deux praticiens avaient préparé des jarres de bière rouge additionnée d'ivraie.

— La lionne apprécie le sang des hommes, expliqua le monarque. Nous tenterons de l'abuser et de l'enivrer, mais seule la reine des turquoises pourra la pacifier.

Longue d'une douzaine de kilomètres, l'île de Saï se situait à mi-chemin entre la deuxième et la troisième cataracte. À sa pointe nord se massaient des tribus nubiennes fidèles à l'Annonciateur et prêtes à en découdre avec les Égyptiens.

À l'approche du vaisseau amiral, la jolie Bina poussa un rugissement terrifiant.

Les guerriers noirs reculèrent pour laisser un maximum d'espace à l'énorme lionne. Ni flèche ni lance ne la stopperaient.

De la proue, plusieurs marins lancèrent des dizaines de jarres, qui se brisèrent sur les rochers. L'odeur du liquide répandu attira le fauve. Excité, il le lapa goulûment.

Rassasiée, la lionne grogna d'aise, se coucha et s'assoupit.

Alors, Sésostris accosta.

Espérant abattre le pharaon, un grand Koushite brandit son bâton de jet. Le roi se contenta de tendre le bras vers l'assaillant, lequel, terrassé par une force inconnue, tourneboula et s'effondra.

— Un magicien ! Ce roi est un magicien ! hurla un chef de clan.

Ce fut le sauve-qui-peut.

Prêts à un féroce corps-à-corps, les soldats de Nesmontou n'eurent à abattre que des fuyards.

Un immense faucon survola la partie méridionale de l'île de Saï où se tenait l'Annonciateur. Suivant le combat à distance, il assistait à la déroute de ses vassaux.

La brusque plongée du rapace ne lui laissa pas le temps d'intervenir. Le faucon s'empara de la reine des turquoises et remonta vers le soleil.

— Vos ordres, seigneur ? demanda Shab le Tordu, stupéfait.

— Nous mettre à l'abri. Ces Nubiens sont des incapables.

— Et Bina ?

— Tâchons de la ramener.

Quand Sésostris s'approcha d'elle, la lionne sortit de sa torpeur et montra des crocs menaçants.

— Sois en paix, toi qui détiens le pouvoir de massacrer l'humanité. Puisse ta violence devenir douceur.

Au risque d'être dévoré, le monarque posa sur le front du fauve la reine des turquoises que lui avait remise le faucon.

— Transmets ta force aux enfants de la lumière. Qu'ils triomphent du malheur et de la décrépitude.

D'un éblouissement de vert et de bleu jaillit un grand halo. La lionne s'y transforma en une chatte élancée, au poil noir et brillant, et aux yeux d'or.

À quelques pas gisait le corps de Bina, au milieu d'une mare de sang.

Fascinés, les soldats égyptiens ne repérèrent pas Shab

le Tordu. Dissimulé derrière un rocher, il bandait son arc. Lui tournant le dos, Iker formait une cible parfaite.

Malgré la fatigue et l'ivresse de la victoire, Sékari demeurait en éveil. D'instinct, il perçut la trajectoire de la flèche. Au prix d'un bond digne de la plus agile des gazelles, il agrippa Iker à la taille et le renversa.

Trop tard.

La flèche se ficha dans l'omoplate gauche du Fils royal.

— À un demi-pouce près, constata le docteur Goua, tu étais mort. Il ne te restera qu'une petite cicatrice.

Après avoir administré au blessé une potion anesthésiante à base de pavot et extrait délicatement la pointe de la flèche en utilisant un bistouri à lame arrondie, Goua s'employait à suturer la plaie avec de la toile adhésive, recouverte d'un pansement enduit de miel et d'huile de carthame.

— Je te dois une nouvelle fois la vie, dit Iker à Sékari.

— Je renonce à compter ! Malheureusement, ton agresseur s'est enfui en barque. Nesmontou a ratissé l'île entière. Plus un seul révolté, zone sécurisée. La construction d'un fort débute aujourd'hui même.

— Il m'a semblé apercevoir le cadavre d'une femme, près de la lionne. Si je ne me trompe pas, c'était Bina.

— Disparue, elle aussi.

— Et l'Annonciateur ?

— Aucune trace, répondit Sékari. À l'exception de cette femme et de l'archer qui a tiré sur toi, seuls des Noirs combattaient ici. Pour ce démon, l'avenir s'annonce difficile. Jamais les Koushites ne lui pardonneront de les avoir menés à un tel désastre.

42.

Au-delà de la troisième cataracte, un soleil brûlant desséchait les collines rongées par le désert. Des nuées de moucherons agressaient le nez et les oreilles. Même les rapides ne procuraient pas la moindre fraîcheur. Pourtant, l'Annonciateur gardait sa longue tunique de laine. Sur l'îlot où il s'était réfugié en compagnie de ses derniers fidèles, il continuait à soigner Bina, dont la respiration restait presque imperceptible.

— La sauverez-vous ? demanda Shab, exténué.

— Elle vivra et elle tuera. Elle est née pour tuer. Bien qu'elle ne puisse plus se transformer en lionne, Bina demeure la reine des ténèbres.

— J'ai confiance en vous, seigneur, mais n'avons-nous pas subi une terrible défaite ? Et cet Iker, encore en vie !

— J'ai implanté dans cette contrée perdue le germe de la nouvelle croyance. Tôt ou tard, elle envahira le monde. Faudra-t-il cent, mille ou deux mille ans, peu importe. Elle triomphera, aucun esprit ne lui résistera. Et moi, de nouveau, je la propagerai.

Remplis de Koushites vociférant et brandissant des sagaies, plusieurs canoës se dirigeaient vers l'îlot.

— Ils sont trop nombreux, seigneur ! Nous ne parviendrons pas à les repousser.

— Ne t'inquiète pas, mon ami. Ces barbares nous amènent les embarcations nécessaires.

L'Annonciateur se leva et fit face au fleuve. Ses yeux rougeoyèrent, une flamme sembla en sortir. Les eaux bouillonnèrent et, malgré leur habileté, les pagayeurs n'évitèrent pas le naufrage. Une vague furieuse les noya.

Les canoës, eux, sortirent intacts de la tourmente.

Les disciples de l'Annonciateur constatèrent que les pouvoirs de leur maître n'avaient rien perdu de leur efficacité.

— Où comptez-vous aller ? demanda le Tordu.

— Là où personne ne nous attend : en Égypte. Le pharaon me voit errer à travers ce pays misérable jusqu'à ce qu'une tribu koushite me capture et m'exécute. Avoir soumis la lionne le grise, et la découverte de l'or guérisseur lui redonne confiance. Pourtant, il lui manque toujours une partie essentielle de ce précieux métal. L'improbable guérison de l'arbre de vie ne nous arrêtera pas. Notre réseau de Memphis a été préservé, et nous l'utiliserons bientôt afin de frapper au cœur de la spiritualité égyptienne.

— Vous voulez dire... ?

— Oui, Shab, tu m'as bien compris. Notre voyage sera long, mais nous atteindrons notre véritable but : Abydos. Nous l'anéantirons et empêcherons Osiris de ressusciter.

Cette exaltante vision effaça la fatigue de Shab le Tordu. Rien ne détournerait l'Annonciateur de sa mission. Ne possédait-il pas un précieux allié à l'intérieur même du domaine d'Osiris, le prêtre permanent Béga ?

Dans un chaudron, le pharaon jeta des figurines en argile de Nubiens agenouillés, tête basse, mains liées derrière le dos. Quand il les toucha de son épée, une flamme jaillit. Les soldats présents crurent entendre les gémissements des suppliciés dont les corps crépitèrent.

Sur le décret officiel annonçant la pacification de la Nubie, Médès remplaça le signe hiéroglyphique du guerrier noir, équipé d'un arc, par celui d'une femme assise. La magie de l'écriture ôtait ainsi toute virilité aux éventuels révoltés.

Sésostris se tourna vers les chefs de clan et de tribu, venus déposer leurs armes et lui prêter allégeance. De sa voix grave et puissante, il prononça un discours. Médès en nota chaque terme.

— Je rend effectives mes paroles. Mon bras accomplit ce que mon cœur conçoit. Puisque je suis décidé à vaincre, mes pensées ne restent pas inertes dans mon cœur. J'attaque qui m'attaque. Si l'on demeure paisible, j'établis la paix. Demeurer paisible lorsqu'on est attaqué encourage l'agresseur à persévérer. Combattre exige du courage, le lâche recule. Et plus lâche encore celui qui ne défend pas son territoire. Vaincus, vous vous enfuyez en montrant le dos. Vous vous êtes comportés à la manière de bandits dépourvus de conscience et de bravoure. Continuez ainsi, et vos femmes seront capturées, vos troupeaux et vos récoltes anéantis, vos puits détruits. Le feu de l'uræus ravagera la Nubie entière. Après avoir augmenté l'héritage de mes ancêtres, j'établis ici ma frontière. Qui la maintiendra sera mon fils, qui la violera sera un fauteur de troubles, sévèrement châtié.

Heureux de s'en tirer à si bon compte, les chefs nubiens jurèrent fidélité à Sésostris, dont une statue fut implantée sur la frontière. À l'intérieur de chaque forteresse et devant leurs murs, des stèles rappelleraient les paroles du monarque et symboliseraient la loi rendant la région accueillante et pacifique.

— Ce pharaon lance des flèches sans avoir besoin de tendre la corde de son arc, murmura Sékari à l'oreille d'Iker. Son Verbe suffit à épouvanter l'adversaire, et il n'y aura pas besoin d'un seul coup de bâton pour assurer l'ordre. Quand le roi est juste, tout est juste.

Les vainqueurs n'eurent pas le loisir de savourer leur triomphe en rêvassant, car le monarque exigea la mise en place immédiate d'une administration capable de garantir la prospérité. Ayant calculé la longueur du Nil jusqu'à la frontière, Séhotep coordonna les travaux d'hydrologie et d'irrigation, destinés à rendre cultivables de nombreuses terres. Bientôt, les famines seraient oubliées.

Sésostris n'avait pas conduit un raid dévastateur. À la sécurité garantie par les forteresses s'ajouterait le développement d'une économie locale où chacun trouverait son compte. Le pharaon n'apparut pas comme un conquérant, mais comme un protecteur. À Bouhen, à Semna et dans beaucoup d'autres localités, on commença à lui rendre un culte et à célébrer son *ka* [1]. Avant sa venue, les autochtones souffraient de l'anarchie, de la violence, et subissaient la loi des tyrans ; grâce à son intervention, la Nubie devenait un protectorat choyé. Nombre de soldats et d'administrateurs envisageaient un long séjour afin de reconstruire la région.

— Des informations concernant l'Annonciateur ? demanda le roi à Iker.

— Uniquement des rumeurs. Plusieurs tribus prétendent l'avoir abattu, mais aucune n'a exhibé son cadavre.

1. Plus de mille ans après sa mort, Sésostris III était encore vénéré en Nubie.

— Il vit encore. Malgré cet échec, il ne renoncera pas.

— La contrée ne lui serait-elle pas définitivement hostile ?

— Certes, la barrière magique des forteresses rendra ses discours inopérants pendant plusieurs générations. Hélas ! le poison qu'il a répandu restera efficace très longtemps.

— À supposer qu'il échappe aux Koushites, aux Nubiens et à notre armée, quelles seraient ses intentions ?

— Une partie de son réseau persiste à nous menacer, en Égypte même, et l'arbre de vie demeure en péril. Cette guerre est loin d'être terminée, Iker. Ne manquons ni de vigilance ni de persévérance.

— Regagnons-nous la capitale ?

— Nous ferons escale à Abydos.

Abydos, le lieu de résidence d'Isis !

— Ta blessure semble presque guérie.

— Les soins du docteur Goua sont remarquables.

— Occupe-toi des préparatifs de départ.

Le protectorat se transformait en havre de paix. Entre Nubiens et Égyptiens, plus aucune tension. Des mariages se célébraient, et Séhotep n'avait pas été le dernier à céder aux charmes d'une jeune villageoise au corps élancé et au port de tête somptueux. Quant à Sékari, il ne quittait pas la sœur de cette mutine.

— Le départ, déjà ? Je me plaisais, ici !

— Inspecte la flotte avec minutie. L'Annonciateur tentera peut-être un coup de force, et seul ton flair nous en préservera.

— Tu n'as pas jeté le moindre regard sur les superbes créatures qui peuplent cette contrée, s'étonna Sékari. En quel matériau es-tu fabriqué ?

— Pour moi, il n'existe qu'une seule femme.

— Et si elle ne t'aime pas ?

— C'est elle, et nulle autre. Je passerai le reste de mon existence à le lui dire.

— Et si elle se marie ?

— Je me contenterai des quelques pensées qu'elle acceptera de m'accorder.

— Un Fils royal ne saurait demeurer célibataire ! Imagines-tu le nombre de riches donzelles en extase devant toi ?

— Grand bien leur fasse.

— Je t'ai extirpé de plusieurs situations périlleuses, mais là, je suis désarmé !

— Au travail, Sékari. Ne faisons pas attendre Sa Majesté.

Rajeuni par cette formidable campagne militaire, le général Nesmontou dirigeait lui-même la manœuvre. Verdâtre, Médès ne pouvait absorber que les potions du docteur Goua. Pendant quelques heures, elles interrompaient ses vomissements. Quant à Gergou, heureux d'avoir survécu, il se remettait à la bière forte. Le contenu des bateaux greniers transféré dans les greniers des forteresses, il s'offrait du bon temps.

— Aimes-tu naviguer ? lui demanda Iker.

— Mon passe-temps favori ! À présent, on peut goûter les joies du voyage.

— Connais-tu la région d'Abydos ?

Gergou se crispa. S'il mentait, Iker risquait de s'en apercevoir et ne lui accorderait plus la moindre confiance. Il devait donc dire une partie de la vérité.

— J'y suis allé plusieurs fois.

— Pour quel motif ?

— Livrer des denrées aux permanents, en fonction

de leurs besoins. Je suis devenu temporaire, ce qui facilite les démarches administratives.

— Alors, tu as vu les temples !

— Ah non, détrompe-toi ! Je n'y suis pas autorisé, et mes fonctions demeurent purement matérielles. Au fond, ce pensum ne m'amuse guère.

— As-tu rencontré une jeune prêtresse du nom d'Isis ?

Gergou réfléchit.

— Non... Qu'a-t-elle de particulier ?

Iker sourit.

— En effet, tu ne l'as pas rencontrée !

Dès qu'Iker s'éloigna, Gergou se précipita auprès de Médès. Une tablette d'écriture à la main, il fit semblant de solliciter un conseil technique.

— J'ai été contraint de révéler au Fils royal mes liens avec Abydos.

— Tu ne lui en as pas trop dit, j'espère ?

— Le strict minimum.

— Tâche d'éviter ce sujet, à l'avenir.

— Iker semble très attaché à la prêtresse Isis.

Isis, la messagère du pharaon que Médès avait croisée à Memphis...

— Rentrons dans le rang, préconisa Gergou. L'Annonciateur éliminé, ne prenons pas le moindre risque.

— Rien ne prouve qu'il soit mort.

— Ses fidèles ont été anéantis !

— Seules certitudes : la défaite des Koushites et la colonisation de la Nubie. L'Annonciateur trouvera d'autres alliés.

— Ne finissons pas comme Gueule-de-travers, dévorés par un crocodile ou quelque autre prédateur !

— Ce pataud a commis des erreurs stupides.

— Et la soumission de la lionne terrifiante ? Sésostris est invulnérable, Médès. S'attaquer à lui serait une folie.

Le Secrétaire de la Maison du Roi eut un haut-le-cœur.

— Tu n'as pas tort, et ce triomphe augmente encore sa puissance. Mais si l'Annonciateur a survécu, il ne renoncera pas.

— Fassent les dieux qu'il ait été tué et...

Une violente douleur au creux de sa main droite obligea Gergou à s'interrompre.

Rouge vif, la minuscule figure de Seth gravée dans sa chair le brûlait.

— Ne blasphème plus, lui recommanda Médès.

Le général Nesmontou vérifia l'annonce de son prorète, le technicien chargé de calculer la profondeur du Nil à l'aide de sa longue perche.

— Quatre coudées[1], constata-t-il. Quatre coudées... Épouvantable ! Une légère baisse de niveau supplémentaire, et les coques seront déchirées.

Par crainte d'avaries graves, il fallut mettre en panne.

La totalité de la flotte fut bloquée entre la deuxième et la première cataracte, sous un soleil implacable.

— Encore un maléfice de l'Annonciateur, grommela le vieux militaire. Après avoir tenté de nous inonder, le voilà qui nous assèche ! Établir un campement ici ne sera pas une partie de plaisir, et nous risquons de manquer d'eau.

— Le Nil ne nous suffira-t-il pas ? questionna un soldat.

— Sa couleur n'indique rien de bon.

Le pharaon ne manifesta aucune inquiétude.

1. 2,08 mètres.

Pourtant, de bateau en bateau, la mauvaise nouvelle se propageait. Affolé, Médès vérifia immédiatement qu'il disposait d'un nombre suffisant d'outres pleines. Si l'immobilisation se prolongeait et si l'on ne découvrait pas de puits à proximité, comment survivre ?

Le doute rongeait les esprits. Peut-être cette expédition triomphale se terminerait-elle de manière désastreuse.

Sésostris fixait un gros rocher gris.

Iker s'aperçut qu'il avançait, très lentement, en direction du fleuve.

— Ce n'est pas un rocher, constata Sékari, mais une tortue, une énorme tortue ! Nous sommes sauvés.

— Pourquoi tant d'optimisme ?

— Parce que le pharaon a mis l'ordre à la place du désordre. La tortue symbolise à la fois le ciel et la terre. Dans sa fonction terrestre, elle est un vase rempli d'eau. Et ce vase fut élevé au ciel pour former les sources du Nil. Puisque le ciel et la terre estiment juste l'action royale, la tortue recrachera le fleuve qu'elle avait avalé et fertilisera le sol.

De la proue du vaisseau amiral, Iker vit l'imposant animal s'exécuter, à son rythme et sans précipitation.

Peu à peu, le niveau du Nil monta, et sa couleur changea. Bientôt, il serait à nouveau navigable.

43.

Grand gaillard mou, sympathique et dégingandé, le sous-chef des douaniers du port de Memphis venait d'accepter la mission, grassement payée, proposée par un agent de liaison du Libanais : approcher Sobek seul à seul. Derrière sa façade rugueuse et intransigeante, le Protecteur n'avait-il pas ses petites faiblesses ?

Associé au trafic de bois précieux, le douanier ne connaissait ni les commanditaires ni les acheteurs, et se contentait de falsifier les bordereaux de livraison et les documents officiels. Moins il en savait, mieux il se portait. Grâce à des manipulations minimes et bien rémunérées, il s'était acheté une maison neuve, proche du centre de la capitale, et envisageait à présent l'acquisition d'un champ. Demeurait le problème Sobek, qu'il se chargeait de résoudre.

— Ravi de déjeuner avec le patron de notre police ! Après les horreurs qui ont endeuillé notre ville, tu as réussi à ramener le calme.

— Simple apparence.

— Tu arrêteras les terroristes, j'en suis certain !

Le sous-chef apprécia les poireaux nappés d'une sauce au cumin.

— Le travail reste le travail, et nous n'en manquons

pas, déclara-t-il gravement. Ne faut-il pas aussi profiter des plaisirs de l'existence, ne souhaites-tu pas une jolie demeure ?

— Mon logement de fonction me suffit.

— Certes, certes, pour le moment ! Songe à l'avenir. Ton seul salaire ne suffira pas à t'offrir ce que tu désires. De nombreux notables sont des hommes d'affaires. À ton échelon, tu devrais y penser.

Sobek parut intéressé.

— Penser à quoi ?

Le douanier sentit que le Protecteur mordait à l'hameçon.

— Tu détiens une petite fortune sans le savoir.

— Explique-toi.

— Le pouvoir de signer des documents officiels. Cette signature vaut cher, très cher. Donc, tu pourrais la négocier, l'oublier de temps à autre ou l'apposer sur des autorisations plus rentables que la paperasserie ordinaire qui ne te rapporte rien. Risque minimum, voire inexistant, bénéfice maximum. Nous nous comprenons ?

— À merveille.

— Je te savais intelligent. Levons notre coupe à un brillant avenir !

Le douanier fut le seul à boire.

— Cette méthode-là t'aurait-elle permis de t'acheter une superbe maison, bien au-dessus de tes moyens ? demanda calmement Sobek.

— Exact... Puisque je t'apprécie, je voulais te faire profiter du système.

— En t'invitant à déjeuner, je comptais te questionner discrètement à ce sujet et obtenir des aveux en douceur. Vu les circonstances actuelles, l'arrestation d'un douanier corrompu ne doit s'accompagner d'aucun tintamarre. Tu es allé au-devant de mes espérances. Néanmoins, un interrogatoire poussé s'impose.

Blême, le sous-chef lâcha sa coupe, dont le contenu inonda sa tunique.

— Sobek, tu te méprends ! Je n'évoquais qu'une théorie, une simple théorie.

— Toi, tu es passé à la pratique. Je tiens soigneusement à jour des dossiers concernant chacun des responsables de la sécurité de cette ville, quel que soit leur grade. Et je me méfie des anomalies. En te comportant à la manière d'un nouveau riche, tu as attiré mon attention.

Pris de panique, le douanier tenta de s'enfuir.

Il se heurta à quatre policiers, qui le conduisirent aussitôt à sa nouvelle demeure, une inconfortable cellule.

L'interrogatoire déçut Sobek. Magouilleur dépourvu d'envergure, le triste personnage ignorait le nom des manipulateurs. Son seul contact semblait être un porteur d'eau, à condition que cet intermédiaire de second ordre n'ait pas menti. Et des porteurs d'eau, à Memphis, il y en avait des centaines ! D'une parfaite banalité, la description du sous-chef était inutile.

Sobek décida toutefois de creuser ce début de piste et de surveiller étroitement la douane de Memphis. Cette tentative de corruption traduisait-elle l'affolement du réseau terroriste ? Le Protecteur tenait peut-être une chance de découvrir son mode de financement, via l'achat de fonctionnaires, et de tarir cette source-là.

— Le sous-chef a été arrêté, dit le porteur d'eau au Libanais, qui dévora aussitôt un gâteau moelleux imbibé d'alcool de dattes.

— Sobek le Protecteur, Sobek l'incorruptible ! Ce policier a-t-il encore quelque chose d'humain ? À présent, te voici en danger, toi, le seul contact de ce douanier prétentieux !

— Je ne crois pas, car il me considérait comme quantité négligeable. Ce médiocre se contentait de remplir sa part du contrat et de s'enrichir.

— Redouble de prudence !

— Les porteurs d'eau sont tellement nombreux, à Memphis ! Au moindre signe de danger, je m'adapterai. Malheureusement, j'ai d'autres informations peu réjouissantes.

Le Libanais ferma les yeux et pencha la tête en arrière.

— N'enjolive pas la réalité.

— La flotte royale vient d'arriver à Éléphantine. Sésostris a conquis et pacifié la Nubie. À cause du cordon de forteresses qui s'étend jusqu'à l'île de Saï, audelà de la deuxième cataracte, plus de révolte envisageable. La popularité du roi atteint de nouveaux sommets. Même les Nubiens le vénèrent.

— Et l'Annonciateur ?

— Il semble avoir disparu.

— Un être de cette trempe-là ne s'évanouit pas ainsi ! Si le pharaon l'avait vaincu, il l'exhiberait à la proue de son vaisseau. L'Annonciateur lui a échappé, et il resurgira tôt ou tard.

— Le problème Sobek reste entier.

— Nulle difficulté n'est insurmontable, nous finirons par déceler le défaut de sa cuirasse. Dès son retour, l'Annonciateur nous indiquera comment porter le coup fatal.

Le premier soleil baigna de lumière le domaine sacré d'Osiris. Il n'était pas le royaume de la mort, mais celui d'une autre vie. Isis savoura les rayons encore doux, dansant sur sa peau nacrée, et songea à Iker.

Aucune loi ne lui interdisait le mariage. Quel attrait pouvait exercer un homme, si amoureux soit-il, au regard des mystères d'Osiris ? Pourtant, le Fils royal ne la quittait plus. Non une présence obsédante et usante, plutôt un soutien efficace lors des épreuves qu'elle traversait. Il devenait son compagnon de chaque jour, attentif, fidèle, amoureux.

Reviendrait-il de la lointaine Nubie, théâtre de combats meurtriers ?

Un prêtre permanent, Celui qui voit les secrets, et une prêtresse d'Hathor conduisirent Isis au lac sacré. Après la pesée du cœur, il lui fallait maintenant vivre l'épreuve de la triple naissance.

— Contemple le *Noun*, recommanda le ritualiste. Au cœur de cet océan originel se produisent toutes les mutations.

— Je désire la pureté, déclama Isis en utilisant d'anciennes formules. J'ôte mes vêtements, je me purifie, à l'exemple d'Horus et de Seth. Je sors du *Noun*, libérée de mes entraves.

Isis aurait aimé demeurer longtemps au sein de cette eau fraîche. Les étapes précédentes de son initiation traversèrent sa mémoire. La main de la prêtresse prit la sienne pour la faire asseoir sur une pierre cubique.

— Voici la cuvette d'argent qu'a fondue l'artisan de Sokaris, le dieu faucon des profondeurs qui connaît le chemin de la résurrection, dit le prêtre. J'y lave tes pieds.

La prêtresse revêtit Isis d'une longue robe blanche et lui ceignit la taille d'une ceinture rouge, en formant le nœud magique. Puis elle la chaussa de sandales, également blanches.

— Ainsi s'affermissent tes plantes de pied. Yeux

d'Horus, ces sandales éclaireront ta route. Grâce à elles, tu ne t'égareras pas. Lors de ce voyage, tu deviendras à la fois un Osiris et une Hathor, la voie masculine et la voie féminine s'uniront en toi. Assistée de tous les éléments de la création, foule le seuil de la mort et pénètre dans la demeure inconnue. Au plus profond de la nuit, vois briller le soleil, approche-toi des divinités et regarde-les en face.

La prêtresse présenta à Isis une couronne de fleurs.

— Reçois l'offrande du maître de l'Occident. Puisse cette couronne des justes épanouir ton intelligence du cœur. Devant toi s'ouvre le grand portail.

Apparut un Anubis au visage de chacal. À son tour, il prit la main de la jeune femme. Le couple traversa le territoire des anciennes sépultures, reposoir des premiers pharaons, puis se heurta à des gardiens tenant des couteaux, des épis, des palmes et des balais formés de feuillage.

— Je connais vos noms, déclara Isis. Avec vos couteaux, vous tranchez les forces hostiles. Avec vos balais, vous les dispersez et les rendez inopérantes. Vos palmes traduisent l'émergence d'une lumière que les ténèbres ne peuvent éteindre. Vos épis manifestent la victoire d'Osiris sur le néant.

Les gardiens s'effacèrent.

Anubis et Isis s'enfoncèrent sous terre jusqu'à un long couloir, faiblement éclairé. Il conduisait à une vaste salle bordée de piliers massifs en granit.

Au centre, une île. S'y trouvait un gigantesque sarcophage.

— Sois dépouillée de ton être ancien, ordonna Anubis, et passe par la peau des transformations, celle d'Hathor qu'a assassinée et décapitée le mauvais berger. Moi, Anubis, je l'ai ravivée en l'oignant de lait et rapportée à ma mère pour qu'elle revive, comme Osiris.

Isis en fut revêtue.

Deux prêtresses saisirent ses coudes et l'allongèrent sur un traîneau en bois, symbole du Créateur, Atoum, « Celui qui est » et « Celui qui n'est pas ». En empruntant une glissière, trois ritualistes tirèrent lentement le traîneau en direction de l'île où se tenait le Chauve.

— Ton nom ? demanda-t-il au premier.

— L'embaumeur chargé de conserver l'être intact.

— Et toi ?

— Le veilleur.

— Et toi ?

— Le gardien du souffle vital.

— Allez au sommet de la montagne sacrée.

La procession tourna autour du sarcophage.

— Anubis, interrogea le Chauve, l'ancien cœur a-t-il disparu ?

— Il a été brûlé, de même que l'ancienne peau et les anciens cheveux.

— Qu'Isis accède au lieu des transformations et de la vie renouvelée.

Les ritualistes soulevèrent la jeune femme et la déposèrent à l'intérieur du sarcophage.

— Tu es la lumière, énonça le Chauve, et tu traverses la nuit. Puissent les divinités t'accueillir, leurs bras se tendre vers toi. Qu'Osiris te reçoive dans la demeure de naissance.

La jeune femme explora un espace et un temps hors du monde manifesté.

— Tu étais endormie, on t'a réveillée, affirma la voix du Chauve. Tu étais allongée, on t'a redressée.

Les ritualistes l'aidèrent à sortir du sarcophage. Des torches éclairaient à présent la vaste salle.

— L'astre unique rayonne, être de lumière parmi les êtres de lumière. Puisque tu viens de l'île de Maât, sois animée de la triple naissance.

Au moment où l'on dépouillait Isis de la peau, le Chauve toucha sa bouche, ses yeux et ses oreilles avec l'extrémité d'un bâton composée de trois lanières de cette même peau.

— Fille du ciel, de la terre et de la matrice stellaire, désormais Sœur d'Osiris, tu le représenteras lors des rites. Prêtresse, tu animeras et ressusciteras les symboles, afin de préserver les traditions d'Abydos. Il te reste encore une porte à franchir, celle du Cercle d'or. Le désires-tu ?

— Je le désire.

— Sois dûment prévenue, Isis. Ton courage et ta volonté t'ont permis de parvenir jusqu'ici, mais seront-ils suffisants pour triompher d'épreuves redoutables ? Les échecs furent nombreux, les réussites rares. Ta jeunesse ne serait-elle pas un lourd handicap ?

— La décision vous appartient.

— Es-tu réellement consciente des risques ?

Le visage d'Iker lui apparut. Sans cette présence, peut-être aurait-elle renoncé. Tant de trésors lui avaient déjà été offerts ! À cause de cet amour naissant, elle sut qu'elle devait aller jusqu'au terme de son voyage.

— Mon désir n'a pas varié.

— Alors, Isis, tu connaîtras le chemin de feu.

44.

En débarquant à Éléphantine, Médès avait enfin retrouvé la terre ferme. Pris de vertiges, incapable de s'alimenter normalement, il commençait néanmoins à se sentir un peu mieux. Soudain, l'ordre du monarque : départ immédiat pour Abydos.

La passerelle, le bateau, et ce roulis infernal qui lui faisait presque rendre l'âme ! Malgré son calvaire, le Secrétaire de la Maison du Roi remplissait ses fonctions avec dévouement et compétence. Le courrier ne cessait de circuler, et le plus modeste village apprendrait la pacification de la Nubie. Aux yeux de son peuple, Sésostris acquérait le prestige d'un dieu vivant.

Le docteur Goua ausculta longuement son patient.

— Mon hypothèse se confirme : votre foie est dans un état pitoyable ! Pendant quatre jours, vous absorberez une potion composée d'extraits de feuilles de lotus, de poudre de bois de jujubier, de figues, de lait, de baies de genévrier et de bière douce. Il ne s'agit pas d'un remède miracle, mais il vous soulagera. Ensuite, régime. Et de nouveau cette potion si les troubles se renouvellent.

— Dès l'arrivée à Memphis, je me porterai à merveille. Naviguer me met au supplice.

— Évitez définitivement les graisses, la cuisine au beurre et les vins capiteux.

Pressé de se rendre au chevet d'un marin fiévreux, le docteur Goua était intrigué. Tout bon médecin savait que le foie déterminait le caractère d'un individu. Maât ne résidait-elle pas dans celui de Râ, expression de la lumière divine ? En offrant Maât, le pharaon rendait cette lumière stable et le caractère de Râ bienveillant.

Or, l'organe de Médès souffrait de maux singuliers ne correspondant pas à l'apparence qu'il voulait donner de lui-même, franche et joviale. Avec un foie comme le sien, Maât semblait réduite à la portion congrue ! Probablement ne fallait-il pas pousser trop loin le diagnostic.

Goua croisa le Fils royal.

— Et ta blessure ?

— En voie de complète guérison ! Soyez-en remercié.

— Remercie également ta bonne nature, et n'oublie pas de manger un maximum de légumes frais.

Iker rejoignit le pharaon à la proue du navire amiral. Le roi contemplait le Nil.

— Pour combattre *isefet* et faciliter le règne de la lumière, déclara le souverain, le Créateur accomplit quatre actions. La première consiste à former les quatre vents, de sorte que tout être vivant respire. La deuxième, à faire naître le grand flot dont petits et grands peuvent obtenir la maîtrise s'ils accèdent à la connaissance. La troisième, à façonner chaque individu comme son semblable. En commettant volontairement le mal, les humains ont transgressé la formulation céleste. La quatrième action permet aux cœurs des initiés de ne pas oublier l'Occident et de se préoccuper des offrandes aux divinités. Comment prolonger l'œuvre du Créateur, Iker ?

— Par le rite, Majesté. N'ouvre-t-il pas notre conscience à la réalité de la lumière ?

— Le mot « Râ », la lumière divine, se compose de deux hiéroglyphes : la bouche, symbole du Verbe, et le bras, celui de l'acte. La lumière est le Verbe en acte. Le rite qu'anime la lumière devient efficace. Aussi le pharaon remplit-il les temples d'actions lumineuses. Chaque jour, le rite les multiplie afin que le Maître de l'univers soit en paix dans sa demeure. Les ignorants jugent la pensée dépourvue de poids. Pourtant, elle se joue du temps et de l'espace. Osiris, lui, exprime une pensée si puissante qu'une civilisation entière naquit de lui, une civilisation qui n'est pas seulement de ce monde. Voilà pourquoi Abydos doit être préservé.

Au pied de l'acacia, l'or de Nubie. La maladie cédait du terrain, mais l'arbre de vie était loin d'être sauvé.

En compagnie du Chauve, Sésostris assista au rite du maniement des sistres qu'accomplit la jeune Isis. Puis le roi et la prêtresse se dirigèrent vers la terrasse du Grand Dieu où le *ka* des serviteurs d'Osiris participait de son immortalité.

— Te voici à l'orée du chemin de feu, Isis. Beaucoup n'en sont pas revenus. As-tu pris la mesure du risque ?

— Majesté, cette démarche pourrait-elle contribuer à la guérison de l'acacia ?

— Quand l'as-tu compris ?

— Peu à peu, de manière diffuse. Je n'osais me l'avouer, craignant d'être victime de l'illusion et de la vanité. Si mon engagement servait Abydos, n'aurais-je pas vécu la plus heureuse des destinées ?

— Puisse la lucidité demeurer ton guide.

— Il manque encore l'or vert de Pount. La consultation des archives m'a permis de faire une découverte : non pas l'emplacement précis de la terre divine, mais le moyen de le connaître lors de la fête du dieu Min. Si le personnage qui détient cette clé figure parmi les participants, il faudra le convaincre de parler.

— Désires-tu t'en charger ?

— J'agirai au mieux, Majesté.

Assis sur le seuil d'une chapelle, le prêtre permanent Béga avait les nerfs à fleur de peau. Son complice Gergou oserait-il venir jusqu'ici ? Échapperait-il à la vigilance des gardes ?

Des bruits de pas.

Quelqu'un approchait, porteur d'un pain d'offrandes.

Gergou le déposa devant une stèle représentant un couple d'initiés aux mystères d'Osiris.

— Je ne tiens pas à me montrer, dit Béga. Que s'est-il passé en Nubie ?

— Les Nubiens ont été écrasés, l'Annonciateur a disparu.

— Nous... nous sommes perdus !

— Ni Médès ni moi ne sommes soupçonnés, et notre travail a donné toute satisfaction au pharaon. Et rien ne prouve la mort de l'Annonciateur. Médès reste persuadé qu'il réapparaîtra. Jusqu'à nouvel ordre, prudence absolue. De ton côté, quoi d'intéressant ?

— Le pharaon et la prêtresse Isis se sont longuement entretenus. Elle conduira une délégation qui participera à la fête de Min.

— Sans importance.

— Détrompe-toi ! Isis a mené de patientes recherches, et je suppose qu'elle a trouvé une piste. Grâce à l'or de Nubie, l'acacia se porte mieux. La prêtresse n'espèret-elle pas recueillir un élément décisif pendant les cérémonies organisées à Coptos ?

Coptos, ville minière où s'achetaient et se vendaient toutes sortes de minéraux provenant du désert... Gergou ne manquerait pas de transmettre l'information à Médès. Une autre forme d'or serait-elle procurée à Isis lors de la fête du dieu ?

À l'ensemble des permanents et des temporaires d'Abydos, le roi révéla que la Nubie, à présent pacifiée, devenait un protectorat. Néanmoins, aucune des mesures assurant la sécurité du territoire sacré d'Osiris ne serait levée, car la menace terroriste n'avait pas disparu. Demeurées en place, les forces armées continueraient à opérer un filtrage sévère jusqu'à l'extinction du danger.

Ayant reçu du monarque l'ordre de demeurer à bord du vaisseau amiral, Iker ne pouvait détacher son regard du site d'Abydos qu'il contemplait pour la première fois, si proche et si inaccessible ! Comme il aurait aimé découvrir le domaine du maître de la résurrection, guidé par Isis, explorer les temples et lire les textes anciens ! Mais on ne désobéissait pas au pharaon. Et ce dernier ne le jugeait pas encore digne de franchir cette frontière-là.

Sur le quai apparut Isis, belle, aérienne et souriante.

Iker dévala la passerelle.

— Voulez-vous visiter le bateau ?

— Bien sûr.

Il la précéda, ne cessant de se retourner. Le suivait-elle vraiment ?

Ils se tinrent à la proue, à l'ombre d'un parasol.

— Désirez-vous un siège, une boisson, un...

— Non, Iker, simplement admirer ce fleuve qui nous offre la prospérité et vous a ramené vivant.

— Vous... vous avez pensé à moi ?

— Pendant que vous combattiez, j'affrontais, moi aussi, de rudes épreuves. Votre présence m'a aidée et votre courage face au danger servi d'exemple.

Ils étaient si exposés aux regards qu'il n'osait pas la prendre dans ses bras. Et puis n'interprétait-il pas ces surprenantes paroles de manière trop favorable ? Elle l'aurait certainement repoussé, indignée.

— Le pharaon nous a guidés à chaque instant, précisa-t-il. Aucun d'entre nous, pas même le général Nesmontou, n'aurait obtenu la moindre victoire sans ses directives. Avant d'arriver à Abydos, le roi m'a révélé les quatre actions du Créateur. J'ai compris qu'il n'agissait jamais autrement. Par l'esprit, et pas uniquement par la force, il a mis fin au chaos et à la révolte en Nubie afin de transformer cette contrée déshéritée en région heureuse. Les forteresses ne sont pas de simples bâtisses, mais un réseau magique capable de bloquer les énergies négatives provenant du grand Sud. Hélas ! l'Annonciateur n'a pas été capturé. Vous le savez, Isis, vous le savez bien : depuis notre rencontre, vous me protégez. La mort m'a souvent frôlé, vous l'avez écartée.

— Vous me prêtez trop de pouvoirs.

— Non, je suis sûr que non ! Je devais revenir de Nubie pour vous dire combien je vous aime.

— Il y a tant d'autres femmes, Iker.

— Vous seule, aujourd'hui, demain, toujours.

Elle se détourna, cachant son émotion.

— L'arbre de vie se porte mieux, indiqua-t-elle. Manque encore le troisième or guérisseur.

— Faudra-t-il retourner en Nubie ?

— Non, car il s'agit de l'or vert de Pount.

— Pount... Ainsi, comme je le supposais, ce pays n'est pas le produit de l'imagination des poètes !

— Les archives ne nous permettent pas de le localiser. Lors de la fête du dieu Min, un éventuel informateur nous fournira peut-être une information essentielle.

— « Nous »... Vous avez dit « nous » ?

— En effet, le roi nous confie cette mission. Si le personnage espéré participe au rituel célébré à Coptos, nous devrons le convaincre de nous donner ce précieux renseignement.

— Isis... ne suis-je pour vous qu'un ami et un allié ?

Plus elle tardait à répondre, plus l'espérance grandissait. Son attitude ne se modifiait-elle pas ? N'éprouvait-elle pas de nouveaux sentiments ?

— J'apprécie nos rencontres, avoua-t-elle. Pendant votre long voyage, vous m'avez manqué.

Tétanisé, Iker crut avoir mal entendu. Son rêve fou devenait-il réalité, ne risquait-il pas de se briser brutalement ?

— Pourrions-nous poursuivre cet entretien lors d'un dîner ?

— Malheureusement non, Iker. Mes devoirs sont très exigeants. En vérité, la fête de Min sera probablement la dernière occasion de nous revoir.

Le cœur du Fils royal se serra.

— Pourquoi, Isis ?

— L'initiation aux mystères d'Osiris est une aventure périlleuse. Étant tenue au secret, je n'ai pas le droit de vous en parler. Je peux néanmoins vous confier que j'ai décidé d'aller jusqu'au terme de cette quête. Beaucoup ne sont pas revenus du chemin qu'il me faudra emprunter.

— Est-il nécessaire de prendre autant de risques ?

Elle le regarda avec un sourire désarmant.

— Existe-t-il une autre voie ? Vous et moi vivons

pour la pérennité de Maât et la sauvegarde de l'arbre de vie. Tenter de fuir ce destin serait aussi lâche qu'illusoire.

— De quelle manière vous aider ?

— Nous suivons chacun notre chemin, parsemé d'épreuves qu'il faut affronter dans la solitude. Au-delà, peut-être nous rejoindrons-nous.

— Je vous aime ici et maintenant, Isis !

— Ce monde ne reflète-t-il pas l'invisible ? À nous de déchiffrer les signes qui effacent les frontières et ouvrent les portes. Si vous m'aimez vraiment, vous apprendrez à m'oublier.

— Jamais ! Je vous supplie de renoncer, je...

— Ce serait une erreur fatale.

Iker détesta Abydos, Osiris, les mystères, et déplora aussitôt cette réaction puérile. Isis avait raison. Rien ne les orientait vers une existence ordinaire et banale, rien ne les autorisait à envisager un petit bonheur tranquille, à l'abri des vicissitudes. Ils ne se réuniraient qu'après avoir, l'un et l'autre, affronté l'inconnu.

Leurs mains s'unirent avec tendresse.

45.

Memphis, enfin ! Bientôt, Médès reverrait le Libanais, certainement informé du sort de l'Annonciateur. Pourquoi le pharaon tenait-il à célébrer le rituel de la fête de Min à Coptos, au lieu de rejoindre la capitale qui lui préparait un accueil triomphal ? La démarche du souverain visait probablement à guérir l'arbre de vie.

Médès disposait d'un atout majeur : Gergou. Devenu l'ami d'Iker, il s'était proposé comme responsable de l'intendance. Vu les excellents services rendus en Nubie, sa candidature avait aussitôt été acceptée. Il pourrait ainsi espionner les principaux protagonistes de l'événement et découvrir les raisons de leur démarche.

Bien soigné par le docteur Goua, Médès retrouvait vigueur et détermination. Que la pacification de la Nubie fût un échec cuisant de l'Annonciateur, nul n'en doutait. Fallait-il cependant désespérer ? Si Sésostris n'adoptait pas une attitude triomphale, si son discours demeurait sobre et prudent, il devait redouter l'ennemi en Égypte même !

Fin tacticien, l'Annonciateur envisageait forcément plusieurs angles d'attaque. Certains se révélaient satisfaisants, d'autres décevants. Sa volonté de détruire ce régime et de propager sa croyance restait forcément intacte.

Coptos festoyait. Les tavernes servaient un nombre incalculable de bières fortes ; les marchands d'amulettes, de sandales, de pagnes et de parfums ne savaient plus où donner de la tête. Min, dieu des fécondités, de la plus matérielle à la plus abstraite, déclenchait une véritable liesse. Des femmes, d'ordinaire guindées, regardaient les hommes d'un drôle d'œil. « Au moins, pensait Sékari, déjà intime d'une drôlesse, notre spiritualité ne sombre pas dans la tristesse et la pudibonderie. »

Sésostris, lui, dirigeait un cérémonial très ancien. Vêtu d'habits d'apparat, rehaussés d'or, il traversait la ville en direction du temple. Le précédaient des ritualistes portant, sur des pavois, les statuettes des pharaons passés à l'Orient éternel. À côté du roi, l'effigie de Min, au sexe éternellement dressé pour signifier que le désir créateur, caractéristique de la puissance divine, ne s'éteignait jamais. Figurait aussi un taureau blanc, à la fois symbole de l'institution pharaonique et incarnation animale du dieu. Support de la lumière étincelante, il en répandait la force.

Iker ne cessait d'admirer la sublime prêtresse, présente à la gauche du roi.

L'espace d'une fête, Isis représentait la reine.

La statue de Min fut déposée sur un socle, et des prêtres lâchèrent des oiseaux. S'élançant vers les points cardinaux, ils annoncèrent le maintien de l'harmonie céleste et terrestre grâce à l'action du pharaon.

Maniant une faucille en or, Sésostris coupa une gerbe

d'épeautre et l'offrit au taureau blanc, à son père Min et au *ka* de ses ancêtres.

Sept fois, Isis tourna autour du pharaon en prononçant des formules de régénération.

Puis apparut un Noir de petite taille. D'une voix grave aux accents chaleureux, il chanta un hymne à Min qui fit frissonner l'assistance. Le musicien saluait le taureau venu des déserts, celui au cœur heureux, chargé de donner au roi l'émeraude, la turquoise et le lapis-lazuli. Min ne s'affirmait-il pas comme Osiris ressuscité, dispensateur des richesses ?

Le rituel majeur terminé, débutait l'épisode le plus attendu : l'érection du mât de Min, auquel grimpèrent avec fougue des acrobates, déterminés à décrocher les vases rouges utilisés lors de la cérémonie de refondation de la chapelle divine.

Un parterre de jeunes filles attentives observait les aventuriers.

Isis entraîna Iker à l'écart.

— L'homme que je souhaitais contacter est bien présent.

— De qui s'agit-il ?

— Du chanteur à la voix magnifique. D'après les anciens textes, il porte le titre de « Nègre de Pount ». Voici plusieurs années qu'il avait disparu. Lui seul peut nous fournir des indications précises.

Gergou aurait volontiers vidé plusieurs coupes de bière forte, mais il se résolut à suivre le couple.

Le ritualiste s'était assis à l'ombre d'un palmier.

— Je suis une prêtresse d'Abydos, déclara Isis, et voici le Fils royal Iker. Nous sollicitons votre aide.

— Que désirez-vous savoir ?

— L'emplacement de Pount, répondit Iker.

Le chanteur eut un rictus de dépit.

— Route coupée depuis longtemps ! La retrouver exigerait un navigateur passé par l'île du *ka*.

— J'y ai séjourné, affirma Iker.

L'artiste sursauta.

— Je déteste les menteurs !

— Je ne mens pas.

— Qui as-tu rencontré, sur cette île ?

— Un immense serpent. Il n'a pas réussi à sauver son monde et m'a souhaité de préserver le mien.

— Ainsi, tu dis la vérité !

— Acceptez-vous de nous conduire jusqu'à Pount ?

— Le capitaine du bateau doit posséder la pierre vénérable. Sans elle, naufrage assuré.

— Où est-elle ?

— Dans les carrières de l'Ouadi Hammamat. Toute expédition est vouée à l'échec.

— Moi, je réussirai.

L'accueil de Memphis dépassait les prévisions de Médès. Sésostris, héros de légende, n'avait-il pas réuni le Nord et le Sud, pacifié la Syro-Palestine et la Nubie ? Sa popularité rejoignait celle des grands souverains du temps des pyramides, on composait des poèmes à sa gloire et les conteurs ne cessaient d'embellir ses exploits.

Le monarque, lui, demeurait toujours aussi sévère, comme si ses indiscutables victoires lui semblaient dérisoires.

Dès que l'épouse de Médès, apaisée par les calmants du docteur Goua, sombra dans le sommeil, le Secrétaire de la Maison du Roi se rendit chez le Libanais.

Prudent, il observa les alentours.

Rien d'insolite.

Aussi suivit-il la procédure habituelle.

Son hôte avait beaucoup grossi.

— Sommes-nous en sécurité ? s'inquiéta Médès.

— Malgré les petits succès de Sobek, aucun problème sérieux. Le cloisonnement de mon réseau nous met à l'abri. Hélas ! votre longue absence fut très préjudiciable à nos affaires.

— Le pharaon m'a pris en otage, mais mon comportement exemplaire a fait de moi un dignitaire estimé et irremplaçable.

— Tant mieux pour nous ! Que s'est-il réellement passé, en Nubie ?

— Sésostris a vaincu les tribus, pacifié la région et bâti une série de forteresses infranchissables. Les Nubiens renoncent à envahir l'Égypte.

— Fâcheux. Et l'Annonciateur ?

— Disparu. J'espérais qu'il vous aurait contacté.

— Le croyez-vous mort ?

— Non, car le signe gravé dans la main de Gergou l'a brûlé au moment où il doutait. L'Annonciateur ne tardera pas à nous donner de nouvelles instructions.

— Exact, dit une voix douce et profonde.

Médès sursauta.

Il se tenait là, devant lui, avec son turban, sa barbe, sa longue tunique de laine et ses yeux rouges.

— Ainsi, mon brave ami, tu m'es resté fidèle.

— Oh oui, seigneur !

— Nulle armée ne m'arrêtera, nulle force ne surpassera la mienne. Heureux qui le comprend. Pourquoi le pharaon a-t-il fait escale à Abydos et tenu à présider la fête de Min à Coptos ?

Médès arbora une mine réjouie.

— Grâce à un message de Gergou transmis par l'un de mes bateaux rapides, je peux vous l'expliquer. Auteur d'importantes découvertes à la bibliothèque d'Abydos, la prêtresse Isis a remplacé la reine lors des fêtes de Min. On l'a souvent remarquée en compagnie du Fils royal Iker, que j'espérais mort et qui semble indestructible ! Simple amitié ou futur mariage ? Là n'est pas l'essentiel. Isis et Iker ont interrogé un ritualiste au titre significatif : le Nègre de Pount. Pourquoi une telle démarche, sinon en vue de s'emparer de l'or caché dans cette région ? Contrairement à beaucoup, je la crois bien réelle.

— Tu ne te trompes pas, Médès. Une expédition s'organise-t-elle ?

— Oui, mais pas à destination de Pount ! Officiellement, Iker se rend aux carrières de l'Ouadi Hammamat. Sa mission consiste à ramener un sarcophage et des statues.

L'Annonciateur parut contrarié.

— Le Nègre lui a donc demandé de retrouver la pierre vénérable, sans laquelle le chemin de Pount demeure fermé.

Médès comprit pourquoi l'équipage du *Rapide* avait échoué, même en offrant Iker au dieu de la mer.

— Ce maudit scribe possède-t-il une chance de réussir ?

— J'en doute.

— Sauf votre respect, seigneur, cet aventurier nous a déjà beaucoup nui !

L'Annonciateur sourit.

— Iker n'est qu'un homme. Cette fois, son audace ne suffira pas. Néanmoins, nous prendrons les précautions nécessaires pour qu'aucun bateau égyptien ne puisse atteindre Pount.

Séduisante, Bina apparut. Sous sa tunique, d'épais pansements.

— Elle aussi a survécu. Sésostris n'imagine pas les coups que sa haine va lui porter.

Le Libanais absorba goulûment quelques grains de raisin.

— Sobek le Protecteur bloque toute initiative, avoua-t-il, dépité. J'ai dû remodeler une partie de mon réseau, recommander à mes hommes une extrême prudence et renoncer à corrompre ce maudit chef de la police. Il se montre d'une intégrité effarante ! Et ses subordonnés se feraient tuer pour lui. Seul vous, seigneur, parviendrez à nous en débarrasser !

— Tes tentatives méritent l'estime, mon ami. Puisque les moyens habituels ne suffisent pas, nous en utiliserons d'autres.

Sobek le Protecteur ne perdait pas son temps. À présent, le palais royal et les principaux bâtiments administratifs, y compris les bureaux du vizir, étaient des zones entièrement sûres. Passant le personnel au crible, le chef de la police avait transféré les employés douteux. Seuls des hommes expérimentés, qu'il connaissait depuis longtemps, demeuraient en poste. Chaque visiteur étant fouillé, nul ne s'approcherait du roi en portant une arme.

Les brèves félicitations de Sésostris, si rares, touchèrent profondément le Protecteur.

— Comment s'est comporté Iker, Majesté ?

— De manière exemplaire.

— Je me serais donc trompé sur son compte.

— Les êtres humains admettent rarement leurs erreurs. Plus rarement encore, ils choisissent la voie juste et s'y tiennent, quels que soient les obstacles. Le Fils royal Iker en fait partie.

— Côté excuses, je ne suis pas doué.

— Personne, et surtout pas lui, n'en exige.

— Restera-t-il en Nubie ?

— Non, j'ai confié l'administration de la région à Séhotep. Dès qu'il aura mis en place des responsables dignes de confiance, il reviendra à Memphis. Quant à Iker, je l'ai chargé d'une nouvelle mission, particulièrement périlleuse.

— Vous ne le ménagez pas, Majesté !

— Prendrais-tu sa défense ?

— J'admire son courage. Nesmontou n'a pas couru autant de dangers !

— Tel s'affirme le destin de ce Fils royal. Même si je le désirais, personne ne pourrait agir à sa place. Quels sont les résultats de tes investigations ?

— Votre cour se compose d'intrigants, de vaniteux, d'envieux, d'imbéciles, d'intellectuels prétentieux et de quelques fidèles. Des enquêtes approfondies aboutissent à une heureuse conclusion : parmi eux, aucun allié de l'Annonciateur. D'une part, ils ont trop peur de vous ; d'autre part, ils apprécient leurs avantages et leur confort. Il fallait donc chercher ailleurs. Les coiffeurs servaient de relais aux terroristes. Plusieurs se sont évanouis, les autres sont sous étroite surveillance. Nouvelle piste : celle des porteurs d'eau. Vu leur nombre, pas facile à exploiter. L'arrestation d'un douanier corrompu ne procure pas les bénéfices escomptés. Au moins, j'espère avoir compliqué l'existence de l'ennemi ! L'erreur consisterait à baisser la garde. Ville ouverte et cosmopolite, Memphis demeure la cible principale.

Sésostris reçut longuement le vizir Khnoum-Hotep dont la gestion, quotidiennement contrôlée par la reine, avait été remarquable. Fatigué, malade, le vieil homme comptait remettre sa démission au monarque. En sa présence, il se souvint de son serment. Au souverain de décider, non à lui. Et il n'aurait guère apprécié de longues journées paresseuses, avachi dans un fauteuil.

Un initié au Cercle d'or d'Abydos se devait à son pays, à son roi et à son idéal.

Le dos raide, les jambes lourdes, Khnoum-Hotep reprit le chemin de son bureau. Il continuerait à remplir une fonction amère comme le fiel mais utile au peuple des Deux Terres.

46.

Le pied ferme, la langue bien pendue, il s'appelait Khaouy, était né à Coptos et ne se prenait pas pour la moitié d'un incapable. Militaire de carrière, il avait conduit plusieurs corps expéditionnaires à travers le désert jusqu'à l'Ouadi Hammamat et se targuait d'avoir ramené sa troupe en bonne santé.

À Khaouy, on ne la faisait pas. Tout Fils royal qu'il fût, Iker entendrait ce qu'il devait entendre.

— Les carrières, ce sont les carrières ! Et quand il s'agit de l'Ouadi Hammamat, on ne plaisante pas. Moi, j'ai toujours fourni à mes hommes de la bière et des produits frais, j'ai même transformé une partie du désert en champs fertiles et creusé des citernes. Une bande d'amateurs ne te ramènera pas ce que tu désires ! Il me faut une dizaine de scribes, quatre-vingts carriers, autant de tailleurs de pierre, vingt chasseurs, dix cordonniers, dix brasseurs, dix boulangers et mille soldats qui serviront aussi de manœuvres. Qu'il ne manque ni une outre, ni un couffin, ni une jarre d'huile.

— Accordé, répondit Iker.

Khaouy fut étonné.

— Ça alors... Tu as le bras long, toi !

— J'exécute les ordres du pharaon.

— N'es-tu pas un peu jeune pour prendre la tête d'une équipe aussi nombreuse ?

— Puisque je bénéficierai de tes conseils, qu'ai-je à redouter ? De plus, l'inspecteur principal des greniers Gergou se met à ta disposition et te facilitera la tâche.

Khaouy se gratta le menton.

— Vu comme ça, on pourrait s'arranger. On suit mon chemin et l'on adopte mon rythme de travail.

— Entendu.

Khaouy n'avait pas d'autres exigences à formuler. Il ne lui restait qu'à rassembler des professionnels attirés par un excellent salaire.

Haut de six cent soixante-cinq mètres, le Djebel Hammamat formait un impressionnant verrou rocheux. Passant au centre d'une sorte de pylône, l'Ouadi Hammamat serpentait dans une vallée plutôt plate et facile d'accès. Depuis la première dynastie, on extrayait des massifs montagneux la pierre de Bekhen, variant du grès moyen au noir et ressemblant au basalte [1].

En dépit de sa beauté, la Montagne pure attirait moins les regards qu'Isis dont la présence intriguait les membres de l'expédition. D'aucuns expliquaient que la jeune femme était une protégée du roi et disposait de pouvoirs surnaturels, indispensables pour écarter les démons du désert.

Iker vivait des moments merveilleux. Lorsque la prêtresse lui avait annoncé qu'elle partait avec lui, le ciel était devenu plus lumineux, l'air embaumé. Comme le désert lui semblait accueillant et la chaleur aimable ! Laissant à Khaouy et à Gergou le soin de s'occuper de l'intendance, le Fils royal raconta en détail ses aven-

1. Le *grauwacke* ou *greywacke*.

tures à Isis, puis ils parlèrent de littérature et de mille et un aspects du quotidien. Aussi constatèrent-ils qu'ils partageaient les mêmes goûts et les mêmes aversions. Iker n'osait pas l'interroger à propos d'Abydos, et le voyage lui parut atrocement court. Vent du Nord et Sanguin se faisaient discrets, l'âne se contentant d'apporter de l'eau si nécessaire.

— On arrive, dit Khaouy. Mes gars vont se mettre au travail.

Sékari n'appréciait guère l'endroit, car ce qui ressemblait à une mine lui rappelait de mauvais souvenirs.

— Rien d'anormal ? lui demanda Iker.

— Qu'aurais-tu remarqué ? Quand on est amoureux à ce point-là, on ne voit pas une vipère à cornes vous passer sur le pied. Rassure-toi, tout va bien. Malgré sa grande gueule, ce Khaouy me semble solide et compétent.

— Sékari, dis-moi la vérité. Crois-tu qu'Isis...

— Vous formez un très beau couple. Maintenant, on recherche la pierre vénérable.

Les responsables de l'expédition commencèrent par contempler « la table des architectes » gravée sur une paroi rocheuse. Le premier cité était Ka-néfer, « la puissance créatrice accomplie » ; le deuxième, Imhotep, le créateur de la première pyramide en pierre. Son génie passait de maître d'œuvre en maître d'œuvre, et la tradition le considérait comme le bâtisseur de l'ensemble des temples égyptiens à travers les siècles.

Isis offrit à Min de l'eau, du vin, du pain et des fleurs, et le pria de sacraliser le labeur des artisans.

L'exploitation ne présentait pas de difficultés particulières. Correctement logées et nourries, les équipes ne tardèrent pas à extraire de superbes blocs aux reflets rougeâtres et d'autres presque noirs.

— Ça te convient ? demanda Khaouy au Fils royal.

— Ils sont splendides, mais s'agit-il de la pierre vénérable ?

— Une simple légende ! Voilà longtemps, un carrier aurait découvert une pierre rouge, capable de guérir tous les maux. Le bonhomme avait surtout de l'imagination. Tu n'es quand même pas venu chercher ça ?

— Si.

— Ma spécialité, ce sont les statues et les sarcophages, pas les fables pour enfants !

— Explorons la montagne.

— Parcours les galeries une à une, si ça te chante.

Iker s'y aventura sans aucun succès.

Isis, elle, célébrait le rituel et faisait des offrandes.

Quand apparut une gazelle, tellement grosse de sa future progéniture qu'elle ne pouvait plus courir, les regards convergèrent vers l'animal.

— Je vais l'abattre d'une seule flèche ! promit un chasseur.

— Ne tire pas, ordonna la jeune femme. Min nous envoie un miracle.

La femelle mit bas. Dès que son petit fut capable de se déplacer, ils regagnèrent ensemble le désert.

À l'endroit de la naissance, une pierre rouge lançait des éclats dorés.

Maniant maillet et ciseau, Sékari la détacha de sa gangue.

— Hier, se plaignit un carrier, je me suis entaillé la jambe. Si c'est la pierre vénérable, elle effacera ma plaie !

Isis l'apposa sur la blessure pendant un long moment.

Quand elle la retira, ne subsistait qu'une cicatrice.

Les artisans contemplèrent la prêtresse d'un œil surpris. Qui, d'elle ou de la pierre, détenait le maximum de pouvoirs ? Même Khaouy resta bouche bée.

Le Fils royal lui confia un papyrus roulé marqué de son sceau.

— Reconduis cette expédition à Coptos et remets ce document au maire de la ville. Il te versera les salaires et les primes. Je continue ma route avec les charpentiers et quelques soldats.

Gergou, lui, n'était pas du voyage. Sous quel prétexte aurait-il pu s'imposer ? En prenant le chemin du retour, il fulminait.

Lors de la première halte, il s'isola pour satisfaire un besoin naturel.

Allongé dans le sable, un homme l'interpella et lui coupa toute envie.

— Ainsi, tu t'en es tiré ! s'étonna Gergou.

— Comme tu vois, répondit Shab le Tordu. L'Annonciateur protège les vrais croyants. Ils ne redoutent pas la mort, puisqu'ils iront au paradis.

— Pourtant, la Nubie n'a pas été une partie de plaisir !

— Les guerriers noirs furent trop indisciplinés. Tôt ou tard, l'Annonciateur imposera la vraie foi à cette région. Que s'est-il passé, dans les carrières de l'Ouadi Hammamat ?

— La prêtresse Isis a découvert une pierre guérisseuse. Iker, à la tête d'un groupe de charpentiers et de soldats, a décidé de se séparer du reste de l'expédition. J'ai reçu l'ordre de rentrer à Coptos, puis de reprendre mes fonctions à Memphis.

— Des charpentiers, dis-tu... Le Fils royal aurait-il l'intention de construire un bateau ?

— Désolé, je l'ignore.

— L'Annonciateur t'observe, Gergou. Fais ton rapport à Médès, et qu'il contacte le Libanais. Moi, je ne perdrai pas Iker de vue et l'empêcherai d'agir.

À la tête d'une bande de coureurs des sables particulièrement redoutables, Shab le Tordu disposait d'une belle force d'intervention. Avant d'attaquer le Fils royal et ses compagnons, il voulait connaître leurs projets.

— Qui attendons-nous ? demanda Sékari.

— Le Nègre de Pount, répondit Iker, assis à côté d'Isis sur un lit de basalte, face au désert.

— Et s'il ne vient pas ?

— Il viendra.

Étant donné le confort acceptable des installations et l'abondance de nourriture, personne ne protestait contre ce temps de repos. La présence de la prêtresse rassurait les inquiets.

Au soleil couchant, il apparut.

De son pas tranquille, le Nègre de Pount se dirigea vers Iker.

— As-tu découvert la pierre vénérable ?

Isis la lui montra.

De son pagne, le chanteur sortit un couteau.

Aussitôt, Sékari s'interposa.

— Je dois vérifier. Que le Fils royal me présente son bras gauche.

— Pas de folie, sinon...

— Je dois vérifier.

Iker acquiesça. Le Noir lui entailla le biceps, puis posa la pierre sur la blessure.

Quand il la retira, la peau était intacte.

— Parfait, constata-t-il. Qui sont ces hommes ?

— Des charpentiers et des soldats, habitués à lutter contre les coureurs des sables. Le vizir Khnoum-Hotep m'a indiqué l'emplacement d'un port, Saouou, où nous trouverons le bois nécessaire à la construction d'un bateau.

— Malgré ta jeunesse, tu sembles prévoyant.

Saouou est le meilleur point de départ pour le pays de Pount.

La profonde vallée creusée par l'Ouadi Gasoûs débouchait sur une baie ouverte dans la côte de la mer Rouge. Là, un petit port abritait un nombre considérable de pièces de bois, dont les charpentiers apprécièrent la qualité.

— Construisez un navire à longue coque, à l'arrière relevé, avec deux postes d'observation, le premier à la proue, le second à la poupe, exigea le Nègre de Pount. Un seul mât suffira. Prévoyez des rames solides et un gouvernail axial. Quant à la voile, qu'elle soit plus large que haute.

Sékari ne cachait pas son anxiété.

— Cet endroit est dangereux.

— S'il était infesté de pillards, objecta Iker, pourquoi n'ont-ils pas volé tout ce bois ?

— Les coureurs des sables sont lâches et paresseux. D'une part, trop lourd à transporter ; d'autre part, ils ne sauraient pas quoi en faire. D'après mon instinct, nous avons été filés. Je vais disposer des soldats autour du site.

À la future proue, Isis dessina un œil d'Horus complet. Ainsi le navire repérerait-il de lui-même le chemin à suivre.

Le Nègre de Pount surveillait le travail des charpentiers.

— Où se trouve ton pays et quelle direction devrons-nous prendre ? lui demanda Iker.

— Les uns parlent de la Somalie, les autres du Soudan, d'autres encore de l'Éthiopie ou de Djibouti, voire de l'île de Dahlak Kebin, en mer Rouge. Laissons-les bavarder. Pount, terre divine, ne figurera jamais sur une carte.

— En ce cas, comment l'atteindrons-nous ?

— Cela dépendra des circonstances.

— T'estimes-tu armé pour y faire face ?

— Nous verrons. Je ne suis pas retourné à Pount depuis si longtemps !

— Te moques-tu de moi et du destin de l'Égypte ?

— Pourquoi crois-tu qu'aucun texte ne précise la situation de cette terre bénie, sinon parce qu'elle varie sans cesse afin d'échapper à la cupidité des humains ? Jadis, j'ai su. Aujourd'hui, je ne sais plus. Toi, tu as découvert l'île du *ka*. Et la jeune prêtresse possède la pierre vénérable. Dans la mesure de mes moyens, je vous aiderai. Mais vous, et vous seul, détenez le secret de ce voyage.

D'un côté, Shab le Tordu regrettait d'avoir tant attendu, car Sékari venait de poster des soldats autour du port, le privant ainsi de l'effet de surprise. De l'autre, il se félicitait de sa patience, puisqu'il savait maintenant à quoi s'en tenir : Iker comptait gagner Pount, grâce aux indications du vieux Noir.

L'équipe de charpentiers travaillait vite. D'ici un jour ou deux, le bateau serait prêt à naviguer.

Enfin, la nouvelle qu'espérait le Tordu arriva !

— Les pirates sont d'accord, lui annonça le chef des coureurs des sables, à condition d'obtenir la moitié du butin.

— Entendu.

— Me garantis-tu une prime supplémentaire ?

— L'Annonciateur se montrera généreux.

Le Bédouin se frappa la poitrine de son poing fermé.

— Pas un n'en réchappera, tu peux me croire ! Sauf la femme... Nous la prendrons vivante et lui montrerons ce que sont de vrais hommes !

Le Tordu se moquait du sort d'Isis.

47.

Quelques minutes avant la ruée des coureurs des sables, Sanguin donna l'alerte. Sékari se réveilla en sursaut et mobilisa les soldats.

Deux sentinelles succombaient, mortellement blessées par les silex pointus que projetaient les frondes. Fidèle à sa méthode, Shab le Tordu plantait son couteau dans la nuque d'une troisième.

À l'évidence, les soldats égyptiens ne résisteraient pas longtemps.

— Tous au bateau, ordonna Sékari, et levons l'ancre !

Les artisans subissaient déjà l'assaut d'une meute de Bédouins.

Iker désirait rester à leurs côtés, mais il fallait d'abord sauver Isis. À peine montait-il à bord avec elle, le vieux Noir, Sanguin, Vent du Nord et une dizaine d'hommes, que Sékari ôtait la passerelle et déployait la voile.

— Je redescends combattre, protesta le Fils royal.

Sékari le retint.

— Pas de folie. Notre mission, c'est Pount. Partons immédiatement, sinon nous serons tous massacrés. Regarde : il n'y a presque plus de résistance.

Au moment où le bateau sortait du port, un lourd navire lui barra le passage.

— Des pirates, constata Sékari. Aucune chance de passer.

Iker se tourna vers le Nègre de Pount.

— Comment leur échapper ?

— Prenez les chemins du ciel et les routes d'en haut. Là-bas, l'enfant d'or, né de la déesse Hathor, a bâti sa demeure. Vous volerez sur les ailes du faucon, si la mer insatiable reçoit l'offrande qu'elle exige.

Iker songea à l'effroyable épisode du *Rapide*. Devait-il périr noyé afin de sauver l'équipage ?

— Cette fois, dit le vieux Noir, tu n'as pas à te sacrifier.

Lorsqu'il se jeta à l'eau, le Fils royal crut reconnaître le visage de son maître, le scribe de Médamoud qui lui avait appris les hiéroglyphes et la règle de Maât.

Une violente rafale de vent renversa les occupants du navire, lequel se coucha sur le flanc et dériva à une vitesse folle avant de se relever.

— Des blessés ? s'inquiéta Sékari.

L'équipage ne souffrait que de bleus et d'égratignures qu'effacerait la pierre vénérable.

Quant aux pirates, ils avaient sombré corps et biens.

À la proue de « l'Œil de Râ », Isis maniait les sistres en cadence, et la musique se mêlait à la voix de la mer. Iker tenait le gouvernail, Sékari réglait la voile.

Et le bateau s'élança de lui-même en direction de la terre divine.

Fou de rage, Shab le Tordu achevait les blessés. Amère victoire, en raison des pertes considérables subies par les coureurs des sables. Et le bâtiment des pirates s'était disloqué sous le choc d'une vague monstrueuse !

— Les Égyptiens n'iront pas loin, prédit un Bédouin. Leur bateau a forcément subi des avaries, il ne tardera pas à couler.

Le Tordu partageait cet avis, mais redoutait l'endurance d'Iker, capable de survivre aux pièges les mieux tendus.

— Ravageons ce port, brûlons tout !

Les pillards s'en donnèrent à cœur joie.

Puis ils se dispersèrent, espérant repérer une caravane mal protégée. Malheureusement pour eux, la police de Sésostris se montrait de plus en plus vigilante. À la longue, assassins et voleurs se cantonneraient à la péninsule arabique.

Le Tordu devait regagner Memphis et informer l'Annonciateur, sans rien lui cacher de ce demi-échec.

— Côté navigation, déplora Sékari, mon expérience est plutôt limitée. La tienne serait-elle meilleure ?

— Je me contente de tenir le gouvernail, avoua Iker. En réalité, c'est lui qui dirige. Lui et Isis.

— La mer devant, la mer derrière, la mer à tribord et la mer à bâbord... Pas de Pount en vue. Toute cette eau me déprime, et nous n'avons plus aucune jarre de vin.

— Observe Sanguin et Vent du Nord : ils passent leur temps à dormir, comme si nul péril ne nous menaçait.

— Mourir de soif ou sombrer à cause de la prochaine tempête... Rassurant, en effet.

Les yeux rivés sur l'horizon, Isis ne quittait pas la proue. Fréquemment, elle pointait vers lui le petit sceptre en ivoire que lui avait donné le roi.

À l'aube d'une journée ensoleillée, l'âne et le chien se levèrent et l'encadrèrent.

Iker secoua Sékari.

— Réveille-toi !

— Voir encore de l'eau... Je préfère rêver d'une cave remplie de grands crus.

— Une île couverte de palmiers, ça ne t'attire pas ?

— Un mirage !

— D'après le comportement de Vent du Nord et de Sanguin, je ne crois pas.

Sékari consentit à ouvrir les yeux.

C'était bien une île, avec de longues plages de sable blanc.

On jeta l'ancre à bonne distance, deux marins plongèrent. Parvenus à destination, ils agitèrent les bras pour signifier l'absence de danger.

— Je les rejoins, décida Sékari. Restez ici, Isis et toi, pendant que nous fabriquons une barque.

L'âne et le chien, eux, apprécièrent l'eau tiède, puis gambadèrent sur la terre ferme.

L'endroit semblait idyllique. Atténuant l'ardeur du soleil, un vent constant maintenait une température agréable.

Sékari vint chercher le Fils royal et la prêtresse. Réuni et joyeux, l'équipage dégusta des poissons grillés, faciles à pêcher.

— Explorons les lieux, proposa Sékari.

Isis prit la tête du petit groupe.

Elle s'arrêta face à un sphinx en pierre, de la taille d'un lion. L'œuvre d'un sculpteur égyptien, rompu aux meilleures techniques.

Ornant le socle, une inscription hiéroglyphique : « Je suis le maître de Pount ».

— On a réussi, s'exclama Sékari, nous y sommes !

Et ses habitants ont choisi l'un de nos principaux symboles comme protecteur de leur contrée.

À tête d'homme et à corps de lion, le sphinx représentait Pharaon en gardien vigilant des espaces sacrés. Sa présence faisait-elle des Pountites les fidèles serviteurs de Sésostris ?

Iker tempéra cet enthousiasme.

— Il pourrait s'agir d'une prise de guerre.

— Les hiéroglyphes sont magnifiques et intacts, l'inscription dépourvue d'ambiguïté. Le Nègre de Pount ne s'est-il pas comporté en ami ?

Les arguments de Sékari portaient à l'optimisme. Ce fut quand même avec appréhension que les voyageurs s'engagèrent dans la palmeraie. Iker songeait à l'île du *ka*, mais celle-là était beaucoup plus vaste.

À la luxuriance succéda une zone aride et montagneuse. Des pentes sèches, rocailleuses, rendirent la marche pénible, et l'on suivit Vent du Nord, qui choisissait le bon chemin. Çà et là, des plantes aromatiques.

Du sommet d'une colline, Sékari aperçut un étrange village, au bord d'un lac entouré d'arbres à encens et d'ébéniers. Les Pountites utilisaient des échelles pour accéder à leurs habitations, des huttes sur pilotis. Chats, chiens, bœufs, vaches et une girafe circulaient librement.

— Bizarre, pas un seul humain ! Se seraient-ils enfuis à notre approche ou bien ont-ils été exterminés ?

— Si l'Annonciateur est parvenu jusqu'ici, avança Iker, redoutons le pire.

— Descendons jusqu'à ce village, décida Isis. Je passe la première.

Sékari n'appréciait guère cette prise de risque, mais la jeune femme ne lui laissa pas le temps de protester.

Lorsqu'ils franchirent l'entrée, marquée par deux grands palmiers, plusieurs dizaines d'hommes, de femmes et d'enfants sortirent de chez eux, dévalèrent les échelles et les entourèrent. Cheveux longs ou courts, petits pagnes rayés ou tachetés : les Pountites étaient élégants et racés. Ils paraissaient bien nourris et en excellente santé. Un détail frappa Isis : la barbe des hommes ressemblait à celle d'Osiris. Aucun ne brandissait d'arme.

Un quadragénaire s'avança vers la prêtresse.

— Qui êtes-vous et d'où venez-vous ?

— Je suis une ritualiste d'Abydos, et voici le Fils royal Iker, accompagné de Sékari. Nous venons d'Égypte.

— Pharaon y règne-t-il toujours ?

— Nous sommes les envoyés du roi Sésostris.

Le chef des Pountites tourna autour de la jeune femme, à la fois admiratif et suspicieux. Iker et Sékari étaient prêts à intervenir.

— Quand Pharaon apparaît, déclara le chef, son nez est de la myrrhe, ses lèvres de l'encens, le parfum de sa bouche semblable à celui d'un onguent précieux, son odeur celle d'un lotus d'été, car notre pays, la terre du dieu, lui offre ses trésors. Hélas ! la maladie nous a frappés, notre pays se dessèche. Si la nature ne reverdit pas, Pount disparaîtra. Le phénix ne survole plus notre territoire. Seule une femme, détenant la pierre vénérable et maniant les sistres, pourrait nous sauver.

— Je possède cette pierre, je suis venue vous l'offrir et répandre la musique des sistres afin de dissiper le maléfice.

Pendant que le chef des Pountites touchait chacun de ses compatriotes avec le minéral salvateur, Isis faisait chanter les instruments de la déesse Hathor.

À vue d'œil, les arbres reprirent leur éclat et la végétation s'épanouit à nouveau.

Tous levèrent la tête : un héron bleu, au plumage brillant, tournoyait juste au-dessus du village.

— L'âme de Râ réapparaît, constata le chef, souriant. Les parfums renaissent, l'arbre de vie se redresse au sommet de la butte des origines. Osiris gouverne ce qui existe, le jour comme la nuit.

— Tu as bien évoqué l'arbre de vie ? s'étonna Iker.

— Le phénix naît sur les branches du saule, à Héliopolis. Son mystère se révèle dans l'acacia d'Abydos.

Le Fils royal était stupéfait. Comment cet îlien pouvait-il être aussi savant ?

Ce dernier se prosterna devant Isis.

— Les senteurs merveilleuses du pays de Pount resurgissent grâce au soleil féminin, à l'envoyée de la déesse d'or, nourrie de chants et de danses. Qu'elles soient offertes à ton *ka*, en ce moment heureux où reverdit la terre du dieu.

En matière de festivités, les Pountites, du plus âgé au plus jeune, étaient des experts, dotés d'une bonne humeur communicative. Enfin détendus, les Égyptiens participèrent à une ronde échevelée, scandée par des chansons de bienvenue.

Proie de deux jeunes beautés dont les attitudes présageaient des heures agréables, Sékari n'en observait pas moins son hôte du coin de l'œil. Pourtant, le Pountite ne semblait animé que d'intentions pacifiques.

Iker ne quittait pas des yeux Isis, si rayonnante qu'elle conquérait le cœur des villageois.

L'épouse du chef la para d'un collier composé d'améthystes, de malachites et de cornalines, et d'une ceinture de coquillages en or vert, d'une exceptionnelle qualité.

L'or de Pount, indispensable à la guérison de l'acacia.

Son inscription laissa Iker perplexe : le nom de couronnement de Sésostris !

— Des émissaires du roi sont-ils déjà venus ici ? demanda-t-il au chef.

— Tu es le premier.

— Cet objet...

— Il provient de notre trésor. Connais-tu le nom secret de Pount ? L'île du *ka*. La puissance créatrice de l'univers ignore les frontières de l'espèce humaine. À présent, toi et tes compagnons, respirez les parfums de la terre du dieu.

Les Pountites regroupèrent un grand nombre de vases aux couleurs éclatantes et les ouvrirent. Se diffusèrent les effluves de l'oliban, de la myrrhe et de différents types d'encens. Ils embaumèrent l'île entière.

— Ainsi est apaisée la Grande de magie, le serpent de feu brillant au front de Pharaon, déclara le chef. Sous la protection de ces parfums, les justes peuvent comparaître devant le seigneur de l'au-delà. Créations de l'œil d'Horus, ces merveilleuses senteurs sont devenues les lymphes d'Osiris. Lorsque le préparateur d'onguent fait cuire les encens de Pount, il façonne la matière divine, utilisée lors de l'embaumement du ressuscité dans le temple de l'or.

Iker ne percevait pas le sens de ces paroles énigmatiques. Isis, elle, en appréciait sûrement la portée. Ne l'avait-elle pas guidé jusque-là pour qu'il entende ces révélations ?

— Fêtons nos bienfaiteurs comme ils le méritent, ordonna leur hôte. Remplissons les coupes de vin de grenade.

Réduit au tiers par ébullition, le suc des grains de grenades mûres procurait, d'après Sékari, une boisson plutôt médiocre, en dépit de sa capacité à prévenir dysenterie et diarrhée. Néanmoins, il ne fit pas la fine bouche. Après ce voyage mouvementé, ne fallait-il pas se revigorer ?

Fut organisé un banquet en plein air au cours duquel chacun mangea et but hors de raison, à l'exception d'Isis et d'Iker qui n'oubliaient pas leur mission.

— L'or vert de Pount est indispensable à la survie de l'Égypte, confia le Fils royal au chef. Nous accordes-tu l'autorisation d'en emporter quelques lingots ?

— Bien sûr, mais j'ignore l'emplacement de l'ancienne mine.

— Quelqu'un la connaît-il ?

— L'écorceur.

48.

Équipé d'une hachette et d'un panier, l'écorceur récoltait les gommes-résines avec une sage lenteur. Habitué à parler aux arbres et à les écouter, il n'appréciait guère la compagnie des humains. Percevant son hostilité, Sékari s'assit à quelques pas et posa sur le sol un pain frais, une jarre de vin et un plat de viande séchée. Comme s'il était seul au monde, l'agent spécial de Sésostris commença à manger.

L'écorceur cessa son travail et s'approcha.

Sékari lui tendit un croûton. Après une longue hésitation, le Pountite accepta.

Moins méfiant, il ne refusa pas le vin.

— J'ai connu meilleur, mais il se laisse boire, concéda Sékari. Content de ta journée ?

— Ça pourrait être pire.

— Vu la qualité de tes produits, tu seras largement payé. En Égypte, on aime les onguents. Ceux de Pount appartiennent à la catégorie très grand luxe. Hélas ! notre pays risque de disparaître.

L'écorceur dégusta une tranche de viande séchée.

— La situation serait-elle si grave ?

— Même plus.

— Qu'arrive-t-il ?

— Un maléfice. Notre unique espoir, c'est toi.

L'écorceur s'étrangla, Sékari lui tapa dans le dos.

— Pourquoi te moques-tu de moi ?

— Je suis sérieux. D'après les recherches approfondies qu'a menées une prêtresse d'Abydos, ici présente, seul l'or vert de Pount nous sauvera. Qui peut nous le procurer ? Toi.

Sékari laissa s'écouler un long silence.

Motif de satisfaction, l'artisan ne niait pas. Pensif, il mastiquait le reste des victuailles.

— En vérité, déclara-t-il enfin, ce n'est pas moi. Et je dois garder le silence.

— Nul ne te demande de trahir un secret. Présente-moi ton ami, je lui expliquerai la situation.

— Lui, il ne parlera jamais.

— Serait-il insensible au destin de l'Égypte ?

— Comment savoir ?

— Je t'en prie, donne-moi une chance de le convaincre.

— Inutile, je t'assure. Aucun de tes arguments ne l'atteindra.

— Pourquoi tant d'intransigeance ?

— Parce que le chef de la tribu régnant sur cette forêt est un babouin colérique, agressif et sanguinaire. Moi seul parviens à travailler ici sans déclencher sa fureur.

— Détient-il vraiment le trésor ?

— D'après la tradition, ce grand singe préserve depuis toujours la ville de l'or.

— Indique-moi l'endroit où tu as l'habitude de l'apercevoir.

— Tu n'en reviendras pas vivant !

— J'ai la peau dure.

À bonne distance du repaire du redoutable singe, l'écorceur refusa de s'aventurer plus loin. Accompagnés de l'âne et du chien, Sékari, Isis et Iker traversèrent un fouillis végétal. Soudain, Vent du Nord se coucha et Sanguin l'imita, langue pendante et queue rentrée entre les pattes, dans une attitude de totale soumission.

Le cynocéphale qui leur barrait le chemin brandissait un énorme bâton, visiblement habitué à s'en servir. Son pelage gris-vert formait une sorte de cape, son visage et l'extrémité de ses pattes étaient teintés de rouge.

Sachant qu'affronter le regard du babouin équivalait à une menace, Iker baissa les yeux.

— Tu es un roi, lui dit-il. Moi, le fils d'un pharaon. Toi, l'incarnation de Thot, dieu des scribes, n'abandonne pas les Deux Terres ! Nous ne sommes ni des voleurs ni des avides. L'or est destiné à l'arbre de vie. Grâce à ce remède, il guérira et reverdira.

L'œil courroucé de l'animal alla de l'un à l'autre des importuns. Sékari le sentait prêt à bondir. De ses crocs, il pouvait tuer un fauve. Lorsqu'une troupe de babouins approchait, même un lion affamé leur abandonnait sa proie.

Le cynocéphale grimpa à la cime d'un arbre.

Sékari s'épongea le front, l'âne et le chien se détendirent.

— Regardez, dit Isis, il nous guide !

Le puissant singe indiquait le meilleur itinéraire, leur évitant les passages marécageux ou trop broussailleux. Quand la végétation s'éclaircit, il disparut.

Étonné, Sékari découvrit une route pavée. Contractés, les explorateurs la suivirent jusqu'à un autel couvert d'offrandes.

— Il y a forcément du monde dans le coin, estima Sékari.

Broyeurs, pics, percuteurs, meules à frottement, bassins de lavage ne laissaient subsister aucun doute sur le labeur effectué à cet endroit. Sékari repéra des puits et des galeries peu profondes, faciles à exploiter. Le matériel était en bon état, comme si des artisans continuaient à l'utiliser.

— Les singes n'ont pas coutume de se transformer en mineurs !

— Les pouvoirs de Thot dépassent notre entendement, déclara Iker.

— Espérons qu'ils ne se sont pas approprié la totalité de l'or ! Je n'en vois pas une seule once.

De patientes recherches se révélèrent infructueuses.

— Étrange, remarqua Iker : ni oratoire ni chapelle. Or, chaque exploitation minière doit être placée sous la protection d'une divinité.

— Encore plus étrange, indiqua Sékari. Pas d'insecte volant, pas davantage de rampant, pas un seul oiseau au cœur de cette forêt !

— Autrement dit, le lieu a été envoûté.

— L'Annonciateur est donc venu jusqu'ici, et nous sommes tombés dans son piège.

— Je ne le pense pas, objecta Isis. Le roi des babouins ne nous a pas trahis.

— Alors, interrogea Sékari, comment expliquer ces anomalies ?

— Ce site se protège lui-même en se situant hors du monde habituel.

L'explication ne rassura pas l'agent spécial.

— En tout cas, aucune trace d'or !

— Nous ne savons pas le discerner. La lumière du jour forme peut-être un voile.

— Si nous passons la nuit ici, il faudra allumer un feu.

— Inutile, décida la prêtresse, puisque aucun animal sauvage ne nous menace. Avec des gardiens comme Sanguin et Vent du Nord, nous serons avertis du moindre danger.

Pendant qu'Isis tentait de mieux percevoir le génie du lieu, les deux hommes explorèrent les alentours.

En vain.

Au crépuscule, ils la rejoignirent.

— Pas une seule hutte de pierre, déplora Sékari. Je vais façonner des lits de feuilles.

— Ne cédons surtout pas au sommeil, recommanda Isis. À la lumière de la lune, expression céleste d'Osiris, le mystère se dévoilera. Regardez, elle sera pleine cette nuit. Cet œil nous éclairera.

Malgré la fatigue, Sékari en prit son parti. Ce n'était pas la première fois qu'une mission l'obligerait à se priver de sommeil.

Iker s'assit à côté d'Isis. Il appréciait chaque instant de ce bonheur inespéré qui lui permettait de vivre près d'elle.

— Reverrons-nous l'Égypte ?

— Pas sans l'or vert, répondit la prêtresse. Pount est une étape sur notre route, et nous n'avons pas le droit d'échouer.

— Isis, avez-vous subi l'épreuve redoutable ?

— Je ne connais ni le jour ni l'heure, et la décision ne m'appartient pas.

Il osa lui prendre la main.

Elle ne la retira pas.

Quand son pied toucha doucement celui de la jeune femme, elle ne protesta pas.

Le pays de Pount devenait un paradis. Iker pria pour que le temps se fige, qu'elle et lui deviennent des statues, que rien ne modifie cette indicible félicité. Il avait peur de trembler, de respirer, de briser cette communion miraculeuse.

L'éclat de la lune se modifia et devint d'une intensité comparable à celle du soleil. Ce n'était plus une lumière argentée, mais dorée, qui inondait la mine, et elle seule.

— La transmutation s'accomplit dans le ciel, murmura la prêtresse.

À trois pas devant eux, la terre s'illumina de l'intérieur, animée par un feu montant des profondeurs.

Attentifs, Sanguin et Vent du Nord demeuraient immobiles. Sékari ne perdait pas une miette du fascinant spectacle.

Isis se serra davantage contre Iker. Éprouvait-elle de la crainte ou bien lui avouait-elle, sans mot dire, ses véritables sentiments ?

Il ne la questionna pas, redoutant de dissiper un trop beau rêve.

L'or céda la place à l'argent, la lune s'apaisa, la terre aussi.

— Creusons, exigea Sékari.

Il ramassa deux pics, en tendit un à Iker.

— Qu'attends-tu ? Je ne vais pas m'échiner seul !

Le Fils royal fut obligé de se séparer d'Isis, et cette déchirure le mit au désespoir. En acceptant cette intimité, en partageant ces moments de tendresse, en ne refusant pas son amour, ne lui signifiait-elle pas qu'il y aurait un lendemain ?

Les deux amis n'eurent pas besoin de creuser profondément.

Ils dégagèrent sept bourses en cuir de belle taille.

— Les prospecteurs en utilisent de semblables, observa Sékari.

La prêtresse en ouvrit une.

À l'intérieur, l'or de Pount. Les six autres bourses contenaient un trésor identique.

Au village, les marins égyptiens prenaient leurs aises. Choyés, dorlotés, ils passaient leur temps à boire, à manger et à séduire les jolies indigènes auxquelles ils racontaient des exploits faramineux, allant de la conquête d'une mer inconnue à la pêche de poissons géants. Éperdues d'admiration, les donzelles feignaient de les croire.

— La fête se termine, annonça Sékari. Nous rentrons.

Cette décision ne souleva pas un enthousiasme immédiat. Néanmoins, qui se serait plaint de regagner l'Égypte ? Si enchanteur fût-il, aucun pays ne l'égalait. L'équipage s'occupa donc volontiers des préparatifs du départ.

— As-tu trouvé ce que tu étais venu chercher ? demanda à Iker le chef du village.

— Grâce à ton accueil, l'arbre de vie sera sauvé. J'aurais aimé remercier l'écorceur, mais il s'est volatilisé.

— N'as-tu pas remarqué un grand singe, au sommet des arbres ? La tradition le considère comme le gardien de l'or vert. Puisqu'il t'a été favorable, célébrons un ultime banquet.

Isis en fut la reine. Chaque enfant tint à l'embrasser afin d'être protégé du mauvais sort.

Restait une question qu'il fallait bien poser.

— Peux-tu nous indiquer la meilleure route ? demanda Iker.

— Pount ne figurera jamais sur une carte, répondit le chef, et c'est mieux ainsi. Emprunte de nouveau les chemins du ciel.

On se sépara dans la bonne humeur, non sans une certaine nostalgie. Pount avait reverdi, les liens d'amitié avec l'Égypte se renforçaient.

La voile se déploya, le bateau s'élança sur une mer calme.

Pas encore dégrisés, les marins accordaient une totale confiance à Iker.

— Quel itinéraire t'a indiqué le chef ? interrogea Sékari.

— Nous devons attendre un signe.

Bientôt, l'île disparut. Il n'y eut plus d'autre perspective que l'horizon, toujours fuyant, et cette masse d'eau dont l'apparente tranquillité ne rassurait pas Sékari.

— Voici notre guide, annonça Isis.

Un immense faucon se posa au sommet du mât. Lorsque le vent changea, il prit son envol et indiqua la bonne direction.

— La côte ! s'exclama Sékari. Voilà la côte !

Fusèrent des cris de joie. Même pour le plus expérimenté des marins, cette vision-là gardait une magie particulière.

— Le faucon nous ramène au port de Saouou.

— Non, observa Iker. Il se contente de le survoler et nous entraîne au large.

La vue perçante de Sékari distingua des hommes qui couraient vers le rivage.

Ainsi, on les guettait. Probablement des coureurs des sables mandatés par l'Annonciateur. Ils se regroupaient, décidés à ne pas perdre leur proie.

— Nos réserves d'eau sont épuisées, Iker, et nous ne pourrons pas rester longtemps en mer. Dès que nous toucherons terre, ils attaqueront en masse.

— Suivons l'oiseau d'Horus.

D'un battement d'ailes régulier, le rapace longeait la côte. Au moment où il s'en rapprochait, mettant l'Œil de Râ à portée des flèches ennemies, un mouvement de panique disloqua la troupe de Bédouins.

Composés d'archers et de lanciers, plusieurs régiments égyptiens les encadraient.

— Les nôtres ! s'écria Sékari. Nous sommes sauvés !

À cause de l'émotion, l'accostage ne fut guère orthodoxe. Sans attendre la passerelle, le général Nesmontou, vigoureux comme un jeune athlète, grimpa à bord.

— Le pharaon avait vu juste ! C'était bien ici que je devais vous accueillir. Ces lâches n'ont pas pesé lourd, mais si vous aviez débarqué à Saouou, ils vous auraient massacrés. Puisque le faucon divin vous guidait, vous avez donc trouvé l'or de Pount !

49.

Impulsif, Sobek le Protecteur savait se montrer patient et méthodique. Aucun de ses échecs, parfois cuisants, ne le décourageait. Et son premier vrai succès lui donnait encore davantage d'énergie pour traquer le réseau terroriste de Memphis. De son point de vue, l'attaque du poste de police et la tentative de corruption ressemblaient à de médiocres initiatives, indignes de l'Annonciateur. En son absence, l'un de ses subordonnés s'était efforcé de briller, alors qu'il ne possédait pas l'envergure de son patron.

Sobek croyait à la piste des porteurs d'eau. L'endroit le plus menacé étant le palais royal, il commença par faire discrètement filer les habitués du secteur. Jouant le rôle de vendeur du précieux liquide, un policier se mêla aux professionnels.

— J'ai peut-être quelque chose d'intéressant, annonça-t-il à son chef au terme de plusieurs journées d'investigation. Une bonne trentaine de marchands sillonnent l'endroit, mais l'un d'eux présente un intérêt particulier. Passe-partout à ce point-là, incroyable ! Je suis incapable de vous le décrire.

— Ça ne nous avance pas beaucoup.

— Je ne l'aurais même pas remarqué si une jolie fille

ne l'avait pas abordé. Ils sont partis bras dessus, bras dessous, avec des roucoulades et des mimiques significatives.

— Ton histoire me paraît d'une affligeante banalité.

— Pas tant que ça, chef, à cause de la fille. Je l'ai tout de suite reconnue, car... Enfin, vous voyez...

— Passons sur les détails. Qui est-elle ?

— Une lingère employée au palais depuis longtemps. Elle assiste parfois la femme de chambre de Sa Majesté.

Un vaste sourire illumina le visage du Protecteur.

— Beau travail, petit, très beau travail ! Toi, tu es promu. Moi, je vais interroger cette demoiselle.

Memphis bruissait d'une extraordinaire rumeur : le retour du Fils royal, détenteur d'un fabuleux trésor provenant du pays de Pount.

Sceptique, le porteur d'eau avait pourtant transmis l'information au Libanais avant de repartir en chasse pour confirmer ou infirmer ces bruits. Il en saurait forcément davantage grâce à sa maîtresse.

La coquette était toujours en retard. Son service terminé, elle adorait bavarder et recueillir les potins. Fière de son métier et ravie de répéter ce qu'elle entendait, la lingère offrait une véritable mine d'informations au porteur d'eau et au réseau terroriste.

Enfin, elle apparut.

Plusieurs détails éveillèrent la méfiance de son amant. Elle marchait lentement, crispée, inquiète. L'atmosphère de la place venait brusquement de changer. Moins de monde, moins de bruit, des badauds convergeant vers lui.

L'erreur.

Sa seule erreur.

Comment supposer que Sobek soupçonnerait cette domestique, tellement anonyme ?

Apparemment détendu, il lui sourit.

— Nous dînons ensemble, ma douce ?

— Oui, oui, évidemment !

Brutal, il l'étrangla de son avant-bras.

— Dispersez-vous, hurla-t-il à l'intention des forces de l'ordre, sinon je la tue !

La place se vida. Restèrent les policiers, en demi-cercle autour du couple qui reculait en direction des habitations les plus proches.

— Ne commets pas l'irréparable, recommanda Sobek. Rends-toi, tu seras bien traité.

Le porteur d'eau sortit un poignard de sa tunique et en piqua les reins de son otage. La lingère poussa un cri d'effroi.

— Écartez-vous et laissez-nous partir.

Des archers se disposaient sur les terrasses.

— Que personne ne tire, exigea Sobek. Je le veux vivant.

Le terroriste poussa sa maîtresse à l'intérieur d'un bâtiment en construction.

— Petite imbécile, tu leur as parlé de moi ! Maintenant, tu m'encombres.

Indifférent à ses suppliques, il la poignarda sauvagement, puis grimpa à une échelle. Sautant de toit en toit, il avait une bonne chance de disparaître dans ce quartier qu'il connaissait à la perfection.

Au moment où il s'élançait, la flèche d'un archer, refusant de laisser échapper le suspect, lui frôla la tempe. Déséquilibré, le porteur d'eau rata une corniche, heurta violemment le mur et tomba sans parvenir à contrôler sa chute. Percutant le dallage, il se brisa la nuque.

— Il est mort, chef, constata un policier.

— Quinze jours d'arrêts de rigueur pour l'indiscipliné qui a transgressé mon ordre. Fouille le cadavre.

Pas le moindre document.

Une nouvelle fois, le fil était coupé.

— On vous demande d'urgence au palais, avertit un scribe. Confirmation officielle : le Fils royal arrive.

En présence d'une cour muette de stupéfaction, Sésostris donna l'accolade à Iker.

— Je te revêts de stabilité, de permanence et d'accomplissement, déclara le pharaon, je te donne la joie du cœur et te reconnais comme Ami unique.

À compter de cet instant, Iker appartenait à la Maison du Roi, le cercle très étroit des conseillers du monarque.

Bouleversé, le jeune homme ne songeait qu'à ses nouveaux devoirs.

Souhaitant féliciter l'Ami unique et vanter ses innombrables qualités entre deux coupes de vin, les habitués des réceptions officielles furent bien déçus. Le pharaon et le Fils royal abandonnèrent les courtisans et se retirèrent dans le jardin du palais. Ils s'assirent sous un kiosque dont les colonnes lotiformes s'ornaient de têtes de Sekhmet, la déesse lionne. Au sommet du toit, un uræus couronné d'un soleil.

— Méfie-toi de tes proches et de tes subordonnés, recommanda le roi à Iker. N'aie aucun confident, ne te fie à aucun ami. Le jour du malheur, personne ne sera à tes côtés. Celui auquel tu auras beaucoup donné te haïra et te trahira. Quand tu prendras un peu de repos, que ton cœur, et lui seul, veille sur toi.

La sévérité de ces paroles surprit le jeune homme.

— Cette méfiance ne saurait s'appliquer à Isis, Majesté, ni même à Sékari !

— Sékari est ton Frère, Isis ta Sœur. Ensemble, vous avez traversé de redoutables épreuves et noué entre vous des liens particuliers.

— A-t-elle regagné Abydos ?

— Elle doit expérimenter l'or de Pount.

— L'arbre de vie sera donc bientôt sauvé !

— Pas avant qu'Isis ait parcouru le chemin de feu. Et nul ne sait si elle en reviendra vivante.

— Tant d'exigences, Majesté, tant...

— Le sort de notre civilisation se joue, mon fils, non une destinée individuelle. Ce qui est né mourra, ce qui n'est jamais né ne mourra pas. La vie jaillit de l'incréé et se développe dans l'acacia d'Osiris. Matière et esprit ne sont pas dissociés, pas davantage que l'Être et la substance primordiale dont se forme l'univers. Le mental établit des frontières entre les règnes minéral, végétal, animal et humain. Pourtant, chacun manifeste une puissance créatrice. De l'océan d'énergie provient une flamme qu'Isis devra apaiser. Elle y découvrira la matière première, au cœur du *Noun*, et connaîtra l'instant où la mort n'était pas encore née.

— Disposera-t-elle des forces nécessaires ? s'inquiéta Iker.

— Elle utilisera la magie, la puissance de la lumière, capable de détourner les coups du destin et de lutter efficacement contre *isefet*. Il lui faudra déployer la pensée intuitive, élaborer les formules de création et vaincre la stérilité en voyant au-delà de l'apparence et du concret. Le savoir est analytique et partiel, la connaissance globale et rayonnante. Enfin, Isis devra transmettre ce qu'elle percevra, modeler ses paroles comme un artisan façonne le bois et la pierre. La parole juste contient la vraie puissance. Quant tu seras appelé à siéger au conseil, sois silencieux, évite le bavardage. Parle seulement si tu apportes une solution, car formuler est plus difficile que tout autre travail. Place la bonne parole sur ta langue, enfouis la mauvaise au fond de ton ventre, et nourris-toi de Maât.

— Grâce à son initiation, Isis ne combat-elle pas activement l'Annonciateur ?

— Elle a pleine conscience de l'importance de sa mission. L'Annonciateur veut imposer une croyance dogmatique, datée et révélée une fois pour toutes. Ainsi les humains seront-ils enfermés à l'intérieur d'une prison, sans aucune chance d'en sortir, car ils ne verront même pas les barreaux. Or, la création se renouvelle à chaque instant, et chaque matin renaît un nouveau soleil que la célébration des rites ancre dans Maât. Croire au divin reste affectif. Le connaître, l'expérimenter, le formuler, le recréer quotidiennement à travers une civilisation, un art, une pensée, sont les enseignements de l'Égypte. Sa clé majeure demeure Osiris, l'être perpétuellement régénéré.

— Ne pourrais-je aider Isis ?

— Ne l'as-tu pas déjà fait, en allant à Pount ?

— Elle guidait le bateau et savait comment trouver l'or vert. À ses côtés, la peur s'envole et la route obscure s'éclaire.

— Isis ne te recommande-t-elle pas de l'oublier ?

— Si, Majesté, à cause de l'épreuve terrifiante qu'elle va subir à Abydos. Je sais à présent qu'il s'agit du chemin de feu. Soit elle disparaît, soit le Cercle d'or l'accueille.

— Tu ne te trompes pas.

— Dans un cas comme dans l'autre, je la perds.

— Pourquoi ne renonces-tu pas à elle ?

— Impossible, Majesté ! À chaque étape, à chaque danger, elle était présente. Dès notre première rencontre, je l'ai aimée de cet amour total qui ne se limite pas à la passion et construit une vie entière. Sans doute pensez-vous que seule l'exaltation de la jeunesse me dicte ces paroles, mais...

— Si je le croyais, t'aurais-je nommé Ami unique ?

— Pourquoi me tenez-vous à l'écart d'Abydos, Majesté ?

— Ta formation doit être menée jusqu'à un terme.

— Ce terme se situe-t-il encore loin ?

— À ton avis ?

— Votre enseignement, et non la curiosité, m'entraîne vers Abydos. Là-bas se trouve l'essentiel. En m'en détournant, je ne serais plus votre fils.

— Abydos demeure en grand danger, car les échecs de l'Annonciateur ne le mettent pas hors d'état de nuire. L'arbre de vie reste sa cible.

— L'or guérisseur le terrassera !

— Puisses-tu avoir raison, Iker. Tu seras l'un des premiers à le constater, en compagnie du Chauve et d'Isis, à condition qu'elle revienne saine et sauve du chemin de feu.

— Vous voulez dire... ?

— Bientôt, je vais te confier une mission officielle. Elle te conduira au domaine sacré d'Osiris. En tant qu'Ami unique, tu m'y représenteras.

Trop de bonheurs firent tourner la tête d'Iker. Presque aussitôt, l'angoisse le poussa à insister.

— Je perçois les motifs profonds de votre décision concernant Isis, Majesté. Cependant, je...

— Ce n'est pas ma décision, Iker, mais la sienne. Le Chauve, lui aussi, a tenté de la dissuader. Jamais elle ne renonce. Depuis son enfance, elle n'accepte pas les demi-mesures. Au lieu de demeurer à la cour et d'y mener une existence tranquille, conforme à son rang, elle a choisi la voie d'Abydos, avec ses dangers et ses exigences spirituelles.

Une idée folle traversa l'esprit d'Iker.

— Majesté, si vous observez Isis depuis son enfance, cela signifie-t-il...

— Je suis son père, elle est ma fille.

Le Fils royal et Ami unique aurait voulu disparaître sous terre.

— Pardonnez mon irrespect, Majesté. Je... je...

— Je ne te reconnais pas, Iker. Qu'est devenu l'aventurier qui n'hésite pas à risquer sa vie pour découvrir la vérité ? Aimer ma fille ne constitue pas un délit. Que tu sois paysan, scribe ou dignitaire n'a aucune importance. Seule compte la décision d'Isis.

— Comment oserais-je encore m'adresser à elle ?

— Puissent les divinités lui permettre d'aller jusqu'au terme du chemin de feu. Quand tu te rendras à Abydos, et si elle a survécu, personne ne t'empêchera de lui parler. Alors, tu sauras.

50.

Depuis la disparition de son meilleur agent, le porteur d'eau, le Libanais était incapable d'avaler une seule bouchée. Pas de régime plus drastique, certes, mais il aurait préféré maigrir dans d'autres circonstances.

— Le connaissant, il est mort sans parler, affirma-t-il à l'Annonciateur.

— Sinon, la police serait déjà ici.

— Nos liaisons sont démantelées, seigneur, nos cellules isolées et réduites à l'inaction, mon bras droit coupé. Et je ne parle pas de l'interruption du commerce clandestin qui finançait notre mouvement.

— Douterais-tu de notre succès final, mon fidèle ami ?

— J'aimerais tellement vous répondre par la négative !

— J'apprécie cette sincérité et je comprends ton désarroi. Tout se déroule pourtant selon mon plan et tes inquiétudes sont infondées. Notre seul objectif : Abydos et les mystères d'Osiris. Pourquoi me soucierais-je d'un ramassis de Cananéens et de Nubiens ? Un jour ou l'autre, ils se convertiront. Que Sésostris les soumette, aucune importance. Il s'épuise à maintenir l'ordre et redoute à chaque instant d'être attaqué au nord comme au sud. Nos manœuvres de diversion ont admirablement fonctionné, occultant le véritable but.

— Le pharaon ne dispose-t-il pas de l'or capable de sauver l'acacia d'Osiris ?

— Un authentique succès, je l'admets. Néanmoins, si Sésostris espère une guérison totale, il sera déçu.

Le portier prévint son patron.

— Un visiteur. Procédure correcte.

— Qu'il entre.

Médès ôta son capuchon. Malgré son retour sur la terre ferme, il n'avait pas meilleure mine que le Libanais. Revoir l'Annonciateur lui redonna du tonus.

— J'ai toujours cru en vous, je...

— Je sais, mon brave ami, et tu ne le regretteras pas.

— Les nouvelles sont exécrables. La police quadrille la ville et procède à de multiples interrogatoires. Impossible de reprendre notre trafic avec le Liban, car le Protecteur réorganise l'ensemble des services douaniers. Plus grave, Iker a rapporté l'or vert du pays de Pount ! Le voilà Ami unique.

— Remarquable parcours, observa l'Annonciateur, impavide.

— Ce garçon me paraît très dangereux, estima Médès. D'après le dernier décret royal, il se rendra prochainement en mission officielle à Abydos où il représentera le monarque. Supposez qu'il découvre les activités occultes de Béga ! Ce prêtre n'aura pas le courage de se taire. Il parlera de Gergou, et Gergou de moi.

— Toi, tu sauras te taire, avança l'Annonciateur.

— Oui... oui, soyez-en certain !

— S'illusionner conduit au désastre. Personne ne saurait résister à un interrogatoire de Sobek. Toi et Gergou, sous la direction du Libanais, rétablirez les liens entre nos fidèles et provoquerez des troubles ponctuels à Memphis. Ainsi le pharaon constatera-t-il que nous restons actifs au sein même de sa capitale.

— Risque trop élevé, seigneur !

— Les confédérés de Seth redouteraient-ils le danger ? Souviens-toi du signe gravé dans la paume de ta main.

Dos au mur, Médès voulut en apprendre davantage.

— Pendant cette diversion, où serez-vous ?

— À l'endroit de la lutte finale : Abydos.

— Pourquoi n'avoir pas concentré vos efforts sur ce site ?

L'insolence de Médès ne serait-elle pas durement châtiée ? s'interrogea le Libanais. Mais l'Annonciateur ne lui en tint pas rigueur.

— Il me fallait frapper un coup fatal, et la victime désignée n'était pas encore prête à le recevoir.

— De qui parlez-vous ?

— De ce jeune scribe, aujourd'hui Fils royal et Ami unique, capable d'échapper à la voracité du dieu de la mer, d'atteindre l'île du *ka*, et de survivre à mille et un périls ! En l'envoyant à Abydos, Sésostris lui confie forcément une mission de première importance. Que le pharaon en personne soit aujourd'hui intouchable ne m'importe guère. Nous allons le détruire à travers son héritier spirituel, patiemment formé et préparé pour lui succéder. Le roi ne parviendra pas à le remplacer. Iker espère trouver le bonheur dans le domaine sacré d'Osiris et atteindre la connaissance des mystères. C'est la mort qui l'attend et, avec elle, le naufrage de l'Égypte.

— Tout le monde peut se tromper, dit Sobek à Iker. Étant rancunier, je comprendrais ta froideur à mon égard. Ta récente promotion ne me transformera pas en pressoir à excuses. Serais-tu simple ouvrier, je me comporterais de la même façon. Seuls ta conduite et tes actes me font reconnaître mes erreurs.

Le Fils royal donna l'accolade au chef de la police.

— Ta rigueur fut exemplaire, Sobek, et personne n'a le droit de te la reprocher. Ton amitié et ton estime sont de magnifiques présents.

Le rude gaillard cacha mal son émotion. Peu habitué aux témoignages de fraternité, il préféra parler métier.

— Malgré la mort du porteur d'eau, je ne suis pas tranquille. Un gros poisson, certes. Il en existe de beaucoup plus gros.

— Tu arrêteras les chefs de ce réseau, j'en suis persuadé.

Un scribe sollicita l'avis d'Iker à propos d'un dossier délicat, puis un autre, et un autre encore. Réussissant à leur échapper, il se rendit chez le vizir, chargé de lui préciser ses nouvelles fonctions à l'intérieur de la Maison du Roi.

Le jeune homme croisa un Médès chaleureux.

— Mes sincères félicitations, sans la moindre flatterie ! Après tant d'exploits, Iker, votre nomination apparaît comme une récompense méritée. Bien entendu, les éternels jaloux papoteront. Quelle importance ? Je tiens à votre disposition le texte du décret vous autorisant à pénétrer sur le territoire sacré d'Osiris. La date de votre départ est-elle arrêtée ?

— Pas encore.

— Cette mission-là sera heureusement moins périlleuse que les précédentes ! Moi, j'espère ne jamais retourner en Nubie. Le pays manque de charme, le bateau me rend malade. N'hésitez surtout pas à solliciter mes services, si nécessaire.

Au début du dîner, Sékari regarda Iker d'un drôle d'air.

— Bizarre... Tu sembles presque normal. Surprenant, pour un Ami unique ! Acceptes-tu que je t'adresse la parole ?

Iker joua le jeu et prit une allure compassée.

— Peut-être devrais-tu flairer le sol en ma présence. J'y réfléchirai.

Les deux amis éclatèrent de rire.

— Quand je quitterai Memphis, je te confierai Vent du Nord et Sanguin.

— Excellents auxiliaires, gradés et décorés après leur brillante campagne de Nubie, rappela Sékari. Pourquoi t'en séparer ?

— Je dois aller seul à Abydos. Ensuite, en cas de bonheur, ils me rejoindront.

— Abydos... Tu vas enfin le découvrir.

— Dis-moi la vérité : sais-tu qui est Isis ?

— Une jeune et belle prêtresse.

— Rien de plus ?

— Déjà remarquable, non ?

— Ignorais-tu vraiment qu'elle est la fille du roi ?

— Non, pas vraiment.

— Et tu as gardé le silence !

— Le pharaon l'exigeait.

— D'autres sont-ils au courant ?

— Les membres du Cercle d'or. Le secret étant un aspect essentiel de sa règle, il a été respecté.

Iker était abattu.

— Jamais elle ne m'aimera. A-t-elle survécu au chemin de feu ? Je suis impatient de partir ! Quel horrible voyage si, par malheur...

Sékari tenta de réconforter son ami.

— Jusqu'à présent, Isis n'a-t-elle pas surmonté les épreuves, quelle que soit leur difficulté ? Avec sa lucidité, son intelligence et son courage, elle ne manque pas d'armes.

— Toi, as-tu parcouru ce chemin terrifiant ?

— Les portes sont éternellement les mêmes, tout en étant différentes pour chacun.

— Sans elle, la vie n'aurait pas de sens. Mais pourquoi s'intéresserait-elle à moi ?

Sékari fit mine de réfléchir.

— Comme Ami unique et Fils royal, tu es dépourvu d'expérience. En revanche, comme scribe, tu possèdes une relative compétence. Peut-être pourrais-tu lui être utile, à condition qu'elle ne soit pas allergique à tes titres ronflants. Il y a de quoi l'effrayer, non ?

L'humeur joyeuse de Sékari revigora Iker. Quelques coupes d'un excellent vin, fruité et gouleyant, atténuèrent un peu ses angoisses.

— D'après toi, l'Annonciateur et ses fidèles ont-ils quitté l'Égypte ?

— S'il s'agissait d'un homme normal, répondit Sékari, il aurait reconnu sa défaite et se serait réfugié en Syro-Palestine ou en Asie. N'étant ni un simple bandit ni un conquérant ordinaire, il veut la destruction de notre pays et continue à manier les forces des ténèbres.

— Tu redoutes donc de nouveaux troubles.

— Le roi et Sobek sont également persuadés que nous allons subir d'autres assauts, sous la forme d'attentats terroristes. Aussi la vigilance demeure-t-elle impérative. Au moins, à Abydos, tu seras en sécurité. Vu le nombre de militaires et de policiers chargés de protéger le site, tu ne risqueras rien.

En prononçant ces mots, Sékari éprouva un étrange sentiment.

Soudain, le voyage d'Iker lui apparut menaçant. Mal à l'aise, incapable d'expliquer ses craintes, il préféra se taire et ne pas inquiéter son ami.

Pas une seule fois durant le séjour de l'Annonciateur, le Libanais n'avait été autorisé à parler à Bina. Quand elle revenait chez lui, sa mission accomplie, elle se voilait et s'enfermait dans une chambre où son maître la rejoignait parfois.

Le moral remontait. Grâce aux marchands ambulants auxquels la jeune femme, cliente parmi d'autres, distribuait des consignes, les contacts entre les différentes cellules de Memphis étaient rétablis. Plus aucun membre du réseau n'ignorait que l'Annonciateur, bien vivant et en excellente santé, continuait à répandre la vraie foi et à poursuivre la lutte.

Déjà, Médès et Gergou proposaient quelques schémas d'actions ponctuelles, susceptibles de semer la terreur.

— À toi de choisir les meilleurs, dit l'Annonciateur au Libanais.

— Seigneur, je suis un commerçant et...

— Tu souhaites davantage, et je ne t'en blâme pas, malgré certaines initiatives malheureuses. Si tu veux devenir mon bras droit, l'homme qui saura tout sur chaque habitant de ce pays et séparera les bons croyants des mécréants, il te faut progresser. Demain, mon brave ami, tu dirigeras une police au service de la nouvelle religion et tu réprimeras le moindre écart.

Pendant quelques instants, le Libanais imagina les pouvoirs dont il disposerait. À côté de lui, Sobek ressemblerait à un amateur.

Ce pouvoir presque absolu, qu'il espérait depuis longtemps, n'était pas un mirage. L'Annonciateur seul pouvait le lui offrir.

— Bina et moi partons pour Abydos.

— Combien d'hommes voulez-vous ?

— Le prêtre permanent Béga nous suffira.

— D'après Gergou, l'endroit est très surveillé et...

— Il m'a donné tous les détails. Occupe-toi bien de Memphis ; moi, je vais attendre Iker. Cette fois, personne ne le sauvera. Je briserai en même temps le cœur d'Abydos et celui de Sésostris. La fragile Maât se disloquera, le torrent d'*isefet* déferlera, nulle digue ne le contiendra. L'arbre de vie deviendra l'arbre de mort.

51.

Anubis, le dieu à tête de chacal, amena Isis devant le cercle de flammes.

— Désires-tu toujours suivre le chemin de feu ?

— Je le désire.

— Donne-moi ta main.

Isis fit confiance au ritualiste à la voix sourde.

Nul être sensé n'aurait osé s'approcher de ces hautes flammes d'où se dégageait une insupportable chaleur.

Sûre de son guide, la jeune femme n'esquissa même pas un mouvement de recul.

Alors que sa robe s'embrasait, ce fut l'apaisement, soudain, inattendu.

Elle se trouvait à l'intérieur du temple d'Osiris.

— De ton individu profane, dit Anubis, il ne reste rien. Te voici nue et vulnérable face aux deux chemins. Lequel choisis-tu ?

À sa gauche, un chemin d'eau, bordé de chapelles gardées par des génies à tête de flamme. À sa droite, un chemin de terre noire, sorte de digue serpentant entre des étendues liquides. Les séparant, un canal de lave infranchissable.

— Ne faut-il pas les parcourir tous les deux ?

— Celui d'eau anéantit, celui de terre dévore. Persistes-tu ?

— Pourquoi les redouter, puisque tu me conduis là où je dois aller ?

— Cette nuit, nous emprunterons le chemin d'eau. Le jour venu, celui de terre.

La lune se leva, Anubis remit à la prêtresse le couteau de Thot. Elle toucha de sa lame chacun des génies en prononçant leur nom. L'identification dura jusqu'à l'aube. Puis, grâce à la clarté née de la barque du levant, elle s'engagea sur la voie de terre.

Les deux chemins se croisaient sans jamais se confondre. À leur extrémité, un canal de lave les fusionnait au seuil d'un porche monumental encadré de deux colonnes.

— Voici la bouche de l'au-delà, indiqua Anubis, la jonction entre l'Orient et l'Occident.

Des gardiens accroupis brandissaient des serpents.

— Je suis le maître du sang. Dégagez-moi l'accès.

Le portail s'entrouvrit.

Dans le temple de la lune, une douce lumière bleue enveloppa le corps d'Isis. La barque de Maât se dévoila.

— Puisqu'elle t'est apparue, continuons.

Sept portes, quatre en enfilade suivies de trois de front, barraient le passage.

— Quatre torches correspondent aux quatre orients. Empoigne-les, une à une, et présente-les-leur.

La prêtresse accomplit le rite.

— Ainsi l'âme vivante parcourt-elle ce chemin, ainsi la grande flamme sortie de l'océan anime-t-elle tes pas.

Les portes s'ouvrirent l'une après l'autre, et les ténèbres se dissipèrent.

Isis vit la lumière du premier matin, dont les yeux étaient le soleil et la lune. Un second cercle de feu rendait inaccessible l'île d'Osiris, surmontée d'une colline de sable où reposait le vase scellé contenant les lymphes du dieu.

— Voici l'ultime chemin, Isis, et je ne peux plus t'aider. À toi de franchir l'obstacle.

La jeune femme s'approcha du brasier.

Une flammèche effleura sa bouche. Sur son cœur se grava une étoile, sur son nombril un soleil.

— Qu'Isis devienne la suivante d'Osiris, que son cœur ne s'éloigne pas de lui, que sa marche soit libre nuit et jour, que cette clarté soit placée à l'intérieur de ses yeux et qu'elle traverse le feu.

— Le chemin se trace pour Isis, la lumière guide ses pas.

Un instant, la jeune femme demeura immobile au milieu du cercle, comme prisonnière. Puis elle aborda l'île d'Osiris, indemne et recueillie.

Isis s'agenouilla devant le vase scellé, source de toutes les énergies.

Quand son couvercle se souleva, elle contempla la vie à sa source.

Le temple entier s'illumina.

— Ton parfum se mêle à celui de Pount, dit le ritualiste, ton corps se recouvre d'or, tu brilles au sein des étoiles illuminant la salle des mystères, toi qui es juste de voix.

Anubis vêtit la jeune femme d'une longue robe jaune, la coiffa d'un diadème en or orné de fleurs de lotus en cornaline et de rosettes en lapis-lazuli, la para d'un large collier d'or et de turquoise aux fermoirs en forme de tête de faucon, ceignit ses poignets et ses chevilles de bracelets de cornaline rouge stimulant le fluide vital et la chaussa de sandales blanches.

Plus aucune trace des chemins d'eau, de terre et de feu.

Dans le sanctuaire du temple d'Osiris apparurent le pharaon et la Grande Épouse royale.

Se disposèrent autour d'Isis le vizir Khnoum-Hotep, Sékari, le Grand Trésorier Senânkh, le Chauve, le général Nesmontou et le Porteur du sceau royal Séhotep.

Au majeur de la main droite de sa fille, Sésostris passa une bague en faïence bleue dont le chaton ovale était orné d'un motif en creux représentant le signe *ânkh*, « la vie ».

— Tu appartiens désormais au Cercle d'or d'Abydos. Que soit scellée notre union avec Osiris et les ancêtres.

Les mains se joignirent, le cercle fut formé, et un moment de communion intense marqua l'ultime étape de cette initiation.

Isis déposa les sept sacs contenant l'or vert de Pount dans les sept trous creusés par le Chauve au pied de l'acacia d'Osiris.

Sous le regard du roi, elle guetta l'apparition du soleil levant. Ce matin-là, il perça l'obscurité de manière particulièrement vigoureuse.

En peu de temps, le site entier d'Abydos, depuis les tombes des premiers pharaons jusqu'au débarcadère, fut baigné d'une lumière intense.

À peine le souverain prononçait-il l'antique formule « Éveille-toi en paix » que des rayons dorés surgissaient des sept sacs et pénétraient le tronc du grand arbre.

Branches et rameaux refleurirent.

Lorsque l'astre du jour atteignit le zénith, l'arbre de vie, d'un vert étincelant, retrouva toute sa majesté.

Pour la première fois de son existence, le Chauve pleura.

Impatience et nervosité gagnaient Iker. Le pharaon et la reine en voyage, le vizir en déplacement, Senânkh en tournée d'inspection, Séhotep supervisant des travaux d'irrigation, le général Nesmontou en manœuvres, le Fils royal se multipliait. Ce surcroît de travail ne le gênait guère, mais une question le taraudait : quand recevrait-il l'ordre de se rendre à Abydos ?

Sékari restait introuvable. Sans doute remplissait-il une nouvelle mission secrète. Le calme n'était donc qu'apparent.

Désormais confiant, Sobek le Protecteur s'entretenait chaque jour avec Iker. Malgré les efforts ininterrompus de ses hommes, leurs rapports sonnaient le creux. Le chef de la police ne cessait de pester, persuadé que le reliquat du réseau terroriste se recroquevillait afin de frapper fort.

Enfin, Sésostris fut de retour.

Il réserva sa première audience à Iker. Nombre de courtisans le considéraient déjà comme son successeur. En l'associant ainsi au trône, le monarque le formait à la fonction royale et garantissait la stabilité des Deux Terres.

Iker s'inclina devant le géant.

— Isis a parcouru le chemin de feu, révéla le pharaon, et l'arbre de vie ressuscite.

Le jeune homme contint sa joie.

— Est-elle vraiment indemne, Majesté ?

— Vraiment.

— Le bonheur règne de nouveau en Abydos !

— Non, car la sauvegarde de l'acacia d'Osiris n'était qu'une étape. Sa maladie et la dégradation des symboles, privés d'énergie pendant si longtemps, ont laissé des traces profondes. Ta mission consiste à les effacer.

Iker fut stupéfait.

— Majesté, je ne connais pas Abydos !

— Isis te guidera. Toi, tu es le regard neuf.

— L'acceptera-t-elle ?

— Quels que soient vos sentiments, quelle que soit la difficulté de la tâche, tu dois réussir. Par décret, tu es nommé prince, gardien du sceau royal et supérieur de la Double Maison de l'or et de l'argent. Séhotep et Senânkh travailleront désormais sous ta direction. En Abydos, tu seras mon représentant, et l'on mettra à ta disposition les artisans dont tu auras besoin. Il faut façonner une nouvelle statue d'Osiris et une nouvelle barque sacrée. Outre ses qualités guérisseuses, l'or rapporté de Nubie servira à la création de ces œuvres. Depuis la maladie de l'arbre, la hiérarchie des prêtres connaît des troubles. Malgré les apparences, tout n'est pas juste et parfait. Aussi notre victoire pourrait-elle se réduire à un simple mirage. Tu possèdes les pleins pouvoirs pour enquêter, révoquer les incompétents et nommer des êtres à la hauteur de leurs tâches.

— M'en croyez-vous capable ?

— Pendant qu'Isis franchissait les étapes de l'initiation menant au chemin de feu, tu suivais ton propre parcours. Il conduisait à Abydos, le cœur spirituel de notre pays. L'Annonciateur l'a peut-être gangrené. Même de fidèles serviteurs d'Osiris peuvent être aveugles. Toi, en revanche, ne seras esclave d'aucune habitude et d'aucun préjugé.

— Je risque de heurter !

— Si tes investigations se résument à de paisibles entretiens, tu échoueras. Redonne au domaine d'Osiris sa limpidité et sa cohérence, conforte l'acacia, refuse faiblesse et compromission.

Iker pressentait que son titre d'Ami unique s'accompagnerait de lourds impératifs, mais pas à ce point.

— Majesté, le Cercle d'or d'Abydos s'ouvrira-t-il un jour ?

— Va, mon fils, et montre-toi digne de ta fonction.

52.

Médès était content de lui. Au meilleur de sa forme, il reprenait l'ensemble de ses activités avec une belle vigueur qui épuisait ses subordonnés, y compris la taupe de Sobek. Le Secrétaire de la Maison du Roi se gardait bien de l'éliminer. Déguisé en scribe, le policier continuerait à rassurer le Protecteur. Médès ne se comportait-il pas en dignitaire zélé, au service du pharaon ?

Bénéficiant des soins du docteur Goua, son épouse l'importunait moins. De puissants somnifères mettaient un terme à ses crises d'hystérie.

Au milieu d'une nuit sans lune, Médès se rendit chez le Libanais.

— L'Annonciateur est en route vers Abydos, lui annonça le négociant.

— Iker n'a pas encore quitté Memphis. Comment pourrait-il imaginer qu'il va se jeter dans la gueule de son pire ennemi ?

— L'Annonciateur devance toujours l'adversaire. Tes idées pour déstabiliser la capitale ?

— Incendies, agressions de civils, vols sur les marchés et chez des particuliers. Des interventions rapides et violentes entretiendront un climat d'insécurité, et le chef de la police redoutera une action d'envergure. De plus, saccager quelques bureaux de scribes mal protégés me paraît opportun. Note leur emplacement.

Le Libanais recueillit les renseignements.

À présent, son portier lui servait d'agent de liaison. À la différence du porteur d'eau, il ne contactait qu'un nombre restreint de terroristes, lesquels diffusaient ensuite les consignes.

Après le succès de l'Annonciateur à Abydos et la disparition d'Iker, il faudrait passer à une vitesse supérieure.

Grâce à la guérison de l'arbre de vie, dont le feuillage étincelait sous le soleil, le domaine d'Osiris oubliait l'atmosphère oppressante qui, naguère, étreignait les cœurs.

Bien que les mesures de sécurité eussent été maintenues, davantage de temporaires avaient accès au site et apportaient une aide appréciable aux permanents.

Remâchant sa hargne, Béga continuait à abuser ses collègues. Ils le jugeaient austère, sérieux et totalement dévoué à sa haute fonction. Ni ses propos ni son comportement ne laissaient deviner ses véritables sentiments.

Malgré des périodes de découragement, Béga nourrissait sa volonté de vengeance. Elle seule lui permettait de subir les humiliations.

En franchissant le seuil de sa modeste demeure où personne n'était autorisé à entrer, il eut la certitude d'une présence.

— Quelqu'un se serait-il permis... ?

— Moi, répondit un prêtre de haute taille, imberbe, au crâne rasé et vêtu d'une tunique de lin blanc.

Béga ne connaissait pas cet homme, mais sa voix ne

lui était pas étrangère. Lorsque ses yeux rouges flamboyèrent, il se colla au mur.

— Vous... vous n'êtes pas...

— Shab a supprimé un temporaire, révéla l'Annonciateur. J'ai pris sa place.

— Vous a-t-on vu pénétrer chez moi ?

— Détends-toi, mon ami, ton heure arrive enfin. Je veux tout savoir sur Abydos, avant la venue d'Iker.

— Iker, ici !

— Fils royal, Ami unique et envoyé spécial de Sésostris, il bénéficie des pleins pouvoirs. Peut-être tentera-t-il de réformer le collège des prêtres et des prêtresses.

Béga pâlit.

— Il découvrira le trafic de stèles et mes liens avec Gergou !

— Il n'en aura pas le temps.

— Comment l'en empêcher ?

— En l'éliminant.

— Au cœur du domaine d'Osiris ?

— L'endroit idéal pour porter un coup fatal à Sésostris ! Le roi destine Iker à régner. Sans en avoir conscience, il est devenu le socle sur lequel l'avenir du pays se bâtit. En le détruisant, nous saperons les fondations du royaume. Même ce pharaon à la stature de colosse s'effondrera.

— Le site reste très surveillé, la police et l'armée...

— Elles à l'extérieur, moi à l'intérieur. Shab et Bina ne tarderont pas à me rejoindre. N'ignorant rien de ce qui se passe ici, nous serons en position de force. Cette fois, aucun miracle ne sauvera Iker.

La séparation avait été déchirante. Ni Vent du Nord ni Sanguin ne voulaient quitter leur maître, en dépit de ses explications. Sékari, lui aussi, tenta de les rassurer, mais les deux animaux manifestèrent une nervosité inhabituelle, comme s'ils désapprouvaient le voyage du Fils royal.

— Je ne trouve plus le sommeil, avoua-t-il. Au lieu d'un paradis, Abydos sera peut-être mon enfer ! D'abord, le refus probable d'Isis ; ensuite, cette mission vouée à l'échec.

L'intervention de Sobek empêcha Sékari de réconforter son ami.

— On me signale deux agressions dans des quartiers populaires et trois débuts d'incendie. Autant d'incidents ne sauraient être le fait du hasard.

— Le réseau de l'Annonciateur se réveille, jugea Sékari.

— Il se cassera les dents, promit Sobek. Pendant que mes hommes mèneront des enquêtes officielles et bien visibles, pourrais-tu laisser traîner tes oreilles un peu partout ?

— Compte sur moi.

Le chef de la police accompagna le Fils royal au port. Satisfait de la qualité et de la quantité de l'effectif mis à la disposition d'Iker, Sobek assista au départ de son bateau, précédé et suivi de bâtiments militaires.

À la proue, le Fils royal ne goûtait pas la douceur du paysage. Il avait la sensation de voguer entre deux mondes, sans pouvoir revenir dans celui d'où il venait et sans rien connaître de celui vers lequel il se dirigeait. Les événements vécus depuis son terrifiant voyage sur *Le Rapide* lui revinrent en mémoire. Plusieurs énigmes avaient été éclaircies, mais le principal mystère, celui du Cercle d'or d'Abydos, restait entier.

Non loin de la cité osirienne, les archers se précipitèrent à tribord.

— Que se passe-t-il ?

— Une barque suspecte ! répondit le capitaine. Si elle ne s'écarte pas immédiatement, nous tirons.

Iker aperçut un pêcheur apeuré, incapable de manœuvrer.

— Patientez, exigea le Fils royal. Ce malheureux ne constitue pas une menace !

— Les ordres sont les ordres. Ce bonhomme s'est approché beaucoup trop près, et vous ne devez pas courir le moindre risque.

Hirsute, Shab le Tordu ramena son filet et s'éloigna. Il voulait tester les capacités de réaction de l'escorte et profiter d'un éventuel laxisme, prêt à sacrifier sa vie pour supprimer celle de l'ennemi. Hélas ! aucune faille. Il regagna le lieu de contact avec Béga.

Sur le quai, des soldats, des policiers, des prêtres et des prêtresses temporaires portant des offrandes, et l'ensemble des administrateurs, nerveux à l'idée d'accueillir l'envoyé du pharaon. Personne ne connaissait la teneur exacte de la mission du nouvel Ami unique, précédé d'une réputation de fonceur et d'incorruptible. Le récit de ses exploits en Asie et en Nubie prouvait une rare détermination. Les plus optimistes songeaient à une simple visite protocolaire, tout en s'étonnant de l'absence du Chauve, fort peu diplomate.

Dès qu'Iker apparut au sommet de la passerelle, on le jaugea.

D'une sobre élégance, il n'avait pas l'air si redoutable. Mais l'allure et le regard imposaient le respect. Sous sa réserve perçait une authentique puissance. Dépités, les flatteurs ravalèrent leur litanie de compliments.

Coiffée d'une perruque ample dissimulant une bonne partie de son visage, maquillée avec art, Bina s'était rendue méconnaissable. À la base du bouquet monté qu'elle comptait offrir à l'arrivant, deux aiguilles invisibles imprégnées de poison. En le prenant en main, le Fils royal se piquerait et agoniserait dans d'atroces souffrances.

Bina se moquait d'être arrêtée. Une seule idée la hantait : se venger de cet Iker qui l'avait trahie en rejoignant le camp de Sésostris et en luttant contre le vrai dieu, celui de l'Annonciateur. Elle ôterait sa perruque et cracherait au visage du Fils royal, afin qu'il sache d'où provenait le châtiment.

Le commandant des forces spéciales stationnées en Abydos salua l'envoyé du roi.

— Permettez-moi, prince, de vous souhaiter un excellent accueil. Je vais vous conduire au palais qu'occupe le pharaon lorsqu'il réside ici.

Plusieurs jeunes femmes brandirent leurs bouquets. Celui de Bina, au premier rang, était superbe.

Iker voulut s'approcher pour s'en saisir, le commandant s'interposa.

— Désolé, c'est contraire aux impératifs de sécurité.

— Que craindre de ces fleurs ?

— Mes ordres sont stricts. Suivez-moi, je vous prie.

Ne désirant pas provoquer d'esclandre, Iker se contenta de saluer les porteuses de bouquets.

Bina contint sa rage à grand-peine. Courir, rattraper le Fils royal, lui planter les épingles dans le dos... Hélas ! impossible de franchir le cordon de sécurité !

Abydos... Abydos s'ouvrait donc à lui ! Pourtant, Iker ne voyait rien. Tant qu'il n'aurait pas parlé à Isis, il ne serait nulle part.

Sur le seuil du palais, elle l'attendait.

Le plus sensible et le plus raffiné des poètes n'aurait pas réussi à dépeindre sa beauté. Comment évoquer la finesse de ses traits, la lumière de son regard, la douceur de son visage et son allure royale ?

— Bienvenue, Iker.

— Pardonnez-moi, princesse. Le pharaon m'a appris qui vous étiez, et...

— Seriez-vous déçu ?

— Mon impudence, mon audace...

— Quelle audace ?

— J'ai osé vous aimer, j'ai...

— Vous parlez au passé.

— Non, oh non ! Si vous saviez...

— Pourquoi ne devrais-je pas savoir ?

La question laissa Iker sans voix.

— Désirez-vous visiter vos appartements ? Tout ce dont vous avez besoin, demandez-le-moi.

Iker protesta.

— Vous êtes la fille du pharaon, pas ma servante !

— Je veux devenir ton épouse, former avec toi un couple plus uni que l'unité et façonner une vie unique que le temps et les épreuves ne détruiront pas.

— Isis...

Il la prit dans ses bras.

Ce fut le premier baiser, la première communion des corps, le premier entrelacement des âmes.

Ce fut aussi la première souffrance qu'éprouva l'Annonciateur, dont les serres de faucon lacérèrent sa propre chair. Voir ce couple se constituer lui était insupportable. Taché de son sang, il se jura de mettre fin à cette union qui compromettait sa victoire finale. Il n'accorderait à Iker aucune chance de survivre.

www.pocket.fr
Le site qui se lit comme un bon livre
Informer
Toute l'actualité de Pocket, les dernières parutions collection par collection, les auteurs, des articles, des interviews, des exclusivités.
Découvrir
Des 1ers chapitres et extraits à lire.
Choisissez vos livres selon vos envies :
thriller, policier, roman, terroir, science-fiction...
POCKET
Il y a toujours un Pocket à découvrir
sur www.pocket.fr

Impression réalisée sur Presse Offset par

BRODARD & TAUPIN

GROUPE CPI

29477 – La Flèche (Sarthe), le 02-05-2005
Dépôt légal : mai 2005

POCKET – 12, avenue d'Italie - 75627 Paris cedex 13
Tél. : 01.44.16.05.00

Imprimé en France